mtb

Zum Buch:

Finn hatte nie eine richtige Heimat. Seine Eltern entstammen zwei rivalisierenden Clans. Doch plötzlich scheinen ein Zuhause und eigenes Land in greifbarer Nähe. Die einzige Bedingung, die der Highland-Krieger dafür erfüllen muss, ist, die Schwester des Clanoberhaupts der Douglas zu entführen und gegen eine andere Geisel einzutauschen. Seltsamerweise erweist sich der Auftrag alles andere als schwierig, denn Lady Margaret begleitet Finn bereitwillig. Was verbirgt die schöne Schottin? Finn möchte nicht nur ihr Geheimnis lüften, sondern wünscht sich auch schon bald, das Feuer, das zwischen ihnen beiden lodert, mit einem Kuss zu löschen …

Zur Autorin:

Margaret Mallory wuchs im US-Staat Michigan auf, studierte dort Jura. Mit dem Schreiben historischer Liebesromane begann sie, als ihre beiden Kinder auf dem College waren. Ihre gefühlvollen Geschichten haben bereits zahlreiche Preise gewonnen. Die Autorin lebt mit ihrem Mann an der wild-romantischen Pazifikküste der USA.

Lieferbare Titel:

Der Highlander und die Lady
Verkauft an den Highlander

Margaret Mallory

Erobert von einem Highlander

Roman

Aus dem Amerikanischen von
Gisela Grätz

mtb

MIRA® TASCHENBUCH

1. Auflage: November 2019
Deutsche Erstausgabe

Originaltitel: »Kidnapped by a Rogue«

Umschlaggestaltung: HarperCollins Germany / deborah kuschel
Umschlagabbildung: The Killion Group / Hot Damn Designs, denis13,
Susanne Neumann / Getty Images
Lektorat: Ira Panic
Satz: GGP Media GmbH, Pößneck
Printed in Germany
Dieses Buch wurde auf FSC®-zertifiziertem Papier gedruckt.
ISBN 978-3-7457-0042-8

www.mira-taschenbuch.de

Prolog

Drumlanrig Castle
die schottischen Lowlands,
1522

Die Magd hatte noch nicht einmal Zeit gehabt, die blutigen Laken zu wechseln, da sprang die Tür auf, und William Douglas, der siebente Baron of Drumlanrig, stürmte wutschnaubend in das Schlafgemach.

»Schon wieder eine Fehlgeburt, du nutzloses Frauenzimmer!«, brüllte er seine Gemahlin an. »Habe ich durch dich und deine Familie nicht bereits genug Schaden erlitten?«

Margaret rollte sich zusammen und hielt sich die Ohren zu. Noch ein totes Kind. Das Herz wollte ihr schier brechen vor Schmerz.

»Hör verdammt noch einmal mit der Heulerei auf. Ich rede mit dir!« Schwer atmend hielt der Baron inne.

Konnte er nicht einmal Mitleid haben mit ihr und sie in Ruhe lassen?

»Nein«, fuhr ihr Gatte erbarmungslos fort und begann neben der Bettstatt auf und ab zu marschieren. »Nutzlos trifft es nicht annähernd! Du bist der Strick um meinen Hals, der mich an deine verräterische Familie bindet!«

»Ich bitte Euch, Laird, Eure Gemahlin braucht Ruhe«, meldete sich die Magd, eine Frau in mittleren Jahren, zu Wort. »Sie hat erschreckend viel Blut verloren.«

Die Einmischung brachte der Dienerin einen Rippenstoß ein, der sie unsanft auf den Fußboden beförderte. Margaret versuchte, sich auf der Matratze aufzurichten, doch sie war zu schwach. Dass er die Magd zum Schweigen gebracht hatte, schien William fürs Erste besänftigt zu haben, denn er ging zum Tisch und goss sich einen großzügig bemessenen Whisky ein.

»Jeder Mann in Schottland beneidete mich, als ich dich heiratete. Eine außergewöhnliche Schönheit nannten sie dich.« Verächtlich schnaubend hob William den Becher. »Aber was taugt ein schönes Eheweib, wenn es im Bett kalt ist wie ein Fisch und unfähig, einen Erben auszutragen?«

Margaret machte keinen Versuch, ihn zu beruhigen und zu beschwichtigen, wie sie es für gewöhnlich tat. Ihre Verzweiflung war zu groß, als dass es sie gekümmert hätte, was William sagte.

»Aber natürlich war es nicht dein Aussehen, das eine Heirat mit dir so verlockend erscheinen ließ«, meinte ihr Gatte, eher zu sich selbst sprechend. »Sondern die Tatsache, dass dein Bruder, dieser schlaue Teufel, sich den Weg ins Bett unserer verwitweten Königin erschmeichelt und die liebeskranke Kuh dazu gebracht hatte, sich mit ihm zu vermählen.«

Musste William sich ausgerechnet jetzt über dieses Thema auslassen? Tat es ihm denn gar nicht leid, dass sie das Kind verloren hatten?

»Und wer hätte nicht danach gestrebt, mit Archibald Douglas, dem Earl of Angus, verschwägert zu sein – dem Mann, dem es gelungen war, alle anderen mächtigen Würdenträger auszumanövrieren, indem er der Stiefvater des minderjährigen Thronerben wurde?« William stürmte zum Bett und ballte die Hände nur wenige Zoll vor ihrem Gesicht zu Fäusten. »Die Herrschaft über Schottland war für ihn zum Greifen nahe.«

Williams säuerlicher Atem wehte ihr ins Gesicht, und Margaret hob sich der ohnehin schon unruhige Magen. Sowie sie versuchte, sich auf die Seite zu drehen, hielt ihr Gatte sie an den Armen fest.

»Kein einziger von all den Männern, die mich beneideten, würde dich jetzt noch haben wollen.« William sprach leise, seine Stimme klang drohend. »Du bist ein Nichts, nun da die Männer deiner Familie des Hochverrats angeklagt wurden und nach Frankreich fliehen mussten.«

»William, ich bitte dich …« Wahrscheinlich verlor sie immer noch Blut, der sich ausbreitenden Feuchtigkeit auf dem Laken nach zu urteilen. Sie wollte nur, dass er sie allein ließ.

»Genau besehen …« Er nickte, als bestätige sich für ihn ein Gedanke, der ihm gerade gekommen war. »… ist es ein Segen, dass du das Kind verloren hast.«

Erneut schossen Margaret Tränen in die Augen, liefen ihr die Wangen hinunter. Ein Segen? Wie konnte er so etwas sagen? Um des lieben Friedens willen hatte sie sein Verhalten immer wieder entschuldigt und ihm verziehen, doch dies war zu viel.

»Da es kein Kind geben wird«, fuhr er unbeeindruckt von ihrem Kummer fort, »habe ich das Recht, mich deiner zu entledigen. Und selbst wenn die Bestechungsgelder mich ein verdammtes Vermögen kosten, werde ich die Ehe vom Papst annullieren lassen.«

Margaret brach der kalte Schweiß aus. Sie fühlte sich so benommen, dass sie dem, was er sagte, kaum noch zu folgen vermochte.

»Wer bin ich denn, dass ich meine Ländereien und meinen Titel für ein unfruchtbares Frauenzimmer und seinen verräterischen Bruder riskiere?« Er packte sie bei den Schultern und schüttelte sie. »Hast du mich verstanden? Ich will, dass du verschwindest!«

Als er sie losließ, sackte sie auf die Matratze zurück. Sie fühlte sich sterbenselend. Ihre Finger waren taub.

»Sorg dafür, dass sie verschwindet«, blaffte William die Magd an und stürmte zur Tür.

Er ging. Wenigstens das.

»Jawohl, Laird«, wisperte die Bedienstete eingeschüchtert. »Ich richte sofort ein anderes Gemach für sie her.«

»Untersteh dich!« William wirbelte herum. »Ich will, dass sie die Burg verlässt, hörst du? *Verlässt!* Heute Nacht noch!«

»Aber Lady Margaret sollte nicht bewegt werden«, wandte die Magd besorgt ein.

»Ich dulde nicht, dass sie mich noch einen einzigen Tag länger gefährdet«, stieß er hervor. »Nicht einmal eine Stunde.«

»Laird, ich bitte Euch …« Die Magd schüttelte entsetzt den Kopf. »Eine Reise würde sie nicht überleben.«

»Das würde mir eine Menge Ärger und viele Ausgaben ersparen.« William stürmte aus dem Gemach und warf die Tür hinter sich zu.

Kurz darauf verließ Lady Margaret Douglas, Schwägerin der Königin, Drumlanrig Castle auf der Ladefläche eines offenen, nach Stroh riechenden Pferdekarrens. Es herrschte ein schweres Unwetter, und ihre einzige Begleitung war der alte Stallmeister Thomas. Die ganze Zeit hatte sie das merkwürdige Gefühl, aus großer Entfernung auf sich selbst herniederzublicken.

Ihre Gedanken wanderten zurück zu dem Tag, an dem sie als junge Braut voller Hoffnungen und Träume auf der Burg angekommen war, begleitet von zwei Dutzend Kriegern und mehreren mit Koffern und Truhen beladenen Fuhrwerken.

Wie tief sie und ihre mächtige Familie gesunken waren! Nicht dass es noch etwas ausgemacht hätte.

Sie nickte ein, kam zu sich, wenn der Karren über eine Unebenheit der Straße fuhr, nickte wieder ein und wurde abermals unsanft geweckt, wenn ihr Kopf gegen die Holzbalken der Ladefläche stieß. Wind und Regen peitschten ihr ins Gesicht, doch die Kälte, die sie empfand, schien aus ihrem tiefsten Inneren zu kommen.

Sie verlor jegliches Zeitgefühl, und als sie erwachte und Thomas mit sorgenvoller Miene auf sie heruntersah, wusste sie nicht, ob Tage oder Stunden verstrichen waren.

»Haltet durch, Mädchen«, beschwor der alte Stallmeister sie eindringlich. »Bald haben wir Blackadder Castle erreicht. Dann seid Ihr bei Lady Alison.«

Alison. Bei dem Gedanken an ihre Schwester lächelte Margaret unwillkürlich, hatte jedoch nicht die Kraft, etwas zu erwidern.

»Eure Schwester wird Euch wieder aufpäppeln.« Thomas steckte die grobe, durchnässte Wolldecke um sie fest. »Auf Blackadder Castle seid Ihr sicher. Dafür wird Lady Alisons Gatte schon sorgen.«

Sicher wovor? Das Schlimmste war ihr bereits zugestoßen. Sie hatte ein weiteres Kind verloren.

Das nächste Mal erwachte sie vom schmerzhaften Kribbeln der Wärme in ihren Händen und Füßen.

»Decken! Und mehr Torfstücke in das Kohlenbecken, schnell! Allmächtiger, sie ist eiskalt.«

Es war die Stimme ihrer Schwester Alison, die Anweisungen gab und Menschen im Raum herumscheuchte.

»Ihr Gewand ist voller Blut«, fuhr Alison fort. »Wie konntest du sie nur in diesem Zustand reisen lassen?«

Die Stimmen verklangen, und Margaret sank zurück in den Schlaf, bis jemand ihre Hand drückte.

»Möge William für immer und ewig in der Hölle schmoren«, sagte Alison inbrünstig. »Ich wünschte, ich könnte ihn persönlich dorthin befördern.«

Als plötzlich warme Tropfen auf ihre Hand fielen, zwang Margaret sich, die Augen zu öffnen.

»Sie kommt zu sich, dem Himmel sei Dank!« Erstaunt stellte Margaret fest, dass Alison weinte.

»Ich habe das Baby verloren.« Ihre Stimme war kaum mehr

als ein heiseres Flüstern. »Ich hatte mir das Kind so sehr gewünscht.«

Sie hatte sich nur gewünscht, was alle Frauen wollten. Ein Heim, einen Gemahl, Kinder. Kinder am meisten.

»Es tut mir so leid, mein Liebes.«

»Ich bin froh, dass ich es hierhergeschafft habe«, erklärte Margaret müde. »Ich wollte nicht einsam sterben.«

»Du wirst nicht sterben«, widersprach Alison bestimmt. »Du musst kämpfen, Margaret.«

Es wäre eine Erlösung, einfach loszulassen und bei ihren toten Kindern zu sein.

»Ich weiß, wie es sich anfühlt, wenn man verzweifelt ist. Wenn man so niedergeschlagen ist, dass man die Hoffnung verliert.« Alison strich ihr eine Haarsträhne aus der Stirn, genau wie ihre Mutter es getan hatte. »Doch irgendwann wird es wieder besser. Ich verspreche es dir.«

Besser? Wie sollte das möglich sein? Das Leben, das sie sich gewünscht hatte, würde sie niemals haben. Und sie war so erschöpft …

»Lass nicht zu, dass dieser jämmerliche, selbstsüchtige, feige Bastard von einem Mann dich uns nimmt.« Alisons Stimme klang flehend. »Lass nicht zu, dass er dich besiegt.«

Noch einmal zwang Margaret sich, die Lider zu heben. Es tat ihr weh, ihre Schwester so bekümmert zu sehen. Wie gern hätte sie sie getröstet.

»Nun, da du ihn los bist, hast du doch so viel, wofür es sich zu leben lohnt.« Die Tränen strömten Alison über die Wangen. »Hörst du mich, Margaret? Du bist frei!«

Freiheit war ein schlechter Ersatz für ihre verlorenen Träume. Aber es war alles, was sie hatte.

1. Kapitel

Girnigoe Castle, Caithness
Die schottischen Highlands,
November 1524

Die Männer von Orkney segelten geradewegs hinein in die Sinclair Bay, verwegene Kerle, die sie waren. In Sichtweite von Girnigoe Castle, der Festung der Sinclairs, warfen sie ihn über Bord. Finn durchstieß die Wasseroberfläche und hatte Mühe, in der schweren Brandung auf die Füße zu kommen.

Lachend warfen die Männer im Boot den Sack mit dem Kopf des Stammesfürsten der Sinclairs hinterher. Als Finn sich darauf stürzte, brach eine Welle über seinem Kopf und schleuderte ihn mit dem verletzten Bein voran gegen einen Felsen. Trotzdem schaffte er es, den Leinenbeutel zu packen, ehe er unterging.

»A' phlàigh oirbh!«, brüllte er den davonsegelnden Männern hinterher und schüttelte die Faust.

Ja, wahrhaftig, er wünschte ihnen die Pest an den Hals! Fluchend wankte er an Land, ließ sich auf den Strand sinken, um zu Atem zu kommen, und erwog seine Möglichkeiten.

»Was würdest du mir raten, Onkel?« Er richtete seinen Blick auf den blutgetränkten Sack neben sich, der den Kopf seines Großonkels mütterlicherseits enthielt. »Wird dein Sohn den Überbringer der schlechten Nachricht töten?«

Alle anderen Krieger, die die Meerenge überquert hatten, um Orkney zurückzuerobern, waren tot, entweder im Kampf erschlagen oder im Meer ertrunken. Finn war als Einziger verschont worden, damit er der Familie den Kopf des Stammesfürsten zurückbringen konnte.

Finns Blick schweifte hinauf zu der eindrucksvollen Festung Girnigoe Castle hoch oben auf der Klippe, und er fragte sich, ob es klug war, seinen Auftrag zu Ende zu führen. Auch wenn er mit ihnen verwandt war, so waren die Sinclairs doch ein argwöhnischer, gewalttätiger Haufen, selbst nach den Maßstäben der Highlands. Und George Sinclair, der Sohn und Erbe des verstorbenen Stammesfürsten, war der Schlimmste von allen.

Ach, und wenn schon. Finn hatte Lust auf einen Whisky, also griff er nach dem verdammten Sack und machte sich auf den Weg zur Burg. Während er das steile Ufer hinaufkletterte und sein verletztes Bein nachzog, dachte er über aussichtslose Unterfangen nach – die des toten Stammesfürsten und seine eigenen.

Die Clanoberhäupter der Sinclairs waren Earls of Orkney gewesen, bis der König von Norwegen die Inseln im Ehevertrag zwischen seiner Tochter und dem schottischen König an Schottland übereignet hatte. Als Teil dieses königlichen Tauschs hatte man den Sinclairs ihr fruchtbares Land auf den Orkneys abgenommen und ihnen dafür Caithness gegeben, eine Gegend in den riesigen, unfruchtbaren Mooren im nordöstlichsten Zipfel Schottlands, nur ein paar Seemeilen entfernt von ihrer ehemaligen Heimat.

Die fraglichen Ereignisse lagen mehr als fünfzig Jahre zurück, doch die Sinclairs vergaßen nichts, und der Verlust Orkneys wurmte sie noch immer gewaltig. Bei der Entscheidung ihres Stammesfürsten, sich gegen den schottischen König aufzulehnen und Orkney zurückzuerobern, hatte allerdings Stolz eine größere Rolle gespielt als vernünftige Erwägungen.

Dasselbe konnte man Finn nachsagen.

Er zuckte zusammen, als eine unvorsichtige Bewegung einen stechenden Schmerz, wie von einer scharfen Messerklinge, in seinem Bein hochschießen ließ. Als müsse er eigens daran erinnert werden, welche Folgen seine falsche Einschätzung gehabt hatte! Er war in keiner Weise verpflichtet gewesen, für den Stammesfürsten der Sinclairs zu kämpfen, da er mütterlicherseits mit ihm verwandt war.

Nein, ein törichter Wunsch hatte ihn zu dieser Torheit veranlasst; ein Wunsch, von dem ihm nicht einmal bewusst gewesen war, dass er ihn hegte, bis sein Großonkel ihn damit geködert hatte: eigene Ländereien, wenn sie als Sieger aus der Schlacht hervorgingen.

Die Wachposten beim Torhaus empfingen ihn mürrisch wie immer. Die Sinclairs waren wilde, erbarmungslose Kämpfer, doch ihnen fehlte jede Spur von Humor. Und obwohl Finn eng mit ihrem Anführer verwandt war, machte ihn der Umstand, dass sein Vater – und er damit ebenfalls – ein Gordon war, gleichzeitig zum Mitglied eines feindlichen Clans. Eheschließungen wie die zwischen seinen Eltern, die Spannungen zwischen zwei mächtigen Clans abbauen sollten, pflegten die Dinge nur schwieriger zu machen.

Die Wachen schickten einen Boten in die Burg, der seine Ankunft ankündigte, dann durfte er das Tor zum westlichen Vorwerk passieren. Von dort überquerte er die erste Zugbrücke, ging unter dem eisernen Fallgitter des zweiten Tores hindurch und durchschritt den Burghof mit der Gästehalle und den Wohnquartieren.

Schließlich erreichte er die zweite Zugbrücke. Sie führte über einen Wassergraben in die eigentliche Burg, die auf einem langen, schmalen Felsvorsprung hoch über der See erbaut war. Sie bestand aus dem Bergfried, zusätzlichen Quartieren, der Kapelle, einem Backhaus sowie anderen wichtigen Gebäuden und war von einer Mauer umgeben.

Finn blieb stehen und sog den Anblick der steil ins Meer herabstürzenden Klippen unterhalb der Mauer in sich auf. Wenn der neue Anführer der Sinclairs beschloss, ihn auf Girnigoe Castle festzuhalten, würde er seine liebe Not haben zu fliehen.

Als er schließlich in die Große Halle geführt wurde, um der Familie des Stammesfürsten Bericht von der Schlacht zu erstatten, hatte er so viel Blut verloren, dass er sich nur mit Mühe auf den Beinen halten konnte. Außerdem war er am Verhungern, weil seine Bewacher es nicht für nötig befunden hatten, ihm in den drei Tagen seiner Gefangenschaft etwas zu essen zu geben. Aber obwohl er eine Spur von Blut hinter sich herzog, nahm er an, dass die Sinclairs ihm keine Sitzgelegenheit anbieten würden – womit er richtiglag, wie sich herausstellte.

Die Sinclairs waren Abkömmlinge der Wikinger. George und seine drei Söhne maßen allesamt mehr als einen Meter achtzig und machten den Eindruck, als zögen sie es vor, ihr Fleisch mit Äxten zu zerkleinern und es roh zu verzehren. Obwohl George sich den fünfzig näherte, war er der Gefährlichste, da er der Unberechenbarste von allen zu sein schien, abgesehen vielleicht von seiner Tochter.

Barbara, die mit zweiunddreißig Jahren Georges Älteste war, konnte als gut aussehende Frau bezeichnet werden. Wie ihre Brüder war sie hochgewachsen und wirkte, als könnte sie im Kampf ihren Mann stehen. Kaum dass sich ihre Blicke trafen, stieg in Finn die sehr lebhafte Erinnerung daran auf, wie eine zehn Jahre alte Barbara seinen jungen Hund erwürgte und ihn dabei mit ihren grauen Augen ebenso kalt musterte wie jetzt. Er war damals höchstens fünf gewesen und hatte seither viele Männer sterben sehen, doch der Tod des kleinen Welpen hatte sich unauslöschlich in sein Gedächtnis gebrannt.

Als Mary, die grauhaarige, zierliche Gemahlin des erschlagenen Stammesfürsten, die Halle betrat, spürte Finn das ganze

Gewicht des Leinenbeutels. Es war Mary, derentwegen er sich die Steilküste zur Burg hinaufgequält hatte, um die Nachricht zu überbringen, statt einfach davonzulaufen. Aber Mary war es auch, derentwegen er diesen Auftrag fürchtete. Mary war eine Sutherland, und Finn war nicht nur über sieben Ecken mit ihr verwandt, sondern hatte sie auch immer gemocht.

Inmitten dieser Familie kam sie ihm vor wie ein Kätzchen unter einem Rudel Wölfe.

»Wo ist mein Gemahl … Wo sind die anderen?« Bei Finns Anblick verstummte sie. Ihr Blick glitt zu dem blutgetränkten Beutel, und ein schmerzliches Wimmern entrang sich ihrer Kehle.

Es war nicht seine Aufgabe, doch da keiner sonst der Witwe Trost spendete, humpelte Finn an ihre Seite und legte ihr eine Hand auf die Schulter.

»Danke, dass du uns etwas bringst, das wir bestatten können.« In ihren Augen standen Tränen, als sie zu ihm aufblickte.

Sie war die einzige Sinclair, die weinte. George wartete seit mindestens zwanzig Jahren darauf, dass sein Vater starb, und bemühte sich nicht, seine Genugtuung zu verbergen. Mit einer knappen Handbewegung bedeutete er einem seiner Männer, den blutigen Sack fortzuschaffen, dann nickte er Finn auffordernd zu.

Und obwohl Finn seine Aufgabe schnell hinter sich bringen wollte, damit er wieder gehen konnte, berichtete er in allen Einzelheiten, wie die Schlacht verlaufen war. Ausführlich sprach er von der Tapferkeit und der Geschicklichkeit der gefallenen Sinclair-Krieger, die in Wahrheit eine demütigende Niederlage erlitten hatten.

»Die Hexe prophezeite, dass diejenigen, deren Blut als Erstes vergossen würde – Orkneys oder Sinclairs –, die Schlacht verlieren würden«, sagte George nachdenklich, als Finn geendet hatte. »Hat mein Vater ihre Warnung nicht beachtet?«

Finn hätte es vorgezogen, darüber keine Auskunft geben zu müssen.

»Kurz, nachdem wir an Land gegangen waren, trafen wir auf einen jungen Burschen, der Schafe hütete«, erwiderte er unbehaglich. »Dein Vater befahl, ihn zu töten.«

Die Ermordung des unschuldigen jungen Mannes war das Schlimmste an der ganzen verdammten Geschichte gewesen. Finn hatte schon da gewusst, dass er im Begriff war, einen schweren Fehler zu machen. Hätte er ein eigenes Boot gehabt, er wäre umgehend umgekehrt.

»Ich lasse die Hexe für ihre falsche Vorhersage töten«, murmelte George zwischen zusammengebissenen Zähnen.

»Ihre Vorhersage war korrekt«, wandte Finn ein. »Wie sich herausstellte, gehörte der Bursche zu einer der Sinclair-Familien, die auf Orkney geblieben sind.«

»Wie kommt es, dass du überlebt hast?« George hieb ihm seine schwere Hand auf die – unübersehbar verletzte – Schulter.

Finn biss die Zähne zusammen, damit ihm kein Schmerzenslaut entfuhr.

»Siehst du nicht, dass der arme Junge verwundet ist?« Tadelnd musterte Mary erst ihren Sohn, dann auch ihre Enkel. »Im Gegensatz zu euch hat Finlay den Stammesfürsten nach Orkney begleitet und an seiner Seite gekämpft.«

Finn verspürte einen Anflug von schlechtem Gewissen. Es war nicht Bündnistreue gewesen, die ihn veranlasst hatte, mit George zu segeln, sondern das Versprechen auf eigenes Land.

»Jetzt bin ich Stammesfürst.« Georges Augen funkelten, während er auf seine Mutter herunterblickte. »Und ich verbiete dir, so mit mir zu sprechen.«

»Großvaters Versuch, Orkney zurückzuerobern, war töricht und gedankenlos und kostete nicht nur viele Krieger der Sinclairs das Leben, sondern ermutigt unsere Feinde auch noch, uns hier in Caithness anzugreifen«, stellte Barbara nüchtern fest. »Wir sind geblieben, um zu schützen, was uns gehört.«

»Komm, mein Junge.« Mary nahm Finlay beim Arm. »Lass mich deine Wunden versorgen.«

Erneut biss er die Zähne zusammen, um sich nicht auf die alte Frau zu stützen und zu riskieren, dass sie beide stürzten, als sie ihn die Treppe hinauf in eine der Schlafkammern führte. Sein Bein und die Wunde an seiner Schulter taten entsetzlich weh.

Mary schickte nach einer Stärkung, und Finn schlang das Essen herunter, während sie seine Verletzungen säuberte, nähte und mit großer, durch Übung erworbener Geschicklichkeit bandagierte. Nachdem sie fertig war, half sie ihm, ein sauberes Hemd anzuziehen, das einem ihrer Enkel gehörte.

»Du solltest ein paar Tage das Bett hüten, damit die Wunden heilen können«, riet sie ihm ernst.

Bei den Sinclairs zu bleiben schien ihm die schlechteste aller Möglichkeiten.

»Das würde ich gern«, log er rasch, »aber ich sollte meine Familie wissen lassen, dass ich am Leben bin, ehe sie die Nachricht von der Schlacht erreicht.«

Mary widersprach nicht, obwohl sie genau wie er wusste, dass niemand in seiner Familie traurig wäre, wenn Finn nicht wiederkam.

»Die Sinclairs erwarten, dass du wenigstens einen Tag bleibst, damit du den Ord nicht an einem Montag passieren musst«, gab sie zu bedenken.

Die Mitglieder des Clans Sinclair waren noch abergläubischer als alle anderen Highlander, und das wollte etwas heißen. Sie selbst hatten den Ord of Caithness, den Pass, der die Grenze zwischen Caithness und Sutherland markierte, an einem Montag überquert, auf dem Weg in den Kampf gegen die Engländer. Weil die meisten ihrer Krieger in der Schlacht bei Flodden gefallen waren, hatte danach kein Sinclair mehr den Ord an einem Montag passiert.

»Mehr Pech als jetzt kann ich ohnehin kaum noch haben, also riskiere ich es«, sagte Finn lachend.

»Versteh mich nicht falsch.« In Marys Stimme lag eine Dringlichkeit, die er zuvor nicht gehört hatte. »Zwar wünschte ich, du könntest bleiben, damit deine Wunden verheilen, aber du musst heute Nacht noch aufbrechen. Du bist hier nicht sicher.«

Das glaubte er ihr aufs Wort. »Warum?«, fragte er dennoch.

»George ist gefährlich, und du weißt, wie er zu dir steht.«

»Was hat er eigentlich gegen mich?«

»Ich denke, das weiß nicht einmal er selbst, aber er kann dich nicht leiden.«

Er hatte so eine Ahnung, dass sie ihm nicht alles erzählte, was sie wusste. Andererseits war es leicht, George zu beleidigen, deshalb war alles möglich. Höchstwahrscheinlich hatte George irgendeine Frau haben wollen, die stattdessen mit Finn ins Bett gegangen war.

»Er hätte sich nicht getraut, dir etwas zu tun, solange sein Vater am Leben war«, fuhr Mary fort. »Aber nun, da er der Stammesfürst ist, kann er machen, was er will, und niemand wird es wagen, ihn davon abzuhalten.«

»Außer seiner Mutter.« Finn zwinkerte ihr zu.

»Ich habe meinen Sohn und seine Kinder aufgegeben, bis auf John«, erwiderte Mary mit erstickter Stimme. »Für John gibt es noch Hoffnung.«

Zumindest hatte es sie einmal gegeben. Die beiden anderen Jungen hatten Finn damals festgehalten, während Barbara seinen Hund tötete. John hatte sie überrascht und versucht, Barbara daran zu hindern, doch es war zu spät gewesen.

»Sein Vater verwechselt Johns Anständigkeit mit Schwäche.« Tränen glänzten in Marys Augen.

Finn nickte, obwohl er befürchtete, dass Johns vergebliche Versuche, die Anerkennung seines Vaters zu gewinnen, seinen Charakter mittlerweile verdorben hatten.

Marys düsterer Warnung zum Trotz schlief Finn wie ein Toter, bis sie ihn mitten in der Nacht wecken kam.

Sie führte ihn über die Hintertreppe in eine winzige Kammer und öffnete eine geheime Tür in der Wandvertäfelung. Dahinter wurde ein muffig riechender Tunnel sichtbar.

»Der Gang mündet in einer Höhle an der Küste des nächsten Meeresarms«, erklärte Mary flüsternd. »Mein Neffe hält sich zurzeit auf Old Wick Castle auf. Von ihm erhältst du ein Pferd.«

Ihr Neffe, Sutherland of Duffus, besaß mehrere Burgen. Old Wick lag glücklicherweise nur ein paar Meilen entfernt an der Küste.

»Pass gut auf dich auf, Finlay.« Sie stellte sich auf die Zehenspitzen und küsste ihn auf die Wange. »Andere magst du täuschen können, vielleicht sogar dich selbst, aber ich weiß, dass du ein gutes Herz hast und eine reine Seele.«

Er hatte nicht den blassesten Schimmer, wie sie darauf kam.

»Kehrst du zu den Gordons zurück?«

»Aye.« Er nickte, obwohl er keineswegs sicher war, dass der Clan seines Vaters ihn wiederhaben wollte. Und selbst wenn, die Gordons würden ihm nicht mehr trauen, nachdem er für einen feindlichen Clan gekämpft hatte.

Finn wusste nicht, was sie als Beweis seiner Loyalität von ihm verlangen würden, aber es würde ihm nicht gefallen.

Als sie Finlay nachblickte, bis er in der Dunkelheit verschwand, spürte Mary ihr Alter. Sie schloss die geheime Pforte und presste ihre Hand gedankenverloren gegen das Türblatt. Vielleicht hätte sie ihm sagen sollen, was sie wusste. Sie war alt und müde und würde die Chance dazu vielleicht nicht noch einmal erhalten.

Aber was sollte dabei herauskommen?

Nein, es war besser, wenn er es nie erfuhr.

2. Kapitel

Ich bitte Euch, Lady Margaret …« Der Bauer schüttelte den Kopf, als sie ihm zwei Pennys für die Äpfel gab. »Ihr dürft nicht die erstbeste Summe bezahlen, die ich Euch nenne. Das habe ich doch schon so oft gesagt.«

»Weshalb sollte ich handeln, wenn Ihr mir einen fairen Preis nennt?«, fragte sie lächelnd.

»Wenn Ihr es nicht tut, werden die Leute Euch ausnutzen.« Der Bauer drückte ihr die Münzen in die Hand und schüttelte verzweifelt den Kopf.

Sie führten diesen Wortwechsel jede Woche am Markttag. Der Mann war Witwer und hatte fünf Kinder, dennoch weigerte er sich, einen zusätzlichen Penny von ihr zu nehmen. Sobald er sich zu seinem nächsten Kunden umwandte, gab Margaret seiner Tochter eine Silbermünze, wie jede Woche.

»Guten Tag, Brian«, rief sie einem spindeldürren Burschen von etwa zwölf Jahren zu und näherte sich dem letzten Marktstand.

Die Augen des Jungen leuchteten auf, als er ihrer ansichtig wurde – vielleicht, weil fast niemand die armseligen Lumpenpuppen haben wollte, die seine Mutter anfertigte. Margaret kaufte an jedem Markttag eine, obwohl ihre sämtlichen Nichten und sogar die Kinder des Gesindes auf Blackadder Castle inzwischen mindestens zwei davon besaßen.

»Besucht Ihr den alten Thomas?«, fragte Brian fröhlich.

»Aye.« Sie ging oft ins Dorf, um den früheren Stallmeister von Drumlanrig Castle zu sehen. »Geht es deiner Mutter heute nicht gut?«

Brian nickte. Der Mann, mit dem seine Mutter verheiratet war, vertrank das bisschen, das sie besaßen. Und sie war in ihrer Ehe gefangen. Nur reiche, mächtige Männer wie Margarets ehemaliger Gatte konnten sich eines unerwünschten Ehepartners entledigen, und das auch noch mit dem Segen der Kirche.

»Und wie geht es deiner Schwester?«, fragte Margaret. Das kleine Mädchen hatte sich hinter seinem großen Bruder versteckt.

Ella war ein scheues Kind von drei Jahren. Sie hatte große blaue Augen und zerzaustes helles Haar. Margaret schmolz das Herz, als die Kleine hinter Brian hervorspähte und sie anlächelte. Sie hätte alles gegeben, ein Kind wie Ella zu haben. Der Gedanke rief den altvertrauten Schmerz in ihrem Herzen wach, und sie sagte sich, dass es keinen Zweck hatte, sich etwas zu wünschen, das sie ohnehin nie haben würde.

Was taugte ein Eheweib, das unfähig war, einen Erben auszutragen? Es war nutzlos! Schlimmer als nutzlos! Margaret presste ihre Fingerspitzen gegen die Schläfen. Würde sie Williams Stimme denn nie aus dem Kopf bekommen?

»Die da wird perfekt in meine Sammlung passen.« Sie griff nach einer der Lumpenpuppen und gab Brian eine Münze. Im Begriff zu gehen, hielt sie noch einmal inne und überlegte, ob ihr Angebot den Jungen in Verlegenheit bringen oder ihm wie ein leeres Versprechen erscheinen würde.

»Wenn ich dir irgendwie helfen kann«, sagte sie schließlich, »lass es mich wissen.«

Sie setzte ihren Weg fort, bis sie das weiß gekalkte Cottage am Rande der Ortschaft erreichte.

»Thomas!« Sie klopfte an die Tür.

Der Stallmeister öffnete und lachte dabei über das ganze Gesicht. »Lady Margaret, Ihr solltet Euch nicht so viel Mühe machen mit mir altem Mann.«

Der alte Mann hatte ihr das Leben gerettet. Nachdem sie sieben Jahre lang Burgherrin auf Drumlanrig Castle gewesen war, hatte Thomas sich als einziges Mitglied des Haushalts bereit erklärt, sie in der Nacht, in der ihr Ehemann sie vor die Tür gesetzt hatte, zu begleiten.

»Ich freue mich jedes Mal auf den Besuch bei dir«, beteuerte Margaret lächelnd. »Und der heutige wird ja auch für ein paar Wochen der letzte sein.«

Thomas wollte seine Nichte und ihre Familie besuchen, und während Margaret ihm beim Packen half, unterhielten sie sich.

»Am besten sehe ich zu, dass ich gleich aufbreche«, sagte Thomas, als sie fertig waren.

Als sie ihm half, sein Gepäck auf ebenjenen Karren zu laden, mit dem er sie aus Drumlanrig fortgebracht hatte, stieg ein mulmiges Gefühl in Margaret auf. Bei der Erinnerung daran, wie ihr der Regen ins Gesicht gepeitscht und die Kälte durch die nasse Decke bis in ihre Knochen gedrungen war, überlief sie ein Zittern. Die Verzweiflung hatte sie damals beinahe umgebracht.

Thomas legte ihr eine Hand auf die Schulter. »Seid Ihr wohlauf, Mädchen?«

»Aber ja, ich werde dich nur sehr vermissen.« Sie lächelte strahlend und küsste ihn zum Abschied auf die Wange. »Ich wünsche dir eine gute Reise.«

Nachdem er fort war, setzte sie sich auf die Bank vor seinem Haus und wartete auf Alison.

Es dauerte nicht lange, bis ihre Schwester eintraf. »Tut mir leid, dass ich mich verspätet und Thomas verpasst habe«, stieß sie atemlos hervor und lächelte. »Ich musste mich umziehen, nachdem meine beiden Jüngsten mich mit ihren klebrigen Fingern angefasst hatten.«

Ihre Schwester würde in einem Monat niederkommen – zum wiederholten Male. Sie erfreute sich bester Gesundheit.

»Wenn du guter Hoffnung bist, blühst du regelrecht auf.« Margaret hakte sich bei Alison unter und führte sie zu dem Grundstück neben Thomas' Häuschen. »Ich wollte dich hier treffen, damit du siehst, wo mein Haus errichtet wird.«

Bei dem Gedanken, ein eigenes Heim zu haben, weitete sich Margaret die Brust.

»Ich verstehe nicht, weshalb du es vorziehst, im Dorf zu leben, statt auf der Burg bei uns.« Alison schüttelte den Kopf. »Wirst du dich nicht einsam fühlen?«

»Das Dorf liegt nicht weit von der Burg entfernt.« Margaret drückte ihrer Schwester die Hand, wie um ihr Verständnis zu erzwingen. »Wir können uns auch weiterhin täglich sehen.«

Sie hatte Monate gebraucht, um den Mut zu finden, über ihr Vorhaben zu sprechen. Um ihren Schwager David zu überzeugen, musste sie dem Bau eines Hauses zustimmen, das viel größer war, als sie es brauchte, und außerdem die Dienste eines Ehepaars in Anspruch nehmen, das bei ihr wohnen würde. Margaret wusste nicht, welche Fähigkeiten die Frau besaß, doch der Mann hatte Oberarme wie ein Hufschmied und trug eine Axt an seinem Gürtel.

Ihre Schwester zu überreden war schwieriger gewesen. Margaret hatte lange gebraucht, um eine Erklärung zu finden, die Alisons Gefühle nicht verletzte.

»Wir wollen dich gerne bei uns haben«, beharrte Alison auch jetzt wieder. »Unser Haus ist auch deines.«

»Du warst so überaus freundlich zu mir«, erwiderte Margaret sanft. »Und ich bin dir unendlich dankbar.«

Aber inmitten dieser glücklichen, ausgelassenen Familie zu leben erinnerte Margaret ständig an die Familie, die sie selbst nie haben würde. Sie brauchte einen Ort für sich allein, ein Haus, das sie zu ihrem Heim machen konnte.

»Aber warum verlässt du uns dann?«, fragte Alison gepresst.

»Ich will keine alte, unverheiratete Tante werden, die in der Turmkemenate wohnt.«

»Hör auf mit dem Unsinn.« Alison lachte. »Natürlich wirst du wieder heiraten. Schließlich bist du nicht nur die liebste und freundlichste der Douglas-Schwestern, sondern auch die schönste.«

Wozu taugt Schönheit, wenn die Frau im Bett so kalt ist wie ein Fisch? Margaret zuckte zusammen, als sie Williams Stimme in ihrem Kopf vernahm. Und was es noch schlimmer machte, war die Tatsache, dass die Worte zutrafen. Im Unterschied zu ihren Schwestern war sie keine leidenschaftliche Frau.

»Ich fürchte, es gibt nicht viele Männer, die eine unfruchtbare Frau ohne Land und Vermögen heiraten würden«, erwiderte sie nüchtern. »Eine Frau, deren Brüder wegen Hochverrats verbannt wurden.«

»Unsere Brüder machen die Sache in der Tat schwierig.« Alison tippte sich nachdenklich gegen die Wange. »Aber wenn es so weit ist, wirst du einen Mann finden, der deiner wert ist und der den Zorn der Königin nicht fürchtet.«

»Die einzigen Männer in Schottland, auf die diese Beschreibung zutrifft, sind mit meinen Schwestern verheiratet.« Margaret lächelte. »Abgesehen davon kann ich keine Kinder bekommen. Weshalb also sollte ich ein zweites Mal heiraten wollen?«

»Um dein Bett zu wärmen?« Alison lächelte schelmisch.

Gott bewahre. Margaret hatte ihre ehelichen Pflichten bestenfalls als unangenehm empfunden, und meistens schlimmer als unangenehm. All der Schmerz und die Demütigung, nachdem ihr Ehemann sie vor die Tür gesetzt und ihre Heirat annulliert hatte, wogen nichts im Vergleich zu der Erleichterung, dass sie ihm nie wieder würde gestatten müssen, sie zu berühren.

Sie musste wieder an den Moment denken, da Alison ihr gesagt hatte, dass Margaret endlich frei war von William, und sie drückte ihrer Schwester die Hand.

Sie war weit gekommen seit jener schrecklichen Nacht, und sie würde ihrer Schwester ewig dankbar sein für den liebevollen Schutz, den sie und ihr Ehemann ihr damals gewährt hatten. Aber Blackadder Castle erinnerte sie immer daran, in welchem Zustand sie dort angekommen war, und an die lange Zeit ihrer Genesung. Sie hatte ihre Gesundheit wiedergewonnen, doch ihr gebrochenes Herz und ihr verletzter Stolz waren nicht verheilt.

Aber sie hatte ihre Freiheit. Und bald würde sie auch ein eigenes Zuhause haben.

Es machte ihr nichts aus, dass es ein bescheidenes Heim sein würde und keineswegs eine prächtige Burg wie die, in der sie bisher gelebt hatte. Den Traum von einem freundlichen, treuen Ehemann hatte sie ohnehin längst aufgegeben. Aber die Kinder nicht bekommen zu können, nach denen sie sich mit jeder Faser ihres Seins sehnte, und der Verlust dieser Hoffnung hatten eine Leere in ihr hinterlassen, die nichts je wieder füllen würde.

Dennoch war sie entschlossen, sich ein eigenes Leben aufzubauen. Ein ruhiges, friedliches Leben. Vielleicht würde es manchmal einsam sein, aber es gab Schlimmeres als Einsamkeit.

Der Anblick einer vertrauten Gestalt zu Pferde, die auf sie zu galoppierte, unterbrach ihre Gedanken.

Alison seufzte. »Man sollte doch meinen, ihre Hexe von einer Mutter hätte sie besser unter Kontrolle.«

Lizzie, ihre sechzehnjährige Cousine, brachte ihr Pferd zum Stehen und glitt in einer fließenden Bewegung aus dem Sattel. Sie trug Hosen und hatte das Haar unter eine Mütze gestopft.

»Sag bloß nicht, dass du allein hierhergeritten bist.« Alison schlug ihren strengsten Mutterton an.

»In Ordnung, ich sage es nicht.« Lizzie grinste.

»Du bringst dich in Gefahr.« Alison war offenbar nicht bereit, die Sache auf sich beruhen zu lassen. »Du bist zu alt, um für einen Jungen durchzugehen.«

»Aber ich wollte doch, dass du die Neuigkeiten erfährst!«

Eine ungute Vorahnung beschlich Margaret.

»Der Stern der Familie Douglas ist wieder im Aufstieg begriffen!« Lizzie griff Margaret an den Händen und tanzte mit ihr im Kreis herum. »Eure Brüder und mein Vater sind aus dem Exil zurück!«

»Was?« Alison fasste Lizzie am Arm und hielt sie fest.

»Sie sind zurück in Schottland«, erläuterte Lizzie atemlos. »Archibald hat die Unterstützung seines Schwagers, Heinrichs VIII. von England, und der Hälfte der schottischen Adligen. Sämtliche Ländereien und Titel wurden den Douglas zurückgegeben.«

Margaret runzelte die Stirn. »Die Königin will Archibald zurücknehmen?«

Es war kaum zu glauben. Die Frau war angeblich so wütend auf Archibald gewesen, dass sie ihren Bruder gebeten hatte, eine Ehescheidungsklage für sie einzureichen.

»König Heinrich forderte sie auf, sich mit Archibald zu versöhnen und ihm eine gute Ehefrau zu sein.« Lizzies Augen funkelten vor Belustigung. »Doch als Archibald sich Holyrood Palace näherte, ließ sie Kanonen auf ihn abfeuern!«

Archibalds Selbstbewusstsein brachte Margaret immer wieder zum Schmunzeln. Doch ihr Lächeln verblasste rasch, und sie tauschte einen besorgten Blick mit Alison.

»Ich hoffe, er hat aus seinen Fehlern gelernt«, sagte Alison leise. »Aber ich fürchte, er ist so ehrgeizig wie eh und je.«

Archibald Douglas hatte sich die Macht der Krone schon zweimal erobert, und zweimal war er gestürzt worden und hatte sie wieder verloren. Das erste Mal, als er die frisch verwitwete Königin überredete, ihn heimlich und ohne die Erlaubnis des Parlaments zu ehelichen, und damit einen solchen Aufruhr erzeugte, dass die Königin nach England flüchtete und die Männer der Douglas sich in ihrer mächtigen Festung

Tantallon Castle verschanzen mussten, bis der politische Wind seine Richtung geändert hatte.

Das zweite Mal, nachdem der Konflikt zwischen den Douglas und ihren Rivalen in jener blutigen Straßenschlacht mitten in Edinburgh gipfelte, die als Battle of the Causeway berühmt wurde. Das Land hatte damals am Rand eines Bürgerkrieges gestanden, woraufhin ihre Brüder und Onkel des Hochverrats angeklagt wurden und ins Ausland fliehen mussten, um ihre Haut zu retten.

Auch Margaret hatte schlimme Erinnerungen an jenes schreckliche Blutvergießen in Edinburgh.

»Jetzt kannst du Rache an William dem Widerlichen üben.« William der Widerliche war der Schimpfname, den Lizzie dem früheren Gemahl Margarets verpasst hatte. »Archibald wird ihn in siedendes Öl tunken für das, was er dir angetan hat.«

»Ich will keine Rache.« Es würde ihm nur viel zu viel Platz in ihren Gedanken einräumen, nachdem sie die letzten drei Jahre damit verbracht hatte, ihn zu vergessen. »Das Einzige, was ich möchte, ist, ihn nie wieder sehen oder hören zu müssen.«

Lizzie ließ ein burschikoses Schnauben hören. »Das steht auch nicht zu befürchten. William der Widerliche hat nicht den Schneid, sich zu zeigen, jetzt, da unsere Familie wieder im Aufwind ist.«

»Eins ist jedenfalls sicher.« Alison ließ ihren Blick über das Grundstück schweifen. »In einem Cottage im Dorf wirst du nicht leben können.«

Margaret spürte, wie ihr das Blut aus dem Kopf wich.

»Nun, da die Anklage wegen Hochverrats fallen gelassen wurde«, fuhr Alison unbekümmert fort, »kann Margaret Tudor uns nicht länger der Komplizenschaft beschuldigen und mit Gefängnis drohen.«

Der Zorn der Monarchin hatte sich auf die gesamte Familie Douglas erstreckt. Alisons Ehemann jedoch war ein so mächtiger Laird, dass sie auf seinem Land sogar vor der Königin sicher waren.

»Du kannst auf Tantallon Castle wohnen«, sagte Alison in ihre Gedanken hinein. »Aber ich rechne damit, dass du eine Menge Zeit am Hof verbringen wirst.«

»Ich will weder das eine noch das andere.« Margaret schüttelte den Kopf.

»Das wird unsere Brüder nicht interessieren«, erwiderte Alison nüchtern. »Wenn Archibald zurückkommt, wird er seiner Schwester – und besonders seiner einzigen unverheirateten Schwester – nicht gestatten, in einer besseren Bauernhütte zu wohnen.«

Margaret war, als tue sich die Erde unter ihr auf. Alles in ihr sträubte sich dagegen, sich von den Männern ihrer Familie vorschreiben zu lassen, wo und wie sie zu leben hatte. Es war ihnen schließlich auch egal gewesen, was aus ihr wurde, als sie aus Schottland geflohen waren und es dem Rest der Familie überlassen hatten, sich mit den Folgen herumzuschlagen.

Aber Archibald Douglas, der sechste Earl of Angus, war nicht einfach nur ihr Bruder. Er war das Familienoberhaupt, der Stammesfürst der Douglas und, was das Wichtigste war, der Stiefvater des jungen Königs. Nun, da er mit der Unterstützung Heinrichs VIII. und vieler schottischer Adliger zurückgekommen war, gehörte er wieder zu den mächtigsten Männern in Schottland.

»Wenn du das nicht möchtest, kannst du bei uns auf der Burg bleiben.« Alison legte Margaret den Arm um die Schulter. »Du kannst dich darauf verlassen, dass mein Gemahl dich vor Archibald schützt.«

Das würde einen gefährlichen Konflikt zwischen ihrem Bruder und ihrem Schwager heraufbeschwören. So konnte und wollte sie Alison und ihrem Mann nicht vergelten, was die beiden Gutes für sie getan hatten.

»Ich werde mir ein andermal Gedanken darüber machen«, beruhigte sie sich selbst. »Erst einmal wird Archibald sowieso zu beschäftigt sein, um sich mit mir zu befassen.«

»Er hat einen Trupp Männer geschickt, die dich holen sollen.« Lizzie biss sich auf die Unterlippe. »Ich bin wie der Teufel geritten, um vor ihnen hier zu sein und dich zu warnen, aber sie werden bald eintreffen.«

Margarets rechte Hand flog zu ihrer Kehle. »Sie sind schon auf dem Weg?«

»Aye.« Lizzie nickte. »Sie waren nicht allzu weit hinter mir.«

Margaret stieß die Tür zu Thomas' Cottage auf und ließ sich auf einen Küchenschemel sinken. Würde sie wieder so leben können wie früher?

Hatte sie eine Wahl?

Sie war in einer der mächtigsten Familien Schottlands aufgewachsen, an ein Leben in prächtigen Burgen, an kostbare Gewänder und Juwelen und häufige Aufenthalte bei Hofe gewöhnt. Der Sturz ihrer Familie und die damit einhergehenden Verluste waren hart gewesen, aber sie hatte beides bewältigt und überlebt.

Ihr früheres Leben fehlte ihr nicht. Es hatte ihr ohnehin nur Kummer gebracht.

Der Hufschlag von mindestens zwei Dutzend Pferden, die in das Dorf einritten, erschütterte die kleine Küche wie ein Echo aus der Vergangenheit und trampelte ihre Hoffnung auf ein bescheidenes, zurückgezogenes Leben nieder.

Vor der Tür zur Großen Halle von Huntly Castle, dem Sitz des mächtigen Stammesfürsten der Gordons, blieb Finn stehen. Vor einem Monat noch war er Mitglied der Leibgarde des Earl of Huntly gewesen, ein achtbarer Rang für einen Krieger des Clans. Und er hatte ihn aufgegeben für nichts.

Huntly zu fragen, ob er ihn zurücknahm, war eine Demütigung, die er lieber nicht in nüchternem Zustand erleben wollte. Doch obwohl er schon den ganzen Tag getrunken hatte, um vorbereitet zu sein, nahm er den Flakon noch einmal aus der Tasche, um sich einen letzten Schluck zu genehmigen.

Nun ja, so schlimm konnte es eigentlich nicht werden. Selbst wenn Huntly ihn in den Kerker warf, weil er für einen feindlichen Clan gekämpft hatte, würde er diesmal wenigstens keinen abgehackten Kopf abliefern müssen.

Trotzdem war es sträflich, die Gordons zu unterschätzen. Zwar brannte der Clan Sinclair schon für eine Nichtigkeit ganze Dörfer nieder, doch in Sachen Hinterlist und Eigennutz konnte niemand den Gordons das Wasser reichen. Während die Sinclairs in der Schlacht bei Flodden ihren Mann gestanden hatten und für den König gestorben waren, hatten die beiden Earls des Gordon-Clans, Huntly und Sutherland, vorausgesehen, wie das Ganze ausgehen würde, und sich in Sicherheit gebracht.

Eine Dienerin, mit der er wahrscheinlich irgendwann einmal geschlafen hatte, grüßte ihn, als er die Halle betrat.

»Ich glaube, den kannst du gebrauchen, Finlay *Aluinn* – hübscher Finlay.« Sie reichte ihm einen Becher Whisky.

»Hast du seherische Gaben, mein Herzchen?« Finn zwinkerte ihr zu.

»Es war sterbenslangweilig ohne dich.« Sie lehnte sich zu ihm vor und flüsterte ihm ins Ohr: »Wir könnten uns heute Nacht im Stall treffen.«

Er schenkte ihr ein unverbindliches Lächeln. Wenn die Nacht anbrach, befand er sich vielleicht schon im Turmverlies. Davon abgesehen hatte er kein Interesse, was ihn überraschte, denn eigentlich entsprach sie genau seinem Typ Frau – drall, willig und ohne Ansprüche, die über eine Nacht im Heu hinausgingen.

In der Halle herrschten noch mehr Gedränge und Stimmengewirr als gewöhnlich, und er fragte sich, was wohl geschehen sein mochte. Vielleicht hatte Huntly eine Verlobung für seine Enkelin ausgehandelt. Was immer passiert war, Finn hoffte, dass es den Earl in gute Laune versetzte und er sich für sein Anliegen aufgeschlossen zeigen würde.

Er unterdrückte ein Stöhnen, als er seine Mutter entdeckte, die, seinen Vater im Schlepptau, auf ihn zustrebte. Verdammt, es war zu spät zu fliehen. Sie hatte ihn bereits gesehen. Sie war einmal eine außergewöhnliche Schönheit gewesen, hieß es, doch das Gefühl, unter ihren Möglichkeiten verheiratet worden zu sein, hatte missmutige Falten in ihre Stirn eingegraben.

»Wir haben nicht damit gerechnet, dass du hier auftauchst.« Seine Mutter reckte das Kinn. »Wir dachten, du lebst jetzt auf Orkney.«

»Ich freue mich auch, dich zu sehen, Mutter.« Finn nickte seinem Vater zu, der wahrscheinlich zu betrunken war, um es zu bemerken.

»Was hast du verbrochen, dass mein Onkel Sinclair beschlossen hat, dir die versprochenen Ländereien nicht zu geben?«, fuhr seine Mutter gnadenlos fort.

Finn zuckte mit den Schultern. »Die Sinclairs haben die Schlacht verloren.«

»Na also, ich sagte dir doch, dass nichts dabei herauskommt.«

Anscheinend war seiner Mutter entfallen, dass sie ihn zu dem Unternehmen ermutigt hatte. Aber das sagte er nicht laut.

»Ich fürchte, ich habe schlechte Neuigkeiten.« Er machte eine Pause. »Dein Onkel und die meisten seiner Krieger, die mit ihm nach Orkney gesegelt waren, wurden getötet.« Er erzählte ihr von dem Kopf, den er den Sinclairs gebracht hatte. Sie würde es ohnehin erfahren.

»Dann ist mein Vetter George jetzt Stammesfürst.« Sie kniff die Augen zusammen. »Er wird ein starker Anführer sein.«

Es erstaunte Finn nicht besonders, dass sie den Tod ihrer Verwandten mit einem Schulterzucken abtat. Seine Mutter war kein sentimentaler Mensch.

»Wie kommt es, dass du die Schlacht überlebt hast, wenn so viele andere fielen?« In ihrer Stimme lag der gleiche Unterton, mit dem George Sinclair ihm diese Frage gestellt hatte.

»Es tut mir leid, dich enttäuschen zu müssen, Mutter«, erwiderte er bissig.

»Du weißt genau, da... daschi es so nicht gemeint hat«, mischte sein Vater sich nuschelnd ein. »An... anworte deiner Mutter.«

»Sie wählten mich für die Aufgabe, den Kopf bei den Sinclairs abzuliefern. Ich nehme an, ich hatte einfach Glück.« Finn zuckte mit den Schultern. Die Männer von Orkney hatten ihm gesagt, er wäre wegen seiner Tapferkeit im Kampf erwählt worden, doch das würde seine Familie niemals glauben.

»Und nun kommst du angekrochen und willst den Earl of Huntly anbetteln, dich zurückzunehmen?«, fragte seine Mutter hämisch. »Wie kam ich nur auf die Idee, mehr von dir zu erwarten?«

Allmächtiger, er brauchte einen Whisky. Wo war die Magd abgeblieben? Finn sah über die Schulter in der Hoffnung, sie zu entdecken, doch stattdessen fiel sein Blick auf seinen Bruder Bearach und dessen Gemahlin. Sie kamen zügig in seine Richtung. Um Himmels willen, nicht auch noch diese beiden.

Anscheinend hatte Gott beschlossen, ihn schon auf Erden für seine Sünden zu bestrafen.

»Im Gegensatz zu dir macht Bearach der Familie alle Ehre«, legte seine Mutter den Finger in die Wunde, als die beiden zu ihnen traten. »In dem Aufruhr in Edinburgh kämpfte er heldenhaft gegen die Douglas.«

Finn lächelte unverbindlich, was sie, wie er wusste, ärgern würde, und hielt den Mund. Doch dann begegnete sein Blick dem Bearachs, und die bittere Erinnerung an seinen älteren Bruder, den er während der Schlacht feige zusammengekauert in einer Torfahrt gefunden hatte, ließ sich nicht verdrängen.

»Zieh dein Schwert und kämpfe, verdammt!«, hatte er ihn angebrüllt, als ein halbes Dutzend Krieger durch die enge Gasse auf sie zugestürmt war. Aber während Finn sie zurückgeschlagen hatte, war sein Bruder geflohen.

Der Vorfall stand zwischen ihnen, vergiftete die Atmosphäre wie ein stinkender Fisch. Bearach verzieh ihm nicht, dass er ihm das Leben gerettet hatte und Zeuge seiner Feigheit geworden war. Und obwohl Finn nie so tief gesunken wäre, jemandem von der Sache zu erzählen, hätte er es genauso gut tun können. Egal, wie er sich verhielt, für seine Familie war und blieb er ein Taugenichts.

»Was wirst du jetzt tun?«, erkundigte Curstag, Bearachs Gemahlin, sich neugierig.

Finn konnte nicht länger vermeiden, sie anzusehen. Curstag war eine schwarzhaarige Schönheit, und obwohl er sich Mühe gab, war das Gefühl ihrer üppigen Rundungen unter seinen Händen ihm noch genauso lebhaft in Erinnerung wie ihre sinnlich dahingesäuselten Beteuerungen, dass sie ihn liebe. Damals war er sechzehn gewesen und hatte ihr geglaubt.

Sie stellte die Frage ohnehin nur, damit er sich daran erinnerte, daher schenkte er ihr ein träges Lächeln, um ihr zu zeigen, dass er seinen Liebeskummer weit hinter sich gelassen hatte.

»Ich bin hier, um mit Huntly zu reden«, antwortete er leichthin. »Aber vorher habe ich ein Stelldichein mit einem Mädchen, also mache ich mich wohl besser auf den Weg.«

»Du kommst zu spät«, sagte seine Mutter, noch ehe er zwei

Schritte gegangen war. Er wandte sich um und sah sie an. »Zu spät wofür?«

»Um mit Huntly zu reden.«

Er hatte die Burg verlassen? Verdammt. »Wo ist er hin?«

»In sein Grab«, entgegnete seine Mutter trocken. »Der Earl of Huntly ist tot.«

Fast konnte Finn die Elfen schadenfroh lachen hören über sein Pech. Himmel und Hölle, was sollte er jetzt machen? Als erfahrener Krieger konnte er nach Irland oder Frankreich gehen und Söldner werden, aber er wollte Schottland nicht verlassen.

»Warum kommst du nicht nach Hause nach Garty?«, schaltete sein Vater sich ein. »Wenigstens bis du weißt, was du als Nächstes tun willst.«

Grundgütiger, so tief konnte er doch nicht gesunken sein. Lieber verdingte er sich als Söldner oder verbrachte den Rest seiner Tage im Verlies irgendeines seiner Verwandten, als dass er zurück zu seinen Eltern ging.

»Ich weiß das Angebot zu schätzen, Vater, aber …«

»Ich bitte dich, Finlay ist ein erwachsener Mann«, fiel seine Mutter ihm ins Wort und stützte eine Hand auf die Hüfte. »Weder braucht noch verdient er unsere Hilfe.«

Weiter kam sie nicht, denn just in diesem Moment zeigte der Himmel Erbarmen und schickte Finn einen Engel in Gestalt von Janet Kennedy, der früheren Geliebten König James IV. Janet trat an Finns Seite und rettete ihn vor seiner Familie. Sie herauszufordern traute sich nicht einmal seine Mutter.

»Ich brauche Finlay«, lautete Janets knappe Erklärung, dann nahm sie ihn beim Arm und führte ihn fort.

»Gott segne dich.« Finn seufzte erleichtert.

»Wie hast du es geschafft, siebenundzwanzig Jahre mit dieser Frau bekannt zu sein und sie nicht zu ermorden?«, fragte Janet belustigt.

»Mich zu betrinken hilft.« Sie kamen an einem Tisch vorbei, und Finn schnappte sich eine Schnabelkanne mit Wein und zwei Becher. »Wo bringst du mich hin?«

»Nach oben«, erwiderte Janet unbestimmt. »Du und ich, wir müssen reden.«

»Nur reden?« Finn lächelte und hob eine Braue. Obwohl er nicht in der Stimmung war zu tändeln, nachdem er gehört hatte, dass Huntly tot war, wusste er, dass Janet es von ihm erwartete.

»Aye, nur reden.« Sie musste lachen.

Janet Kennedy war eine außergewöhnliche Frau und mit fünfundvierzig Jahren noch immer lebhaft und schön. In ihrer Jugend hatte das willensstarke Mädchen mit dem flammend roten Haar viele mächtige Männer angezogen, einschließlich des Königs. Sie war dreimal verheiratet gewesen. Ihre erste Ehe hatte der König annulliert, als sie seine Geliebte geworden war, und ihr dritter Ehemann hatte sich von ihr scheiden lassen. Sie hatte alle überlebt und genoss ihre Unabhängigkeit.

Sie hatte den zwanzigjährigen, sehr von sich überzeugten Finn mit in ihr Bett genommen und ihm Dinge beigebracht, für die ihr jede Frau, mit der er seitdem geschlafen hatte, dankbar sein musste. Die Affäre mit ihr lag Jahre zurück, doch sie waren gute Freunde geblieben.

Janet führte ihn die Wendeltreppe hinauf in eine kostbar ausgestattete Kemenate. Als Mutter zweier königlicher Bastarde war sie ein wichtiger Gast und wurde in einem der besten Gemächer untergebracht. Überdies war sie mit den Stammesfürsten der Gordons verwandt, was Finn und sie zu Cousin und Cousine dritten oder vierten Grades machte.

Janet setzte sich in einen der Sessel vor dem Kamin, Finn ließ sich in den anderen plumpsen und legte die Füße hoch.

»Musste Huntly unbedingt jetzt sterben?«, bemerkte er mürrisch. »Aber wahrscheinlich hätte er mich ohnehin nicht wiedergenommen.«

Als Janet den Becher Wein, den er ihr eingoss, ablehnte, trank er ihn selbst.

Sie hob eine Braue. »Ein Trunkenbold wie dein Vater zu werden ist keine Lösung für deine Probleme.«

Finn lächelte strahlend. »Ihm hilft das Trinken ziemlich gut.«

»Aber im Unterschied zu deinem Vater besitzt du kein Land«, gab sie zu bedenken. »Also musst du dich für jemanden, der dir Land geben kann, interessant machen.«

»Das habe ich versucht und bin deswegen beinahe auf Orkney gefallen.« Er hob seinen Becher. »Vielleicht sollte ich Huntlys Sohn meine Dienste anbieten. Ach nein, er ist ja auch tot. Der nächste Earl of Huntly ist dieser Jammerlappen von einem Enkel, richtig?«

Das Bild des fetten Jungen, der sich mit gezuckerten Pflaumen vollstopfte und das Gesinde anschrie, stieg vor Finns innerem Auge auf.

»Der wehleidige Huntly ist elf Jahre alt und befindet sich derzeit in der Obhut der Königin. Es ist eher unwahrscheinlich, dass er dich in seine Leibgarde aufnimmt.« Janet beugte sich vor und legte Finn eine Hand auf den Arm. »Abgesehen davon kannst du es besser haben. Du unterschätzt deine Fähigkeiten und steckst deine Ziele nicht hoch genug.«

»Ich bin der jüngere Sohn eines jüngeren Sohns und besitze kein eigenes Land«, hielt Finn dagegen. »Andere Aussichten, als mich als Krieger zu verdingen, habe ich nicht.«

»In diesem Punkt irrst du.« Wissend lächelnd lehnte Janet sich in den Sessel zurück. »Eine Witwe mit Titel und Land ist durchaus in deiner Reichweite.«

Finn seufzte. »Wenn du mich hierhergebracht hast, um dieses Thema zu besprechen, brauche ich etwas Stärkeres als Wein.«

»Du hast alles, was eine hochwohlgeborene Witwe mit eigenen Ländereien sich bei einem Ehemann wünscht.« Janet zählte die einzelnen Punkte an ihren Fingern herunter. »Du bist eng verwandt mit drei Earls und ein berühmter Krieger, der ihre Ländereien beschützen kann.«

Finn verdrehte die Augen. »Janet, bitte.«

»Dazu deine seelenvollen blauen Augen, das durchtriebene Lächeln, die muskulöse Gestalt, und ich glaube, du kannst ganz gut für dich sorgen.« Lächelnd setzte sie hinzu: »Nicht so gut wie ich natürlich. Aber mithilfe einer gut geplanten Heirat könntest du das, was du willst, durchaus erreichen.«

Finn runzelte die Stirn. »Das einzige Problem bei deinem Plan ist, dass ich keine Ehefrau will.«

Und schon gar keine hochwohlgeborene Ehefrau. Seine Mutter ließ niemanden in ihrer Umgebung vergessen, dass sie unter ihren Möglichkeiten geheiratet hatte. Die Frau seines Bruders war aus demselben Holz geschnitzt: eine ehrgeizige Intrigantin, auch wenn sie es nicht zu erkennen gab.

»Sag bloß nicht, dass du dieser schrecklichen Curstag immer noch nachtrauerst«, sagte Janet in seine Gedanken hinein. »Sie hat mit dir gespielt, während sie längst deinen Bruder erwählt hatte. Immerhin ist er der Erbe, während du nichts besitzt außer deinem Pferd, deinem Schwert und der Kleidung, die du am Leib trägst.«

»Die Geschichte mit Curstag ist lange her.« Er war tatsächlich so naiv gewesen zu glauben, dass sie ihn wollte, obwohl er keine Aussichten hatte. Ein Fehler, der ihm nie wieder unterlaufen würde.

»Wir Frauen müssen heiraten, um uns das Heim und die Stellung zu sichern, die wir vom Leben erwarten«, fuhr Janet fort. »Und genau deshalb müssen wir eine Witwe für dich finden, die über den Reichtum und die Ländereien verfügt, die du brauchst.«

»Und mich dafür für den Rest meines Lebens herumkommandiert?« Er schüttelte den Kopf. »Nay, eine Nacht unter der

Decke und ein bisschen Spaß – das ist alles, was ich von einer Frau will.«

»Nicht alle Frauen sind wie deine Mutter und Curstag«, wandte Janet kopfschüttelnd ein. »Und auch nicht wie ich.«

»Du bist nicht wie sie«, widersprach Finn vehement.

»Doch, das bin ich.« Ein Lächeln zuckte um ihre Mundwinkel. »Nur verschaffe ich mir das, was ich will, auf eine viel liebenswürdigere und klügere Weise.«

Finn lachte. Eine der Eigenschaften, die er an Janet bewunderte, war ihre absolute Ehrlichkeit, eine ausgesprochen seltene Qualität bei Frauen von hoher Geburt. Wenn sie sich allerdings etwas in den Kopf gesetzt hatte, ließ sie sich nicht leicht davon abbringen.

»Wenn es darum geht, die richtige reiche Frau zu finden ...« Mit der Fingerspitze tippte Janet sich ans Kinn. »Dann sollte sie weder zu alt sein noch zu jung. Und nicht so engstirnig, dass sie sich wegen anderer Frauen aufregt.«

Auch wenn Janet es nicht glaubte, aber er würde sich an ein Ehegelübde gebunden fühlen. Was ein Grund mehr war, niemals zu heiraten.

»Ich weiß deine Sorge um mich zu schätzen, aber wegen Land zu heiraten ist das Elend nicht wert.« Er verzog das Gesicht. »Dann wäre es besser gewesen, die Männer von Orkney hätten mich ertränkt oder meinen Kopf auf den nächstbesten Mast gespießt oder ...«

»In Ordnung.« Lachend hob Janet die Hände. »Ich werde mit meinem Sohn sprechen. Vielleicht hat er eine bessere Idee.«

Ihr Sohn war der Earl of Moray, ein außerehelicher Sohn König James IV. von Schottland. Moray war ein außerordentlich kluger junger Mann von vierundzwanzig Jahren. Wer ihn mochte, bezeichnete ihn als gerissenen Politiker, wer ihn nicht mochte, als hinterhältig. So oder so, es lohnte sich, Moray auf seiner Seite zu wissen. Ihn zum Gegner zu haben war gefährlich.

Janet meinte es gut mit ihm, doch ihr Sohn war ein wichtiger Mitspieler auf der höchsten Ebene königlicher Politik. Seine Interessen wurden von Kräften geleitet, die viel mächtiger waren als Finns Schicksal, und Moray pflegte niemals einen Gefallen zu erweisen, der nicht seinen eigenen Interessen diente.

Aber Finn hatte Moray ganz gewiss nichts zu bieten.

3. Kapitel

»Bei allen Heiligen, ich habe dich vermisst.« Margaret hielt die Luft an, als ihr Bruder George sie hochhob und sich mit ihr im Kreis drehte.

Nachdem George sie wieder abgestellt hatte, nahm Archibald sie in den Arm. Ihre gut aussehenden Brüder schienen unverändert, außer dass Archibalds Züge härter geworden waren. Trotz der Probleme, die ihre Brüder nach ihrer Flucht hinterlassen hatten, war Margaret überglücklich, sie wiederzusehen.

»Du bist noch genauso hübsch wie früher.« George grinste und musterte sie vom Scheitel bis zur Sohle. »Aber mein Gott, was trägst du denn da? Du kleidest dich wie eine Großmutter.«

Margaret spürte, wie ihr die Hitze in die Wangen stieg. George hatte sie immer damit aufgezogen, dass sie sich anzog, als wolle sie in ein Kloster gehen. Mit dreizehn, sie war schrecklich schüchtern gewesen, hatte ihre Familie sie in exquisite Gewänder gesteckt und vor dem König paradieren lassen, in der Hoffnung, dass er ein Auge auf sie warf. Obwohl sie das Interesse des Königs nicht hatte wecken können, war ihr damals so viel ungewollte Aufmerksamkeit zuteilgeworden, dass sie von da an schlichte Kleider vorzog.

»Ich dachte, unsere Eskorte bringt uns nach Tantallon Castle«, sagte sie, um das Thema zu wechseln. »Ich hatte gar nicht damit gerechnet, euch in Edinburgh zu treffen, schon gar nicht in Holyrood Palace.«

Sie hatte sich darauf gefreut, das Heim ihrer Kindheit wiederzusehen. An Edinburgh dagegen hatte sie schreckliche Erinnerungen.

»Wir sind da, wo der König ist.« Archibald zuckte mit den Schultern. »Und der König ist hier.«

»Wie habt ihr es geschafft, an den Kanonen der Königin vorbeizukommen?«, fragte Lizzie neugierig.

Archibald biss die Zähne zusammen und bedachte Lizzie mit einem bösen Blick, der das junge Mädchen indes nicht zu stören schien.

»Margaret Tudor hat sich unter dem Druck des Kronrates nach Stirling zurückgezogen.« Archibald machte eine wirkungsvolle Pause. »Und der König ist dem erdrückenden Einfluss seiner Mutter nicht mehr ausgeliefert.«

Es hörte sich an, als habe Archibald einen bedeutenden Sieg über seine königliche Noch-Gattin errungen.

»Ich bin jedenfalls froh, dass die Königin nicht hier ist«, bekannte Lizzie freimütig. »Als ihr fort wart, bestellte sie uns zu Verhören ein und drohte uns.«

Archibald nickte. »Uns wurde zugetragen, wie unangenehm es für euch war.«

Es war nicht wirklich eine Entschuldigung, aber eine Schuld einzugestehen gehörte nicht zu Archibalds Gewohnheiten.

»Unangenehm?« Lizzies Brauen schossen in die Höhe. »Hast du nicht gehört, was William der Widerliche Margaret angetan hat? Ich hoffe, du nimmst einen glühenden Schürhaken, stichst ihm damit die Augen aus und spießt seinen abgeschlagenen Kopf auf einen Speer.«

George lachte. »Du bist ziemlich blutrünstig.«

»Und Sy…«

»Das reicht, Lizzie.« Ohne dass es jemand merkte, trat Margaret dem Mädchen auf die Zehen, damit sie den Brüdern nicht erzählte, was ihre Schwester Sybil angestellt hatte, um dem Zorn der Königin zu entgehen. Für den Augenblick war es besser, wenn nicht bekannt wurde, wo Sybil sich aufhielt.

»Glaubst du, im Exil zu sein war schön für uns?«, blaffte Archibald missmutig. »Wir waren gezwungen, von der Großzügigkeit des französischen Hofes zu leben und anschließend von der meines Schwagers.«

»So schlimm war Frankreich nun auch wieder nicht.« George legte den Kopf schräg. »Und die französischen Frauen ...«

Margaret lächelte. George und sie waren die Friedensstifter der Familie, obwohl ihre Herangehensweise unterschiedlicher nicht sein konnte. Während sie die Wogen glättete und nach Möglichkeit auf Forderungen anderer einging, setzte George seinen scharfen Verstand und seinen ungezwungenen Charme ein – und bekam, was er wollte.

»Es bringt nichts, in der Vergangenheit zu schwelgen.« Archibald rieb sich die Hände. »In Kürze wird die Familie Douglas wieder alles haben, was sie einmal hatte, und mehr.«

»Mir ist immer noch nicht klar, wie es dazu kam, dass ihr in Holyrood Palace beim König wohnt«, meldete Margaret sich zu Wort.

»Der Kronrat hat entschieden, dass unser König mit dreizehn Jahren zu jung ist, um ohne die Führung und Beratung reifer, lebenserfahrener Männer zu regieren«, erwiderte George bereitwillig. »Also beschloss er, dass die Vormundschaft für den König alle drei Monate unter den wichtigsten Adligen Schottlands rotieren wird.«

Das komplizierte Arrangement sollte offenbar verhindern, dass es zu einer weiteren bürgerkriegsähnlichen Schlacht wie der in Edinburgh kam. Trotzdem hatte Margaret Mitleid mit dem halbwüchsigen Jungen, den man von seiner Mutter getrennt hatte und nun jedes Vierteljahr einer neuen Vormundschaft unterstellen wollte.

»Die ersten drei Monate ist Archibald sein Vormund«, fuhr George fort und tauschte mit seinem Bruder einen Blick, den Margaret nicht deuten konnte.

»Ich will meinen Vater sehen«, meldete Lizzie sich energisch zu Wort. »Wo ist er?«

Archibald wandte sich zu ihr um. »Er bewacht den König.«

Bewacht den König? Was für eine merkwürdige Formulierung. Sie klang beinahe so, als sei der König ihr Gefangener.

»Er unterrichtet den König im Schwertkampf«, beeilte George sich hinzuzufügen. »Der König war so beeindruckt von der Geschicklichkeit deines Vaters, dass er ihm den Beinamen *Blaustahl* verpasst hat.«

Lizzie marschierte davon, und Archibald wandte sich zu Margaret um. »Am Hof wirst du neue Gewänder brauchen.«

»Dieser eifersüchtige Schwachkopf William bestand auf Kleidern, die ihre Schönheit verbargen.« George breitete grinsend die Arme aus. »Aber unsere Prinzessin soll strahlen, wie es ihr zusteht.«

»Ich brauche keine neuen Kleider«, erwiderte Margaret eilig. »Ich bleibe nicht lange.«

»Du bleibst.« Archibalds Ton duldete keinen Widerspruch. »Deine Anwesenheit ist wichtig für mich.«

Bei dem Gedanken, am Hof leben zu müssen und in die politischen Machenschaften ihrer Brüder verwickelt zu werden, drehte sich Margaret der Magen um. »Weshalb?«

Archibald presste die Lippen zusammen. »Da die Königin nicht bereit ist, ihre Rolle als meine Gemahlin zu spielen, brauche ich eine Frau, die als meine Gastgeberin auftritt.«

»Wäre Lady Jane nicht besser geeignet?« Margaret sprach von Archibalds Mätresse. Jedenfalls ehe er verbannt worden war. Die beiden hatten eine gemeinsame Tochter.

»Es wäre unpassend, Jane diese Position im königlichen Palast einnehmen zu lassen«, wandte George ein. »Wichtiger noch, es könnte dem König missfallen, und wir müssen alles tun, um ihn glücklich zu machen.«

»Aber Alison wird in Kürze niederkommen.« Margaret versuchte die Verzweiflung aus ihrer Stimme herauszuhalten. »Sie braucht meine Hilfe.«

»Alison heckt wie ein Kaninchen und hat eine ganze Burg voller Gesinde, wenn sie Hilfe benötigt«, beschied Archibald sie knapp. »Ich brauche dich hier. Die Familie braucht dich hier.«

Margaret wurde eng um die Brust. Die Erwartungen ihrer Brüder schlossen sich um sie wie eine Falle.

»Und außerdem können wir dir dann einen neuen Ehemann suchen«, fügte George hinzu.

»Ich will keinen Ehemann.« Um keinen Preis würde sie ihren Brüdern gestatten, sie wieder zu verheiraten.

»Das müssen wir jetzt nicht entscheiden.« George legte ihr einen Arm um die Schultern. »Wir sind wieder zusammen, und das ist das Einzige, was zählt. Bleib ein paar Wochen, damit wir ein bisschen Zeit miteinander verbringen können. Bitte.«

Was er sagte, hörte sich so vernünftig an, dass sie es ihm nicht abschlagen konnte. Was sie ihr ohnehin nicht gestatten würden.

»Selbstverständlich, wenn ihr möchtet.« Ihre Mutter hatte ihr beigebracht, sich wenigstens liebenswürdig zu verhalten, wenn sie eine unangenehme Pflicht schon nicht ablehnen konnte.

»Ich wusste, dass du Ja sagen würdest.« George lächelte. »Du bist immer auf das Wohl der Familie bedacht.«

»Aber nur für ein paar Wochen«, bekräftigte sie noch einmal. »Länger bleibe ich nicht.«

Ihre Brüder hörten ihr schon nicht mehr zu.

Nur ein paar Meilen entfernt von Huntly Castle machte Finn bei einer Taverne Halt und kehrte ein. Kurz darauf hielt er einen Krug Bier in der Hand, ein Mädchen saß auf seinem Schoß und ein anderes neben ihm, und während ihm das vor noch nicht allzu langer Zeit gereicht hätte, um glücklich zu sein, schlug er nun lediglich die Zeit tot, schob das Unvermeidliche auf, wie er es die ganzen letzten Wochen getan hatte.

Allmächtiger, ihm graute davor, Schottland zu verlassen, aber hatte er eine Wahl? Sein Geld war praktisch aufgebraucht. Nachdem er eine letzte Runde Bier bestellt hatte, würde es gerade noch für die Überfahrt reichen.

»Welches Land wird es sein?« Er hielt eine Münze hoch, damit jeder sie sehen konnte. »Irland oder Frankreich?«

Die Wetten waren rasch platziert. Als er die Münze in die Luft warf, riefen die einen »Irland« und die anderen »Frankreich«. Aller Augen waren gebannt auf das sich drehende Geldstück gerichtet, sodass niemand die beiden bewaffneten Krieger bemerkte, die mit todernsten Mienen in den Schankraum traten. Es waren Männer des Earl of Moray, und sie gingen zielstrebig auf Finn zu.

Das Durcheinander von Rufen wurde zu einem Tumult, als die Münze vom Tisch abprallte und unauffindbar in dem schmutzigen Stroh verschwand, das den Fußboden bedeckte.

Finn zuckte mit den Schultern. Es würde jedenfalls kein Geldstück sein, das heute über sein Schicksal entschied.

Eine Stunde später wurde er in eine Kammer hinter der Großen Halle von Huntly Castle geführt, in der der verstorbene Earl Privatgeschäfte erledigt hatte. Zu Finns Überraschung saß Moray hinter dem Schreibtisch, auf dem sich ein Stapel Dokumente türmte.

Der Tod des Earl of Huntly hatte ein halbes Kind von elf Jahren zum neuen Earl und Stammesfürsten gemacht, und das bedeutete, dass der Gordon-Clan, genau wie Schottland als Ganzes, keinen wirklichen Anführer hatte. Finn hatte sich bereits gefragt, welcher Onkel aus der Familie die Lücke füllen würde, aber natürlich hätte er wissen müssen, dass nur Moray infrage kam. Der Earl war ein enger Verbündeter der Gordons und der Onkel des jungen Titelerben, dessen Mutter ein weiterer illegitimer Spross von James IV. war.

»Ihr riecht wie eine Bierschänke«, sagte Moray statt einer Begrüßung und bedeutete ihm, auf dem Stuhl vor dem Schreibtisch Platz zu nehmen.

»Weil ich mich in einer aufgehalten habe, nehme ich an.« Finn setzte sich, nahm einen Apfel aus der prächtigen Silberschale auf dem Tisch und tat, als sei nichts dabei. Es zahlte sich nicht aus, ein Gegenüber erkennen zu lassen, dass man in einer verzweifelten Lage war, schon gar nicht einen Mann wie Moray.

»Archibald Douglas ist seit ein paar Wochen wieder in Schottland«, eröffnete der Earl das Gespräch. »Heinrich unterstützt ihn.«

Finn hob eine Braue. »Welcher Heinrich?«

»Ihr wisst genau, welcher«, erwiderte Moray knapp. »Sein Schwager, König Heinrich VIII. von England.«

»Was haben wir mit Douglas' Rückkehr zu tun?«

»Mein Neffe wurde unter königliche Vormundschaft gestellt, als sein Vater starb.«

Erneut hob Finn eine Braue. »Obwohl sein Großvater zu der Zeit noch lebte?«

Moray nickte. »Die Königin setzte die Gewohnheit meines Vaters fort, verwaiste Erben wichtiger Titel zu Mündeln der Krone zu machen. Auf diese Art waren Kinder und ihr Landbesitz bis zu ihrer Volljährigkeit geschützt.«

Die jungen Erben während ihrer prägenden Jahre unter die Aufsicht der Krone zu stellen, so vermutete Finn, beförderte ihre zukünftige Loyalität. James IV. war ein gerissener Herrscher gewesen.

»Da Douglas zu jener Zeit im Exil war, stimmten wir zu«, erläuterte Moray weiter. »Wir nahmen an, dass der Junge im Haushalt der Königin leben und sich mit dem König anfreunden würde, zumal die beiden in einem Alter waren.«

Finns Nacken begann zu prickeln, wie bei einer unguten Vorahnung. Wohin führte diese Unterhaltung, und was hatte das alles mit ihm zu tun?

»Doch nun ist Douglas zurück, und in seiner Eigenschaft als Ehegemahl der Königin beansprucht er die Vormundschaft über meinen Neffen.« Moray ballte seine Hände zu Fäusten und lehnte sich vor. »Der junge Huntly sollte sich in meiner Obhut befinden und nicht in den Händen dieses raffgierigen Douglas.«

Raffgierig? Finn verbiss sich ein Grinsen. Da urteilte eindeutig der Topf über den Tiegel.

»Wenn Douglas schon keine Skrupel hatte, die Tudors zu bestehlen«, fuhr Moray grimmig fort, »was sollte ihn davon abhalten, es bei den Gordons genauso zu machen?«

Ach ja, richtig, Finn erinnerte sich. Als die Königin wegen ihrer Eheschließung nach England geflohen war, hatte Douglas die Pachteinnahmen ihrer Landgüter eingetrieben und das Geld mit seiner Mätresse auf einer der Burgen seiner Gattin verprasst. Es hieß, Margaret Tudor sei über das veruntreute Geld weit mehr in Rage geraten als über die Geliebte und hege seitdem inbrünstigen Hass für ihren Gemahl.

»Ich habe eine delikate Aufgabe zu erledigen.« Moray faltete die Hände und lächelte in der Gewissheit, dass er Finn in der Zange hatte. »Und ich glaube, dass Ihr aufgrund Eurer Talente und … Eigenschaften in besonderem Maße geeignet seid.«

Was in Dreiteufelsnamen wollte er damit sagen?

»Wir brauchen ein Druckmittel«, fuhr Moray fort, »etwas, das Archibald Douglas dazu bringt, den jungen Huntly freizugeben.«

»Was schwebt Euch vor?«, fragte Finn gespannt.

»Ich will, dass Ihr ein Mitglied der Familie Douglas entführt.«

»Entführt?«, wiederholte Finn ungläubig.

Moray nickte. »Wir brauchen eine Geisel, die wir gegen meinen Neffen austauschen können.«

Bei allen Heiligen. Unter keinen Umständen würde er sich zu einem solchen Komplott überreden lassen.

»Warum dann nicht einfach den jungen Huntly entführen?«, fragte er kopfschüttelnd.

»Weil Huntly praktisch Tag und Nacht mit dem König zusammen ist.« Moray seufzte. »Und der König wird außerordentlich gut bewacht. Ihr würdet nicht einmal in seine Nähe gelangen. Es muss eine Geisel sein.«

»Es kann viel schiefgehen bei einer Geiselnahme.« Finn lehnte sich auf seinem Stuhl zurück und hoffte, dass man seinen Angstschweiß nicht sah. »Was passiert, wenn diese Geisel – ein Mitglied der Adelsfamilie, deren Oberhaupt der Stiefvater des Königs ist – bewaffneten Widerstand leistet und dabei verletzt wird?«

»Darüber habe ich ausgiebig nachgedacht.« Moray nickte. »Ein Blutvergießen, das zu einem Krieg mit den Douglas führen würde, können wir nicht riskieren. Archibalds Bruder George und sein Onkel Stahlblau sind beide erfahrene Kämpfer und werden für gewöhnlich von einem größeren Trupp Douglas-Krieger begleitet.«

Na also. Moray wusste selbst, dass sein Plan mit der Geisel nicht zum Erfolg führen konnte. Finn entspannte sich.

»Ein Onkel von ihnen ist Bischof und ein anderer Abt, aber wir wollen es nicht auch noch mit der Kirche aufnehmen.« Moray räusperte sich. »Bleiben nur die Frauen der Douglas.«

»Ihr wollt, dass ich ein Mädchen entführe?« Finn setzte sich kerzengerade auf und hob abwehrend die Hände. »Nein. Das kann ich nicht.«

»Wie ich hörte, verfügt Ihr über beträchtlichen Charme, wenn es um Frauen geht«, erwiderte Moray unbeeindruckt.

»Ihr solltet in der Lage sein, eine der Douglas-Frauen zu verführen und sie zu überreden, mit Euch durchzubrennen.«

»Ich habe noch nie eine Frau belogen, um sie ins Bett zu bekommen.« Finn verschränkte die Arme vor der Brust.

Skeptisch hob Moray die Brauen.

»Noch nie.« Finn schüttelte den Kopf. »Und ich werde jetzt nicht damit anfangen.«

»Nun denn.« Moray zuckte die Achseln. »Ihr müsst sie ja nur entführen.«

»Das kann ich nicht. Nicht, wenn es ein Mädchen ist.« Finn atmete langsam aus. »Wenn ich sie entführe, bin ich verantwortlich für alles, was anschließend mit ihr geschieht.«

»Ich versichere Euch, sie wird wie ein Ehrengast behandelt, solange sie hier ist.« Moray lehnte sich in seinem Sessel zurück. »Und ihrer Familie gesund und munter zurückgegeben.«

Diesmal war es an Finn, skeptisch die Brauen zu heben.

»Eine Geisel zu misshandeln würde eine Blutfehde heraufbeschwören, und damit wäre mir überhaupt nicht gedient.« Moray spreizte die Hände. »Alles, was ich will, ist ein schlichter Austausch, Geisel gegen Geisel.«

Irgendeinen hochtrabenden Grund für den Schutz der Geisel hätte Finn ihm nicht abgekauft. Doch obwohl Morays pragmatische Erklärung ihn überzeugte, wollte er nicht in die Sache verwickelt werden.

»Einen besseren Weg, das Vertrauen und die Dankbarkeit Eures Clans zurückzugewinnen, als derjenige zu sein, der die Rückkehr des jungen Stammesfürsten ermöglicht, kann es für Euch gar nicht geben«, sagte Moray in seine Gedanken hinein. »Auch Huntly wird Euch dankbar sein. Er ist erst elf, wie Ihr Euch sicher erinnert, und es steht zu erwarten, dass er für den Rest Eures Lebens Euer Stammesfürst sein wird.«

Fast war Finn überzeugt. Aber die Vorstellung, ein Mädchen zu entführen, wollte ihm gar nicht gefallen, und die Aussicht auf eine lange, ungemütliche Reise mit einer verwöhnten Adligen der Lowlands noch weniger.

»Wie ich hörte, strebt Ihr nach eigenem Land.« Moray legte die Fingerspitzen aneinander und tippte sich ans Kinn. »Wenn Ihr die Aufgabe erfolgreich abschließt, könnte ich das arrangieren.«

Finn stöhnte unhörbar. Moray wusste, womit er ihn in Versuchung führen konnte. Wahrscheinlich hatte Janet es ihm erzählt.

»Der Besitz, um den es geht, ist nicht sehr groß, aber ausreichend, um Euch ein gutes Auskommen zu sichern.« Moray machte eine Pause. »Allerdings liegt er recht weit entfernt vom Gebiet Eurer Familie, oben an der Nordküste von Sutherland.«

Hätte Finn sich aussuchen können, wo er leben wollte, seine Wahl wäre auf Sutherland gefallen – so weit entfernt von seiner Familie wie möglich. Eigenes Land zu besitzen würde bedeuten, dass er unter seinem eigenen Dach schlafen konnte, in seinem eigenen Bett, vor seinem eigenen Kamin. Dass er sein eigener Herr sein würde.

»Ich gebe Euch die Möglichkeit, Wiedergutmachung bei Euren Clansleuten zu leisten und in den Besitz eigener Ländereien zu gelangen«, fuhr Moray fort. »Aber wenn Ihr Schottland lieber verlassen und für fremde Herren kämpfen wollt …«

Finn seufzte stumm. Moray bot ihm alles, wonach er sich je gesehnt hatte. Also verlangte er noch die ausdrückliche Versicherung, dass die Geisel gut behandelt würde, doch Moray und er wussten beide, dass er sich bereits dafür entschieden hatte, den Auftrag anzunehmen.

»Welche der Douglas-Frauen soll ich denn nun entführen?« Dass er sich hatte ködern lassen, lag ihm wie Blei im Magen.

»Drei der Schwestern sind mit einflussreichen Männern verheiratet. Nicht nur stehen die Frauen unter entsprechendem Schutz, es wäre tollkühn, ihre Ehemänner in diese Angelegenheit zu verwickeln.« Moray schaute ihm direkt in die Augen. »Bleiben nur Archibald Douglas' Schwester Margaret und seine Cousine Elizabeth.«

Finn erwiderte den Blick. »Was wisst Ihr über die beiden?«

»Margaret war ein paar Jahre mit einem entfernten Verwandten, William of Drumlanrig, verheiratet«, erwiderte Moray prompt. »Die Ehe wurde vor einiger Zeit annulliert.«

Es schauderte Finn bei der Vorstellung einer verbitterten Frau in mittleren Jahren. Sie würde das Vorhaben zu einer elenden Anstrengung für alle Beteiligten machen.

»Was ist mit der anderen? Der Cousine?«

»Nach allem, was ich weiß, sollte Elizabeth – Lizzie, wie sie genannt wird – leicht zu entführen sein.« Moray ließ ein missfälliges Schnauben hören. »Ihre Erziehung wird nachlässig gehandhabt, wenn man bedenkt, dass sie sechzehn und unberührt ist.«

»Ich werde keine sechzehnjährige Jungfrau entführen!« Allein bei dem Gedanken brach Finn der Schweiß aus. Abgesehen davon würde der Ruf des Mädchens ruiniert sein, wenn sie allein mit ihm reiste, und ihre Möglichkeiten, sich gut zu verheiraten, wären dahin.

»Dann ist es entschieden.« Moray lächelte zufrieden. »Ihr entführt Lady Margaret.«

4. Kapitel

Starr schaute Margaret auf die Gartenanlagen unter dem Fenster. Am liebsten hätte sie Holyrood Palace noch in dieser Minute verlassen, um nie wieder zurückzukehren. Sie hatte nur einem kurzen Aufenthalt zugestimmt, saß jedoch seit Wochen hier fest und war Adligen vorgestellt worden, die ihre Brüder als potenzielle Verbündete für sich betrachteten und als geeignete Ehemänner für sie. Inzwischen hatten die beiden damit aufgehört, und sie hoffte, dass ihre Weigerung, eine weitere Ehe einzugehen, endlich zu ihnen durchgedrungen war.

Ihre Fluchtgedanken fanden ein jähes Ende, als Lizzie in das Schlafgemach stürmte, das sie miteinander teilten, und die Tür krachend hinter sich zuwarf.

»Wenn ich noch einen einzigen Tag mit dem König und dieser verwöhnten Kröte von einem Gordon verbringen muss, schlage ich einem von ihnen die Nase blutig, das schwöre ich.« Lizzie warf sich auf den gepolsterten Fenstersitz.

»Die beiden können wahrhaftig eine Geduldsprobe sein.« Margaret setzte sich neben ihre junge Cousine und strich ihr das Haar aus dem Gesicht. »Versuch dir einfach zu sagen, dass es nicht allein ihr Fehler ist. Jeder in ihrer Umgebung geht auf ihre Launen ein, weil der eine ein König und der andere ein Earl ist. In dem Alter muss den beiden das zu Kopf steigen.«

Leider tat Archibald nichts, um daran etwas zu ändern. Hätte er ihnen sinnvolle Aufgaben gestellt, würden die Jungen nicht so viel Zeit mit nutzlosen Beschäftigungen vertun. Der Vater des Königs, James IV., ein hochgebildeter Mann, der mehrere

Sprachen gesprochen und Künstler, Musiker und Universitäten gefördert hatte, wäre schrecklich enttäuscht gewesen.

Lizzies Vater unterrichtete die zwei im Schwertkampf, was ihm die Zuneigung der beiden gewann, aber Margaret ahnte, dass die Männer ihrer Familie mehr Wert darauf legten, dem König Unterhaltung zu verschaffen, als ihn in seinen königlichen Pflichten zu unterweisen.

Sie lächelte Lizzie aufmunternd zu. »Mit den Jahren wird sich ihr Verhalten ändern.«

»Sie sind alt genug, um es besser zu wissen.« Lizzie presste die Lippen zusammen und verschränkte die Arme vor der Brust.

»Was ist passiert?« Die trotzige Miene des Mädchens ließ Margaret vermuten, dass die Jungen etwas getan hatten, das aus dem Rahmen fiel. »Willst du es mir sagen?«

»Du bist dem König gegenüber zu freundlich.« Lizzie senkte ihren Blick auf den Fußboden.

»Zu freundlich?« Der König tat Margaret leid. Man hatte ihn von seiner Mutter getrennt und reichte ihn von Vormund zu Vormund weiter. Obwohl er schwierig war, versuchte sie, nett zu ihm zu sein.

»Aye.« Lizzie nickte knapp. »Du musst aufhören damit.«

»Aufhören, nett zu sein?« Margaret lachte. »Weshalb?«

»Der König redet über dich«, murmelte das Mädchen verlegen.

»Er redet über mich?« Margaret schüttelte den Kopf. »Was denn?«

»Er betont immer wieder, wie schön du bist.« Lizzie warf ihr einen flüchtigen Seitenblick zu. »Und außerdem prahlt er damit, dass er dich mit in sein Bett nehmen wird.«

Grundgütiger, der Junge war noch nicht einmal vierzehn. Natürlich handelte es sich um eine dumme Vernarrtheit, trotzdem war es das Beste, sie im Keim zu ersticken. Zeitlicher und räumlicher Abstand würden das Problem am ehesten lösen.

»Ich muss Edinburgh verlassen, wenigstens so lange, bis Archibald den König seinen nachfolgenden Vormündern übergibt.« Margaret stand auf. »Ich werde auf der Stelle mit unseren Brüdern sprechen.«

Sie konnte ihre Erleichterung kaum verbergen. Der König hatte ihr einen Vorwand geliefert, dem Hof zu entkommen; eine Entschuldigung, die ihre Brüder nicht umhinkamen zu akzeptieren.

Und vielleicht konnte sie dem Hof auf Dauer fernbleiben.

Sie fand ihre Brüder im Privatgemach des Königs, das Archibald für seine eigenen Zwecke mit Beschlag belegt hatte.

»Ich habe dir für heute Abend ein neues Gewand anfertigen lassen«, empfing George sie strahlend. »Du wirst aufsehenerregend aussehen.« Augenzwinkernd setzte er hinzu: »Schließlich soll man dich nicht mit einer Waschfrau verwechseln.«

»Ich fürchte, ich muss etwas Wichtigeres als neue Gewänder mit euch besprechen«, erwiderte sie ernst.

Ihre Brüder lauschten aufmerksam, als sie das Problem erläuterte. Weder zogen sie ihre Darstellung in Zweifel, noch kritisierten sie sie. Alles lief besser, als Margaret zu hoffen gewagt hatte.

Sie verschränkte die Hände vor ihrer Taille. »Ihr werdet mir zustimmen, dass ich Holyrood so schnell wie möglich verlassen muss.«

»Man stelle sich vor! Unsere Margaret hat den König um den kleinen Finger gewickelt.« George lächelte und hob den Zeigefinger. »Habe ich es nicht gesagt?«

Wenn er es geahnt hatte, weshalb hatte er sie nicht gewarnt? Margaret unterdrückte ihren Ärger und sagte liebenswürdig: »Dann gehe ich nach oben und packe meine Sachen.«

»Davon kann gar keine Rede sein.« Archibald hob Einhalt gebietend die Hand.

»Aber ich habe euch doch gerade gesagt, dass der König mich …«, sie spürte, wie ihr die Röte in die Wangen stieg, »… in sein Bett mitnehmen will.«

Archibald musterte sie kühl. »Dann gib dem König, was er möchte.«

Margaret war so entsetzt, dass ihr die Worte im Halse stecken blieben.

»Es ist schade, dass der König, was sein Äußeres angeht, nach seiner Mutter kommt, aber ich habe sie schließlich auch beschlafen.« Ihr Bruder sah aus, als habe er auf etwas Bitteres gebissen. »Wir alle müssen Opfer bringen.«

»Das kann nicht dein Ernst sein.« Margaret schüttelte den Kopf. »Mein Gott, der König ist halb so alt wie ich. Er ist ein Kind!«

»Er ist alt genug, um eine Frau zu begehren«, erwiderte Archibald unbeeindruckt. »Gleichgültig, wie unattraktiv sein Aussehen und sein Charakter sind, er ist der König und kann sich seine Bettgenossinnen aussuchen.«

»Was Archibald dir begreiflich zu machen versucht, ist, dass die Familie der ersten Geliebten, die er sich nimmt, profitieren wird«, fügte George erklärend hinzu. »Warum sollte es keine Douglas sein?«

»Ihr wollt, dass ich die Hure dieses Buben werde?« Es hätte sie nicht derart überraschen sollen.

»Wenn du nicht mit ihm schlafen willst, mach ihm einfach Hoffnungen, dass du es irgendwann tun wirst.« George lächelte. »Lenk ihn ab, damit er sich nicht für die Tochter eines unserer Rivalen entscheidet, die zweifellos überglücklich wäre, einen königlichen Bastard zu empfangen.«

Margarets Herz begann zu rasen. Sie verabscheute Streit, doch dieses Mal musste sie den beiden entgegentreten.

»Ich kann das nicht«, sagte sie schlicht. »Und ich werde es nicht tun.«

»Du musst dich zu nichts zwingen, was du nicht willst.« George nahm sie in den Arm.

»Früher stand die Familie für dich an erster Stelle, und du wusstest, was deine Pflichten sind«, sagte Archibald vorwurfsvoll.

Als sie den Kopf hob, sah sie gerade noch, dass George seinem älteren Bruder einen warnenden Blick zuwarf.

»Wenn du das für die Familie tust«, diesmal schlug Archibald einen versöhnlicheren Ton an, »verspreche ich dir, dass ich einen guten Ehemann für dich finde, sobald der König deiner überdrüssig ist und sich nach einer anderen umsieht.«

»Und mit einem guten Ehemann«, Margaret versuchte, mit fester Stimme zu sprechen, »meinst du einen einflussreichen Adligen, den du dir zum Verbündeten machen willst?«

»Selbstverständlich muss er auch das sein, aber wir suchen dir einen Mann, der dich glücklich macht«, schaltete George sich ein. »Nach der Geschichte mit William hast du das verdient.«

»Nach der Geschichte mit William will ich nicht mehr heiraten. Nie wieder.« Sie hatte es zigmal in den letzten Wochen gesagt, aber ihre beiden Brüder schienen es nicht gehört zu haben.

Als George erneut versuchte, ihr den Arm um die Schulter zu legen, wich sie ihm aus. Für gewöhnlich vermied sie Konfrontationen und schluckte ihren Zorn herunter. Heute nicht.

»William muss ein schrecklicher Ehemann gewesen sein.« George schlug einen verständnisvollen Ton an. »Auch schon, ehe er dich verließ.«

»Er hat mich nicht verlassen. Er setzte mich vor die Tür«, entgegnete sie mühsam beherrscht. »Wenn ihr wusstet, dass er ein schrecklicher Ehemann sein würde, warum habt ihr mich dann mit ihm verheiratet?«

»Eine Ehe ist ein Bündnis wie jedes andere.« Archibald zuckte mit den Schultern. »Du musst deinen Partner nicht mögen.«

»Ich werde nicht wieder heiraten.« Sie grub die Fingernägel in ihre Handflächen, um die Fassung nicht zu verlieren. »Nie wieder.«

»Um Himmels willen, Margaret, es geht um nichts weniger als die Macht über die Krone, und wir brauchen Verbündete.« Archibald beugte sich auf die gleiche Weise über sie wie ihr ehemaliger Gatte. »Ich suche dir einen guten Mann, und wenn ich es dir befehle, wirst du ihn heiraten.«

»Wir können ein andermal darüber reden.« George zog seinen Bruder von ihr weg und schenkte ihm Wein ein. »Ist alles bereit für unseren Ehrengast und das Fest heute Abend?«

»Heinrichs Sendboten sind jedenfalls eingetroffen.« Archibald wandte sich zu seiner Schwester um. »Margaret, sieh zu, dass bei den Speisen und der Musik an nichts gespart wird, sonst lacht man in London über den hinterwäldlerischen schottischen Hof.«

Ohne auf ihre Antwort zu warten, begannen die Brüder darüber zu sprechen, wie sie am besten mit den Gesandten von Archibalds Schwager, dem englischen König, umgehen sollten. Margaret verbarg ihre zitternden Hände in den Falten ihres Gewandes. Bis zu diesem Moment hatte sie nicht erkannt, wie entschlossen Archibald war, sie wieder zu verheiraten.

Ihre Ehe hatte einen hohen Preis von ihr gefordert. Das war ihr erst lange, nachdem William sie vor die Tür gesetzt hatte, klar geworden. Vorher hatte sie versucht, jeden Tag so gut es ging hinter sich zu bringen, ihren unbeherrschten Ehemann beschwichtigt, ihn aufgeheitert, wenn er schlechter Stimmung gewesen war, sich seine Prahlereien angehört, seine unablässigen Bemängelungen und Forderungen und, am schlimmsten von allem, seine körperlichen Übergriffe erduldet, selbst nachdem die Hebamme ihm ans Herz gelegt hatte, ihr nicht zu rasch nach der letzten Fehlgeburt beizuwohnen.

Eine weitere Ehe würde sie nicht überleben. Sie würde dahinwelken, bis nichts von ihr übrig geblieben war.

Was sollte sie machen? Sie zwang sich, eine gelassene Miene aufzusetzen, während sie gleichzeitig versuchte, einen Ausweg zu finden.

Ihre Mitgift. Wenn sie jemals Kontrolle über ihr Leben haben wollte, brauchte sie ein eigenes Vermögen. Ihre Mitgift umfasste Landbesitz, Juwelen und Gold und würde es ihr ermöglichen, ein unabhängiges Leben zu leben, so, wie sie es sich vorstellte.

Es war ein Fehler gewesen, Archibald gegen sich aufzubringen. Sie brauchte ihn, um William zu zwingen, ihre Mitgift herauszugeben. Es hatte ihr nie genutzt, ihren Ärger zu zeigen, und nun wartete sie auf eine Möglichkeit, sich erneut in die Unterhaltung ihrer Brüder einzuschalten.

»Seht mir meine ungehaltene Reaktion auf euren Vorschlag, mich wiederzuverheiraten, nach.« Sie senkte den Blick auf ihre Füße. »Ich weiß, dass ihr es gut meint.«

»Wir tun nur, was für uns alle das Beste ist«, erwiderte George versöhnlich.

Archibald und George taten, was für Archibald und George das Beste war. Auch wenn sie sich einredeten, dass dies gleichzeitig das Beste für die Familie wäre.

»Selbst Alison drängt mich, über eine erneute Heirat nachzudenken.« Ihre Schwester irrte sich, aber wenigstens hatte sie wirklich Margarets Bestes im Sinn und wünschte ihr das gleiche Glück, das sie hatte. »Vielleicht werde ich mich mit der Zeit für die Vorstellung erwärmen können.«

Sie würde einer zweiten Ehe niemals zustimmen, aber, wie ihre Schwester Sybil, die sich in diesen Dingen auskannte, zu sagen pflegte: Eine Lüge durfte niemals zu weit hergeholt sein.

»Du warst schon immer ein gutmütiges Mädchen.« Wieder

nahm George sie in den Arm. »Der Mann, der dich bekommt, kann sich glücklich schätzen.«

Mit gutmütig meinte er gefügig, und das war es, was Männer wollten. Aber diesmal würde sie bei den Plänen ihrer Brüder nicht mitspielen.

Sie holte tief Luft und gab sich einen Ruck. »Ich habe eine Bitte an euch.«

»Was möchtest du?«, fragte Archibald kurz angebunden. Er klang, als könnte er es kaum erwarten, dass sie ging.

»Besteht darauf, dass William meine Mitgift zurückgibt«, sagte sie bestimmt. »Er hat kein Recht darauf.«

»Mach dir darüber keine Sorgen.« Archibald lächelte selbstgefällig. »Er hat alles herausgerückt, bis auf den letzten Penny.«

»Gott segne euch!« Sie war so erleichtert, dass sie Archibald umarmt hätte, wäre er die Sorte Bruder gewesen, die man umarmen konnte. Seine Antwort bedeutete, dass sie ihr eigenes Zuhause haben würde.

»Wir brauchen die Mitgift für deine nächste Heirat«, fügte Archibald nüchtern hinzu. »Bis es so weit ist, verwalte ich dein Eigentum für dich.«

Es passierte Margaret selten, dass sie die Beherrschung verlor, doch es kostete sie Mühe, Archibald nicht mit den Fäusten gegen die Brust zu trommeln. Er hatte eindeutig klargemacht, dass er ihr die Aussteuer nicht geben würde, bis sie einwilligte, erneut zu heiraten – den Mann, den er für sie bestimmte. Und sobald sie verheiratet war, würde ihr Eigentum in die Hände ihres neuen Gatten übergehen.

Abermals drohte ihr Leben ihrer Kontrolle zu entgleiten. Ihre Brüder wussten, dass sie ihren Willen brechen konnten. Aber sie wollte nicht die demütige, unterwürfige jüngere Schwester sein, an die ihre Brüder sich erinnerten und die geheiratet hatte, wen man ihr vorschrieb, ohne sich zu beschweren oder irgendetwas infrage zu stellen.

Aber wie konnte sie sich durchsetzen, wenn die beiden so mächtig waren?

»Ich muss mich für das Fest ankleiden.« In Wahrheit musste sie zusehen, dass sie fortkam, ehe man ihr anmerkte, wie erschüttert sie war.

Sie eilte zur Tür, blieb jedoch stehen und drehte sich um, als Archibald erneut das Wort an sie richtete.

»Ich habe wichtige Staatsangelegenheiten mit unseren englischen Gästen zu besprechen, Schwester.« Er musterte sie durchdringend. »Und ich kann nicht dulden, dass mein Stiefsohn sich in Dinge einmischt, von denen er nichts versteht.«

Sie wartete. Ihr war klar, was er sagen würde, und gleichzeitig konnte sie nicht glauben, dass er die Frechheit besaß.

»Ich verlasse mich darauf, dass du den König heute Abend ablenkst.«

Finn trat aus der spärlich beleuchteten Taverne und starrte auf das trutzige Torhaus von Holyrood Palace am Ende der Canongate Road. Es war noch zu früh am Tage, um zu trinken, selbst für ihn, aber seine Vermutung, dass die Taverne von den Palastwachen aufgesucht würde, hatte sich als richtig erwiesen.

Der ein oder andere Whisky nach einer langen, ermüdenden Nachtwache lockerte einem Mann die Zunge, und Finn hatte herausgefunden, dass sich an diesem Abend zahlreiche Gäste zu einem großen Fest im Palast einfinden würden. Wenn es ihm gelang, ebenfalls hineinzukommen, würde es ihm nicht schwerfallen, sich unauffällig unter die Versammelten zu mischen. Jedermann würde annehmen, dass er ein rangniederes Mitglied der Entourage eines wichtigen Gastes war.

Die Herausforderung bestand darin, in den Palast zu gelangen.

Holyrood Palace war an die viel ältere Holyrood Abbey angebaut worden, und sie war Finns erstes Ziel. Moray hatte ihm mehr erzählt, als er wissen musste, etwa dass die Abtei vor mehreren hundert Jahren von König David gegründet worden war und seitdem eine enge Beziehung zum schottischen Königtum unterhalten hatte. Die früheren schottischen Könige waren so oft in der Abtei zu Gast gewesen, dass man irgendwann eigene Quartiere für sie errichtet hatte. In der jüngeren Vergangenheit hatte James IV. sie zu einem königlichen Palast ausgebaut, um seine Braut Margaret Tudor dort zu empfangen.

Als Finn die Abteikirche betrat, wurde sein Blick unweigerlich von den anmutigen Spitzbögen und den kunstvollen Schnitzereien angezogen. Dank der königlichen Gönnerschaft und der Adligen, die dem Orden beitraten, das Armutsgelübde ablegten und ihren Besitz dem Kloster übereigneten, war Holyrood eine reiche Abtei. Gleichwohl betete auch das gewöhnliche Volk in dem Gotteshaus, was es für Finn leichter machte, nicht aufzufallen.

Wie alle großen Kirchen war die Abtei auf dem Grundriss eines Kreuzes errichtet worden. Finn durchschritt das lange Mittelschiff bis zum Querschiff, wo die Mönche während der Messe durch eine Abschirmung von der Öffentlichkeit getrennt waren. Ein junger Novize fegte den Fußboden vor der Trennwand.

»Ich soll Bruder Ansel eine Botschaft überbringen«, erklärte Finn dem Novizen. »Sein Vater ist schwer erkrankt.«

»Ich kann sie ihm geben.« Der junge Mann streckte die Hand aus.

Finn schüttelte den Kopf. »Ich habe Ansels Mutter versprochen, sie ihm persönlich auszuhändigen und auf die Antwort zu warten.«

Der Novize zog sich hinter die Trennwand zurück, und kurz darauf erschien ein Mönch mit kohlschwarzen, wachen Augen, der sofort erkannte, dass Finn nicht gekommen war, um eine Botschaft zu überbringen.

Als er das Siegel an der Pergamentrolle sah, die Finn ihm unauffällig geben wollte, warf der Mönch einen Blick über seine Schulter und sah ihn dann an. »Nicht hier.«

Finn folgte ihm aus der Kirche und durch eine niedrige Pforte in einen ummauerten Bereich, in dem sich die ausgedehnte Gartenanlage der Abtei befand. Der Mönch führte ihn zu einer Gruppe hoher Bäume und sah sich noch einmal nach allen Seiten um. Als er sicher sein konnte, dass sie allein waren, brach er das Siegel, las die Botschaft und verbarg sie unter seiner Kutte.

»Moray möchte, dass ich Euch unauffällig in den Palast bringe?«

»Ihr müsst mich nur hineinbringen«, erwiderte Finn leise. »Hinaus finde ich alleine.«

»Moray verlangt zu viel!«

»Es ist das königliche Blut in seinen Adern, das ihn so kühn macht.« Finn schüttelte den Kopf. »Um ehrlich zu sein, bin ich auch nicht besonders begeistert von der Aufgabe, die ich für ihn erledigen soll. Aber was können wir machen?«

Er spürte, dass der Widerstand des Mönchs nachließ, seit er ihn an Morays Rang erinnert hatte, aber der Mann brauchte einen zusätzlichen Anstoß.

»Irgendwann hat es seinen Preis, wenn man dem Bruder des Königs etwas abschlägt.« Finn hob eine Braue. »Und wenn man gehorcht, gibt es eine Belohnung.«

»Wenn man Euch erwischt, werde ich leugnen, irgendetwas mit Euch zu tun zu haben.«

»Macht Euch keine Sorgen.« Finn grinste. »Man wird mich nicht erwischen.«

Lizzie stand vor der Tür und wartete auf sie, aber Margaret blieb nicht stehen, um mit ihr zu reden.

»Ich muss dir etwas sagen …«

»Nicht jetzt, Lizzie.« Margaret eilte weiter in Richtung der Halle. Sie wollte sich in die Privatsphäre ihres Schlafgemachs retten, bevor sie in aller Öffentlichkeit die Fassung verlor. »Meine Brüder werden absolut nichts unternehmen, um mich vor der törichten Schwärmerei des Königs zu schützen.«

Gott sei Dank würde der König in den nächsten Tagen seinem neuen Vormund übergeben. So lange sollte sie in der Lage sein, den Jungen in Schach zu halten, ohne ihn zu beleidigen.

Aber wie konnte sie eine erneute Heirat verhindern? Archibald hatte die Macht im Lande zurückgewonnen – und die Macht über sie. Er war das Oberhaupt der Familie, ihr Stammesfürst; er war ein Earl und der Stiefvater des Königs. Der Himmel mochte ihr beistehen!

Als sie den Eingang zur Großen Halle erreichten, fasste Lizzie sie am Arm, doch Margaret blieb nicht stehen. Sie konnte sich kaum davon abhalten, die Halle im Laufschritt zu durchqueren, um zu der Treppe zu gelangen, die zu den privaten Gemächern führte.

»Hör mir doch zu!«, flüsterte Lizzie scharf. »Ich muss dir etwas sagen …«

Plötzlich entstand eine Lücke in dem dichten Gedränge der Höflinge, die die Halle bevölkerten, und Margaret erblickte ein nur allzu vertrautes Gesicht, von dem sie gehofft hatte, es nie wiedersehen zu müssen. Was hatte William, der Mann, der sieben endlos lange Jahre ihr Gatte gewesen war, was hatte dieses gefühllose Ungeheuer, das sie mitten in der Nacht nach einer Fehlgeburt vor die Tür gesetzt hatte, während draußen ein Unwetter tobte, hier zu suchen?

Ihre Füße schienen vergessen zu haben, wie das Gehen funktionierte. Vage war sie sich der Tatsache bewusst, dass Lizzie mit gedämpfter Stimme auf sie einredete, doch sie verstand nicht, was das Mädchen sagte. Das Stimmengewirr und die Menschen, die sich in der Halle drängten, wurden zu einem undeutlich verwischten Hintergrund, vor dem sie William wahrnahm wie durch einen Tunnel.

Allmächtiger, gib mir Kraft. Ich schaffe das nicht.

Sie schluckte schwer, als sie die hochschwangere junge Frau an Williams Arm gewahrte. Seine neue Ehefrau konnte nicht älter als sechzehn sein. Armes Ding.

Für einen kurzen Moment schien es fast möglich zu entkommen, ehe er sie entdeckte. Doch dann drehte er sich um, und als ihre Blicke sich trafen, überfluteten Margaret die Erinnerungen wie ein reißender Strom, in dem sie zu ertrinken drohte. Die zahllosen Nächte, in denen sie die Zähne zusammengebissen hatte, während er in sie eingedrungen war, in ihr herumgestochert und dabei gegrunzt hatte. Seine kränkenden Worte an dem Tag, als sie während der Straßenschlacht in Edinburgh eine Totgeburt erlitt.

Wenigstens war es nur ein Mädchen, das du verloren hast. Du musst mir einen Sohn gebären. Hast du mich verstanden, Margaret? Ich brauche einen Sohn!

William setzte sich in Bewegung und kam auf sie zu. Seiner selbstgefälligen Miene nach zu urteilen, war er auf diese Begegnung vorbereitet. Er hatte gewusst, dass sie hier sein würde.

»Ich habe meinen Dolch dabei«, sagte Lizzie neben ihr. »Ein Wort von dir, und ich ramme ihn dem widerlichen William in den Wanst.«

»Das wird nicht nötig sein.« Margaret richtete sich zu ihrer vollen Größe auf, zwang ein abgeklärtes Lächeln auf ihre Züge und ging an William vorbei wie an jemandem, der es nicht wert war, dass man Notiz von ihm nahm.

Sie war nicht sicher, ob sie es bis zu dem Schlafgemach schaffen würde. Als die Zimmertür schließlich hinter ihr zufiel, begann sie ruhelos in dem Raum auf und ab zu laufen. Sie musste überlegen, wie sie am besten vorging. Hier konnte sie nicht bleiben. Aber was sollte sie tun?

»Deine Brüder müssen es umgehend erfahren«, sagte Lizzie in ihre Gedanken hinein. »Ich freue mich schon darauf, wenn sie William dem Widerlichen einen Tritt in den Hintern verpassen.«

»William wäre nicht hier ohne die Versicherung, dass er willkommen ist. Dazu ist er zu feige.« Es war schmerzlich, der Wahrheit ins Auge zu sehen. »Meine Brüder haben ihn eingeladen.«

Lizzie schnappte nach Luft. »Das würden sie doch nicht tun!«

»Sie haben es getan.«

William wäre das Risiko, auf dem Fest zu erscheinen, niemals eingegangen, hätte er nicht eine ausdrückliche Einladung von ihren Brüdern erhalten. Obwohl sie stets versuchte, nur das Beste von den Menschen zu denken, kam sie nicht umhin, sich die Wahrheit über die beiden einzugestehen.

Die Unterstützung des Lord of Drumlanrig bei ihren Machtspielen war ihnen wichtiger als die eigene Schwester. Auch wenn sie sie sicherlich gernhatten, so war sie doch in erster Linie und unter allen Umständen eine Verhandlungsmasse, ein Unterpfand, dessen man sich nach Bedarf bedienen und entledigen konnte.

Trotz allem, was sie ihr zugemutet hatten, um ihre eigenen Interessen zu befördern, trotz des Preises, den sie gezahlt hatte, als ihre Machenschaften gescheitert waren, glaubten sie, ihr nicht das Geringste zu schulden.

Sie behandelten sie wie einen Besitz.

Die Erkenntnis war so schmerzhaft, dass es ihr den Atem verschlug. Sie presste die Faust vor den Mund, um nicht aufzuschluchzen. Genau wie ihrem Ehemann war sie ihren Brüdern – den Männern, die sie eigentlich hätten lieben und beschützen sollen – nicht das geringste Opfer, nicht die geringste Rücksichtnahme wert. Sie geriet selten außer sich, doch nun kochte sie förmlich vor Wut und Enttäuschung.

Weiterhin zu erwarten, dass die beiden ihretwegen auf einen Vorteil verzichteten, wäre eine sträfliche Dummheit gewesen. Es konnte keinerlei Zweifel bestehen, dass ihre Brüder ihre Einwände ignorieren und sie mit aller Macht in eine Ehe zwingen würden, die allein ihren politischen Interessen diente.

Sie durfte nicht zulassen, dass das passierte.

»Ich rede mit meinem Vater«, sagte Lizzie in ihre Gedanken hinein. »Er wird auf Archibald einwirken.«

Als Vertrauter ihrer Brüder wusste Stahlblau zweifellos längst Bescheid, aber Margaret wollte Lizzie nicht enttäuschen. Das Mädchen hatte ein Recht darauf, noch ein wenig länger an seinen Vater zu glauben.

»Dazu ist es zu spät.« Margaret hatte sich wieder unter Kontrolle. »Archibald hat sich längst mit William geeinigt.«

Lizzie trat gegen die Bettkante. »So eine Ungerechtigkeit!«

Margaret atmete tief durch. Sie konnte sich nicht einmal mehr daran erinnern, wann sie zuletzt die Erwartung gehegt hatte, dass irgendetwas im Leben gerecht war.

Ein paar Stunden später stand sie vor dem Spiegel und zupfte das Mieder ihres Gewandes zurecht, während die Dienerinnen letzte Hand an ihre Frisur legten. Das silbrig blaue Seidenkleid, das George eigens für das Fest heute Abend für sie hatte anfertigen lassen, war prächtig, um nicht zu sagen ein wenig gewagt.

»Ihr seid schöner als alles, was ich je gesehen habe«, sagte eine der Mägde ehrfürchtig.

»Das liegt allein an dem Kleid«, erwiderte Margaret lächelnd.

Ausnahmsweise einmal war sie froh, ein umwerfend schönes Kleid zu tragen, das ihre Vorzüge hervorragend zur Geltung brachte. Heute Abend brauchte sie jedes bisschen Selbstbewusstsein, das sie zusammenkratzen konnte.

»Ich danke euch für eure Hilfe«, setzte sie freundlich hinzu und entließ die Dienerinnen.

Sehr viel länger würde sie ihr Erscheinen in der Halle nicht mehr aufschieben können. Lizzie war schon vor einiger Zeit ungeduldig vorausgegangen und wollte unten auf sie warten. Als es an der Tür klopfte, wusste sie, dass George gekommen war, um sie abzuholen.

»Bist du fertig?« Ohne den Knauf loszulassen, blieb er abrupt stehen und schenkte ihr ein breites Lächeln. »Ich wusste, dass dieses Gewand perfekt sein würde für dich. Du wirst jede andere Frau auf dem Fest ausstechen.«

Margaret war nicht in der Stimmung für Schmeicheleien ihres Bruders.

»Wie konntet ihr William einladen?«, fragte sie ungnädig. »Wie konntet ihr ihn nach allem, was er mir angetan hat, behandeln, als wäre nichts geschehen?«

»Er spielt eine wichtige Rolle in unseren Plänen«, erwiderte George ruhig und wandte den Blick ab. »Aber sicher wäre es besser gewesen, wenn wir dich gewarnt hätten.«

»In der Tat, das hättet ihr tun sollen.« Margaret schüttelte den Kopf. »Wie soll ich ihm in Gegenwart des gesamten Hofes und sämtlicher Gäste gegenübertreten?«

Sobald sie eintrat, würde das demütigende Getuschel losgehen.

»Ich bin sicher, du handhabst die Situation mit anmutiger Gelassenheit«, erwiderte George leichthin. »So wie immer.«

Mit anmutiger Gelassenheit? So wie immer? Sie wurde ihrer Wut kaum noch Herr. Ihre Brüder muteten ihr zu, diese Ohrfeige, diesen verletzenden Verrat klaglos und ohne Unannehmlichkeiten zu verursachen hinzunehmen.

Sie würde ihnen eine Lehre erteilen.

»Lass uns gehen«, sagte sie kurz angebunden und hakte sich bei George unter.

Als sie am Fuß der Treppe ankamen, sahen sie Lizzie im Türdurchgang stehen. Das Mädchen beobachtete das Gedränge in der Halle.

»Eins deiner Haarbänder hat sich gelöst.« Margaret wies auf eine Schleife in Lizzies Haar. »George, geh schon einmal vor. Ich bringe das schnell in Ordnung.«

Als er weg war, nahm Margaret das Mädchen bei den Händen. Es bereitete ihr Unbehagen, Lizzie in ihre Pläne einzuweihen, aber die junge Cousine war ihre einzige Verbündete im Palast.

»Ich brauche deine Hilfe«, sagte sie flüsternd.

»Du kannst auf mich zählen.« Lizzie nickte. »Was immer es ist.«

»Es könnte gefährlich werden.«

Die Augen des Mädchens begannen zu leuchten. »Gefährlich? Erzähl!«

Zum vereinbarten Zeitpunkt stellte Finn sich in der Abtei ein. Geschützt von der Dunkelheit, folgte er der Mauer, die das Gelände umgab, bis er die Pforte an der Rückseite des klösterlichen Gemüsegartens erreichte. Er fand die Mönchskutte unter einem Strauch in der Nähe, zog sie sich über seine Kleidung und verknotete das schlichte Zingulum. Mit angehaltenem Atem drückte er gegen die Holztür und lächelte erleichtert, als sie knarrend aufging. Bis zu diesem Moment war er nicht sicher gewesen, ob der Mönch das Schloss wirklich entriegeln würde.

Er zog sich die Kapuze tief in die Stirn, durchquerte zügig den Garten und betrat die Abtei durch einen Seiteneingang, den der Mönch ihm gezeigt hatte. Sich sorgfältig außerhalb der Reichweite brennender Kerzen haltend, schlich er lautlos an der Wand entlang, bis er auf der gegenüberliegenden Seite des Gebäudes angelangt war, dort, wo sich die Verbindungstür zum Palast befand.

Finn duckte sich unter dem Bogen hindurch und eilte die Stufen der Treppe hinauf, die der König benutzte, wenn er die Messe besuchte. Der Treppenaufgang war unbeleuchtet bis auf eine flackernde Kerze am oberen Ende, wo der Mönch vor einer schweren, eisenbeschlagenen Eichentür auf ihn wartete.

»Ich danke Euch für Eure Hilfe.« Finn entledigte sich der Kutte und gab sie dem Mönch zurück. »Habt Ihr den Schlüssel?«, fragte er misstrauisch, als der Mönch keine Anstalten machte, die Tür zu öffnen.

»Nein.« Der Mönch schüttelte den Kopf. »Das Schloss befindet sich auf der anderen Seite der Tür, und es wird nur entriegelt, wenn ein Mitglied der königlichen Familie die Kirche besucht.«

Finn wartete. Hoffentlich hatte der Mönch ihn nicht umsonst herbestellt.

»Nach dem überstürzten Aufbruch der Königin und dem Wechsel der Vormundschaft für unseren jungen König jedoch gerieten die Dinge in Unordnung«, fuhr der Mönch fort. »Es scheint niemanden zu geben, der für das Verriegeln des Schlosses verantwortlich ist.«

»Zum Glück für mich«, versetzte Finn trocken.

Der Mönch wandte sich zum Gehen. »Das wage ich zu bezweifeln«, erwiderte er bissig, blies die Kerze aus und verschwand in der Dunkelheit.

5. Kapitel

Zu seiner Erleichterung war der Korridor menschenleer. Finn folgte dem spärlich erleuchteten Korridor weiter in Richtung des Stimmengewirrs und der Musik, die zweifellos aus der Halle zu ihm herüberdrangen, in der das Fest stattfand. Er näherte sich einem Seitengang und sah sich plötzlich zwei stämmigen Palastwachen gegenüber, die aus der entgegengesetzten Richtung kamen.

»Was habt Ihr hier hinten zu suchen?«, verlangte einer von ihnen zu wissen und umfasste den Griff seines Schwerts. »Warum seid Ihr nicht in der Halle bei den anderen Gästen?«

»Eine hübsche Dame lud mich ein, in ihr Bett zu schlüpfen. Wenn ihr sie sehen würdet«, Finn breitete die Arme aus, »wäre euch klar, dass ich auf keinen Fall Nein sagen konnte.«

»Ich sehe keine hübsche Dame«, erwiderte der Wachmann nüchtern.

»Sie kehrte ein Weilchen vor mir in die Halle zurück.« Finn senkte die Stimme. »Weil sie nicht wollte, dass ihr Gemahl uns gemeinsam hereinkommen sieht.«

»Kerle, die so aussehen wie er, haben einfach immer Glück«, warf der andere Wachmann säuerlich ein.

Finn legte den Kopf schräg und grinste. »Mit meinem Glück wird es vorbei sein, wenn ihr Ehemann mich erwischt.«

»In Ordnung, du Mistkerl, mach, dass du fortkommst.« Der andere Wachposten lachte und winkte ihn weiter.

Finn lächelte in sich hinein. Der schwierigste Teil lag hinter ihm. Er war im Palast.

Seine Chancen allerdings, Lady Margaret Douglas unter den

Augen der königlichen Garde und eines Großteils des Adels der Lowlands zu entführen, waren gleich null. Wenn sich eine Möglichkeit ergab, würde er sie ergreifen, doch sein Ziel heute Abend war nur, seine Beute in Augenschein zu nehmen, damit er sie erkannte und überlegen konnte, wie er sich ihr am besten näherte, wenn sie den Palast verließ.

Denn sicher würde die Dame gelegentlich die Krämerläden in der King's Street aufsuchen oder im nahegelegenen Wald ausreiten. Wenn er Glück hatte, bot sich im Laufe des Abends die Möglichkeit, sie anzusprechen, und dann konnte er sie vielleicht überreden, den Ausritt mit ihm zusammen zu unternehmen. Sie wäre nicht die erste Frau, die sich wider besseres Wissen mit ihm traf.

Einen Moment später war er am Ziel und sah sich um. In der Großen Halle drängte sich eine farbenfrohe, in Samt und Seide gewandete adlige Gästeschar. Man schlenderte im Raum umher, unterhielt sich angeregt und wartete allem Anschein nach darauf, dass der König eintraf und seinen Platz an der Tafel einnahm. Finn bewegte sich am äußeren Rand der Menge entlang, schnappte Wortfetzen und geflüsterte Unterhaltungen auf.

»Ich hatte gehofft, wir wären die verdammten Douglas endgültig los.«

»Die Douglas sind wie Unkraut. Unverwüstlich.«

»Die Königin schäumt, weil sie die Kontrolle über den König verloren hat.«

»Der Himmel stehe uns bei. Was für ein König soll aus dem Burschen bloß werden? Er ist dreizehn, und angeblich hat er geheult wie ein kleines Kind, als man ihn von seiner Mutter trennte.«

»Vielleicht hat er geweint wegen der Aussicht, wieder unter der Knute seines Stiefvaters zu stehen. Ich würde auch weinen.«

Plötzlich wandten sich die Köpfe zum Türdurchgang in der Nähe des Kopfendes der Tafel, und ein Murmeln erhob sich und wanderte durch den Saal wie eine leichte Brise, die über ein Kornfeld strich. Offenbar war der König eingetroffen. Finn hätte sich den jungen Burschen gern angesehen, aber Lady Margaret in der Menge zu finden war wichtiger.

Er zog die Aufmerksamkeit einer vorübereilenden jungen Magd auf sich. Sie errötete bis in die Haarwurzeln, als er sie beim Ellbogen nahm und beiseitezog, und klimperte heftig mit den Wimpern.

»Weißt du, wo Lady Margaret Douglas ist?«, fragte er ohne Umschweife. »Ist sie hier?«

»Lady Douglas?« Das Mädchen machte ein langes Gesicht, doch dann wies sie mit dem Kinn in Richtung der Tafel. »Die da ist es. Die, die alle angaffen.«

Finn wandte sich um und folgte ihrem Blick. Angesichts der Schönheit der Frau, die dort saß, stockte ihm buchstäblich der Atem. Seine Lungen fühlten sich an, als habe jemand die Luft herausgepresst. Sie sah aus wie eine Feenkönigin mit ihrer schmalen, anmutigen Gestalt in dem blauen, überirdisch schimmernden Gewand. Ihr hellblondes Haar war am Hinterkopf hochgesteckt, und ein paar lose Strähnen umrahmten ihr erlesen schönes Gesicht.

Eine solche Schönheit musste Aufmerksamkeit gewohnt sein, doch Finn spürte, dass die vielen Bewunderer ihr Unbehagen bereiteten. Die Miene, mit der sie sich im Saal umschaute, wirkte distanziert. Im Gegensatz zu ihrem blonden Haar und der hellen Haut waren ihre Augen dunkelbraun. Als sie in seine Richtung sah, hatte er das Gefühl, dass ihr Blick sich für einen winzigen Moment mit seinem verfing.

Unwillkürlich dachte er daran, wie er einmal eine Hirschkuh gejagt hatte. Sie hatte den Kopf gehoben und war seinem Blick genau in dem Moment begegnet, als er auf ihr Herz zielte. Er hatte den Bogen gesenkt und das Tier entkommen lassen. Aus einem Grund, der ihm unerklärlich war, ging ihm Lady Margaret Douglas genauso zu Herzen. Am liebsten hätte er auf dem Absatz kehrtgemacht und sie in Ruhe gelassen.

Er kannte wahrhaftig genug schöne Frauen. Wenn er ehrlich war, mehr als genug. Aber diese dort hatte etwas Ätherisches an sich, das sie von anderen unterschied. Sie war groß gewachsen, dennoch strahlte sie eine Zartheit, eine Zerbrechlichkeit aus, die sie verwundbar erscheinen ließ und in ihm als Mann den Wunsch erweckte, sie zu beschützen.

Im nächsten Moment fiel ihm ein, dass er der Mann war, vor dem sie eigentlich hätte beschützt werden müssen.

Er schüttelte den Kopf, um den Zauber zu brechen, den sie auf ihn ausübte. Hatte er nicht genug Erfahrung mit Frauen von hoher Geburt? Wahrscheinlich übte sie diesen Rehblick im Spiegel, im vollen Bewusstsein seiner Wirkung, und setzte ihn gezielt ein, genau wie den tiefen Ausschnitt ihres Mieders. Das Gewand enthüllte so viel von ihren Brüsten, dass einem Mann der Mund ganz wässerig wurde, und überließ gerade so viel der Fantasie, dass er nur hoffen konnte, derjenige zu sein, der sie enthüllen durfte.

Als Finn endlich wieder klar denken konnte, lauschte er aufmerksam auf die Gespräche um ihn herum.

»Eigentlich hat sie ihre besten Jahre schon hinter sich, aber sie ist noch schöner als früher«, sagte ein Mann hinter ihm. »Du lieber Himmel, sie muss inzwischen mindestens siebenundzwanzig sein.«

»Ich wüsste zu gern, wer der Glückliche ist, mit dem sie diesmal verheiratet wird«, erwiderte ein zweiter Mann. »Eins ist jedenfalls sicher – er wird ihrem ehrgeizigen Bruder mehr Krieger zur Verfügung stellen, als ich es je könnte.«

»Eine traurige Vorstellung, so ein hübsches Mädchen und irgendein alter Bock«, sagte der Erste wieder. »Aber da sie unfruchtbar ist, muss es jemand sein, der schon Erben hat.«

»Aye. Schönheit kann ein Mann schließlich auch bei einer

Mätresse finden«, versetzte der Zweite. »Seine Ehefrau soll ihm hauptsächlich Kinder schenken.«

»Trotzdem, welcher Mann wäre nicht versucht ...«

»Grundgütiger, jetzt wird es interessant«, unterbrach der andere. »Das ist doch Drumlanrig, ihr Exgatte.«

Plötzlich summte es im Saal wie in einem Bienenstock. Das Getuschel konnte Lady Margaret nicht entgehen, doch an ihrer abgeklärten Ausstrahlung änderte sich nichts. Keine Feenkönigin, eher eine eisige Jungfer.

Je länger Finn sie beobachtete, desto mehr bezweifelte er, dass sie so unbewegt war, wie sie vorgab. Ihr elfenbeinfarbener Teint wirkte blasser, und schließlich war es das leichte Beben ihrer Finger, das sie verriet.

Es erforderte innere Stärke, einer solchen Ansammlung von adligen Gästen, die alle auf eine Sensation warteten, gegenüberzutreten und seine wahren Gefühle nicht zu zeigen. Finn bewunderte sie, machte sich aber gleichzeitig auch einen geistigen Vermerk, dass sie die Kunst der Täuschung offenbar verdammt gut beherrschte.

In den folgenden Stunden beobachtete er sie von seinem Platz zwischen den rangniederen Gästen aus. Musik drang von der Galerie herunter, und selbst an dem bescheidenen Tisch, an dem er saß, wurde guter Wein gereicht. Nach dem sechsten oder siebenten Gang war er mehr als satt, doch ständig wurde neues Essen gebracht.

Als das Mahl schließlich beendet war, stand ein hochgewachsener, dunkelhaariger Mann, der in der Mitte der langen Tafel saß, auf. Er war in seinen Dreißigern, trug einen kurzen Spitzbart und eine juwelenbesetzte Samttunika und hatte ein steifes, wichtigtuerisches Gebaren. Finn würde jede Wette eingehen, dass es sich um Archibald Douglas handelte, den sechsten Earl of Angus.

»Der König ruft zum Tanz auf«, verkündete Douglas und

klatschte in die Hände. Sobald das Gesinde die Tische der niedrigrangigen Gäste an die Wand geschoben hatte, wandte er sich an den König und machte eine ausladende Handbewegung. »Welcher der Damen wird die Ehre zuteil, mit Euch tanzen zu dürfen, Majestät?«

»Lady Margaret!«, erwiderte der König mit kieksiger Stimme.

Lächelnd hakte Lady Margaret sich bei dem tollpatschigen Jugendlichen unter, doch die feinen Fältchen in ihren Augenwinkeln verrieten ihre Anspannung. Bedauerlicherweise unterstrich der König mit der Wahl seiner Partnerin, die einen halben Kopf größer und von engelhafter Anmut war, seine eigene Schwerfälligkeit nur noch deutlicher. Es war kaum mit anzusehen.

Sobald der König sie am Ende des Tanzes freigab, verschwand Lady Margaret in der Menge. Da Finn größer war als die meisten seiner Zeitgenossen, hatte er sie bald entdeckt und begann, sich seinen Weg in ihre Richtung zu bahnen. Er war fast bei ihr, als es plötzlich still wurde im Saal. Als er sich umdrehte, stand der König mit erhobenen Armen in der Mitte der Halle.

»Mit Lady Margarets Hilfe bin ich auf eine großartige Überraschung für den heutigen Abend gekommen, meine verehrten Gäste.« Er machte eine Kunstpause, dann rief er: »Tretet zurück! Macht Platz für die Löwen!«

Löwen? Finn wusste, dass der Vater des Jungen, James IV., Löwen in Holyrood Palace gehalten und in den Gartenanlagen sogar einen Zwinger für sie hatte erbauen lassen. Vorsichtig schob er sich zwischen den dicht gedrängt stehenden Gästen nach vorne.

Frauen schrien auf, und die Menge wich zurück, als zwei Löwen mit schweren Ketten an den Lederhalsbändern hereingebracht wurden. Tiere wie sie hatte Finn noch nie gesehen. Zeichnungen wurden ihrer Pracht nicht einmal entfernt gerecht. Ihr Brüllen erfüllte den Saal und hallte Finn in jeder Faser seines Körpers wider. Selbst ein paar Männer schnappten erschrocken nach Luft.

Was für herrliche Tiere!

Neugierig, wie die kühle Lady Margaret auf die Löwen reagierte, wandte er sich um, doch sie stand nicht mehr an der Stelle, an der er sie zuletzt gesehen hatte. Finn sah sich in der Halle um, versuchte sie zu finden.

O shluagh, sie war fort. Wie lange hatte er sich von den verdammten Löwen ablenken lassen?

Er schlüpfte aus der Tür und eilte durch den Korridor, in der Hoffnung, sie abzufangen, ehe sie in den Saal zurückkehrte. Obwohl er nicht geplant hatte, sie schon heute zu entführen, würde er nicht zögern, es zu tun, wenn er sie allein antraf und alle anderen nur auf die Löwen achteten.

Eine Dienerin kam ihm entgegen, und er verlangsamte seinen Schritt, um keine unerwünschte Aufmerksamkeit auf sich zu ziehen. Er wollte nicht, dass sie sich an ihn erinnerte.

Eilig überquerte Margaret den Schlosshof. Sie fand Lizzie in einer dunklen Ecke hinter den Stallungen. Das Mädchen trug Hosen und eine Mütze.

»Hast du deinem Vater gesagt, dass du bei deinem Stiefbruder übernachtest?«, fragte Margaret flüsternd. Lizzies Stiefbruder aus der ersten Ehe ihrer Mutter war ein erfolgreicher Edinburgher Kaufmann. »Es darf auf keinen Fall herauskommen, dass du in meine Flucht verwickelt warst.«

»Keine Sorge, ich mache so etwas nicht zum ersten Mal«, antwortete Lizzie ebenfalls flüsternd. »Mein Stiefbruder und mein Vater reden nicht miteinander. Es wird also niemand herausfinden.«

Margaret schwang sich hinter Lizzie in den Sattel und

wandte das Gesicht ab, als sie sich dem Tor näherten. Leider waren die Wachposten scharfsinniger als Lizzies Vater.

»Lady Elizabeth, wo wollt Ihr um diese späte Stunde noch hin?«

»Die Mutter dieser armen Magd liegt im Sterben und will ihre Tochter noch einmal sehen.« Mit dem Kinn deutete Lizzie auf die hinter ihr sitzende Margaret. »Ich bringe sie hin, weil ihr Elternhaus ohnehin auf meinem Weg liegt. Aber wir haben keine Zeit zu verlieren.«

Lizzie konnte Geschichten erfinden wie niemand sonst, den Margaret kannte.

Der Wachmann musterte das Mädchen aus verengten Augen. »Das heutige Fest ist viel zu wichtig, als dass eine Dienerin sich entfernen dürfte, ehe die Gäste zu Bett gegangen sind, sterbende Mutter hin oder her.«

»Lady Margaret hat es erlaubt«, improvisierte Lizzie geistesgegenwärtig. »Ihr wisst, wie weichherzig sie ist.«

»In Ordnung. Aber Ihr solltet Euch in dieser Aufmachung nicht in der Öffentlichkeit zeigen«, grummelte der Wachmann und winkte sie durch das Tor. »Gebt auf Euch acht, und reitet auf dem kürzesten Weg zu Eurem Bruder.«

Lizzie lenkte das Pferd auf die kopfsteingepflasterte Straße. »In ein paar Stunden sind wir auf Blackadder Castle«, sagte sie und schaute über ihre Schulter.

»Es ist nicht sicher, durch die Dunkelheit zu reiten«, erwiderte Margaret leise. »Wir sollten uns eine Herberge suchen, wo wir übernachten können.«

»Das wird nicht nötig sein«, versetzte Lizzie zuversichtlich. »Mein Pferd kennt den Weg, und außerdem ist es schneller als sämtliche Banditenpferde der Welt.«

»Lizzie, ich mache mir Sorgen um dich.« Margaret schüttelte den Kopf, doch ihre Cousine lachte.

»Alison und David werden außer sich sein, wenn sie hören,

dass deine Brüder den widerlichen William eingeladen haben«, sagte sie ernst, als sie sich beruhigt hatte. »David lässt dich nicht im Stich, egal womit Archibald droht.«

Die Beziehung zwischen den beiden Männern war schon jetzt angespannt. David trug es Archibald nach, dass er ins Ausland geflohen war und Alison wehrlos zurückgelassen hatte – obwohl er selbst, David, es gewesen war, der seinen Vorteil daraus gezogen und ihre Burg belagert hatte. Aber wenn zwei mächtige Männer, die Hunderte von Kriegern befehligten, eine Meinungsverschiedenheit hatten, konnte allzu leicht Blutvergießen daraus entstehen.

Margaret atmete tief durch. Was hatte sie bloß getan? Es sah ihr so gar nicht ähnlich, überstürzt zu handeln, aber sie hatte keine andere Möglichkeit gesehen, als zu fliehen, und nicht an die Auswirkungen gedacht. Das Letzte, was sie wollte, war, Probleme zwischen ihren Brüdern und David zu verursachen, erst recht, da Alison kurz vor ihrer Niederkunft stand.

»Lass uns Alison und David aus der Sache herauslassen«, erwiderte sie schließlich. »Statt nach Blackadder Castle reiten wir zu Thomas' Cottage im Dorf.«

Ihr war klar, dass sie nicht für lange entkommen konnte. Wie auch? Ihre Flucht sicherte ihr bestenfalls ein paar Tage Galgenfrist. Aber vielleicht würde ihre kühne Rebellion ihre Brüder dazu bringen, keinen weiteren Versuch einer Wiederverheiratung zu unternehmen.

Lady Margaret blieb unauffindbar, und schließlich kehrte Finn in die Große Halle zurück. Irgendwann würde sie zurückkommen müssen, beruhigte er sich und nahm einer vorbeigehenden Dienerin die Silberkaraffe und einen Becher ab. Während er darauf wartete, dass seine Beute wiederauftauchte, konnte er sich genauso gut einen Schluck von dem hervorragenden Wein genehmigen.

»Wo ist Lady Margaret abgeblieben?« Als er die piepsige, gereizte Stimme des Königs in unmittelbarer Nähe neben sich hörte, wusste er, dass er nicht der Einzige war, der wartete.

Aus dem Augenwinkel sah er, wie Archibald Douglas beinahe unmerklich einem Mann zunickte, der starke Ähnlichkeit mit ihm aufwies, und daraufhin dem König den Arm um die Schultern legte und ihn zu einem Kreis hübscher, sehr junger Mädchen führte. Während der Mann auf die Mädchen einsprach und diese zu kichern anfingen, ließ der König seinen Blick durch die Halle schweifen, anscheinend immer noch auf der Suche nach Lady Margaret.

Finn hatte das unangenehme Gefühl, dass ihm etwas entgangen war, irgendein aufschlussreiches Detail, das er gesehen, aber ignoriert hatte. Als Lady Margaret nach einer Stunde immer noch nicht wieder erschienen war, trank er seinen Wein aus und ging. Auf der Treppe vor dem Palasteingang blieb er stehen und atmete genussvoll die kühle Nachtluft ein. Er hatte etwas übersehen, aber was?

Das Bild der Magd, an der er im Korridor vorbeigegangen war, als er nach Lady Margaret gesucht hatte, tauchte vor seinem inneren Auge auf. Die Frau hatte ein Tablett in den Händen gehalten, die einfache Tracht einer Dienerin mit dem dazugehörigen Kopftuch getragen und war mit gesenktem Kopf an ihm vorbeigegangen. Auf eine Dame mit schimmerndem Gewand und Kopfputz konzentriert, hatte er sie kaum wahrgenommen. Dennoch war ihm etwas an ihr aufgefallen, das nicht zu einer einfachen Dienerin passte.

Die Hände. Sie hatten nicht rot und rau ausgesehen wie die einer Magd, sondern glatt und wohlgeformt wie die einer Dame von Stand. Er hätte sich in den Allerwertesten treten können dafür, dass ihm dieses Detail nicht sofort aufgefallen war. Und je länger er über die Sache nachdachte, desto sicherer war er, dass der anmutige Gang und die schlanke Gestalt unter dem schlichten Dienergewand Lady Margaret Douglas gehörten.

Wenn das keine interessante Wendung der Dinge war. Ihr Einfallsreichtum nötigte ihm ein anerkennendes Lächeln ab, doch seine Belustigung legte sich abrupt, als ihm die nörgelnde Stimme des Königs und der irritierte Gesichtsausdruck ihres Bruders einfielen, als sie nicht in die Halle zurückgekehrt war. Wenn er richtiglag mit seiner Vermutung, dass ihr Bruder ihr abverlangte, den jungen König in die Wonnen des Schlafgemachs einzuführen, war es kein Wunder, dass sie das Fest verlassen hatte.

Vielleicht benutzte sie die Verkleidung, um für ein paar Stunden Trost in den Armen eines Liebhabers zu finden. Finn gehörte nicht zu denen, die ein solches Verhalten verurteilten, doch unerklärlicherweise störte ihn die Vorstellung bei Lady Margaret sehr.

Ein paar Stunden später fand er sich erneut in der Taverne in der Nähe des Torhauses ein. Vielleicht war von den Wachleuten etwas Nützliches über sie zu erfahren. Er suchte sich einen Platz in der Erwartung, ein paar Runden ausgeben zu müssen, ehe er das Thema ansprechen konnte, und dann ein paar weitere Runden, ehe die Wachmänner preisgeben würden, wann sie normalerweise den Palast verließ, um Freunde oder Läden in der Stadt zu besuchen.

Doch kaum hatte er sich neben einer der Wachen niedergelassen, hörte er den Mann sagen, dass, wenn Lady Margaret nicht bald wiederauftauche, er und seine Kameraden nach Blackadder Castle geschickt würden, um sie zurückzuholen.

»Die Aussicht, das Ungeheuer von Wedderburn aufzufordern, mir seine Schwägerin auszuliefern, gefällt mir gar nicht«, sagte der Wachmann. »Das letzte Mal, als jemand sich mit ihm anlegte, knüpfte das Ungeheuer den abgeschlagenen Kopf des Mannes an den Haaren am Marktkreuz auf.«

»Dann suchen wir am besten zuerst in der Ortschaft unterhalb der Burg«, schlug ein anderer Wachmann vor. »Da haben wir sie auch das letzte Mal angetroffen, in dem Cottage des alten Mannes an der Hauptstraße.«

»Jawohl, als Erstes reiten wir in das Dorf«, stimmte ein Dritter zu. »Und hoffentlich finden wir sie dort.«

Es war fast Mitternacht, als sie das Cottage erreichten. Während Lizzie das Pferd im Gebüsch hinter dem Haus festband, machte Margaret Feuer im Kamin.

»Du kannst das Bett haben.« Lizzie unterdrückte ein Gähnen. »Ich schlafe auf dem Dachboden.«

Margaret war zu müde, um zu streiten, und kleidete sich bis aufs Unterhemd aus. Als sie die zusätzliche Decke hervorzog, die Thomas im Regal über seinem Bett aufbewahrte, fiel ein kleiner Lederbeutel auf die Matratze. Margaret wollte ihn zurücklegen, hielt jedoch mitten in der Bewegung inne. Es war ein ganz gewöhnlicher Beutel, die Sorte, in der man Münzen oder einen Glücksbringer aufbewahrte. Sie wusste nicht, weshalb sie das Gefühl hatte, ihn unbedingt öffnen zu müssen.

Sie zog das Lederband auf und kippte den Inhalt auf ihre Handfläche. Schimmernde schwarze Steinsplitter fielen heraus, und eine Flut von Erinnerungen überrollte sie, an die Nacht, als William ihr den Anhänger vom Hals gerissen und ihn gegen die Wand geworfen hatte, sodass er in winzige Stücke zersprungen war. Ihre Mutter hatte ihr den Stein geschenkt, einen schwarzen Onyx, der angeblich Zauberkräfte besaß und sie schützen und ihr Glück bringen sollte.

Er hatte weder das eine noch das andere getan.

Zwei Jahre später hatte sie Drumlanrig verlassen, mit nichts als einem Hemd auf dem Leib, einer rauen Decke und den in ein Taschentuch geknüpften Onyxscherben. Thomas hätte sie fortwerfen sollen, doch der alte Stallmeister schien geahnt zu haben, dass es besser war, sie für Margaret aufzubewahren.

Plötzlich hörte sie ein Geräusch und lauschte. Hatte jemand geklopft?

Wer würde Thomas zu dieser Stunde besuchen wollen? Sie wickelte sich in eine Decke und eilte zur Tür, doch dann hielt sie zögernd inne. Hatten ihre Brüder schon entdeckt, dass sie verschwunden war, und Männer geschickt, die sie holen sollten?

Es klopfte erneut.

Sie presste das Ohr an die Tür.

»Bitte, helft mir!«, hörte sie eine angstvolle Stimme sagen. Sie klang wie die des Jungen Brian aus dem Dorf.

Kaum hatte sie die Tür aufgemacht, hastete Brian an ihr vorbei. Er trug seine Schwester auf dem Arm.

»Schnell, schließt die Tür, ehe jemand uns sieht«, bat der Junge sie atemlos.

Margaret drehte sich um und schnappte nach Luft, als sie die Blutflecke in seinem Gesicht und auf seiner Kleidung sah. »Um Himmels willen! Was ist passiert?«

Gehetzt blickte Brian sich um, während seine kleine Schwester das Gesicht in seiner Halsgrube barg.

»Ich habe Euch ins Dorf reiten sehen«, stieß er immer noch außer Atem hervor. »Ihr sagtet, ich könnte mich an Euch wenden, wenn ich Hilfe brauche.«

6. Kapitel

Das hast du richtig gemacht«, Margaret lächelte Brian beruhigend zu, »dass du zu mir gekommen bist, meine ich. Aber jetzt erzähl mir erst einmal, was passiert ist.«

»Diesmal hat Vater sie umgebracht!« Tränen liefen dem Jungen übers Gesicht. »Er hat meine Mum getötet.«

Margaret schluckte. Der Gedanke, den Jungen nach Hause zu begleiten und seinem gewalttätigen, betrunkenen Vater entgegenzutreten, machte ihr Angst. Aber vielleicht lebte seine Mutter noch. »Am besten gehe ich nachsehen.«

»Um Himmels willen, nein!«, rief Brian entsetzt. »Ich weiß nicht, wann er wiederkommt, und er darf Euch dort nicht antreffen.«

»Dein Vater ist nicht da?«, fragte Margaret verdutzt. »Wo ist er?«

»Er wollte sie begraben«, stieß der Junge finster hervor. »Irgendwo, wo man ihre Leiche nicht findet.«

Allmächtiger. Margarets rechte Hand flog zu ihrer Kehle.

»Er will behaupten, sie hätte ihn verlassen, und hat gedroht, mich auch umzubringen, wenn ich etwas anderes sage.«

»Ich hole meinen Umhang und bringe dich und Ella sofort auf die Burg.« Margaret nickte. »Dort seid ihr sicher.«

»Ich bin nirgendwo sicher, solange mein Vater weiß, wo er mich findet.« Brian schüttelte vehement den Kopf. »Ich laufe fort, soweit ich nur kann.«

Margaret umfasste Brians Schultern und drückte ihn sanft auf einen Schemel. Ella klammerte sich immer noch an ihn, das

Gesicht in seine Halsbeuge gepresst, die kleinen Finger in das blutverschmierte Hemd gekrallt.

»Langsam, Brian«, versuchte Margaret ihn zu beschwichtigen. »Allein schaffst du es nicht. Wovon willst du leben?«

»Ihr wisst, dass ich hart arbeiten kann. Ich suche mir eine Arbeit auf einem Schiff«, erwiderte Brian trotzig. »Ich fahre zur See und komme nie wieder zurück.«

Margaret konnte ihm nicht verdenken, dass er seinem Leben hier entfliehen wollte.

»Aber ich kann mich nicht auch noch um Ella kümmern«, fuhr er fort und blickte sie flehend an. »Werdet Ihr sie nehmen?«

»Sie nehmen?«, wiederholte Margaret verständnislos.

»Bitte!« Brian kämpfte mit den Tränen.

Sie wusste nicht, was er meinte. »Wie ich schon sagte, ich kann sie auf die Burg bringen, wo meine Schwester und der Laird sich um sie …«

»Nicht auf die Burg! Dort arbeiten Leute aus dem Dorf«, unterbrach Brian sie hastig. »Sie kennen Ella und werden es Vater erzählen.«

Margaret blickte auf, als sie ein Geräusch hörte. Lizzie stand im Türdurchgang und lauschte andächtig.

»Ohne Beweise und ohne den einzigen Zeugen hat David kein Recht, Ella von ihrem Vater fernzuhalten«, sagte das Mädchen nachdenklich.

»Aber er wird es tun, wenn ich ihn darum bitte«, entgegnete Margaret entschlossen.

»Vater würde einen Weg finden, sie sich zurückzuholen.« Brian machte eine düstere Miene. »Meine Mum hat immer gesagt, Ihr wärt so freundlich. Sie würde wollen, dass Ihr Ella bekommt.«

»Ich?« Margaret war vollkommen überrumpelt. »Sie bekommen?«

»Ich weiß, dass Ihr Ella gernhabt, und ich weiß, dass Ihr

Euch gut um sie kümmern würdet.« Brians Stimme zitterte. Er legte die Wange auf Ellas Scheitel. »Bitte, könnt Ihr nicht ihre Mutter sein?«

Ella hob den Kopf und sah sie mit großen blauen Augen an. Margaret stockte der Atem. Sie würde es nicht dulden, dass der gewalttätige Mann, der seine Frau auf dem Gewissen hatte, das Kind jemals zurückbekam. Plötzlich war sie wild entschlossen zu tun, was immer nötig war, um die Kleine zu schützen.

Als Brian ihr seine Schwester auf den Schoß setzte und das erschöpfte Kind sich schwer an ihre Brust sinken ließ, stand Margarets Entscheidung fest.

»Selbstverständlich kümmere ich mich um Ella«, sagte sie bestimmt.

»Ich muss gehen. Wenn Vater mich erwischt, schlägt er mich windelweich ... oder Schlimmeres.«

»Ich kümmere mich auch um dich«, bot Margaret ihm an. »Wir sollten zusammenbleiben.«

»Es ist besser für Ella und mich, wenn wir nicht zusammen sind«, widersprach Brian entschieden. »Vater wird überall nach uns suchen und jeden, den er trifft, nach einem Jungen und einem kleinen Mädchen fragen.«

Noch einmal versuchte Margaret, ihn davon zu überzeugen, dass es sicherer war, wenn er bei ihr blieb, doch schließlich gab sie auf. Der Junge verdiente es, sich ein neues Leben aufzubauen, weit fort von dem Dorf, in dem er als der Sohn seines Vaters bekannt war.

»Ich habe unsere Sachen draußen stehen lassen.«

Verlegen brachte er eine schmutzige Stofftasche und einen großen rechteckigen Korb herein, während Margaret und Lizzie das wenige Geld zählten, das sie dabeihatten.

»Versteck die Münzen gut«, riet Margaret ihm ernst. Dann gab sie ihm ein paar Scherben des schwarzen Onyx. »Die sollen dich schützen.«

Eine Träne stahl sich aus Brians Augenwinkel, als er seiner Schwester zum Abschied die Wange küsste.

Wahrscheinlich hatte der Junge kaum je Zuneigung in seinem Leben erfahren. Margaret legte ihm einen Arm um die knochigen Schultern und drückte ihn. Für einen kurzen Moment lehnte er sich an sie, dann trat er einen Schritt zurück und warf sich seine Tasche über die Schulter.

»Du wirst ein feiner Mann werden«, versicherte sie ihm. »Wenn du so weit bist, zurückzukommen, findest du Ella und mich hier.«

»Brian!« Ella streckte die mageren Ärmchen in Richtung der geschlossenen Tür. »Brian!«

Margaret war froh, dass das Kind noch zu klein war, um wirklich zu erfassen, dass der Bruder für immer fortging. Der Abschied war für Brian schon schmerzlich genug gewesen, obwohl er das herzerweichende Schluchzen des Mädchens nicht mehr gehört hatte.

»Schscht, meine Kleine, schscht«, murmelte sie leise, strich Ella über den Rücken und wiegte sie auf ihrem Schoß.

Es zerriss ihr förmlich das Herz, die Kleine weinen zu hören. Wie sollte sie diese klaffende Lücke je füllen? Das arme Kind hatte an einem einzigen Abend nicht nur seine Mutter, sondern auch seinen Bruder verloren. Margaret schloss die Augen. Hoffentlich hatte Ella die Bluttat wenigstens nicht mit ansehen müssen. Aber auch so hatte sie zweifellos genug Gewalt erlebt.

Langsam verebbte Ellas Schluchzen, wurde zu einem leisen Schluckauf, und schließlich schlief das Kind in ihren Armen ein. Darauf bedacht, es nicht zu wecken, legte Margaret es in seinen Korb.

Das Herz wollte ihr schier überquellen, als sie das zusammengerollte, schlafende kleine Mädchen betrachtete. Der Korb war eigentlich für einen Säugling gedacht, nicht für ein Kind von drei Jahren. Ella klammerte sich an die zerlumpte Decke und eine schmutzige Stoffpuppe, die ihre Mutter genäht hatte. Es war alles, was dem armen Kind von seinem Zuhause und seiner Familie geblieben war.

»Bei allen Heiligen, was wirst du jetzt mit ihr machen?« Lizzie trat neben sie.

»Ich werde sie behalten.«

Tränen traten Margaret in die Augen, als sie sacht Ellas Wange berührte. Sie war Mutter. Nach Jahren vergeblicher Hoffnung hatte sie ihren Traum von einem Kind aufgegeben. Aber Ella war die Antwort auf ihre Gebete.

»Ich bin jetzt deine Mutter«, wisperte sie erstickt. »Ich werde gut für dich sorgen. Immer.«

Ella änderte alles. Dies war kein zeitweiliges Entkommen vom Hof. Sie konnte nicht mehr dorthin zurückgehen. Nie mehr.

»Ich würde für mein Leben gern Archibalds und Georges Gesichter sehen, wenn sie es herausfinden.« Lizzie grinste. »Das Kind eines bettelarmen Dorfbewohners aufzunehmen, der zudem einen Mord begangen hat, wird ihre Pläne für das erhoffte Heiratsbündnis zunichtemachen.«

»Sie dürfen es nicht herausfinden. Niemals.« Margaret griff Lizzie am Arm. »Sie würden sie mir abnehmen.«

»Was willst du tun?« Lizzie sah sie groß an.

»Ich weiß es noch nicht.« Wo konnte sie sich vor ihren Brüdern verstecken? Und wenn sie eine Zuflucht fand – wie sollte sie für das Kind sorgen? Sie rieb sich die Stirn, versuchte nachzudenken.

»Du kannst nicht im Dorf bleiben, wenn du nicht willst, dass sie dich finden«, sagte Lizzie in ihre Gedanken hinein.

Brians Vater würde davon ausgehen, dass Ella bei dem Jungen war, und die anderen Dorfbewohner würden glauben, dass die Mutter beide Kinder mitgenommen hatte. Das verschaffte Margaret ein wenig Aufschub. Trotzdem konnte sie Ella nicht lange in Thomas' Haus versteckt halten, ohne entdeckt zu werden – sofern ihre Brüder sie nicht zuerst fanden.

»Ich muss Ella irgendwo hinbringen, wo man mich nicht kennt«, sagte sie halb zu sich selbst.

»Ich weiß.« Lizzie nickte. »Wir könnten zu Sybil und ihrem MacKenzie-Gemahl fliehen und in den Highlands leben.«

»Wenn ich nur wüsste, wie wir dorthin gelangen.« Das Land der MacKenzies war weit entfernt und schwer zu erreichen. In den Lowlands konnten ihre Brüder sie überall finden, aber auf dem Territorium des MacKenzie-Clans kannte sie außer ihrer Schwester kein Mensch. Sie konnte sich dort für jemand anderen ausgeben.

»Du könntest jemanden anheuern, der dich dorthin bringt.« Nachdenklich runzelte Lizzie die Stirn. »Es müsste jemand sein, der sich in den Highlands auskennt. Jemand, der ein Schwert führen kann, wenn ihr angegriffen werdet.«

Wie sollte sie so jemanden finden – und auch noch schnell? Und selbst wenn es ihr gelänge, würde der Betreffende sie wahrscheinlich schnurstracks zu Archibald bringen. Jeder Dummkopf wusste, dass es mehr einbrachte, sie an ihren mächtigen Bruder auszuliefern, als ihr bei der Flucht zu helfen.

Lizzie gähnte und streckte sich. Sie waren beide übermüdet.

»Ehe es hell wird, können wir ohnehin nichts tun. Lass uns also zu Bett gehen.« Margaret strich Lizzie eine Haarsträhne aus der Stirn. »Danke, dass du mir geholfen hast, hierherzukommen. Ich weiß nicht, was ich ohne dich getan hätte.«

Lizzie erklomm die Strickleiter zum Dachboden, und Margaret stellte Ellas Korb neben ihr Bett. Wieder betrachtete sie das schlafende Mädchen, das nun ihre Tochter war. Auch wenn sie kein Recht auf das Kind hatte, brauchte Ella eine Mutter, und Margaret war entschlossen, bei ihr zu bleiben.

Sie wusste nicht, wie, und sie hatte nicht sehr viel Zeit, es herauszufinden.

Irgendwann am nächsten Vormittag würden ihre Brüder herausfinden, dass sie nicht mehr da war. Wie lange würde es dauern, bis sie einen Trupp Männer nach Blackadder Castle und in das Dorf geschickt hatten, um sie zu suchen?

Grundgütiger, was sollte sie tun?

Sie nahm den Beutel mit den Onyxscherben aus dem Regal und fiel neben dem Schlafkorb auf die Knie. Sicher hatte der Stein seine magischen Eigenschaften verloren, als er zersplittert war – wenn er sie überhaupt je besessen hatte. Aber sie war verzweifelt. Die gezackten Scherben stachen ihr in die Handfläche, als sie die Finger um den Beutel schloss und um eine Fluchtmöglichkeit mit Ella betete.

Als keine Antwort kam, legte sie den Kopf auf ihre auf dem Bett gekreuzten Arme.

Ihr Hirn fühlte sich umnebelt an vor Erschöpfung, aber plötzlich spürte sie einen leichten Luftzug und sah aus dem Augenwinkel, dass die Lampe auf dem Tisch im anderen Raum flackerte. Ihr fiel ein, dass sie den Türriegel, der manchmal sperrte, schon vor einiger Zeit hatte reparieren lassen wollen. Sie seufzte tief und stand auf, um die Kerze auszublasen und die Tür zu schließen. Doch als sie in die Küche trat, blieb sie wie angewurzelt stehen. Gleichzeitig versuchte sie verzweifelt, den Anblick, der sich ihren Augen bot, sinnvoll einzuordnen.

Auf einem der Stühle saß ein kräftiger Highland-Krieger, die Füße auf der Tischplatte, einen langen Dolch auf dem Schoß und ein durchtriebenes Lächeln im Gesicht. Margaret blinzelte in der Erwartung, die unerklärliche Vision auf diese Weise zum Verschwinden zu bringen. Doch die Vision, oder besser gesagt der Mann, blieb.

Er hatte tiefschwarzes Haar, das ihm über die unglaublich breiten Schultern herabfiel, ein kantiges Gesicht mit einem

Bartschatten und aufsehenerregend blaue Augen, mit denen er sie genau beobachtete. Trotz seines Lächelns und seiner entspannten Haltung strahlte sein langgliedriger, muskulöser Körper eine animalische Kraft aus, die sie an die Löwen des Königs erinnerte. Ihr Spürsinn sagte ihr augenblicklich, dass er von dem Stuhl aufspringen und sich auf sie stürzen würde, wenn sie auch nur Anstalten machte zu fliehen.

Mit Mühe kämpfte sie den überwältigenden Drang zu schreien nieder. Sie würde nur Ella und Lizzie wecken und den Highlander auf die Anwesenheit der beiden aufmerksam machen. Sie musste sie schützen, egal, was es kostete. Ihr Herz hämmerte wie wild, und ihr war schwindelig, doch sie war entschlossen, nicht den Kopf zu verlieren.

»Es wird leichter für uns beide sein, wenn Ihr keinen Widerstand leistet.« Der Highlander hatte eine tiefe, warme Stimme und sprach, als gelte es, ein scheuendes Pferd zu beruhigen. Doch alles an ihm strahlte Gefahr aus. Große Gefahr.

»Keinen Widerstand?« Ihre Stimme klang dünn und brüchig. »Was wollt Ihr?«

»Euch, Süße«, antwortete der Krieger gut gelaunt. »Ich werde Euch mitnehmen.«

7. Kapitel

Ich bin hier, um Euch zu entführen«, setzte Finn erklärend hinzu.

Er stieß langsam den Atem aus, weil die Frau nicht wie erwartet anfing zu schreien und das halbe Dorf weckte. Wenigstens noch nicht. Er gewann den Eindruck, dass sie eine gelassene Person war, die nicht zur Überspanntheit neigte. Nachdem er gesehen hatte, wie kühl sie auf ihren ehemaligen Gemahl reagiert hatte, und das unter den Augen des gesamten Adels der Lowlands, nahm er an, dass sie entweder kaltblütig war oder ausgesprochen geschickt darin, so zu tun, als ob.

Natürlich hätte er jedes Risiko vermeiden können, indem er sie von hinten gepackt und ihre Schreie mit der Hand zu ersticken versucht hätte. Aber ein solches Vorgehen wäre ein schlechter Anfang für die lange Reise gewesen, die sie vor sich hatten.

Aus der Entfernung und in dem schimmernden Gewand war ihm seine Geisel schon überirdisch schön erschienen, aber aus der Nähe – und, Gott mochte ihm gnädig sein, nur mit einem Hemd bekleidet – raubte ihm ihr Anblick den Atem. Ihr Haar war silbrig wie Mondlicht und fiel ihr in Wellen über die Schultern und die festen, hoch ansetzenden Brüste.

Allmächtiger, was war nur mit ihm los? Er machte ihr schon genug Angst, wenn er nicht auf ihre Brüste starrte, so schön sie auch waren. Es kostete ihn einige Anstrengung, den Blick auf ihr Gesicht zu richten, und als er in ihre tiefbraunen Augen sah, hatte er das merkwürdige Gefühl zu fallen.

»Es besteht keinerlei Grund, die Sache zu erschweren«, fuhr er fort. »Aber auch wenn Ihr es tätet, ich nehme Euch mit.«

»Ihr könnt mich nicht entführen.« Sie straffte sich. »Oder wisst Ihr etwa nicht, wer mein Bruder ist?«

»Zufälligerweise ist er der eigentliche Grund für Eure Entführung«, erwiderte Finn lächelnd. »Ihr seid eine kostbare Geisel.«

»Ihr irrt, wenn Ihr glaubt, dass mein Bruder mich als wertvoll betrachtet.« Sie zuckte mit den Schultern. »Es interessierte ihn nicht einmal, was aus mir wurde, als er nach Frankreich floh.«

Finn war nicht entgangen, dass ihr Bruder sie als Lockvogel für den König und andere mächtige Männer eingesetzt hatte. Archibald Douglas würde seine schöne Schwester zurückhaben wollen.

»Sobald Euer Bruder tut, was wir wollen, werdet Ihr gesund und munter nach Hause zurückgeschickt.«

»Und wenn er nicht tut, was Ihr wollt?«

»Er wird es tun«, erwiderte Finn zuversichtlich. »Und bis dahin, das verspreche ich Euch, wird Euch kein Härchen gekrümmt.«

»Gebt Ihr mir Euer Wort darauf?« Sie musterte ihn gespannt.

»Aye.« Er schenkte ihr das Lächeln, mit dem er bisher noch jede Frau für sich eingenommen hatte.

Sie hob die schön geschwungenen Brauen. Anscheinend war sie nicht überzeugt.

»Hört her, Süße, ich bin nicht scharf darauf, Euch zu entführen. Aber da weder Ihr noch ich eine Wahl haben, lasst uns aufbrechen.« Er machte eine Pause. »Wir haben eine lange Reise vor uns.«

Die Frau gab nicht viel von sich preis, aber Finn spürte eine subtile Veränderung bei ihr. Vielleicht hatte sein Eingeständnis, dass er zu dieser Entführung gezwungen worden war, ihre Angst beschwichtigt, ganz so, wie er es gehofft hatte.

»Eine lange Reise?« Ihre sanfte Stimme fühlte sich an wie Fingerspitzen, die über seine Haut streichelten. »Wo bringt Ihr mich hin?«

Sie schien akzeptiert zu haben, dass er sie mitnehmen würde. Bis hierher lief die Sache überraschend gut.

Er zuckte mit den Schultern. »Das kann ich Euch jetzt nicht sagen.«

»Aber weit fort?«

»Aye.« Es erstaunte ihn, dass seine Antwort sie nicht zu erschrecken schien. Aber andererseits hatte er sie als verschlossen und kaltblütig kennengelernt.

»Da Ihr ein Highlander seid«, sie senkte den Blick auf seinen Kilt – was sie erröten und ihn augenblicklich hart werden ließ –, »werdet Ihr mich sicher irgendwo in die Highlands bringen?«

»Aye.« Warum sollte er nicht zugeben, was sie ohnehin schon wusste. Er löste den Strick, den er mitgebracht hatte, von seinem Gürtel. »Wie Ihr sicher verstehen werdet, muss ich Euch vorsichtshalber fesseln.«

»Ich mache Euch einen Vorschlag, Highlander.« Sie stand auf und wich mit erhobenen Händen vor ihm zurück. »Wenn Ihr Euch darauf einlasst, mich nicht zu fesseln, gebe ich Euch mein Wort, dass ich freiwillig mitkomme.«

»Tut mir leid, ich kann Eurem Wunsch nicht entsprechen.«

»Sagtet Ihr nicht, es wäre leichter für uns beide, wenn ich kooperiere?« Sie legte höchst bezaubernd den Kopf schräg. »Auf einer so langen Reise wird sich sicher so manche Gelegenheit für mich ergeben, einen Fluchtversuch zu unternehmen oder um Hilfe zu schreien.«

»Das würde die Reise in der Tat sehr beschwerlich machen«,

räumte er nickend ein. »Aber ich fürchte, Ihr werdet Euch mein Vertrauen verdienen müssen.«

»*Ich?*« Ihre Brauen schossen in die Höhe. »*Euer* Vertrauen *verdienen?*«

»In Ordnung, ich gebe Euch eine Chance.« Er hob warnend den Finger. »Wenn Ihr es auch nur versucht, fessle ich Eure Hand- *und* Fußgelenke. Und jetzt lasst uns gehen.«

»Doch nicht im Hemd!« Die Aussicht schien sie mehr zu schockieren als die, entführt zu werden.

Als sie an sich heruntersah, folgte sein Blick ihrem. Das verdammte Hemd ließ nichts erkennen, dennoch wurde ihm der Mund trocken bei dem Gedanken an ihren nackten Körper darunter.

»Wenn schon mein Unbehagen Euch nicht kümmert«, fuhr sie fort, als er nichts sagte, »so doch sicher die Einsicht, dass jeder, der mich so sieht, wissen wird, dass etwas nicht stimmt, und Ihr garantiert erwischt werdet.«

Es würde in der Tat unerwünschte Aufmerksamkeit erregen, wenn sie in diesem Aufzug mit ihm reiste. Als sie Anstalten machte, in den Raum nebenan zu gehen, vermutete er eine Finte und hielt sie am Arm fest.

»Ich gestatte Euch nicht, mit ins Schlafzimmer zu kommen«, sagte sie ruhig, aber bestimmt.

Befand sich etwa ein Mann dort, der nur auf die Gelegenheit wartete, ihn anzugreifen? Finn zog seinen Dolch. Er hielt sie beim Handgelenk fest und drückte die Tür mit der Schulter auf.

Der Raum war klein und sparsam möbliert, mit einer schmalen Lagerstatt und einem Korb daneben. Als er niemanden unter dem Bett versteckt fand, entspannte er sich. Die Luke zum Dachboden war zu klein, als dass ein erwachsener Mann hindurchgepasst hätte. Und wenn es doch einem gelungen wäre, sich hindurchzuquetschen und zu verstecken, anstatt die Frau zu beschützen, war es niemand, den Finn fürchten musste.

Sonst gab es keine Verstecke und keine Fenster, durch die Lady Margaret hätte fliehen können.

»Wem gehört dieses Haus?«

»Einem Freund von mir«, erwiderte sie leise. »Er ist nicht hier.«

Finn hätte gern gewusst, was dieser Freund ihr bedeutete und weshalb sie hier war. Mitunter fanden es gelangweilte Frauen von Stand aufregend, mit Männern aus dem gewöhnlichen Volk ins Bett zu gehen. Lady Margaret wäre tief gesunken, wenn sie eine Affäre mit einem der Dörfler angefangen hätte.

Die Kammer war so eng, dass sie nur ein paar Handbreit voneinander entfernt standen. Sein Blick fiel auf das Bett, das für zwei eigentlich zu schmal war, aber …

»Ich würde mich jetzt gerne anziehen«, unterbrach sie seine unziemlichen Gedanken.

Obwohl sie auffordernd zur Tür blickte, machten seine Füße keine Anstalten, ihn aus dem Raum zu befördern. Stattdessen stellte er sich vor, den Saum ihres Nachthemds zu heben, ihre schlanken Waden und Schenkel zu betrachten, die …

Als sein Blick bei ihren sittsam vor dem Bauch gefalteten Händen anlangte, schloss er abrupt den Mund.

Diesmal musterte sie ihn streng und deutete auf die Tür.

»Ihr braucht keine Hilfe beim Öffnen der Haken und Ösen Eures Gewandes?«, fragte er beflissen. »Ich bin gut darin.«

»Daran hege ich nicht den geringsten Zweifel.« Es klang nicht wie ein Kompliment. »Aber ich schaffe das alleine.«

Das Herz schlug Margaret so heftig, dass sie glaubte, der Highlander müsste es hören. Sie hatte furchtbare Angst, dass er Ella und Lizzie entdeckte. Gott sei Dank war Lizzie mit einer schnellen Auffassungsgabe gesegnet und hatte wahrscheinlich die Stimmen gehört und Ella mit auf den Dachboden genommen. Das Mädchen war sogar so geistesgegenwärtig gewesen, die Strickleiter hinter sich hochzuziehen.

Auf der Schwelle angelangt, grinste der Highlander sie an. Sobald er die Tür hinter sich geschlossen hatte, erschien Lizzies Kopf in der Dachluke. Margaret legte sich den Finger auf die Lippen, und Lizzie nickte. Dann ließ sie die Strickleiter fallen und kletterte an ihr herunter, mit Ella auf dem Arm.

Margaret nahm ihr Ella ab, die heftig an ihrem Daumen nuckelte, und drückte die Kleine an sich. Plötzlich zückte Lizzie ihren Dolch und wandte sich zur Tür.

Allmächtiger, das Mädchen wollte den Highlander erstechen! Margaret fasste ihre Cousine am Arm und hielt sie fest. Mit einem beschwörenden Blick wies sie auf Ella, dann auf sich selbst und zum Schluss zur Tür.

Lizzie schien verstanden zu haben, denn sie nickte und formte stumm die Worte: *Du willst mit ihm gehen?*

Margaret biss sich auf die Unterlippe. Sie hätte gern mehr Zeit gehabt, um sich ihr Vorgehen gründlich zu überlegen. Aber sie brauchte ohnehin jemanden, der sie in die Highlands brachte, und nun war dieser Jemand in ihr Leben getreten – wenn auch als Entführer –, und sie würde sich seiner bedienen, um zu fliehen.

Als sie zur Antwort auf Lizzies stumme Frage nickte, leuchteten die Augen des Mädchens auf. Sie erweckte ganz den Eindruck, als ob Margaret sich in ein spannendes Abenteuer stürzte statt in eine verzweifelte Flucht, die ein böses Ende nehmen konnte.

»Er ist ein Highlander, und er sieht verdammt gut aus«, wisperte Lizzie aufgeregt, als handelte es sich um Qualitäten, die das Risiko dieses unsäglichen Unterfangens mehr als aufwogen.

»Wenn wir das Gebiet des MacKenzie-Clans erreichen, versuche ich zu fliehen und zu Sybil zu gelangen«, wisperte Margaret ihrer Cousine zu. Das besagte Territorium erstreckte sich über die gesamten Highlands, von Küste zu Küste. Sie würden also kaum daran vorbeikommen.

Sie erschrak fast zu Tode, als die tiefe männliche Stimme von der anderen Seite der Tür erklang.

»Habt Ihr etwa doch Schwierigkeiten mit den Haken und Ösen, Süße?«

»Nein! Ich bin so gut wie fertig.« Rasch zog Margaret die geborgten Sachen der Magd an, die praktisch gestohlen waren, nun, da sie sie nicht mehr zurückgeben konnte. Sie hatte ein schlechtes Gewissen deswegen, konnte aber nichts daran ändern.

»Was, wenn du es nicht schaffst, ihm zu entkommen?«, flüsterte Lizzie ihr von hinten ins Ohr, während sie das Kleid zuhakte.

»Dann bin ich seine Geisel.« Weibliche Geiseln von hoher Geburt wurden für gewöhnlich gut behandelt, fast wie Gäste.

Oder etwa nicht?

Lizzie schloss die letzten Haken. »Wenn du erwartest, dass Archibald Lösegeld für dich zahlt, könnte es sein, dass du dich auf eine lange Abwesenheit einrichten musst.«

Darauf setzte sie ihre ganze Hoffnung. Je länger sie fort war, desto größer die Chance, dass ihre Brüder sie nicht für ihre Pläne benutzen konnten. Dass sie sich insgeheim wünschte, die beiden wieder im Exil zu wissen, mochte verwerflich sein, aber sie konnte die Regung nicht unterdrücken.

Sie zog den Korb unter dem Bett hervor. Ella ließ sich widerstandslos hineinlegen und rollte sich darin zusammen, ohne den Daumen aus dem Mund zu nehmen. Margaret kam der Gedanke, dass das arme Kind daran gewöhnt war, sich in dem Korb zu verstecken!

Warnend legte sie einen Finger auf ihre Lippen, küsste Ella auf die Stirn und zog ihr vorsichtig die Decke über den Kopf.

Sie würde das Kind nicht lange vor dem Highlander verbergen können, hoffte indes, dass es ihr gelang, die Entdeckung so lange hinauszuzögern, bis es zu mühevoll wäre, noch einmal umzukehren. Glücklicherweise war Ella ein ruhiges Kind – über die Gründe dafür mochte Margaret nicht nachdenken –, und es war dunkle Nacht. Wenn sie es schaffte, Ella aus dem Haus zu schmuggeln, ohne dass der Highlander sie erwischte, würde es vielleicht klappen.

Sie blinzelte die Tränen fort, während Lizzie sie zum Abschied umarmte.

»Du wirst mir fehlen«, flüsterte sie ihrer Cousine ins Ohr. »Sag Alison, sie soll sich keine Sorgen machen. Ich benachrichtige sie, sobald ich kann.«

Lizzie ging in die Hocke, nahm ihren Dolch und befestigte ihn mit dem Ledergurt an Margarets Oberschenkel.

»Was macht Ihr so lange?«, ließ sich der Highlander durch die Tür vernehmen. »Ich warne Euch, ich komme Euch holen.«

»Untersteht Euch!«, rief Margaret zurück.

In Windeseile kletterte Lizzie die Strickleiter hinauf und zog sie hinter sich hoch. Margaret bückte sich nach dem Korb, und ihr Blick fiel auf den Beutel mit den Onyxscherben auf dem Bett. Ohne lange nachzudenken, griff sie danach und ließ ihn in den Korb fallen.

Dann richtete sie sich auf, entschlossen, sich dem Entführer und dem Schicksal, das er ihr bringen würde, zu stellen.

8. Kapitel

Der Highlander lief in der Küche auf und ab wie ein Tier in der Falle. Als die Tür aufging, blieb er abrupt stehen und wirbelte herum, um sie mit einer Miene zu mustern, die Margaret nicht im Geringsten beruhigte.

»Den könnt Ihr nicht mitnehmen.« Er wies auf den Korb. »Wir reiten.«

Vor Angst wurden ihr die Knie weich und die Kehle eng. Sie musste ihn überreden, sie den Korb mitnehmen zu lassen.

»Ihr erwartet doch nicht, dass eine Dame eine lange Reise antritt, ohne ein Gewand zum Wechseln und ein zweites Paar Strümpfe und …« Sie stellte den Korb hinter sich, während sie fieberhaft überlegte, was sie noch aufzählen sollte. »… nun, all die anderen Dinge, die für eine Frau unverzichtbar sind.«

Er stieß einen Seufzer aus und grinste schief. »In Ordnung, Prinzessin.«

Mit seinem liebenswürdigen Lächeln und den funkelnden, von dichten Wimpern umrahmten blauen Augen war dieser Highlander viel zu gut aussehend, um vertrauenswürdig zu sein. Attraktive Männer waren die schlimmsten.

Sie starrte ihn schamlos an wie ein kleines Mädchen, und ehe sie noch wusste, wie ihr geschah, griff er nach dem Korb.

»Bei allen Heiligen, was habt Ihr dadrinnen? Wackersteine?« Er schüttelte den Kopf.

Mit Mühe unterdrückte sie ein entsetztes Keuchen, als Ella sich unter der Decke bewegte. Rasch beugte sie sich über den Tisch und blies die Kerze aus.

Der Highlander umklammerte ihren Arm wie eine Schraubzwinge. »Ich hoffe, Ihr hattet nicht vor, nach draußen zu schlüpfen und davonzulaufen.«

»Das Haus gehört meinem Freund«, erwiderte Margaret ruhig. »Ich würde nicht riskieren wollen, dass es in Flammen aufgeht.«

»Wer zum Teufel ist dieser Freund?«

»Er …« Sie unterbrach sich, als sie erkannte, dass der Highlander ihr nicht mehr zuhörte, sondern auf die sich windende Decke des Korbs starrte. Das Herz rutschte ihr in die Kniekehlen.

»Mist!«, murmelte der Highlander und atmete langsam aus.

Grundgütiger, hatte die Frau einen Hund in dem Korb versteckt? Nach allem, was er wusste, bevorzugten Damen wie sie bissige kleine Köter mit scharfen Zähnen. Finn riss die Decke fort, ehe das verdammte Ding ihn anfallen konnte.

Ein Kind mit blonden Locken und rosigen Wangen kam darunter zum Vorschein. Es starrte ihn aus riesigen blauen Augen an. Für einen Moment war Finn so verdattert, dass ihm die Worte fehlten. Langsam wandte er den Blick von der Erscheinung und richtete ihn auf Lady Margaret.

»Was zum Teufel geht hier vor?« Er schüttelte den Kopf. »Von einem Kind war keine Rede. Mir wurde gesagt, Ihr seid unfruchtbar.«

Sie zuckte kaum merklich zusammen, doch er war zu wütend, um sich zu entschuldigen.

»Wessen Kind ist das?«, fragte er ungeduldig.

»Meins.« Lady Margaret hob das Kind aus dem Korb und presste es an ihre Brust. »Es ist meine Tochter.«

»Ich meine, von wem ist es?«, presste er hervor. »Wer ist der Vater? Euer Gemahl, Drumlanrig?«

»Er ist nicht mehr mein Gemahl«, erwiderte sie knapp. »Und Ella ist nicht von ihm.«

Dann war das Kind das Ergebnis einer Affäre. Einer ehebrecherischen Affäre, die der Grund dafür gewesen sein musste, dass ihr Gemahl sie verstoßen hatte.

»Wer ist dann der Vater?«

»Sie gehört nur mir.« Sie presste die Lippen zusammen.

»Soll das heißen, Ihr habt ihm nichts von dem Kind gesagt?« Er musterte sie aufmerksam. »Ein Mann hat das Recht zu erfahren, dass er Vater ist.«

»Ihr seid ein Entführer und fällt ein Urteil über mich?«

»Es ist nicht recht, einem Vater sein Kind vorzuenthalten.«

Sie legte die Wange auf den Scheitel des Kindes. »Manchmal ist es das einzig Richtige, was man tun kann.«

»O shluagh.« Den Hilferuf an die Feen murmelnd, fuhr er sich durchs Haar. »Schlimm genug, dass ich mit einer verwöhnten Adligen auf diese anstrengende Reise gehen muss. Ich kann nicht auch noch ein Kind mitnehmen.«

»Ohne sie komme ich nicht mit.« In ihrer Stimme lag eiserne Entschlossenheit. »Und solltet Ihr versuchen, mich mitzunehmen, wehre ich mich mit Klauen und Zähnen. Jede Minute eines jeden Tages. Das schwöre ich Euch.«

Das versprach eine unangenehme Reise zu werden. Und wenn es ihr gelang zu entkommen, war sie in Gefahr, bis er sie wiederfand. *Verdammt.*

»Davon abgesehen«, sagte sie in seine Gedanken hinein, »ist es von Vorteil für Euch, wenn Ihr sie mitnehmt.«

»Von Vorteil für mich?« Er ahnte, was als Nächstes kam.

»Archibald weiß nichts von ihrer Existenz«, sagte sie triumphierend. »Und auch sonst niemand.«

»Wie ist es Euch gelungen, Eure Tochter vor Eurer Familie und ihrem Vater geheim zu halten?«

»Ella wurde von einer Frau aus dem Dorf aufgezogen«, erklärte Margaret lächelnd. »Jeder glaubt, sie ist ihre Tochter.«

»Wunderbar, dann ist dieses Problem ja gelöst.« Erleichterung durchflutete ihn. »Ihr könnt das Kind bei der Frau lassen.«

»Die Frau ist tot ... Das Fieber hat sie dahingerafft«, improvisierte Margaret rasch. »Darum musste ich heute Abend heimlich von Holyrood herkommen.«

Die Feen lachten sich sicherlich krank in ihren Feenhügeln. Was in Dreiteufelsnamen sollte er tun? Bei der Vorstellung, das Kind seiner Mutter zu entreißen und mit der schreienden, wehklagenden Lady Margaret über der Schulter davonzustapfen, wurde ihm schlecht. Die Frau würde ihm Probleme ohne Ende bescheren mit ihren Fluchtversuchen.

Er warf einen Blick auf das Mädchen. Obwohl er nicht viel Erfahrung mit Kindern hatte, war ihm klar, dass man ein so winziges Geschöpf nicht allein lassen konnte. Und selbst wenn er es auf der Türschwelle eines der nebenan gelegenen Häuser ablegte, gab es keine Garantie, dass die Nachbarn gut für die Kleine sorgen würden.

Er war versucht, einfach zu gehen, doch das würde ernste Konsequenzen nach sich ziehen. Moray und die Gordons verlören das Druckmittel, das sie brauchten, um Archibald Douglas zu zwingen, den jungen Stammesfürsten der Gordons freizugeben. Und wenn der Bursche volljährig war und zu seinem Clan zurückkehrte, würde sein Groll gegen Finn so groß sein, dass er für die nächsten fünfzig Jahre reichte. Dann konnte Finn nur noch eins tun, nämlich Schottland verlassen und nie wieder zurückkehren.

»Mist.« Aber hatte er eine Wahl? Er spie eine nicht enden wollende Abfolge gälischer Flüche aus, die er hier und da noch mit einem weiteren *Mist* durchsetzte, dann fiel sein Blick auf Lady Margaret. Ihre Augen waren vor Entsetzen geweitet, und sie hielt dem Kind die Ohren zu.

Er hatte nicht die Absicht, sie zu erschrecken – nicht mehr jedenfalls, als unumgänglich war.

»In Ordnung, Ihr könnt Eure Tochter mitnehmen, aber nur«, er deutete mit dem Finger auf sie, »wenn Ihr versprecht, keine Probleme zu machen.«

Von einem Moment zum anderen legte sich ein strahlendes Lächeln über ihre Züge, ein Lächeln, das ihm das Gefühl gab, ein sonnendurchflutetes, von Vogelgezwitscher erfülltes Tal zu betreten. Grundgütiger, die Frau war gefährlich.

Voller Angst, dass jemand sie sah oder die saftigen gälischen Flüche des Highlanders hörte, spähte Margaret in die Dunkelheit. Sie konnte spüren, dass Ella verängstigt war, doch sie jammerte oder weinte nicht, wie jede normale Dreijährige es getan hätte. Stattdessen lutschte sie heftig am Daumen und umklammerte Margarets Finger.

Margaret beugte sich vor und flüsterte beruhigend: »Alles wird gut, mein Schatz.« Im Stillen hoffte sie, dass es so sein würde.

»Müssen wir den verdammten Korb mitnehmen?«, fragte der Highlander missmutig.

»Aye.« Sie nickte. »Ella schläft darin.«

Der Highlander wollte, dass sie den Korb zurückließ, aber es würde Ella trösten, wenn sie darin schlafen konnte, und da das Kind alles andere verloren hatte, gab Margaret nicht nach.

»Da will ich diese Reise so rasch wie möglich hinter mich bringen«, murmelte er kopfschüttelnd und befestigte den Korb hinter dem Sattel, »und nun kommen wir nicht schneller voran als ein Hausierer.«

Als der Highlander plötzlich hinter sie trat, schnappte Margaret erschrocken nach Luft. Er stand so dicht bei ihr, dass sie die Wärme seines Körpers spüren konnte. Mit einer kraftvollen Bewegung hob er sie und Ella auf das Pferd.

Dann schwang er sich hinter ihr in den Sattel, und jäh fühlte sie sich regelrecht eingekesselt von dem kraftvollen Mann.

Seine harten, muskulösen Schenkel rieben sich an ihren, sein Atem blies gegen die Haarsträhnen, die sich aus ihrer Frisur gelöst hatten, und ihr Hinterteil berührte seinen …

Sie würde sich große Mühe geben müssen, um ihn zu ignorieren.

»Ein Laut von Euch, wenn wir durch das Dorf reiten«, flüsterte er ihr warnend zu, »und das Kind bleibt hier.«

Margaret verzichtete darauf, ihn daran zu erinnern, dass sie leiser gewesen war als er. Sie wusste, dass Männer es nicht schätzten, auf ihre Denkfehler hingewiesen zu werden.

Sie ließen das Dorf hinter sich und ritten in die dunkle Nacht. Trotz der Ungewissheit und der Gefahren, die vor ihnen lagen, durchflutete Margaret eine Woge von Glück, als sie Ellas Herzschlag unter ihrer Handfläche spürte. Ihre Tochter und sie waren im Begriff zu entkommen.

9. Kapitel

Als Margaret erwachte, lag sie flach auf dem Rücken, und der Highlander beugte sich über sie.

»Habt Ihr gut geschlafen, *m' eudail*, mein Schatz?«, fragte er und grinste durchtrieben.

Sie hatte keine Ahnung, wo sie sich befand, noch, wie sie in diese Position geraten war. Das Letzte, woran sie sich erinnerte, war der Ritt durch die Nacht. Sie blinzelte, versuchte ihre Gedanken zu klären, doch es fiel ihr schwer, sich zu sammeln, solange sie in diese tiefblauen Augen starrte.

»Bitte tretet zurück, damit ich aufstehen kann.« Sie bemühte sich, so zu tun, als sei überhaupt nichts dabei, dass sie praktisch unter ihrem Entführer liegend aufgewacht war. »Und nennt mich nicht *m' eudail*. Ich bin nicht Euer Schatz.«

»Für mich seid Ihr ein Schatz – zumindest werdet Ihr es sein, wenn ich Euch abliefere.« Er zwinkerte ihr zu und streckte ihr eine Hand hin, um ihr beim Aufsetzen zu helfen. »Ihr sprecht also Gälisch? Dann habt Ihr meine Verwünschungen sicherlich auch verstanden.«

»Um ehrlich zu sein, ziemlich gut.« Als der verstorbene König Gälisch lernte, um die Herzen der Highlander zu gewinnen, hatte ihre Familie darauf bestanden, dass sie ebenfalls Lektionen nahm – in der Hoffnung, dass sie damit das Herz des Königs gewann.

»Es wird Euch dort, wo wir hinreisen, einiges erleichtern.« Ein Lächeln lag in der Stimme des Highlanders, als er hinzusetzte: »*M' eudail*, mein Schatz.«

Margaret keuchte erschrocken auf, als ihr plötzlich Ella

einfiel. »Wo ist meine Tochter?«, stieß sie hervor und presste die rechte Hand aufs Herz. »Gott sei mir gnädig, ich bin eine schlechte Mutter!«

»Alles in Ordnung. Das Mädchen ist hier.« Der Highlander legte ihr einen Arm um die Schultern und drehte sie zur Seite.

Ella saß in ein paar Yards Entfernung auf dem Boden und spielte mit einem Haufen Späne. Erleichtert atmete Margaret auf.

»Sie hat mir geholfen, Moos für unser Feuer zu sammeln, nicht wahr, Ella?« Der Highlander lächelte. »Und jetzt sortiert sie die Späne für mich. Große zu großen, kleine zu kleinen.«

Ella sah auf und nickte ernst. Es überraschte Margaret, dass ihr Entführer sich die Mühe machte, das Kind zu beschäftigen, und auch noch Erfolg damit hatte.

»Sie macht ihre Sache wirklich sehr gut«, fügte er lobend hinzu.

Ella platzte förmlich vor Stolz. Dieser Highlander wusste, wie er ihre Tochter für sich gewann. Sie selbst würde seinem Charme nicht erliegen, aber es wärmte ihr das Herz, Ella so zufrieden zu sehen.

»Sollen wir Porridge machen?«, fragte er Ella. »Es ist fast Mittag, aber wir haben so lang geschlafen, dass wir das Frühstück ausgelassen haben.«

Wir haben geschlafen? Margaret schluckte schwer, als sie auf die Decke heruntersah und die Delle neben sich entdeckte. Du lieber Himmel, der Highlander hatte neben ihr geschlafen. Und vor ihnen lagen weitere Nächte. Daran hatte sie keinen einzigen Gedanken verschwendet, als ihr Entschluss gefallen war, mit ihm zu fliehen.

Ehe sie sich noch von dieser Erkenntnis erholen konnte, lief Ella an ihr vorbei. Sie bekam das Mädchen gerade noch zu fassen und drückte es an sich, eine süße Erinnerung daran, dass Ella sämtliche Risiken, die sie einging, wert war.

Kurz darauf standen Ella und der Highlander Seite an Seite beim Feuer und begutachteten den blubbernden Haferbrei.

»Würdest du sagen, es ist fertig?« Er schaute die Kleine fragend an.

Statt zu antworten, hielt sie ihm auffordernd ihren Napf hin.

»Vorsicht«, warnte er und gab ihr eine Kelle voll. »Es ist wirklich heiß.« Dann schöpfte er eine weitere Kelle für Margaret aus dem Topf.

»Danke.« Es bereitete Margaret Unbehagen, dass er sie bediente. Sie war es gewöhnt, für andere zu sorgen, und abgesehen von Dienern kannte sie keine Männer, die kochten.

Als Ella aufsprang und einem Schmetterling hinterherlief, nutzte Margaret die Gelegenheit, um mehr über den Mann in Erfahrung zu bringen, der für die nächste Zeit ihr Schicksal in seinen Händen hielt. Da Männer es genossen, von sich selbst zu reden, rechnete sie nicht mit Widerstand.

»Wie ist Euer Name?« Sie ging davon aus, dass sein Clan-Name ihr einen Hinweis darauf geben würde, wer er war und wohin er sie brachte.

»Finlay«, antwortete er bereitwillig. »Aber meistens werde ich Finn genannt.«

So viel dazu. Sie würde es anders versuchen müssen.

»Ihr scheint mir ein guter Mann zu sein, Finn«, begann sie, in der Hoffnung, dass er für Schmeicheleien empfänglich war.

»Tatsächlich?« Ein Funkeln trat in seine Augen. »Für gewöhnlich sagen Frauen mir erst, dass ich gut bin, wenn ich das Bett mit ihnen geteilt habe.«

Sie konnte sich gerade noch davon abhalten, die Augen zu verdrehen. »Was ich meine, ist, dass Ihr mir nicht vorkommt wie jemand, der Frauen entführt, und Ihr sagtet ja auch, Ihr hättet es nicht gewollt. Warum also tut Ihr es?«

»Das ist eine lange Geschichte, aber im Wesentlichen geht es darum, dass ich eigenes Land bekomme, wenn ich Euch entführe.«

Es überraschte sie, dass er auf Beschönigungen wie etwa die Pflicht seinem Clan gegenüber oder andere hochtrabende Rechtfertigungen verzichtete. Es ersparte ihr, vorsichtig nachzuhaken, bis er seine wahren Beweggründe enthüllte.

Er schenkte ihr ein teuflisches Lächeln, bei dem ihr Magen Purzelbäume schlug. »Deshalb macht nicht den Fehler, mich für einen guten Mann zu halten.«

Wenigstens war er ehrlich, was mehr war, als man von Männern für gewöhnlich erwarten konnte.

»Jedenfalls kocht Ihr gut.« Sie kratzte die letzten Reste Porridge aus ihrem Napf. »Ihr seid ein Mann mit vielen Talenten.«

Wieder schenkte er ihr das teuflische Lächeln und wackelte mit den Augenbrauen.

»Ich weiß«, fuhr sie fort, ehe er etwas sagen konnte, »das sagen Euch die Frauen für gewöhnlich, nachdem sie die Nacht mit Euch verbracht haben.«

Sie wusste nicht, weshalb sie diese Bemerkung gemacht hatte. William war mit Neckereien nie gut klargekommen, doch der Highlander warf den Kopf in den Nacken und lachte schallend.

»Ich muss Euch etwas beichten, Süße«, sagte er, als er sich halbwegs beruhigt hatte. »Wir *haben* die Nacht miteinander verbracht.«

Hitze stieg ihr in die Wangen. Sie dachte an die Vertiefung neben ihrem Schlafplatz und fragte sich, wie viele weitere Nächte sie die Decke teilen würden. Was würde sie tun, wenn er versuchte, sie zu verführen? Während sie noch darüber nachdachte, nahm er ihr den Napf ab.

»Lasst mich abräumen.« Sie machte Anstalten aufzustehen.

»Selbst, nachdem ich Euch und Eure Tochter entführt habe, könnt Ihr nicht anders, als höflich zu sein, nicht wahr?« Er grinste belustigt. »Aber wir Entführer haben auch unsere Höflichkeitsregeln, und denen zufolge werdet Ihr nicht arbeiten.«

Umstandslos und schnell wusch er die Näpfe im Bach ab. Als er fertig war, setzte er sich neben sie.

»Ihr seid gut zu Ella.« Margaret beobachtete, wie das kleine Mädchen versuchte, den Schmetterling zu fangen. »Habt Ihr Kinder?«

»Um Himmels willen, nein!« Er lachte trocken. »Das wenigstens konnte ich verhindern.«

»Aber eines Tages werdet Ihr doch sicher welche wollen?«

»Nay.«

Die Unumstößlichkeit, die in dem Wort mitschwang, verblüffte sie. Die Männer, die sie kannte, betrachteten es als ihre Pflicht, Erben zu zeugen, und waren umso stolzer, je mehr Sprösslinge sie vorweisen konnten. In ihnen spiegelte sich die Kraft ihrer Männlichkeit.

»Weshalb nicht?« Sie wandte sich zu ihm um. Die Frage mochte unhöflich sein, aber sie war neugierig.

»Weil ich womöglich so ein Vater würde, wie mein eigener es war«, erwiderte er nüchtern. »Und das könnte ich einem Kind nicht antun.«

»Wie war Euer Vater?«

Er lachte. »Ständig betrunken und erbärmlich.«

»Ihr müsst nicht so werden wie er.«

»Ich befürchte doch, weil es ein Kind nicht ohne die dazugehörige Mutter gibt.« Er zuckte mit den Schultern. »Und das Kind würde mich an sie binden. An eine Ehefrau.« Er erschauderte.

»Wäre das so schrecklich?« Margaret konnte sich ein Lächeln nicht verkneifen.

»Aye.« Er nickte ernst. »Eine Ehefrau wäre wie ein Mühlstein um meinen Hals.«

Das Lächeln erstarb ihr auf den Lippen. Seine Worte ähnelten denen ihres früheren Gatten, als er sie mitten in der Nacht vor die Tür gesetzt hatte. Ehe sie ihre Reaktion verbergen konnte, berührte der Highlander ihren Arm. Es war eine leichte Berührung, dennoch schien seine Hand durch den Ärmel ihres Kleides hindurch einen heißen Abdruck auf ihrer Haut zu hinterlassen.

Sie wandte den Blick ab und rief Ella zu: »Bleib in der Nähe!«

»Was habe ich getan?«

Sie drehte sich zu ihm um. »Abgesehen davon, dass Ihr mich entführt und mitten in der Nacht fortgebracht habt?«

Sein Stirnrunzeln ließ darauf schließen, dass ihr Versuch, ihn mit einem Scherz abzulenken, keinen Erfolg zeitigte. Die meisten Männer hätten sich mit ihrem Lächeln zufriedengegeben. Der Highlander nicht. Sie würde vorsichtig sein müssen bei ihm.

Sie stand auf und nahm ihre Umgebung erst jetzt wirklich wahr. In der Ferne konnte sie die Küste erkennen, was jedoch keinerlei Sinn ergab.

»Wir müssen irgendwo falsch abgebogen sein«, sagte sie verwirrt. »Wir befinden uns nicht auf der Straße nach Stirling.«

»Da habt Ihr recht.«

Als sie den Blick noch einmal auf die Küstenlinie richtete, erkannte sie, dass sie in der Nähe von Tantallon sein mussten, der Festung des Douglas-Clans. Hatte der Highlander sie von Anfang an belogen und die ganze Zeit vorgehabt, sie an Archibald auszuliefern?

»Aber Ihr sagtet doch, dass wir in die Highlands reisen.« Es kostete sie Mühe, einen leichten Ton anzuschlagen.

»Wir segeln dorthin.«

Sie war erleichtert, dass er sie nicht zu ihren Brüdern brachte, aber ihre Hoffnung, ihm zu entkommen und zu ihrer Schwester Sybil zu gelangen, sobald sie MacKenzie-Gebiet erreichten, war dahin. Wenn sie mit dem Schiff in Richtung Highlands reisten statt über Land, konnte es sein, dass sie ihrer Schwester und dem Land der MacKenzies nicht näher kam als am Tag ihres Aufbruchs.

»Aber … weshalb auf dem Seeweg?«

»Weil wir unser Ziel mit dem Schiff schneller erreichen.«

In diesem Moment fiel ihr ein, was Sybil in ihrem letzten Brief geschrieben hatte. Sie und ihre Familie planten, auf Eilean Donan Castle im Westen zu bleiben, bis ihr jüngstes Kind geboren war. Der Entführer jedoch hatte vor, sie an der östlichen Küste entlang zur entgegengesetzten Seite der Highlands zu bringen.

»Je eher wir dort eintreffen, desto schneller habe ich diese leidige Pflicht hinter mir«, sagte er in ihre Gedanken hinein. »Und desto schneller könnt Ihr nach Hause zurückkehren.«

Nach Hause. Bei ihren Brüdern hatte Margaret kein Zuhause mehr.

Und sie würde niemals zurückkehren.

Als er ihr sagte, dass sie mit dem Schiff reisen würden, hätte Finn schwören können, dass Lady Margaret erschrak, auch wenn sie es zu verbergen trachtete. Vielleicht hatte sie gehofft, ihm zu entkommen, wenn sie nordwärts über Edinburgh und Stirling reisten. Aber vielleicht fürchtete sie auch nur die Seekrankheit. Er hoffte jedenfalls, dass sie davon verschont blieb.

»Wer ist Brian?«, fragte er sie leichthin. »Ellas Vater?«

»Brian ist der Sohn der Frau, bei der sie gelebt hat«, erwiderte Margaret fast wahrheitsgemäß. »Wie kommt es, dass Ihr seinen Namen kennt?«

»Als sie wach wurde, weinte sie und rief nach ihm.«

Lady Margaret wirkte so bestürzt, dass Finn für einen kurzen Moment befürchtete, sie würde anfangen zu weinen.

»Die beiden mochten einander sehr«, erklärte sie mit unmerklich bebender Stimme. »Er ist zur See gegangen.«

Ella kam zurück, setzte sich und griff nach ihrem leeren Napf, den Finn für sie stehen gelassen hatte. Sie war ein so liebes, stilles Kind und hatte ihr Porridge verschlungen, als wäre es das Beste, was sie seit Langem zu essen bekommen hatte. Vielleicht, so dachte er, war sie immer noch hungrig.

»Möchtest du noch ein bisschen Haferbrei?«

Ella hielt ihm vorsichtig ihren Napf hin, so als ob sie nicht wirklich erwartete, dass er ihr eine zweite Portion gab. Es ging ihn nichts an, aber seiner Meinung nach war es keine gute Entscheidung von Lady Margaret gewesen, sie bei der Frau in dem Dorf zu lassen. Das Mädchen war nicht nur viel zu dünn und trug Lumpen statt Kleidern, es war auch viel zu still.

Was ihn indes überraschte, war, dass er nichts gegen die Gesellschaft des Kindes hatte. Wenn er ehrlich war, empfand er Ella als willkommene Ablenkung von Lady Margaret. Die verwünschte Frau weckte so sehr seine Neugier, dass er nicht umhinkam zu rätseln, ob sich unter ihrem gelassenen Äußeren eine sinnliche, leidenschaftliche Sirene verbarg – und der Teufel in ihm war versucht, es herauszufinden.

Den Seeweg zu den Highlands zu nehmen hatte einen weiteren Vorteil: An Bord würde er keine Minute mit ihr allein sein.

Er wartete, bis Ella aufgegessen hatte. »Es ist Zeit, dass wir uns um ein Schiff nach Norden kümmern«, sagte er dann. »Die Seeleute finden wir in der Taverne in der Nähe des Hafens.«

Er packte ihre Sachen und band das Pferd los. Dann brachen sie auf. Ihm war nicht wohl bei der Vorstellung, Margaret und Ella an einen Ort mitzunehmen, an dem sich raue Seefahrer und Piraten versammelten, aber auch wenn sie es versprochen hatte, konnte er nicht darauf vertrauen, dass Margaret nicht davonlief, wenn er sie an ihrem Rastplatz allein ließ.

Während sie den Abhang zum Hafen hinuntergingen, musterte er sie verstohlen. Trotz des gewöhnlichen Gewandes würde sie in der Taverne herausstechen wie eine Rose inmitten eines Schweinestalls. Abgesehen von ihrer perlweißen Haut und den schlanken Händen, die nie einen Topf geschrubbt hatten, war es ihre stille Würde, die sie von allen anderen abhob.

Obendrein war sie viel zu schön. Wenn sie auch nur halb die Wirkung auf andere Männer hatte wie auf ihn, musste er mit Ärger rechnen.

»Seeleute sind raue Kerle, und manche sind ziemlich widerlich«, warnte er sie vorsichtshalber. »Aber solange die Männer glauben, dass Ihr zu mir gehört, seid Ihr in der Taverne und an Bord des Boots sicher.«

»Zu Euch gehören?« Sie hob eine Augenbraue.

»Ich werde behaupten, Ihr wärt mein Eheweib.« Er ging über Margarets verdutzte Miene hinweg. »Außerdem fallt Ihr weniger auf, wenn Ihr Maggie heißt, also nenne ich Euch so.«

»In Ordnung«, erwiderte sie, ohne zu zögern.

»Und du, Kleines«, er hob Ella auf den Arm, »bist unsere Tochter.«

»Ihr wollt ihr Vater sein?« Es zuckte um Lady Margarets Mundwinkel. »Soll das heißen, Ihr werdet betrunken sein und ein erbärmliches Bild abgeben?«

Er lachte und legte einen Arm um sie. Nun, da sie in Sichtweite der Boote und der Taverne waren, gab es keinen Grund, nicht in die Rolle des Ehemanns zu schlüpfen. Allerdings hatte er nicht das Recht, sie zu genießen.

Er hatte Lady Margaret bei der ersten Begegnung in Holyrood Palace falsch eingeschätzt. Sie war weder kalt noch humorlos, aber sie war auch nicht der Typ Frau, die eine unverbindliche Affäre anfing. Was er ein bisschen schade fand.

Sehr schade, wenn er ehrlich war.

Als sie bei der Taverne angelangten, nahm Margaret ihm Ella ab und duckte sich hinter ihm durch die niedrige Eingangstür. Im Schankraum war es dunkel und laut, und es herrschte ein übler Geruch, bei dem sie würgen musste.

»Bleibt in meiner Nähe.« Finn umklammerte ihren Ellbogen. »Ich beeile mich.«

Im ersten Moment dachte Margaret, er warne sie vor einem Fluchtversuch, doch dann gewöhnten sich ihre Augen an das spärliche Licht. Die Männer bei Hofe hatten ihr Unbehagen verursacht mit ihren schlüpfrigen Bemerkungen und ihren Versuchen, sie in dunkle Ecken zu locken, aber diese Männer, mit ihren harten, narbigen Gesichtern, sahen aus, als wären sie jederzeit und ohne einen Funken Reue bereit, ihr die Kehle durchzuschneiden, wenn es sich lohnte.

»Finn, bist du es tatsächlich?«, erscholl plötzlich eine laute weibliche Stimme im Raum.

Im nächsten Moment erschien eine Frau mit ungebändigten offenen roten Haaren, lachenden Augen und einem üppigen Busen, der ihr schlecht sitzendes Mieder zu sprengen drohte. Sie stieß die Männer, die ihr im Weg waren, beiseite, warf Finn die Arme um den Nacken und küsste ihn auf den Mund. Und fuhr fort, ihn zu küssen, als wollte sie ihm das Leben aussaugen.

Die schamlose Sinnlichkeit der Frau gab Margaret das schmerzliche Gefühl, prüde und zimperlich zu sein. Im Gegensatz zu ihr genoss die junge Schankmagd unübersehbar die Wirkung, die sie auf Männer hatte. Wahrscheinlich wäre sie überrascht gewesen, hätte sie gewusst, dass Margaret sie darum beneidete.

Doch natürlich hatte Margarets Neid nichts mit dem Mann zu tun, den die Frau gerade küsste. Nach einer unnötig langen Zeitspanne löste Finn ihre Arme von seinem Nacken. Dann nickte er Margaret zu und begann flüsternd auf die Schankmagd einzureden.

Die junge Frau warf Margaret böse Blicke zu, während Finn und sie ihre geflüsterte Unterhaltung fortsetzten. Dann rief sie ein paar Männer herbei, und das Gespräch ging weiter.

Schließlich kehrte Finn zu Margaret zurück. »Morgen früh sticht ein Schiff in See.« Er verstummte und musterte sie eingehend. »Es tut mir leid, wenn der Anblick Euch in Verlegenheit gebracht hat. Das Mädchen hatte nichts Böses im Sinn.«

»Sie scheint Euch jedenfalls gut zu kennen«, bemerkte Margaret spitz. »Kommt Ihr öfter hier vorbei?«

»Ich war nur einmal hier, vor zwei oder drei Jahren.« Er nahm Margarets Arm und führte sie Richtung Ausgang.

»Es muss ein denkwürdiger Aufenthalt gewesen sein«, murmelte Margaret so leise, dass man es in dem Lärm der Schankstube nicht hören konnte.

»Das Mädchen hat mir auch jemanden vermittelt, der mir das Pferd abkauft.« Finn band den Wallach los. »Der Mann verdient seinen Lebensunterhalt mit dem Transport von Waren von und zu den Booten und wohnt in der Gasse hinter der Taverne.«

»Ihr wollt Euer Pferd verkaufen?«

»Ich brauche das Geld, um für unsere Überfahrt zu bezahlen.« Er strich dem Pferd über die helle Blesse. »Außerdem gehört das Pferd nicht mir.«

»Wem dann?«

»Ich weiß es nicht.« Er zuckte mit den Schultern. »Ich habe ihn aus dem Stall des Palastes gestohlen.«

Sie lachte, obwohl sie schockiert war. Ihr Gemahl und ihre Brüder versuchten ihre selbstsüchtigen Motive und ihre widerwärtigen Taten stets zu verbergen. Im Vergleich dazu besaß Finns freimütiges Eingeständnis unbestreitbar Charme.

Bald hatten sie ihr Ziel erreicht. Margaret zählte fünf Kinder, die in dem kleinen Gemüsegarten vor dem Haus Unkraut jäteten und Wäsche aufhängten. Ein Mann, bei dem es sich wahrscheinlich um den Vater der Kinder handelte, sah ihnen aus schmalen Augen entgegen.

»Denkt daran, Ihr habt versprochen, mir keinen Ärger zu machen«, murmelte Finn ihr zu. »Versucht also nicht, mir davonzulaufen.«

Wo sollte sie hin?

Als der Mann und Finn anfingen, über den Preis zu verhandeln, hörten die Kinder auf zu arbeiten, kamen zu Margaret und Ella und streichelten das Pferd. Der Gegensatz zwischen ihrer Lebhaftigkeit und der schüchternen Zurückhaltung Ellas, die ängstlich hinter ihren Röcken hervorspähte, tat Margaret weh. Glücklicherweise dauerte es nicht lange, bis Finn und der Käufer zu einer Einigung gekommen waren.

»Sei gut zu ihm.« Finn strich dem Pferd über die Ohren.

Sie machten sich auf den Weg, und als sie außer Hörweite waren, sagte Margaret: »Ihr wisst aber schon, dass das Pferd weit mehr wert war als die Summe, die Ihr dafür verlangt habt, oder?«

»Mag sein, aber der Mann konnte nicht mehr bezahlen, ohne dass seine Kinder hätten hungern müssen.« Finn nickte. »Und da es ein Reingewinn für mich ist und für unsere Schiffspassage ausreicht, war es ein guter Handel für uns beide.«

Margaret war den Verhandlungen gefolgt und hatte den Eindruck gewonnen, dass der Käufer bereit gewesen war, mehr zu zahlen, ob er es sich hätte leisten können oder nicht. Sie war an Männer gewöhnt, die trotz ihres immensen Reichtums alles aus ihren Pächtern herausholten, ohne einen Gedanken daran zu verschwenden, wie die Familien darunter litten. Und dennoch hatte ihr Entführer, der über nicht sehr viel Geld zu verfügen schien, einem Fremden gegenüber Milde gezeigt, aus Mitgefühl für dessen Kinder.

Immer öfter ertappte sie sich dabei, wie sie sich in seiner Gegenwart entspannte, und das war ein Fehler. Sie rief sich in

Erinnerung, dass er, auch wenn er ein Herz für Kinder hatte, ein Frauenheld war, ein Schwerenöter, ein Pferdedieb und ein Entführer. Ein derart unberechenbarer Mann machte es nur umso schwerer, seine Gefährlichkeit einzuschätzen.

Finn nahm einen langen Zug aus seinem Taschenflakon. Margaret hatte ihre Tochter in dem Korb schlafen gelegt, und nun saßen sie beide allein am Feuer. Wie zum Teufel war er in dieser Situation gelandet? Er hatte nicht gründlich durchdacht, wie es sein würde, mit Lady Margaret Douglas zu reisen. Ihre erstarrte Miene in der Taverne fiel ihm ein, und er schüttelte den Kopf.

Er hätte sie niemals dorthin mitnehmen dürfen.

Er hätte sie gar nicht erst entführen sollen.

»Ihr solltet auch schlafen gehen«, sagte er, ohne sie anzusehen.

Er hätte wetten können, dass sie noch nie auf dem Erdboden geschlafen hatte. Wahrscheinlich schüttelten die Mägde ihr jeden Abend die Kissen auf. Wahrscheinlich brauchte es zwei Dienerinnen, um ihr das Haar zu bürsten und ihr beim Auskleiden zu helfen – aber daran sollte er wirklich nicht denken.

Als er sich auf die Sache eingelassen hatte, war ihm nicht klar gewesen, dass es sich bei Lady Margaret Douglas nicht, wie er erwartet hatte, um eine wenig ansehnliche Matrone in mittleren Jahren handelte, sondern um eine unfassbar schöne Frau. Die, obwohl sie so schön war, überhaupt keine Probleme machte. Er hätte es vorgezogen, wenn seine hochwohlgeborene Geisel anspruchsvoll und fordernd gewesen wäre. Wenn sie sich ständig beschwert und überhaupt einen unsympathischen Charakter gehabt hätte. War das denn wirklich zu viel verlangt?

Lady Margaret bedeutete Ärger, so viel war klar. Leider die falsche Sorte Ärger.

Er spürte ihren Blick auf sich ruhen, als er einen weiteren

langen Zug aus der Flasche nahm. Ohne das Kind als Ablenkung konnte sie ihr Unbehagen darüber, dass sie allein mit ihm in der Dunkelheit saß, nicht ganz verbergen. Unbehagen? Ach verdammt, sie hatte höllische Angst. Und er war ein elender Dummkopf, dass er es nicht schon früher bemerkt hatte.

»Macht Euch keine Sorgen, Süße, Ihr seid sicher vor mir.« Er lächelte beruhigend. »Ihr seid nicht mein Typ.«

»Was ist Euer Typ?«, erkundigte sie sich nach einer langen Pause. »Frauen wie die in der Taverne?«

»Genau. Ich mag heißblütige Frauen, die Spaß haben wollen«, er unterbrach sich und trank noch einen Schluck, »und sonst nichts.«

Lady Margaret war vorsichtig, verschlossen und obendrein von hoher Geburt. Der Unterschied zwischen ihr und der Art Frauen, die er mochte, hätte größer nicht sein können. Und trotzdem wollte er sie so sehr, dass ihm die Zähne wehtaten.

10. Kapitel

Margaret hätte erleichtert sein sollen, dass sie sich nicht der amourösen Avancen ihres Entführers erwehren musste, aber stattdessen verursachte ihr Finns Mangel an Interesse ein schales Gefühl, so, als wäre sie innerlich aus Holz, als fehlte ihr etwas, das andere Frauen besaßen. Genau das hatte ihr William immer wieder gesagt.

Du bist kalt wie ein Fisch. Würde sie seine Stimme nie aus ihrem Kopf verbannen können? Dabei hatte sie doch wahrhaftig Wichtigeres zu bedenken. Ihre Tochter zum Beispiel. Sie legte sich hin, die Hand auf Ellas Korb, und beobachtete den Highlander, der ein Stück fortgerutscht war und sich, in sein Plaid gewickelt, an einen Baumstamm lehnte.

Er war betrunken und düsterer Stimmung. Man hätte meinen können, dass ein Mann in diesem Zustand nicht attraktiv war, doch in dem flackernden Licht des Feuers sah er so gut aus wie immer mit seiner breiten Brust und den lang ausgestreckten Beinen. Ein Mann mit seinem Aussehen würde vermutlich keine Schwierigkeiten haben, willige Bettgespielinnen zu finden, und wahrscheinlich nutzte er diesen Vorteil und hatte fleischliche Beziehungen mit einer Unmenge von Frauen.

Vorhin hatte sie, verlockt von seinem Humor, seiner ungezwungenen Art zu reden und seiner Freundlichkeit Ella gegenüber, in ihrer Wachsamkeit nachgelassen. Aber er war nicht ihr Freund, und sie konnte sich nicht auf ihn verlassen, das musste sie sich stets vor Augen halten. Er beschützte sie und Ella nur deshalb, weil es in seinem Interesse war, seine Geisel unverletzt abzuliefern. In jedem anderen Falle würde er sie den Wölfen zum Fraß vorwerfen.

Am nächsten Morgen war Finn wieder wie gewohnt fröhlich und liebenswürdig, und sie fand es schwer, sich an ihren nächtlichen Vorsatz zu halten. Er machte Frühstück, gestattete Ella, ihm zu helfen, dann gingen sie hinunter zum Hafen.

»Einen guten Morgen!«, rief er den Männern zu, die Fässer auf das Boot verluden.

Die Seeleute hier erschienen Margaret nicht weniger grob und schmutzig als die in der Taverne. Finn legte den Arm um sie, auf dem anderen trug er Ella.

»Versucht auszusehen, als wärt Ihr meine Ehefrau«, sagte er mit gesenkter Stimme.

»Wie würde Eure Ehefrau aussehen?«, fragte sie ebenso leise zurück.

»Zufrieden.«

Sie lachte auf, sie konnte nicht anders. Er war einfach zu frech. Als sie das Boot erreichten, hob er Margaret hinein und reichte ihr anschließend Ella.

»Sucht Euch einen Platz am Bug, damit Ihr den Ruderern nicht im Weg seid«, wies er sie an. »Ich bin gleich bei Euch.«

Er sprach mit einem Mann mittleren Alters, den sie auch schon in der Taverne gesehen hatte und der den anderen Befehle erteilte. Dann gesellte er sich zu den Männern, die zu beiden Seiten des Decks Aufstellung nahmen. Auf ein Zeichen des Kapitäns hin schoben und wuchteten sie das Schiff ins Wasser, und dann schwangen sie sich hinein. Finn ergriff eins der Ruder, dann legten die Männer sich in die Riemen, bis sie aus der Bucht heraus waren.

Sobald sie die offene See erreichten, setzten sie Segel und zogen die Ruder ein. Plötzlich hatten die Seeleute nichts mehr zu tun und starrten Margaret an. Ihr Herz tat einen Satz, und sie presste Ella fest an sich, als ein riesiger Kerl mit Armen wie ein Hufschmied und einer gezackten Narbe auf der Wange vor sie hintrat.

»Gegen ein Schäferstündchen mit dir hätte ich nichts einzuwenden«, sagte er grinsend.

Das Nächste, was Margaret wahrnahm, war, dass der Mann über den Rand des Bootes flog. Sie brauchte einen Moment, um zu begreifen, dass Finn sich von hinten auf ihn gestürzt hatte, mit ihm über Bord gegangen war und ihn nun mit dem Arm um seinen Hals über Wasser hielt.

Grundgütiger, wie hatte er das bloß geschafft? Als der Seemann anfing zu treten und zu fluchen, griff Finn an seinen Gürtel.

»Siehst du den hier?« Er hielt einen Dolch mit einer gefährlich langen Klinge hoch.

»Ich kann nicht schwimmen«, erwiderte der Mann erstickt. »Lasst mich ins Boot!«

»Und wirst du mein Eheweib respektvoll behandeln?« Finn lockerte den Griff um den Hals seines Gegners. »Wenn nicht, überlasse ich dich den Fischen.«

»Ja doch, Mann! Ja!«

»Was sagst du?« Finn lockerte seinen Griff noch mehr. »Ich glaube, ich habe dich nicht verstanden.«

»Aye, verdammt!«, brüllte der Mann. »Aye!«

Finn schleppte ihn zurück zum Boot, schob ihn über den Rand. Dann hievte er sich selbst ins Boot, lächelte in die Runde und zückte den zweiten Dolch an seinem Gürtel. »Kann ich mich darauf verlassen, dass ihr euch auch benehmt?«

Die Männer sahen beiseite und suchten sich einen Platz auf den Bänken.

»Gut.« Finn setzte sich zu Margaret und Ella.

»Hattet Ihr nicht gesagt, wir würden keinen Ärger mit den Männern bekommen, solange sie glauben, dass ich zu Euch gehöre?«, fragte sie mit gesenkter Stimme.

»Werden wir auch nicht.« Augenzwinkernd wandte Finn sich zu ihr um. »Aber manchmal müssen Männer daran erinnert werden, höflich zu sein.«

»Ihr habt es genossen, nicht wahr?«

Er lehnte sich zurück und verschränkte die Arme vor der Brust. »Es war sehr befriedigend.«

Margaret schüttelte den Kopf, konnte jedoch nicht umhin zu lächeln. Er war wirklich eingebildet. »Könnt Ihr mir nun sagen, wo Ihr uns hinbringt?«

»Wir segeln nach Aberdeen, und dafür brauchen wir zwei Tage«, gab Finn bereitwillig Auskunft. »Und von da aus machen wir uns auf den Weg nach Huntly Castle.«

»Huntly?«, fragte sie verblüfft. »Die Gordons stecken hinter dieser Entführung?«

»Aye. Euer Bruder hat die Vormundschaft über den jungen Earl of Huntly von der Königin übernommen. Die Gordons wollen ihren Stammesfürsten wiederhaben.«

»Ich habe den jungen Huntly in Holyrood gesehen«, erwiderte Margaret nachdenklich. »Er schien sich dort wohlzufühlen.«

»Es gibt Menschen, die den Motiven Eures Bruders misstrauen«, hielt Finn dagegen. »Sie befürchten, dass er seine Position ausnutzt – und das Land der Gordons.«

Margaret nickte. »Das wird er zweifellos tun.«

Finn lachte. »Eine so ehrliche Einschätzung Eures eigenen Bruders hatte ich nicht erwartet.«

»Ich kann verstehen, dass die Gordons eine Geisel wollen, um sie gegen Huntly einzutauschen«, sagte sie. »Aber warum wurdet Ihr für diesen Auftrag auserkoren?«

»Wie ich schon sagte«, Finn lächelte, »ich hatte keine Wahl.«

»Männer haben immer eine Wahl.« Margaret blickte zum Horizont. »Auch wenn sie etwas anderes behaupten.«

Mit einem Mal war die ungezwungene kameradschaftliche Atmosphäre zwischen ihnen verschwunden, und Margaret wandte sich von ihm ab.

»Da Ihr diesen Auftrag für die Gordons erledigt«, fuhr sie nach einer Weile fort, ohne ihn anzusehen, »nehme ich an, dass Ihr einer von ihnen seid. Aber macht Euch keine Sorgen, ich werde verhindern, dass mein Bruder Euch aufspürt, und Eure Identität nicht preisgeben. Niemals.«

Er sagte sich, dass es durch und durch töricht von ihm wäre, ihrer Versicherung Glauben zu schenken, selbst wenn sie es im Augenblick ernst meinte. Aber ihre plötzliche Kälte ihm gegenüber war wie eine Klette in seiner Socke. Sie ließ ihm keine Ruhe.

»Mein voller Name ist Finlay Sinclair Gordon«, klärte er sie schließlich auf. »Meine Mutter ist eine Sinclair und mein Vater ein Gordon – Angehörige zweier Clans, die einander zutiefst misstrauen. Wenn die Umstände außerordentlich günstig sind, heißt das.«

»Wenn man Euch erwischt, kann es gut sein, dass Ihr hingerichtet werdet. Wie hat man Euch zu der Entführung überreden können?« Sie drehte sich zu ihm um und sah ihn an. »War es wirklich nur das Land, mit dem Ihr belohnt werden sollt? Oder erlässt man Euch im Gegenzug eine Strafe für irgendein Unrecht, das Ihr begangen habt?«

»Beides«, erwiderte er schlicht.

Sie nickte. »Ihr erwähntet, dass es eine lange Geschichte ist«, bemerkte sie nach einer Weile. »Wir verbringen zwei Tage auf diesem Schiff, und ich würde sie gerne hören.«

Sie lauschte ihm aufmerksam, als er zu erzählen begann, angefangen mit seiner Entscheidung, sich dem Stammesfürsten der Sinclairs bei der Rückeroberung Orkneys anzuschließen, bis hin zu dem Moment, da der Earl of Moray ihm sowohl Land als auch Straffreiheit beim Clan Gordon versprochen hatte.

»Und wo befindet sich dieses Land, das man Euch im Gegenzug dafür angeboten hat, dass Ihr mich Moray und den Gordons ausliefert?«, erkundigte sie sich neugierig.

»An der Nordküste Sutherlands«, antwortete er verträumt. »Es ist ein herrlich wilder Landstrich dort oben.«

»Ich kann Euren Wunsch, ein eigenes Heim zu besitzen, sehr gut verstehen.« Ihre Stimme klang wehmütig. »Und ich kann auch verstehen, dass Ihr ein großes Risiko dafür eingeht.«

»Was ich wirklich will, ist die Freiheit, die Landbesitz einem beschert.« Er wusste nicht, warum ihre Bemerkung über das eigene Heim ihn in Harnisch brachte, aber es war so. »Ich schulde meinem Stammesfürsten Bündnistreue, und wenn er mich braucht, werde ich gern für ihn kämpfen. Aber mit eigenem Land bin ich von niemandem abhängig, wenn es um einen Schlafplatz geht, ein Dach über dem Kopf und etwas zu essen auf dem Tisch.«

Er würde einen Ort haben, der ihm gehörte. Ein Ort, an den er gehörte.

Eigentlich war es ihm nur darum gegangen, dass sie sich wieder entspannte, und vielleicht hatte er sie auch zum Lachen bringen wollen, aber stattdessen hatte er ihr sein Herz ausgeschüttet und ihr in allen Einzelheiten erzählt, weshalb er unbedingt Land besitzen wollte. Als der Kapitän die Essensausgabe für das Mittagsmahl ankündigte, war Finn erleichtert, sich für einen Moment entschuldigen zu können, um ihren Anteil an Brot, Trockenfleisch, Käse und Ale zu holen.

Das einfache Essen war weit entfernt von den mehrgängigen Mahlzeiten, an die Margaret in Holyrood Palace gewöhnt war, aber etwas anderes konnte er ihr nicht bieten. Sie aß vornehm, hielt das Trockenfleisch zwischen den Fingerspitzen, als befände sie sich bei Hofe und nicht inmitten rauer Seeleute. Ella hingegen stopfte sich mit beiden Händen Brot in den Mund, als hätte sie Angst, dass man es ihr wieder abnahm.

Kaum hatten sie die Mahlzeit beendet, als plötzlich ein Sturm aufkam und das Boot von Wind und Wetter herumgeworfen wurde und wie ein Korken auf den Wellen tanzte. Die Männer holten das Segel ein und griffen nach den Rudern. Finn wollte sich ihnen anschließen, doch dann sah er, dass Margaret trotz der Decke, in die er sie und Ella gehüllt hatte, vor Kälte zitterte.

»Kommt, lasst mich Euch wärmen.« Obwohl ihm absolut klar war, dass er seinen Seelenfrieden riskierte, setzte er sich zu den beiden unter die Decke und schlang die Arme um sie.

Margaret erstarrte und versuchte, von ihm wegzurutschen, bis die nächste Welle über den Bootsrand krachte und eiskalte Gischt sie durchnässte. Margaret hielt Ella auf dem Schoß, und obwohl keine von beiden sich beklagte, ging es ihnen unübersehbar schlecht.

»Schafft Ihr es, durchzuhalten?« Finn wappnete sich für die Kritik, die unweigerlich kommen musste. Dass er ihr und Ellas Leben mit der Seereise in Gefahr gebracht hatte.

Sie zuckte mit den Schultern. »Wenigstens sind die Seeleute zu beschäftigt, um mich anzustarren.«

Diese Frau war wirklich zu nachsichtig.

Als die Gischt der nächsten Welle über den Bootsrand sprühte, drängte Margaret sich an ihn und barg den Kopf an seiner Brust. *O shluagh!* Selbst mitten in einem Sturm brachte es ihn um den Verstand, wenn sie ihren biegsamen Körper an seinen presste.

Dabei sollte sich diese Edelfrau aus den Lowlands, seine Gefangene, überhaupt nicht so gut in seinen Armen anfühlen – und schon gar nicht so verdammt richtig. Sie war brandgefährlich für ihn. Wäre er halbwegs bei Verstand gewesen, hätte er gebetet, dass der Sturm sich rasch legte, damit er sie loslassen konnte. Aber stattdessen hoffte er, dass das Unwetter anhielt bis Aberdeen.

Margaret war zu durchgefroren, um etwas dagegen einzuwenden, dass Finn sie in die Arme nahm. Seine Wärme hüllte sie ein, und schließlich hörte sie auf zu zittern, wurde sich jedoch stattdessen seines Körpers nur allzu sehr bewusst. Ein muskulöser Schenkel presste sich gegen ihren, starke Arme hielten sie fest, und ihre Wange schmiegte sich an eine breite Brust.

Das Unwetter machte ihr keine Angst mehr. In der Geborgenheit seiner Umarmung, mit Ella auf ihrem Schoß, fühlte sie sich sicher. Zum ersten Mal fragte sie sich, wie es wäre, die Verantwortung für das kleine Mädchen mit einem Mann zu teilen und eine Familie zu sein statt nur eine Mutter mit einer Tochter.

Doch das war nur ein törichter Traum aus ihrer Kindheit. Auch wenn der Highlander bereit war, sie auf der Reise nach Norden vor Stürmen zu beschützen, so würde er doch bei anderen Stürmen des Lebens nicht da sein. Keiner würde da sein.

Sie würde stark sein müssen für Ella, denn sie beide waren mutterseelenallein auf der Welt.

11. Kapitel

Noch immer hatte Margaret das Gefühl, sich auf hoher See zu befinden. Der Boden unter ihren Füßen schlingerte, als sie den aus groben Bohlen gezimmerten Anleger in Aberdeen betrat. Gerade noch rechtzeitig ergriff Finn ihren Arm und hielt sie fest. So viel zu ihrem Vorsatz, Abstand zu ihm zu halten, nachdem sie auf dem Boot praktisch zwei Tage und Nächte an ihm geklebt hatte. Und natürlich klarte der Himmel auf, kaum dass sie Land betreten hatten.

Sie machten sich auf den Weg in die Stadt, und Finn wandte sich Ella zu. »Hast du Lust, einen guten Freund von mir kennenzulernen? Die meisten Mädchen finden ihn sehr nett.«

Margarets Herz tat einen Satz. »Uns schließt sich noch jemand an?«

»Keine Sorge, Süße, ich spreche von meinem Pferd.« Finn lächelte ihr beruhigend zu. »Ich habe es bei einem Tavernenwirt untergestellt, als ich mich nach Edinburgh einschiffte, um Euch zu entführen.«

Sie hatte geglaubt, die Panik aus ihrer Stimme herausgehalten zu haben, doch Finn war bestürzend aufmerksam.

»Ich habe das Pferd *Ceò* genannt, was so viel wie Nebel bedeutet«, fuhr er, erneut an Ella gewandt, fort. »Es ist ein grauer Wallach, und er kann einen Feind überraschen wie Nebel in den Highlands.«

Nachdem Finn für Kost und Logis des Pferdes bezahlt hatte, gingen sie zum Stall hinter der Taverne. In einer der Boxen stand ein prachtvoller grauer Wallach, der, als er Finns ansichtig wurde, zu schnauben und mit dem Huf zu scharren begann.

»Ich weiß, du bist böse auf mich, weil ich dich hiergelassen habe, *grádhan.*« Finn streichelte dem Pferd den Kopf und gab ihm eine Handvoll Hafer. »Aber ich habe dir ja versprochen, dass ich wiederkomme.«

Margaret seufzte. Finn war sogar liebenswürdig zu seinem Pferd und nannte es Schatz. Er machte es ihr wahrhaftig schwer, sich immer wieder in Erinnerung zu rufen, dass sie auf der Hut sein musste und ihm nicht trauen durfte.

Er sattelte *Ceò* und schnallte seine Decke und seine Habseligkeiten fest. Als er versuchte, auch Ellas Schlafkorb am Sattel zu befestigen, scheute das Pferd und tänzelte seitwärts.

»Man kann einem edlen Tier wie *Ceò* kaum einen Vorwurf machen, wenn er sich weigert, wie ein Maulesel behandelt zu werden.« Finn nahm den Korb am Henkel und führte das Pferd aus dem Stall.

Sie setzten ihren Weg durch die Stadt fort, bis sie auf einen kleinen Platz mit einer Kirche gelangten.

»Es gibt da etwas, worüber wir reden müssen, mein Kleines.« Finn ging neben Ella in die Hocke. »Siehst du die Frau dort drüben auf den Stufen vor der Kirche? Die mit dem kleinen Kind? Ich glaube, sie ist arm und könnte ein Bett für ihr Baby gebrauchen. Da du schon so groß bist, habe ich mich gefragt, ob du bereit wärst, deinen Korb herzugeben.«

Ella nuckelte heftiger an ihrem Daumen. Ihr Blick glitt zu der Frau in dem zerlumpten Umhang. Diese Schlacht würde er sicher verlieren, doch Margaret widerstand der Versuchung, sich einzumischen, denn Ella hatte keine Angst vor Finn, und er würde keinen Druck auf sie ausüben.

»Ich bringe dich auf eine große Burg.« Er breitete die Arme aus. »Dort bekommst du ein schönes Bett mit einem Berg Decken und weichen Federkissen.«

Abermals glitt Ellas Blick zu der Frau mit dem Baby. Dann nickte sie langsam. Finn klopfte ihr auf die Schulter. Als er aufstand, leuchteten seine blauen Augen, und Margarets Herzschlag geriet ins Stolpern. Der Mann war sündhaft attraktiv und gefährlich charmant.

»Meine Mutter hat mich vor redegewandten Schwerenötern wie Euch gewarnt«, sagte sie mit gesenkter Stimme. »Gelingt es Euch immer, weibliche Wesen dazu zu überreden, zu tun, was Ihr wollt?«

»Jedenfalls gebe ich mir Mühe«, erwiderte Finn und grinste verwegen.

Doch wenn er wirklich so überzeugend wäre, befand er im Stillen, wären Margaret und er längst in einem Zimmer irgendeiner Herberge zusammen im Bett gelandet. Allmächtiger, sie bei dem Unwetter in den Armen zu halten hatte ihn fast wahnsinnig gemacht. Als sie schließlich von Bord gegangen waren, hätte er am liebsten den Boden geküsst vor lauter Dankbarkeit, dass die Qual vorüber war.

Margaret lächelte amüsiert und gab Ella die Stoffpuppe und die Decke aus dem Korb. Beide Sachen waren so zerlumpt und schmutzig, dass Finn sich nicht zum ersten Mal über die Frau wunderte, der Margaret ihre Tochter anvertraut hatte. Zunächst hatte er gedacht, dass es Margaret wichtiger war, ihr Geheimnis zu bewahren, als das Wohlergehen ihrer Tochter sicherzustellen. Inzwischen wusste er, dass sie das Kind abgöttisch liebte und wahrscheinlich einfach zu gutgläubig gewesen war.

»Ich bringe der Frau den Korb«, sagte sie in seine Gedanken hinein und griff nach dem Henkel.

Finn sah ihr nach, als sie zu der Kirche ging, ein paar Worte mit der Frau wechselte und sich zu dem Baby hinunterbeugte. Ehe sie den Korb abstellte, nahm sie einen kleinen Lederbeutel heraus und steckte ihn in die Tasche ihres Umhangs. Er fragte sich, was darin sein mochte und weshalb sie offensichtlich nicht wollte, dass er den Beutel sah.

Als sie weiter durch die Stadt gingen, ertappte Finn sich immer wieder bei dem Wunsch, ihr über den Rücken zu streichen oder einen Arm um ihre Taille zu legen. Weil er sich auf dem Boot daran gewöhnt hatte, sie zu berühren, sagte er sich. Und weil er sie begehrte, natürlich.

Die Menschen, denen sie begegneten, lächelten ihnen freundlich zu, und viele Männer sahen aus, als beneideten sie ihn um die Frau an seiner Seite. Es fühlte sich komisch an, dass die Leute offenbar dachten, sie gehörten zusammen und seien eine Familie. Aber er gehörte nicht zu dieser Sorte Mann, war nicht der Gatte und Vater, den sie in ihm sahen.

Morgen würden sie auf Huntly Castle eintreffen, und dann war er wieder sein eigener Herr, so wie es sein sollte.

Als es anfing zu dämmern, schlug er das Lager für die Nacht auf. Erst da erkannte er, dass er sich geirrt hatte. Seine Folter war nicht zu Ende, nachdem sie von Bord gegangen waren. Margarets hübsches Hinterteil den ganzen Tag zwischen seinen Schenkeln zu spüren war schlimm genug gewesen, doch heute Nacht würde es noch schlimmer werden.

Denn wenn man von Ella absah, würden Margaret und er die ganze Nacht miteinander allein sein. Vor der Bootsfahrt war sie in seiner Gegenwart so angespannt gewesen, dass er niemals riskiert hätte, etwas mit ihr anzufangen. Zwar hatte sie sich seitdem sehr für ihn erwärmt, doch er wusste, dass es ein Fehler wäre, sich mit ihr, seiner Gefangenen, auf der Decke herumzuwälzen.

Oder?

Nach dem Abendessen saßen sie Seite an Seite vor dem prasselnden Lagerfeuer. Ella schlief auf der Decke hinter ihnen. Margaret warf ihm verstohlene Seitenblicke zu, und die Luft zwischen ihnen knisterte förmlich vor Spannung ganz anderer Art als vor der Schiffsreise. Er war mehr als bereit, der Versuchung nachzugeben, doch er wartete, dass sie den ersten Schritt tat.

Vergebens.

Er seufzte. Anscheinend hatte sie nicht den Wunsch, auf die unmissverständliche Anziehung zwischen ihnen zu reagieren. Obwohl dies sehr klug von ihr war, hoffte er bei Gott, dass sie ihre Meinung änderte.

Er erinnerte sich an die Sehnsucht in ihrer Stimme, als sie gesagt hatte, dass sie seinen Wunsch nach einem eigenen Heim verstehen konnte. Sicher bedauerte sie es, nicht mehr Herrin ihrer großen Burg zu sein, aber gehörte ihr Herz womöglich noch immer ihrem früheren Gemahl? War es das, was sie zurückhielt?

»Darf ich Euch eine Frage stellen? Was war der Grund für das Ende Eurer Ehe?« Seiner Meinung nach steckte mehr dahinter. Es war ihm unvorstellbar, wie ihr Ehemann sie verlassen haben konnte.

»Ich konnte ihm keinen Erben gebären.« Sie schlang sich die Arme um die Knie und starrte ins Feuer. »Und nachdem meine Familie ihre Macht verlor, war ich für ihn von keinerlei Nutzen mehr.«

Was für ein Drecksack der Kerl sein musste, dass er sie verließ, wenn sie seinen Schutz am meisten brauchte.

»Ich sei schlimmer als nutzlos, sagte er.« Sie sprach sehr leise. »Ich sei ein Strick um seinen Hals.«

»Was für ein grausamer Dreckskerl! Wie kann ein Mann so etwas zu seiner Ehefrau sagen?« Zumal zu einer so liebenswerten Frau wie Margaret. Finn hätte ihm am liebsten seinen Dolch in die Eingeweide gerammt und seinen Kadaver den Wölfen überlassen.

Sie hob die Schultern. »Es ist nicht so viel anders als das, was Ihr sagtet.«

»Was ich sagte? Ich würde niemals …« Dann fiel es ihm ein. An eine Ehefrau gebunden zu sein hatte er mit einem Mühlstein um seinen Hals verglichen. »Der Unterschied ist, dass ich keine Ehefrau habe. Und wenn ich eine hätte, würde ich so etwas nicht zu ihr sagen.«

»Ihr müsstet es nicht sagen«, murmelte sie, ohne ihn anzusehen. »Sie würde es auch so wissen.«

»Es gibt keine Entschuldigung dafür, dass er Euch derart misshandelt hat.« Finn legte ihr sacht eine Hand auf den Arm. Dieser verdammte Tölpel hätte dem Schicksal dankbar sein sollen für solch eine Frau.

»Ich habe sein Land und seine Position in Gefahr gebracht.« Margaret wandte sich zu ihm um und lächelte wehmütig. »Ihr seht also, er hatte keine Wahl.«

Finn krümmte sich innerlich, weil er ihre Entführung mit den gleichen Worten entschuldigt hatte. Sie warf sie ihm nicht zornig an den Kopf, sondern äußerte sie resigniert und mit einer Traurigkeit, bei der er sich noch schlechter fühlte. Eine Zeit lang saßen sie schweigend da, doch dann siegte seine Neugier.

»Wenn Ihr jahrelang als Ehepaar zusammengelebt habt, wie konnte Euer Ehemann dann eine Annullierung erwirken?«

»Wir sind Großcousins, und die Kirche verbietet Ehen zwischen so nahen Verwandten.«

»Das muss ihm doch klar gewesen sein, ehe er Euch geheiratet hat«, wandte Finn kopfschüttelnd ein.

»Selbstverständlich. Aber die meisten Ehen im Adel werden unter Verwandten geschlossen.« Sie nahm einen Zweig und stocherte im Feuer herum. »Trotzdem kann ein reicher Adliger mit guten Verbindungen sich mit dieser Begründung einer unfruchtbaren Frau entledigen.«

Eine unfruchtbare Frau. Anscheinend hatten weder ihr Ehemann noch sie selbst gewusst, dass sie ein Kind erwartete, als er sie verstieß. Finn seufzte stumm. Und er hatte ihr vorgeworfen, dass sie dem Schweinehund nichts von Ella erzählt hatte.

»Wenigstens seid Ihr das Miststück los, auch wenn es

schlimm ist, dass Ihr Euer Zuhause verloren habt.« Seine Worte sollten ein Trost sein, doch sie waren völlig unzureichend.

»Das war der geringste meiner Verluste«, sagte sie leise.

»Was habt Ihr sonst noch verloren?«

Sie schüttelte den Kopf und sah so unglücklich aus, dass er es bereute, gefragt zu haben.

»Ich habe Ella. Mehr brauche ich nicht.« Sie stand auf und legte sich neben ihre Tochter auf die Decke. »Gute Nacht, Finn.«

Wenn er gehofft hatte, dass sie seinem Charme erliegen würde, hätte er kein ungeeigneteres Gesprächsthema wählen können als ihre zerrüttete Ehe. Während Margarets Interesse an ihm völlig verblasst war, hatte sein Verlangen nach ihr kein bisschen nachgelassen. Noch nie hatte er eine Frau so sehr begehrt – nicht einmal Curstag, der er als Sechzehnjähriger nachgelaufen war wie ein hungriger Köter.

Mit ihrem langen, hellblonden Haar, das im Licht des Feuers schimmerte, sah Margaret aus wie eine Feenkönigin, die auf seiner Decke eingeschlafen war. Selbst jetzt übte sie ihren Zauber auf ihn aus, und er blieb wach, um sie zu betrachten.

Er hatte Margaret gesagt, dass sie nicht sein Typ Frau war. Aber in Wahrheit war er nicht ihr Typ Mann. Er hatte keine Burg, keine Diener, kein Vermögen, um sie mit kostbaren Gewändern und Juwelen auszustatten. Hätten sie heute der Versuchung nachgegeben, dann hätte Margaret es ganz sicher bereut.

Und er hätte es nicht ertragen können, morgen früh in ihren Augen zu lesen, wie sehr sie die Nacht mit ihm bedauerte.

Als Margaret am nächsten Morgen erwachte, war sie unruhig und übermüdet. Merkwürdig, dass sie auf dem Boot so gut geschlafen hatte, und das trotz des Unwetters. Letzte Nacht dagegen hatte sie kaum Schlaf gefunden und sich unablässig hin und her gewälzt. Fast kam es ihr vor, als hätte ihr Finns Umarmung gefehlt.

»Es ist nicht mehr weit bis Huntly Castle«, sagte Finn nach einem mehrstündigen Ritt. »Wir müssen nur noch diesen Wald durchqueren. Und ehe Ihr es Euch verseht, werdet Ihr nach Edinburgh zurückkehren können.«

Sie wusste, dass er sie beruhigen wollte, doch der Gedanke, dass sie ihr Ziel bald erreicht haben würden, machte sie nur noch unruhiger.

»Moray versprach mir, Euch wie einen Ehrengast zu behandeln, so wie es Eurem Stand entspricht.« Finn lächelte. »Ihr habt also nichts zu befürchten.«

Sie hatte geglaubt, ihr Unbehagen nicht gezeigt zu haben, doch Finn schien sie besser lesen zu können als irgendjemand sonst, außer vielleicht ihre Schwestern. Er irrte sich jedoch zumindest teilweise, was die Gründe für ihre Unruhe anging. Es war die Aussicht, von ihm Abschied nehmen zu müssen, die sie belastete. Was daran lag, so versuchte sie sich einzureden, dass sie sich an ihn gewöhnt hatte und das, was auf sie wartete, vollkommen neu und fremd für sie war.

Doch es steckte noch mehr dahinter. Sie fühlte sich sicher bei Finn. Nicht einfach sicher vor äußeren Gefahren, sondern ermutigt, sie selbst zu sein. Genau genommen hatte sie sich noch nie so entspannt gefühlt mit einem Mann. Bei ihm musste sie nicht jedes Wort auf die Goldwaage legen. Sie konnte ihn sogar necken. Und er brachte sie zum Lachen.

Sie würde ihn vermissen. Und Ella? Er hatte ihre ängstliche kleine Tochter vollkommen für sich gewonnen.

»Werdet Ihr eine Zeit lang bei uns auf Huntly bleiben?«, fragte sie gespannt.

»Nein.« Finn schüttelte den Kopf. »Sobald ich kann, reite ich weiter nach Norden, nach Sutherland.«

Ihre Hoffnung zerstob, doch sie verstand, dass er es kaum

erwarten konnte, sich auf seinem Land niederzulassen. Genau wie sie sehnte er sich nach einem eigenen Zuhause und nach der Unabhängigkeit, die damit einherging. Sie gönnte es ihm, auch wenn sie selbst es nicht haben konnte.

Aber sie war noch nicht so weit, ihn gehen zu lassen, obwohl es nach einer so kurzen Bekanntschaft nicht so sein sollte, dass ihr die Brust eng wurde bei dem Gedanken an einen endgültigen Abschied.

»Könnten wir eine Rast einlegen und etwas zu uns nehmen, ehe wir nach Huntly Castle weiterreiten?« Sie versuchte einen leichten Ton anzuschlagen und munter zu klingen. »Ella ist hungrig.«

Es war eine Notlüge, aber ob sie hungrig war oder nicht, Ella würde essen, wenn man ihr etwas vorsetzte. Es brach Margaret das Herz, als sie sich klarmachte, dass das Kind es deshalb tat, weil es nie wirklich satt geworden war. Im Nachhinein bedauerte sie, die Ärmlichkeit der Verhältnisse, in denen Ella und Brian gelebt hatten, nicht erkannt – und nicht mehr für die beiden getan – zu haben.

Finn breitete die Decke auf einer Wiese mitten im Wald aus. Blaue Glockenblumen blühten rings um sie her, und die Luft roch nach Frühling. Die Bäume schlugen aus, und das Sonnenlicht drang flirrend durch das frische grüne Laub. In der Nähe murmelte ein kleiner Bach. Nachdem sie ihr einfaches Mahl aus Haferbrot, getrocknetem Wild und Äpfeln verzehrt hatten, saßen Margaret und Finn schweigend nebeneinander, und Ella spielte mit ihrer Puppe.

Verstohlen ließ Margaret den Blick über Finns Züge gleiten, die ihr inzwischen auf eine fast schmerzliche Weise vertraut waren – das kantige Kinn, die ausgeprägten Jochbeine, die geraden schwarzen Brauen und der Bartschatten, der ihn ein wenig düster und sehr gefährlich aussehen ließ.

Als er ihr seine Flasche hinhielt, streiften sich ihre Finger.

Die Berührung zuckte durch sie hindurch wie ein Blitzschlag. Sie trank nur selten Whisky, doch diesmal nahm sie einen großen Schluck und hielt die Luft an, als er brennend durch ihre Kehle rann. Sie wartete einen Moment, doch ihre Anspannung ließ nicht nach. Also nahm sie einen zweiten Schluck.

Finn half ihr auf die Füße und begann, ihre Sachen zu packen. Sie mochte, wie er sich bewegte, vollkommen entspannt und selbstverständlich, ob es sich um eine einfache Aufgabe wie diese handelte oder darum, einen kräftigen Seemann über den Bootsrand zu befördern.

»Oh, seht nur, Ella ist eingeschlafen.« Er lächelte auf ihre Tochter herab. »Eigentlich möchte ich sie nicht wecken. Wollen wir sie noch ein bisschen schlafen lassen?«

»Aye.« Margaret verspürte Erleichterung und Unbehagen zugleich.

Wenn sie ehrlich war, beschrieb Unbehagen das dumpfe Gefühl in ihrer Magengrube nicht wirklich genau. Aber was war es dann? Die Erkenntnis traf sie wie ein Schlag. *Bedauern*. Das war es, was sie verspürte.

Bedauern, dass sie ihm nicht gestattet hatte, sie zu berühren, wie er es wollte. Obwohl er nie viele Worte machte, hatte die Frage jedes Mal, wenn er sie angesehen hatte, in seinen Augen gestanden, und jedes Mal, wenn er in ihre Nähe gekommen war, hatte sie sein Begehren förmlich mit Händen greifen können.

Sie wusste nicht, was sie mit dem Tumult von Empfindungen in ihrem Innern anfangen sollte, vor allem mit der schmerzlichen Sehnsucht. Um ihre Verwirrung zu kaschieren, bückte sie sich und pflückte eine der blauen Glockenblumen. Sie hatte exakt die Farbe seiner Augen. Als Finn sie ihr abnahm und ihr ins Haar steckte, glitt ihr Blick wie von selbst auf seine vollen, sinnlichen Lippen. Zu gern hätte sie gewusst, wie es sich anfühlte, von diesen Lippen geküsst zu werden.

Als sie hochsah und ihre Blicke sich begegneten, war es, als ob zwischen ihnen eine Stichflamme hochschoss, als ob glühende Hitze durch ihre Adern jagte. Ihr Atem ging flach und schnell, und sie fragte sich, was wohl geschehen würde, wenn sie die warnende Stimme in ihrem Kopf ignorierte.

Das Verlangen, dem Finn vom ersten Moment an zu widerstehen versuchte, raste wie ein Feuersturm durch seine Adern, brannte wie Whisky auf nüchternen Magen. Es war falsch, Margaret zu begehren, erst recht, da sie seine Gefangene war. Und es war noch falscher, diesem Begehren nachzugeben.

Doch sobald er ihr in die Augen blickte, wusste er, dass sie ihn ebenfalls begehrte, und die Erkenntnis brachte ihn schier um den Verstand. Aber Margaret hatte eine so sanfte, freundliche Seele, dass er Angst hatte, sie mit seiner Begierde zu beschämen. Es war ein Glück für sie beide, dass sie sich noch heute trennen mussten. Viel länger würde er es nicht schaffen, der wachsenden Leidenschaft zwischen ihnen standzuhalten.

Eigentlich hätten sie längst wieder unterwegs sein sollen. Den Aufbruch aufzuschieben war gefährlich. Dennoch schien er außerstande, sich zu rühren, solange sie so dicht vor ihm stand und ihn mit so sehnsuchtsvollem Verlangen in ihren großen Augen anschaute. Aber selbst, wenn er es geschafft hätte, seine Füße zu heben, wäre er nicht bereit gewesen, diese letzte Stunde mit ihr zu verkürzen. Nachdem er sie auf Huntly Castle abgeliefert hatte, würde er sie nie wiedersehen.

»Es ist das letzte Mal, dass wir allein sind.« Ihre Worte waren ein Widerhall seiner Gedanken.

Er erkannte, was sie vorhatte, ehe sie sich bewegte, und hätte genug Zeit gehabt, sich von ihr wegzudrehen. Es wäre besser gewesen, und er wusste es. Doch als sie einen Schritt auf ihn zu trat, schmolz sein Widerstand wie Kerzenwachs in einer Flamme. Margaret legte ihm eine Hand auf die Brust, eine federleichte Berührung, die ihn von Kopf bis Fuß erfüllte.

»Küss mich.« Ihre Lippen teilten sich, während sie zu ihm aufblickte.

Ein Kuss. Was konnte ein einziger, freiwilliger Kuss schon anrichten? Aber als er seinen Mund auf ihren senkte, wusste er, dass er sich etwas vormachte. Und obwohl er ihre Lippen kaum berührte, schoss das Verlangen mit Macht in ihm hoch, erschütterte ihn im tiefsten Inneren und ließ ihn alle guten Vorsätze vergessen.

Er hob sie hoch und presste seine Lippen auf ihre. Als er mit seiner Zunge in ihren Mund glitt, reagierte sie mit so einem Stöhnen, dass ihm schwindelig wurde. Er hätte augenblicklich aufgehört, wenn sie ihn fortgestoßen hätte, doch stattdessen schlang sie ihm die Arme um den Nacken, spreizte ihre Finger in seinem Haar und erwiderte den Kuss mit einer Leidenschaft, die ihn steinhart werden ließ.

Die Begierde machte ihn blind für Vernunft und Konsequenzen. Er drückte Margaret an den Stamm des nächsten Baums, zog eine Spur Küsse an ihrem Kinn entlang und saugte an ihrem Hals, während er fiebrig die Rundungen und Vertiefungen ihres Körpers erkundete, wie er es in seiner Vorstellung schon tausendmal getan hatte.

»*O shluagh*, du fühlst dich sogar noch besser an als in meiner Fantasie«, flüsterte er ihr stöhnend ins Ohr, während er ihre Brüste umschloss. Doch sie hatte viel zu viele Kleider an. »Ich möchte dich sehen.«

Irgendwo tief in sich wusste er, dass es kein Zurück mehr gab, wenn sie an diesem Punkt weitermachten, aber sein ganzer Körper pulsierte vor Sehnsucht nach ihr. Er schob ihr das Mieder herunter, enthüllte ihre kleinen, vollkommenen Brüste mit den rosigen Spitzen, die darum zu flehen schienen, berührt zu werden. Als er ihren Anblick in sich aufsog, erstarrte Margaret plötzlich und kreuzte die Arme vor ihrer Brust.

Keuchend lehnte er die Stirn gegen den Baumstamm, schloss die Augen. Er konnte die sanft gewölbten Hügel und die hart aufgerichteten Brustspitzen noch immer an seinen Handflächen fühlen. Langsam hob er den Kopf und schaute sie an. Was war schiefgegangen? Ihre rosigen und von seinen Küssen geschwollenen Lippen waren so einladend wie eh und je.

Doch als er ihr in die Augen sah, bemerkte er die Furcht.

»Ich wollte dich nicht ängstigen, *leannain.*« Er umfasste ihre Wange und strich mit der Daumenkuppe darüber. »Ich würde dir niemals wehtun.«

»Ich war es, die dich bat, mich zu küssen.« Sie senkte den Blick.

»Und das war alles, worum du gebeten hast.« Er nickte. »Ich hätte dich nicht drängen sollen.«

»Du hast mich nicht gedrängt.« Sowie sie den Blick zu ihm hob, stand Bedauern in ihren Augen. »Es tut mir leid, aber ich kann nicht. Ich kann einfach nicht.«

»Ich weiß«, murmelte er sanft. »Ich wusste es von Anfang an.«

Irgendein Adliger mit großen Ländereien und großem Reichtum würde sie heiraten und zur Herrin seiner Burg machen, wohingegen Finn ihr nichts anderes zu bieten hatte als ein kurzes Vergnügen. Für Margaret reichte das nicht. Niemals. Zum ersten Mal, seit er ein liebeskranker Halbwüchsiger gewesen war, fragte er sich, ob es ihm reichte.

Zum Glück würden sie sich noch heute trennen, und es blieb ihm erspart, sich die Frage zu beantworten. Dennoch war zu befürchten, dass er sehr, sehr lange brauchen würde, ehe er Lady Margaret Douglas vergessen hatte.

12. Kapitel

Benommen legte Margaret sich die Finger auf die Lippen. Allmächtiger, was war mit ihr passiert? Sie konnte noch immer Finns Mund auf ihrem spüren, seine Hände, die über ihren Körper strichen, und das ungewohnte, alles ausblendende rauschhafte Verlangen.

Jedoch erinnerte sie sich nicht, ihr Mieder hochgezogen, ihre Röcke glattgestrichen und Ella geweckt zu haben, obwohl sie all das getan haben musste, denn kurz darauf setzten sie, Ella und Finn, der *Ceò* führte, ihren Weg fort. Als sie Finns angespannten Kiefer sah, wusste sie, dass er sich entschieden hatte zu laufen, anstatt zu reiten, um jede Berührung mit ihr zu vermeiden.

»Es ist nur noch eine halbe Meile von hier aus.« Er hielt den Blick geradeaus gerichtet.

Wieder versuchte sie eine Erklärung dafür zu finden, wie es so weit hatte kommen können. Wie hatte sie riskieren können, schwanger zu werden und eine weitere Fehlgeburt zu erleiden, nur um mit einem Mann zu schlafen, von dem sie sich trennen würde, noch bevor der Tag zur Neige ging? Aber von dem Moment an, da Finn seinen Mund auf ihren gelegt hatte, hatte sie den Verstand verloren. Eine so blinde, verschlingende Leidenschaft hatte sie nie zuvor verspürt.

Zum Glück war sie gerade rechtzeitig zur Vernunft gekommen. Doch die prickelnden Empfindungen erfüllten sie noch immer, und sie sehnte sich danach, ihn zu umarmen.

Sie hatten den Waldrand beinahe erreicht, als Finn sie und Ella plötzlich hinter sich schob und sein Schwert zog.

»Finn!« Der Ruf kam aus dem Wald.

Einen Moment später tauchte ein rothaariger Jugendlicher zwischen den Bäumen auf. Er führte ein Pferd am Zügel und grinste breit. Finn umarmte ihn, dann nahm er ihn in den Schwitzkasten und rieb ihm mit den Fingerknöcheln über den Kopf, ehe er ihn freigab.

»Du reist mit einer Frau?« Der Junge machte große Augen, als er Margaret und Ella erblickte. »Einer Frau *und* einem Kind?«

»Dies ist Alex Òg Gordon, der junge Alex Gordon.« Finn wandte sich zu Margaret um. »Mein lästiger, fünfzehn Jahre alter Cousin und der zukünftige Earl of Sutherland.«

Alex wurde rot und senkte den Kopf.

»Dies sind Maggie und ihre Tochter Ella«, setzte Finn die Vorstellung fort. »Warum hast du dich im Unterholz versteckt?«

»Ich komme schon seit zwei Tagen her und warte stundenlang auf dich«, erwiderte Alex ernst. »Ich wollte dich abfangen, ehe du zur Burg reitest.«

»Weshalb?«, fragte Finn verdutzt. »Ist etwas passiert?«

»Moray fragt ständig, ob du noch nicht eingetroffen bist.«

»Das überrascht mich nicht.« Finn nickte. »Immerhin erwartet er mich.«

»Es ist die Art, wie er fragt«, erwiderte Alex. »Ich habe das Gefühl, dass du in Schwierigkeiten steckst.«

Finn zog seinen Cousin beiseite, dann sprachen die beiden leise miteinander, sodass Margaret nichts verstand.

»Ich werde erst einmal allein auf die Burg reiten«, meinte Finn, während er zu ihr zurückkam. »Alex wird bei dir bleiben, bis ich wiederkomme.«

»Stimmt etwas nicht?« Margaret versuchte, Ruhe zu bewahren.

»Ich will einfach sicherstellen, dass es keine bösen Überraschungen gibt.« Finn beugte sich zu ihr. »Immerhin wurde ich das letzte Mal, als ich dort war, losgeschickt, um eine Frau zu entführen.«

Sein Versuch, das Problem, das auf der Burg auf sie wartete, zu verharmlosen, konnte sie nicht beruhigen.

»Es dauert nicht lange.« Finn nahm ihre Hand und hob sie an seine Lippen. Es fühlte sich an wie ein Abschied.

Sie schaute ihm nach, bis er aus ihrem Blickfeld verschwand, und musste sich auf die Lippe beißen, um ihm nicht hinterherzurufen, er möge bei ihr bleiben. Männer taten, was sie tun wollten, gleichgültig, wie sehr andere darunter litten, und Finn hatte beschlossen, sie und ihre Tochter irgendwo in den Highlands zurückzulassen, mit einem Fremden, der noch ein halbes Kind war.

Plötzlich erklang lautes Lachen, und sie wandte sich zu ihrem Beschützer um. Er und Ella spielten *Kuckuck!* miteinander.

»Ich habe sie tatsächlich zum Lachen gebracht.« Alex grinste Margaret stolz an.

»Für gewöhnlich ist Ella sehr scheu, aber ich sehe, dass du sie für dich gewonnen hast.« Was bedeutete, dass er auch Margaret für sich gewonnen hatte. Sie setzte sich auf den Baumstamm neben ihn. »Lebst du schon lange auf Huntly Castle?«

»Ich bin ohne Vaters Erlaubnis von zu Hause fortgegangen«, antwortete er schulterzuckend, »daher nehme ich an, dass man mich bald zurückschicken wird.«

»Weshalb bist du ohne seine Erlaubnis gegangen?«

»Weil er sie mir nicht geben wollte.« Erneut zuckte Alex die Achseln. »Aber ich musste kommen, wisst Ihr, weil es da ein Mädchen gibt, das … nun ja, in das ich mich verliebt habe.«

Sie konnte sich ein Lächeln nicht verkneifen. Alex war wirklich äußerst mitteilsam. Aber nachdem Finn sie bei seinem geschwätzigen Cousin zurückgelassen hatte, konnte er ihr keinen

Vorwurf machen, wenn sie die Gelegenheit beim Schopfe ergriff und den Jungen ausfragte. »Du und Finn versteht euch gut?«

»Aye. Finn wuchs bei meinem Vater auf, deshalb verbrachte er viel Zeit bei uns auf Dunrobin Castle. Dort leben wir, oben im Norden, in Sutherland.« Alex dachte einen Moment nach. »Finn ist wie ein großer Bruder für mich – ein guter großer Bruder.«

»Du schienst einigermaßen überrascht, dass er mich und Ella dabeihat.«

»Finn gehört nicht zu den Männern, die lange genug bei einer Frau bleiben, um eine Reise mit ihr anzutreten.« Alex unterbrach sich und rief Ella ein weiteres »Kuckuck!« zu. »Und mit einer Frau, die einen Ehemann sucht, gibt er sich schon gar nicht ab.«

»Wie kommst du darauf, dass ich einen Ehemann suche?«, fragte Margaret verblüfft.

»Frauen, die ein Kind haben, suchen immer einen Mann, sagt Finn.« Alex nickte gewichtig. Finn schien für ihn eine Autorität in Sachen Frauen.

Margaret schüttelte den Kopf »Das Letzte, was ich will, ist ein Ehemann.«

»Das ist gut.« Alex nickte wieder. »Zum großen Verdruss meiner Mutter ist Finn fest entschlossen, nicht zu heiraten.«

Als er auf das Tor von Huntly zuritt, fragte Finn sich nachdenklich, ob er die Burg jemals wieder verlassen würde. Hoffentlich irrte sich Alex, was den Ärger anging, der ihn angeblich erwartete, doch inmitten seiner Sinclair- und Gordon-Verwandten hatte Finn nicht deshalb überlebt, weil er Warnungen zu ignorieren pflegte. Wenn er nicht wiederkam, würde Alex dafür sorgen, dass Margaret und Ella sicher nach Edinburgh gelangten. Dieses Versprechen hatte er dem Jungen abgenommen, und er hoffte, dass Alex der Aufgabe gewachsen war.

Die Änderung ihrer Pläne hatte Margaret beunruhigt, ohne dass sie sich beklagt hätte. Das tat sie nie. Da es möglich war, dass er sie nicht mehr sehen würde, hatte er ihr die Hand geküsst, vielleicht auch als Vorwand, um sie ein letztes Mal berühren und in ihre sanften braunen Augen blicken zu können.

Moray erwartete ihn offenbar wirklich so ungeduldig, wie Alex behauptet hatte. Die Torwachen geleiteten ihn in den Burghof und von dort aus schnurstracks in den privaten Raum hinter der Großen Halle, in dem der Earl ihn schon einmal empfangen hatte.

Moray gehörte nicht zu den Menschen, die leicht zu erschüttern waren, doch als er von dem Pergament, das er gelesen hatte, aufsah und Finn erblickte, war seine Anspannung beinahe mit Händen zu greifen.

»Wo ist Lady Margaret?«, fragte er anstelle einer Begrüßung, sobald die Wachleute die Tür hinter Finn geschlossen hatten.

Irgendetwas war hier ganz und gar nicht in Ordnung. Obwohl Finn nicht wusste, was, folgte er seinem Spürsinn und beschloss zu lügen.

»Ich habe alles versucht, um sie zu entführen, Sir.« Finn hob die Arme und spreizte die Hände. »Aber ich kam nicht in ihre Nähe. Sie war zu gut bewacht.«

»Dem Himmel sei Dank dafür!« Moray, der weder besonders religiös war noch ein Trinker, leerte seinen Becher in einem Zug. »Die Chancen standen schlecht für Euch. Trotzdem hatte ich Angst, dass es Euch gelingt.«

»Und ich hatte Angst, Ihr wärt enttäuscht«, erwiderte Finn und nahm den Becher Wein, den der Earl ihm eingeschenkt hatte, entgegen. »Was hat Eure Meinung hinsichtlich der Entführung geändert?«

»Wie ich Euch neulich schon sagte, hat der Kronrat beschlossen, die Vormundschaft für den König zwischen vier Magnaten rotieren zu lassen, um zu verhindern, dass eines der Lager zu viel Macht gewinnt.« Moray machte eine Pause. »Douglas erhielt die ersten drei Monate.«

Finn fragte sich, weshalb Moray ihm das alles noch einmal erzählte.

»Dieser Zeitabschnitt endet in Kürze.« Moray faltete seine schlanken Finger auf dem Tisch. »Aber Douglas weigert sich, den König seinen nächsten Vormunden zu übergeben.«

Finn setzte sich gerade auf. »Er weigert sich? Kann er das machen?«

Moray zuckte mit den Schultern. »Er hat den König in seiner Gewalt, und meinen Quellen zufolge lässt er ihn rund um die Uhr bewachen. Er behauptet, dass es sein Recht als Stiefvater des Königs ist, dessen einziger Vormund zu sein, und dass der König dies ebenfalls wünscht.«

»Und, stimmt das?«, fragte Finn.

»Nachdem er sich drei Jahre lang anhören musste, wie seine Mutter Douglas schlechtmacht?« Moray schüttelte den Kopf. »Ich bezweifle es. Aber wie ich höre, lebt der König in einem goldenen Käfig, in dem alles getan wird, um den jungen Mann zu zerstreuen – mit Festen, Glücksspiel und Frauen natürlich.«

Finn hob die Brauen. »Ich würde meinen, dass dies umso mehr Grund ist, ein Druckmittel zu haben, mit dem Douglas gezwungen werden kann, den jungen Huntly freizugeben.«

»Archibald Douglas hat die Schlacht gewonnen – das Königreich ist in seinen Händen. Damit ändert sich alles.« Moray runzelte die Stirn. »Egal, wie lange Douglas den König in seiner Gewalt hat, es ist im Interesse des jungen Huntly, wenn er ebenfalls in Douglas' Obhut bleibt.«

»Ich könnte wetten, Ihr lasst ihn nicht wegen der Feste und Frauen dort.«

»Während der ganzen Tortur wird Huntly ständig an der Seite des Königs sein, und als Tortur wird der König diese Zeit, in der sein Stiefvater ihn unter seiner Fuchtel hat und in seinem

Namen regiert, betrachten – trotz aller Feste und Frauen.« Moray machte eine Pause. »Was auch immer Douglas tut, irgendwann wird der König regieren, und die spezielle Bindung zu ihm wird für Huntly, die Gordons und ihre Verbündeten von Vorteil sein.«

Es verwunderte Finn nicht allzu sehr, dass so einschneidende Neuigkeiten über den König sich im Gegensatz zu Margarets Verschwinden unter den Adligen schneller herumsprachen, als er die Strecke von Edinburgh nach Aberdeen zurücklegen konnte. Die Douglas würden in aller Stille nach Margaret suchen, um das Gerücht zu vermeiden, dass ihre wertvolle Heiratstrophäe mit einem Liebhaber durchgebrannt war.

»Und was hättet Ihr getan …«, Finn legte den Kopf schräg, »… wenn es mir gelungen wäre, Lady Margaret zu entführen, und ich sie hierhergebracht hätte?«

Moray hob eine Braue. »Was glaubt Ihr?«

»Ihr hättet mir die Schuld in die Schuhe geschoben und mich in Ketten gelegt.« Finn grinste. »Dann stünde Douglas in Eurer Schuld, weil Ihr seine Schwester vor einem verdammten Schurken, der ein Lösegeld fordern wollte, gerettet habt.«

Moray lehnte sich auf seinem Stuhl zurück und lächelte. »Meine Mutter warnte mich, dass Ihr gerissen seid.«

»Ach wo, so gerissen auch wieder nicht.« Finn schüttelte den Kopf. »Wenn ich es geschafft hätte, die Frau zu entführen, wäre ich schnurstracks in die Falle gegangen und würde in Eurem Kerker enden.« Oder tot.

»Wenn es so gekommen wäre, hätte ich es ernsthaft bedauert«, erwiderte Moray seelenruhig und schenkte Finn nach. »Meine Mutter wäre jedenfalls ziemlich wütend auf mich gewesen. Aber was hätte ich tun sollen?«

Die Bemerkung erinnerte Finn an etwas, das Margaret gesagt hatte: dass Männer immer die Wahl hatten, auch wenn sie so taten, als sei dies nicht der Fall.

In einvernehmlicher Stimmung tranken sie ihren Wein aus. Finn hatte von Anfang an gewusst, dass Moray Interessen verfolgte, die wichtiger waren als sein unbedeutendes Schicksal, und der Mann hegte ihm gegenüber keinerlei boshafte Gefühle. Doch all der Ärger, den er auf sich genommen hatte, war vergebens gewesen, und nun blieb ihm doch nichts anderes übrig, als nach Frankreich oder nach Irland zu gehen. Er hätte wissen müssen, dass die Sache so ausgehen würde.

Aber wie es aussah, würde er als Erstes zu Margaret zurückkehren. Er rieb sich über das Gesicht, als er an die Versuchungen dachte, die in den nächsten Tagen und Nächten auf ihn zukamen. Dennoch würde es gut sein, die Erleichterung in ihrer Miene zu sehen, wenn er ihr sagte, dass sie nach Hause konnte.

Da seine Audienz vorbei zu sein schien, wollte er aufstehen, doch Moray hielt ihn zurück.

»War Euch bewusst, dass Euer Onkel, der Earl of Sutherland, Euch vor Eurer unglückseligen Entscheidung zum Hauptmann der Wache auf Dunrobin Castle machen wollte?«

Verdammt. Nahmen die nachteiligen Folgen seiner törichten Entscheidung denn gar kein Ende? Hauptmann der Wache war ein höchst ehrenhafter, verantwortungsvoller Rang. Aber Finn musste zugeben, dass er, selbst wenn er es gewusst hätte, dumm genug gewesen wäre, der Verlockung von Landbesitz auf Orkney nachzugeben, und sich entschieden hätte, für die Sinclairs zu kämpfen.

»Ich erhielt eine Botschaft von Eurem Onkel. Er will unbedingt, dass sein Sohn Alex Òg nach Hause zurückkehrt.« Moray musterte ihn eindringlich. »Und ich würde es für klug erachten, wenn Ihr diese Aufgabe übernehmt.«

»Ich bin nicht sicher, ob ich auf Dunrobin willkommen bin«, erwiderte Finn nachdenklich. »Abgesehen davon würde sein Vater auf einer Eskorte von mindestens zehn Mann bestehen.«

»Sutherland war sehr daran gelegen, dass den Jungen höchstens zwei Wachmänner begleiten, vorzugsweise aber nur ein einziger, damit es nicht auffällt, wenn er aufbricht.« Moray legte seine Fingerspitzen aneinander. »Um genau zu sein, er erwähnte Euren Namen, zumal er wusste, dass ich Euch hier erwartete, obwohl ich ihm nicht sagte, aus welchem Grund.«

»Ist Alex in Gefahr?« Gespannt beugte Finn sich vor.

»Ich weiß nur, dass Eurem Onkel daran gelegen ist, dass sein Sohn so schnell und so unauffällig wie möglich nach Hause kommt«, erwiderte Moray unbestimmt. »Wenn Ihr Euren Onkel von Eurer Loyalität ihm und Eurem Clan gegenüber überzeugen wollt, nehmt Alex Òg, und bringt ihn so schnell wie möglich nach Dunrobin Castle.«

Wie in Dreiteufelsnamen sollte er das zuwege bringen und gleichzeitig Margaret nach Hause begleiten?

Moray nahm ein Stück Pergament, Tinte und einen Federkiel aus der Schublade seines Schreibtischs.

»Ich gebe Euch eine Botschaft für Euren Onkel mit.« Die Feder kratzte über das Pergament, als Moray eilig zu schreiben anfing. »Des Inhalts, dass Ihr mein Vertrauen genießt und es meiner Meinung nach wert seid, in seiner Garde zu dienen.«

Die Empfehlung Morays, des mächtigsten Verbündeten der Gordons, würde bei den wichtigen Männern des Clans einiges bewirken, besonders bei Finns Onkel.

»Ich bin Euch sehr dankbar.«

»Ich weiß.« Moray lächelte zufrieden. »Es kann sein, dass ich Euch noch einmal brauche.«

Finn hatte die Stelle, wo er Margaret und Alex zurückgelassen hatte, fast erreicht, als er die beiden auf einem umgefallenen Baumstamm sitzen sah. Sie hatte Ella auf dem Schoß und unterhielt sich mit Alex, als wären sie alte Freunde. Er hatte sie ihrem Zuhause und ihrer Familie entrissen, durch halb Schottland gezerrt und zu einer unbequemen Reise gezwungen, und dennoch zeigte sie sich nie anders als freundlich. Obwohl er in Eile war, nahm Finn sich die Zeit, sie zu betrachten.

Er wusste, was zu tun war, erst recht nach allem, was er ihr zugemutet hatte. Ehe er Alex nach Dunrobin begleitete, musste er sie nach Hause bringen und ihr ihr Leben zurückgeben. Das schuldete er ihr, selbst wenn es bedeuten sollte, dass er sich der Möglichkeit begab, das Vertrauen seines Onkels zurückzugewinnen und einen Platz in seiner Garde zu erhalten.

Als Margaret ihn erblickte, lächelte sie und stand auf, um zu hören, welche Neuigkeiten er brachte.

»Sieh nach Ella, während ich kurz unter vier Augen mit Maggie rede«, bat er Alex und führte Margaret ein paar Schritte fort, um ihr die Situation zu erklären. »Du siehst also, du wirst nicht länger als Geisel gebraucht«, schloss er lächelnd.

»Nicht?« Ihre Augen weiteten sich vor Schreck. »Was wirst du jetzt mit mir anfangen?«

»Mach dir keine Sorgen.« Er nahm ihre Hand. »Ich bringe dich zurück nach Edinburgh.«

»Aber ich will nicht nach Edinburgh zurück.« Sie entzog ihm ihre Hand.

Finn zuckte mit den Schultern. »Dann bringe ich dich nach Blackadder Castle oder Tantallon.«

»Nein, dorthin will ich auch nicht.« Ihre Stimme wurde lauter. »Ich will überhaupt nicht zurück.«

»Was?« Er musste sich verhört haben, aber sie trat einen Schritt von ihm weg und schüttelte den Kopf. »Warum nicht?«, fragte er entgeistert.

Plötzlich kam ihm der lächerliche Gedanke, dass er – und der kurze Moment rücksichtsloser Leidenschaft an dem Baum – etwas damit zu tun haben könnte, dass sie nicht fortwollte. Und was noch lachhafter war, dieser Gedanke verursachte bei ihm keine Panik.

»Ich kann nicht wieder zurück«, sagte sie mit bebender Stimme.

Finn warf einen Blick zu Alex, der keinen Hehl daraus machte, dass er die Ohren spitzte, und zog Margaret ein Stück weiter weg. »Sag mir, weshalb.«

»Ella ist nicht wirklich meine Tochter.« Margaret knetete hektisch ihre Finger. »Ich meine, jetzt ist sie meine Tochter. Aber das war sie nicht immer.«

Nicht immer? Bei allen Heiligen, hatte Margaret das Kind gestohlen? Irgendetwas war ihm von Anfang an faul vorgekommen an der Sache. Sie hatte viel zu wenig Widerstand geleistet, doch er hatte es ihrer Kaltblütigkeit und ihrem gelassenen Gehabe zugeschrieben. Außerdem war es ihm vorgekommen, als würde sie ihre Tochter nicht sehr gut kennen, doch als sie ihm gesagt hatte, dass Ella sich in der Obhut einer Frau aus dem Dorf befunden hatte, war kein Verdacht bei ihm aufgekommen.

»Erklär mir das, *leannain*.« Finn legte ihr die Hände auf die schmalen Schultern. »Wie kann Ella deine Tochter sein und gleichzeitig nicht?«

»Ich habe sie nicht geboren«, erwiderte Margaret angespannt. »Sie wurde … Sie wurde mir geschenkt.«

»Geschenkt?« Niemand verschenkte Kinder. Finn hob die Hand an Margarets Wange. »Um Himmels willen, Mädchen, was hast du getan?«

Sie erzählte ihm eine unglaubwürdige Geschichte mit einer ermordeten Mutter und einem verzweifelten Jungen, der ihr Ella in genau der Nacht gebracht hatte, in der Finn gekommen war, um sie zu entführen. Ihm drehte sich der Kopf.

»Glaubst du mir?« Sie sah ihn mit ihren großen braunen Augen an, die zu keinerlei Täuschung fähig schienen.

Er hätte ein verdammter Narr sein müssen, ihr zu glauben. Und dennoch tat er es.

»Du darfst mich nicht zurückbringen«, sagte sie flehend. »Meine Brüder werden mich benutzen, um ein Bündnis zu schmieden. Sie werden mich zwingen, wieder zu heiraten!«

Eifersucht traf ihn mit der Wucht eines wütenden Bullen. Allein die Vorstellung, dass ein anderer Mann ihre samtweiche Haut berührte, ihre Kurven erkundete, ihre Lippen kostete …

»Kein Adliger, den meine Brüder als Gemahl für mich aussuchen, würde das Kind armer Leute als meine angenommene Tochter akzeptieren.«

Sie sprach von Ella, doch seine Gedanken klebten an der Vorstellung eines Ehemannes fest, der jeden Tag neben Margaret aufwachen und jede Nacht das Bett mit ihr teilen würde.

»Verstehst du das?« Sie packte den Stoff seiner Tunika, ballte ihn zwischen ihren Fingern zusammen, als könnte sie Finn so dazu veranlassen zu verstehen, was sie ihm sagte. »Wenn ich zurückkehre, werden meine Brüder mir Ella fortnehmen! Dann werde ich sie nie wiedersehen.«

»Das lasse ich nicht zu.« Er zog sie in seine Arme und küsste sie auf den Scheitel. »Ich verspreche es dir.«

Ohne darüber nachzudenken, gab er ihr sein Wort, weil er es nicht ertragen konnte, wenn sie Kummer hatte, und weil es sich falsch anfühlte, sich von ihr und Ella zu trennen. Aber was in aller Welt sollte er mit den beiden anfangen?

Er hatte die Verantwortung für eine Frau und ein Kind immer abgelehnt – und nie war er in einer ungünstigeren Position für eine derartige Bürde gewesen als jetzt. Er würde die beiden mit seinem Leben beschützen, aber darüber hinaus konnte er ihnen nichts bieten. Er besaß kein Heim, wo er sie hinbringen konnte, und nicht die Mittel für ihren Unterhalt.

Er seufzte tief und legte das Kinn auf ihren Kopf. Wie hatte er sich nur in diese Bredouille gebracht? Ihm blieb keine andere Möglichkeit, als sie mit nach Dunrobin zu nehmen und darauf zu hoffen, dass sein Onkel ihn in seine Dienste nahm.

Ein leichtes Zupfen am Saum seiner Tunika ließ ihn nach unten sehen. Ella stand neben ihm und streckte die Arme zu ihm empor. Er hob sie hoch, warf sie in die Luft und brachte sie damit zum Lachen. Sein Blick glitt zu Margaret, deren Gesicht vor Erleichterung und Glück förmlich glühte, und plötzlich waren seine Zweifel wie weggeblasen.

Egal, was es kostete, er würde einen Weg finden, sich um die beiden zu kümmern, bis Margaret entschied, was sie als Nächstes tun wollte.

Margaret war überglücklich, dass Finn nicht vorhatte, sie zu verlassen oder zu ihren Brüdern zurückzubringen. Doch das Lächeln gefror auf ihren Zügen, als sie sich den Moment ungezügelter Leidenschaft zwischen ihnen in Erinnerung rief. Hätte sie gewusst, dass Finn und sie sich nicht noch am selben Tag trennen würden, hätte sie ihn niemals aufgefordert, sie zu küssen. Hitze stieg ihr in die Wangen, als ihr einfiel, wie schnell der Kuss dazu geführt hatte, dass Finn sie gegen den Baumstamm gepresst, ihre Röcke gehoben und ihre bloßen Brüste betrachtet hatte.

Erschrocken legte sie eine Hand an ihren Hals. Sie hatte keinen einzigen Gedanken daran verschwendet, was die Änderung von Morays Plänen für Finn bedeutete.

»Verzeih mir, dass ich nur an mich selbst gedacht habe.« Sie senkte den Blick. »Mir ist gerade klar geworden, dass du das Land, das man dir für die Entführung versprochen hat, nun nicht bekommen wirst.«

»Ach, es geht mir nicht schlechter als vorher«, erwiderte Finn.

Er konnte ihr nichts vormachen. Es war ein schwerer Verlust für ihn.

»Es tut mir leid.« Sie legte ihm eine Hand auf den Arm. »Ich weiß, wie sehr du dir das Land gewünscht hast.«

Wohin wollte er sie bringen, wenn er kein Zuhause hatte? Es war ihr egal, solange sie Ella behalten konnte. Nach allem, was Finn ihr über seine Gründe erzählt hatte, den Entführungsauftrag zu übernehmen, ging sie davon aus, dass er weder beim Clan seines Vaters noch bei dem seiner Mutter willkommen sein würde.

Finn wollte sie sicher so schnell wie möglich loswerden, aber dennoch würde sie ihm viel abverlangen, wenn sie ihn bat, sie und Ella quer durch das gebirgige Gebiet der Highlands nach Eilean Donan Castle zu bringen. Und was, wenn Sybil und ihr Ehemann ihre Pläne geändert hatten und gar nicht auf der Burg weilten, wenn sie dort eintraf? Trotz all ihrer Vorbehalte wollte sie eben ansetzen zu sprechen, als Finn ihr zuvorkam.

»Ich bin froh, dass ich nicht in der Zwickmühle bin, entweder dich den ganzen Weg in die Lowlands zu bringen oder Alex nordwärts nach Sutherland.«

Finn drehte sich um und ertappte seinen jungen Vetter dabei, wie er sich näher schlich, offensichtlich um seine Unterhaltung mit Margaret zu belauschen.

»Wir brechen sofort nach Dunrobin Castle auf«, informierte er Alex. »Dein Vater will, dass du nach Hause kommst.«

Alex stöhnte. »Muss ich wirklich?«

»Es ist meine einzige Möglichkeit, wieder in Gnaden aufgenommen zu werden, daher: Ja, du musst.« Finn grinste und legte seinem Cousin einen Arm um die Schultern. »Deinem Vater liegt so viel daran, dass du nach Hause kommst, dass er vielleicht bereit ist, meine Dummheit mit den Sinclairs zu vergessen und mich in seine Garde aufzunehmen.«

»Wenigstens bist du es, der mich hinbringt«, grummelte Alex halbwegs versöhnt. »Obwohl es Vater ähnlichgesehen hätte, mir eine Eskorte von dreißig Kriegern zu schicken, als würde ich den Weg allein nicht finden.«

»Du bist der zukünftige Earl, und er ist dein Vater«, rief Finn ihm in Erinnerung. »Du kannst ihm nicht vorwerfen, dass er dich zu schützen versucht.«

»Es war schon vorher schlimm«, murrte Alex missmutig. »Aber dann passierte dieser unbedeutende kleine Zwischenfall, und seitdem behandelt er mich wie ein Kind.«

Finn wurde hellhörig. »Was für ein unbedeutender kleiner Zwischenfall?«

»Ich hatte Glassplitter in meinem Becher.« Alex zuckte mit den Schultern. »Wahrscheinlich ging in der Küche irgendetwas zu Bruch, und ein paar Scherben fielen unbemerkt in mein Getränk.«

Unversehens wurde Finn ernst. »Wo und wann ist das passiert?«

»Auf Huntly Castle, als ich mich nach dem Tod des alten Earl mit meiner Familie dort aufhielt.« Alex runzelte die Stirn. »Du warst schon weg, als wir kamen.«

»Bei der Zusammenkunft waren unglaublich viele Leute auf der Burg«, sagte Finn nachdenklich.

Er hatte den Verdacht, dass die Glassplitter nicht zufällig in den Becher gelangt waren. Und bei dem dichten Gedränge musste es schier unmöglich gewesen sein, einen Täter dingfest zu machen.

»Es war ein Unfall, und ich habe die Glassplitter ja auch nicht verschluckt«, fuhr Alex fort. »Aber du weißt ja, wie Vater ist.«

»Und ob.« Finn lächelte. »Er nimmt an, dass jeder so gerissen und hinterhältig ist wie er selbst. Dennoch will dein Vater, dass ich dich nach Hause bringe.«

»Weil er genau weiß, dass du mir nie etwas zuleide tun würdest«, erwiderte Alex prompt.

»Und weil er weiß, dass ich die Zusammenkunft schon verlassen hatte, als der *unbedeutende kleine Zwischenfall* passierte.«

»Das mag sein Vertrauen in dich erhöht haben.« Alex nickte lächelnd.

»Zum Glück für dich habe ich gerade nichts anderes vor.« Finn zauste ihm das Haar. »Also brechen wir nach Dunrobin auf.«

»Ich muss noch einmal zur Burg zurück und jemandem Lebewohl sagen.« Alex warf Margaret einen Blick zu und errötete. Anscheinend hatte sie recht gehabt, und der Junge kannte dort ein Mädchen, in das er sich verliebt hatte.

»Wir können nicht riskieren, dass man auf uns aufmerksam wird und uns folgt.« Finn schüttelte den Kopf. »Wenn jemand es auf dich abgesehen hat, wird derjenige dich beobachten und mitbekommen, dass du deine Sachen packst und dich verabschiedest.«

Alex stöhnte, gab indes keine Widerworte.

»Wenn du in Gefahr bist, tu das Unerwartete.« Finn zwinkerte ihm zu. »Steig auf – und wenn wir unterwegs sind, kannst du mir von dem Mädchen erzählen.«

Obwohl er einen leichten Ton anschlug, nahm Finn die Bedrohung offenbar sehr ernst und wollte Alex sicher nach Dunrobin Castle geleiten.

Damit entfiel für Margaret fürs Erste die Möglichkeit, ihn zu bitten, sie zu ihrer Schwester Sybil zu bringen. Und selbst wenn es nicht um Alex' Sicherheit ginge, hätte sie wohl kaum von Finn verlangen können, dass er auf die Chance verzichtete, eine Position in der Garde seines Onkels zu erringen und wieder in den Clan aufgenommen zu werden.

»Wo liegt Dunrobin?«, erkundigte sie sich, als sie losritten.

»Ganz im Norden, in Sutherland.«

Er brachte sie noch weiter fort von den Lowlands, von ihren Brüdern und ihrer Vergangenheit. Das war alles, was sie wissen musste.

13. Kapitel

Finn hob Ella auf Alex' Pferd. Margaret wollte Einwände erheben, doch Ella schien glücklich, mit ihm reiten zu dürfen. Obwohl Alex ein paar Jahre älter war als Brian, schien er für das Mädchen eine Art Ersatzbruder zu sein. Eine Welle von Traurigkeit rollte über Margaret hinweg, als sie an Brian dachte. Unwillkürlich umfasste sie den Beutel mit den Onyxscherben an ihrem Gürtel und sagte sich, dass sie den Jungen eines Tages bestimmt wiedersehen würde.

Finn wirkte überaus wachsam, und während sie weiterritten, ließ er den Blick aufmerksam über die Umgebung schweifen. Sie sprachen wenig und legten erst spät am Nachmittag, als sie die Küste erreichten, eine Rast ein.

»Wo sind wir?« Margaret versuchte, sich zurechtzufinden.

»Das ist die Stelle, an der der Moray Firth in die Nordsee mündet.« Als sie ihn fragend anschaute, setzte Finn hinzu: »Der lange Meeresarm, der sich ins Landesinnere bis Inverness erstreckt.«

»Kommen wir durch Inverness?«, wollte Margaret wissen.

Finn schüttelte den Kopf. »Nein, es ist kürzer und sicherer, den Firth per Schiff zu überqueren. Um Dunrobin auf dem Landweg zu erreichen, müssten wir die ganze Strecke nach Inverness zurücklegen und dann vierzig Meilen an der gegenüberliegenden Küste des Meeresarms entlangreiten, zumeist durch Gebiete von Clans, die uns nicht freundlich gesonnen sind.«

Eine Information, die ihr vielleicht später von Nutzen sein mochte. Castle Leod, die Festung der MacKenzies im östlichen

Teil des Clangebiets, lag in der Nähe von Inverness. In ein paar Wochen wollten Sybil und ihre Familie dorthin zurückkehren. Zugegeben, vierzig oder fünfzig Meilen waren keine geringe Entfernung, zumal auf den unwegsamen Pfaden der Highlands und allein mit einem Kind, doch es war nicht unmöglich, sie zu bewältigen.

»Wie willst du diesmal ein Boot auftreiben?«, fragte sie Finn.

Er lächelte verschmitzt. »Ich habe meines hier in der Nähe versteckt, als ich herkam.«

Sein Boot war gerade groß genug, um die beiden Pferde und die vier Menschen aufzunehmen. Gemeinsam setzten Finn und Alex die Segel, dann ergriff Alex das Ruder, und Finn setzte sich neben Margaret und nahm Ella auf den Schoß. Trotz der Ungewissheit, die vor ihr lag, genoss Margaret die Fahrt. Jetzt, im Juni, waren die Tage lang, und vor ihnen lagen noch ein paar Stunden Sonnenlicht. Ella war lebhafter als sonst, sie quietschte vor Vergnügen, wenn sie Seehunde im Wasser entdeckte. Ihre kleine Tochter lachen zu sehen hob Margarets Stimmung. Sie schlang die Arme um das Kind und presste ihre Wange an Ellas, als das Mädchen auf einen weiteren Seehund deutete.

Margaret wandte sich um und ertappte Finn dabei, wie er sie unerwartet zärtlich betrachtete. Ihr Herz tat einen Satz. Im nächsten Moment verdunkelten sich seine Augen vor Verlangen, und sie fragte sich, ob sie sich die Zärtlichkeit darin nur eingebildet hatte. Ihre Blicke trafen sich, und die Erinnerung an die leidenschaftlichen Küsse, die sie getauscht hatten, jagte ihr ein erregendes Prickeln über die Haut.

»Glaubst du wirklich, dass Alex in Gefahr ist?« Sie zwang ihre Gedanken in eine andere Richtung. »Ich kann mir nicht vorstellen, dass jemand einem so liebenswürdigen jungen Burschen etwas Böses will.«

»Die Gordons aus Sutherland haben viele Feinde, und einigen von ihnen kann man gute Gründe nicht absprechen.« Der

Anflug eines Lächelns zuckte um Finns Mundwinkel. »Unsere Großeltern – die von Alex und mir – haben sich Dunrobin Castle und die Earlswürde von Sutherland vom Clan der Sutherlands erschwindelt.«

Margaret lehnte sich vor. »Wirklich?«

Finn nickte. »Unsere Großmutter war selbst eine Sutherland, die Tochter eines Earl. Nachdem sie unseren Großvater Gordon geheiratet hatte, behaupteten ihr Gatte und sie, dass ihr Vater verrückt geworden sei. Gemeinsam überzeugten sie den König, den alten Earl für unzurechnungsfähig zu erklären. So geschah es, und bis zur Volljährigkeit des jüngeren Bruders unserer Großmutter wurde die Herrschaft über das gesamte Gebiet von Sutherland ihr und ihrem Gemahl überantwortet.«

»War ihr Vater tatsächlich verrückt geworden?«

»Er hatte den Clan lange Jahre regiert.« Finn zuckte mit den Schultern. »Aber wer weiß es schon genau?«

Margaret lächelte. »Du solltest deinen Großeltern gegenüber nicht so misstrauisch sein.«

»Meinst du?« Finn wackelte mit den Brauen. »Ein paar Jahre später, als der Bruder unserer Großmutter volljährig war, ließen sie ihn ebenfalls für unzurechnungsfähig erklären.«

»Verrücktheit ist mitunter erblich«, wandte Margaret vernünftig ein.

»Und mitunter sind Menschen einfach gierig und skrupellos.« Finn lachte. »Trotz seiner Unzurechnungsfähigkeit schaffte es ihr Bruder irgendwie, unsere Großmutter als seine Erbin zu benennen.«

»Was Verdacht erregen könnte, aber du solltest nicht davon ausgehen, dass sie es böse meinten.«

»Einen Monat später starb ihr Bruder unter mysteriösen Umständen.« Finn lächelte amüsiert. »Und so wurde unsere Großmutter Countess of Sutherland, und die Earlswürde ging an die Gordons über.«

»Deine Großmutter hatte keine weiteren Brüder, die vor ihr erbberechtigt waren?«, erkundigte Margaret sich interessiert.

»Sie hatte einen Halbbruder, Robin, der mehr als zwanzig Jahre jünger war als sie und noch ein Kind, als das alles geschah.« Finn streifte Margaret mit einem kurzen Seitenblick und hob eine Braue. »Robin wurde unter die Vormundschaft eines ihrer engen Verbündeten gestellt, der den Jungen überredete, seine Ansprüche aufzugeben. Sobald er volljährig war, behauptete Robin jedoch, er sei zu dem Verzicht gezwungen worden und der wahre Erbe der Earlswürde.«

Margaret musterte Finn fragend. »Als Mann hatte er doch sicher die besseren Karten?«

»Mag sein, aber die Gordons hatten die Macht.« Finn zuckte mit den Schultern. »Der Bruder unseres Großvaters war der Earl of Huntly, auch bekannt als Cock of the North, der Sheriff des Königs. Huntly hätte nie Robins Partei ergriffen und sich gegen seinen Bruder und seine Schwägerin gestellt.«

»War das das Ende des Zwists?«

»Nay, der junge Robin Sutherland eroberte Dunrobin Castle nicht ein-, sondern zweimal.« Finn grinste. »Angeblich war er ein kluger und charismatischer Anführer, und er genoss die Unterstützung der Mehrzahl seiner Clansleute, die wenig begeistert waren von einem Gordon als Laird.«

»Was geschah mit ihm?«

»Die Sache nahm ein trauriges Ende für ihn und die Sutherlands. Robin wurde gefangen genommen, und man spießte sein Haupt auf einen Speer über dem Tor von Dunrobin.«

»Deine Großeltern scheinen wirklich sehr skrupellos gewesen zu sein.« Margaret versuchte, einen leichten Ton anzuschlagen. »Leben sie auf Dunrobin?«

»Nachdem sie das Land der Sutherlands und den Titel für ihre Linie gesichert hatten, wuschen sie ihre Hände in Unschuld. Großmutter trat den Titel an Alex' Vater ab, und für den Rest ihrer Tage lebten sie friedlich auf ihrem Landgut in der Nähe von Huntly Castle.«

»Ich muss gestehen, es tut mir nicht leid, wenn ich sie nicht kennenlerne.«

»Was ich durchaus nachvollziehbar finde.« Finn beugte sich zu ihr. »Skrupellosigkeit ist mitunter genauso erblich in Familien wie Verrücktheit.«

Sie lachte. »Alex ist ganz bestimmt nicht skrupellos.«

Finn nickte. »Er kommt nach seiner Mutter. Meine Tante Helen hat ein gutes Herz.«

»Und der Earl? Alex' Vater?«

»Mein Onkel hat mich immer gut behandelt, als ich als Pflegekind bei ihm lebte, und es war ein Glück für mich, von einem so fähigen Krieger unterwiesen zu werden.« Finn machte eine Pause und sah blinzelnd zum Horizont. »Aber ich würde ihm nicht im Weg stehen wollen.«

Was er über seinen Onkel sagte, klang, als spräche er über einen der Männer ihrer Familie.

»Dort drüben kannst du Dunrobin sehen.« Finn deutete auf eine ausgedehnte Festungsanlage, die in Sicht kam, als sie die Landzunge umrundeten. »Gleich gehen wir an Land.«

»Ach, übrigens ...« Alex strengte sich an, den Wind zu übertönen. »Ich habe völlig vergessen, dir zu sagen, dass deine Familie auch auf Dunrobin weilt.«

Finn musterte seinen Vetter aus verengten Augen. »Völlig vergessen, ja?«

Alex lächelte spitzbübisch. »Sie sind alle mit meinen Eltern zurückgereist.«

»Alle?«, wiederholte Finn fragend.

»Aye.« Alex nickte. »Sie wollen ein paar Wochen bleiben und jagen.«

Seine Eltern! Finn hatte ihr von seinen Großeltern und von Alex' Eltern erzählt, aber seine eigenen Eltern mit keinem Wort erwähnt. Sie wusste nicht einmal, ob er Geschwister hatte. Eine Fülle von Fragen schoss ihr durch den Kopf, doch sie hatten die Küste erreicht. Männer kamen von der Burg herunter, offenbar um zu helfen, das Boot auf den Strand zu ziehen.

»Was wirst du ihnen sagen, wer ich bin?«, fragte sie flüsternd.

Anstatt ihr die Familiengeschichte zu erzählen, hätten sie einen Plan machen sollen.

Mist, Mist, Mist! Finn kramte nach seinem Flachmann, fischte ihn aus der Tasche und trank einen Schluck. Brennend lief ihm der Whisky die Kehle hinunter. Wie zum Teufel sollte er seiner Familie erklären, wer Margaret war? Er musste sich rasch etwas ausdenken.

Er zupfte ein paar Strähnen aus Margarets ordentlich geflochtenem Zopf. Als er versuchte, ihr das Mieder ein Stück herunterzuziehen, schlug sie seine Hand fort.

»Was tust du da?«

»Du musst aussehen wie die Sorte Frau, die ich nach Hause bringen würde«, erwiderte er mit gesenkter Stimme. »Sonst wird meine Mutter misstrauisch.«

»Niemand wird auch nur ahnen, wer ich wirklich bin, solange ich solche Kleidung trage.« Sie wies auf ihr schlichtes Gewand. »Ich sehe aus wie ein einfaches Bauernmädchen.«

»Ein unschuldiges Bauernmädchen ist nicht die Art Frau, mit der ich reisen würde.« Er verdrehte die Augen gen Himmel. »Grundgütiger, meiner Mutter so ein Mädchen vorzustellen wäre genauso, als würde ich den Löwen des Königs einen Welpen zum Fraß vorwerfen.«

»Du könntest behaupten, ich sei eine arme Witwe, die Arbeit als Dienerin sucht.«

»Das könnte ich, wenn es nur meine Tante und mein Onkel wären.« Er nickte. »Die beiden wären höflich und würden so tun, als glaubten sie mir, dass ich ihnen eine außergewöhnlich schöne Frau ins Haus bringe, damit sie Fußböden schrubbt. Aber meine eigene Familie wird nicht einmal so tun, als würde sie so etwas glauben.«

Abgesehen davon würde sie dann tatsächlich Fußböden schrubben müssen, um die Täuschung aufrechtzuerhalten, und er konnte nicht dulden, dass Lady Margaret Douglas das tat.

»Eine anständige Dienerin würdest du deiner Tante und deinem Onkel nicht ins Haus bringen, dafür aber eine Frau, die aussieht wie eine Tavernenhure?« Sie musterte ihn ungläubig. »Darüber würde deine Familie sich nicht aufregen?«

»Doch, schon, aber sie wären nicht überrascht.« Finn musste über ihren angewiderten Gesichtsausdruck lachen. »Verlass dich darauf, ich präsentiere meiner Familie genau das, was sie von mir erwartet.«

14. Kapitel

Bestimmt machte Finn einen Scherz. Es konnte doch nicht sein, dass seine Familie so wenig von ihm hielt.

»Mach dich nicht über mich lustig.« Abermals schlug Margaret Finns Hand fort und steckte die losen Haarsträhnen, so gut es ging, in ihrem Zopf fest. »Ich bin schon aufgeregt genug wegen des Treffens.«

Es war ärgerlich, dass sie die Einzelheiten ihrer Geschichte nicht geklärt hatten, doch jetzt war es zu spät. Die Männer, die von der Burg heruntergekommen waren, wateten bereits auf das Boot zu. Schneller, als ihr lieb war, hatten sie es an Land gezogen, und Finn hob sie und Ella heraus. Im nächsten Moment waren noch mehr Männer da, die sie zur Burg und in den Schlosshof eskortierten.

Ehe Margaret wusste, wie ihr geschah, stand sie vor dem Eingang zur Großen Halle. Sie hielt Ellas Hand fest umklammert und rief sich in Erinnerung, dass sie so tun musste, als bewunderte sie die Burg. Dunrobin war eine mittelgroße Festung aus hübschem rotem Sandstein, doch Margaret hatte auf viel größeren Burgen gelebt.

»Überlass das Reden mir, und verhalte dich entsprechend«, flüsterte Finn ihr gerade noch rechtzeitig zu, ehe die massiven Flügeltüren aufschwangen.

Margaret hatte vorgehabt, die Halle hinter Finn und Alex zu betreten, wie es sich für eine Dienerin geziemte, doch Finn legte ihr fest einen Arm um die Taille und zog sie mit sich. Vor drei gut gekleideten Paaren, die offensichtlich auf sie warteten, blieben sie stehen. Finn lächelte, stand jedoch so breitbeinig da, als ginge er in die Schlacht.

Sie hätte Alex' Eltern erkannt, auch wenn die beiden nicht auf ihn zugeeilt wären, um ihn zu begrüßen. Sein Vater, der Earl, war ein hochgewachsener, wohlproportionierter Mann in den Vierzigern, der Autorität ausstrahlte. Seine Gemahlin hatte lebhafte grüne Augen und die gleichen rotblonden Haare wie Alex.

Während sie darauf wartete, vorgestellt zu werden, wandte Margaret sich den anderen Paaren zu, doch das höfliche Lächeln gefror ihr auf dem Gesicht. Von kultivierten Menschen durfte man in der Regel erwarten, dass sie Liebenswürdigkeit zumindest vortäuschten, wenn sie Gäste begrüßten, aber ein weniger einladendes Quartett war ihr in ihrem ganzen Leben noch nicht untergekommen.

Finns Mutter war eine hochgewachsene Frau. Sie hatte graue Strähnen in ihrem schwarzen Haar und schürzte die Lippen. Mit ihren schwarzen Augen musterte sie Margaret so durchdringend, dass diese Ellas Hand unwillkürlich fester umfasste. Die Brauen der Frau waren ebenso schwarz wie Finns, ihre Nase gerade und ihr Kinn eckig. Aber während Finns gewinnende Art und seine Gutmütigkeit sich in seinen Zügen zeigte und sie noch ansprechender machte, ließ die verkniffene Miene seiner Mutter Margaret an eine Krähe denken, die an einem Kadaver pickte.

Sein Vater hatte die fleckige Gesichtshaut und die Tränensäcke eines Trinkers, aber wenigstens starrte er sie nicht so missmutig an wie die anderen drei. Der jüngere Mann, bei dem es sich um Finns Bruder handeln musste, hatte die gleichen kalten, schwarzen Augen wie seine Mutter und machte einen gerissenen Eindruck. Die Frau, die sich bei ihm untergehakt hatte, eine dunkelhaarige Schönheit mit üppigen Lippen und draller Figur, musterte sie abschätzig von oben bis unten, als wäre sie ein Pferd.

»Dem Himmel sei Dank, dass du zu Hause bist.« Der Earl drückte seinem Sohn die Schulter und wandte sich zu Finn. Er sprach mit ihm, dann reichte Finn ihm ein gesiegeltes Pergament, das der Earl in seine Tunika steckte.

Vom langen Lächeln taten Margaret bereits die Wangen weh, als Finn sie seiner Tante und seinem Onkel vorstellte, wie es dem Rang der beiden angemessen war. Finn blinzelte ihr beruhigend zu, anscheinend erleichtert, dass man ihn nicht umgehend wieder vor die Tür gesetzt hatte, dann drehte er sich, um sie seiner Familie zu präsentieren.

»Und, welchen ungebetenen Gast hast du uns da mitgebracht?«, meldete Finns Mutter sich zu Wort, ehe er auch nur den Mund hatte aufmachen können.

»Das ist Maggie.« Finn drückte Margaret ermutigend die Schulter. »Maggie … Fletcher. Und das hier ist ihre Tochter, Ella.«

Fletcher? Dann stammte sie offenbar aus einer Familie von Pfeilmachern. Es hätte schlimmer kommen können, nahm sie an.

Seine Mutter presste die Lippen zusammen. »Du müsstest doch wahrhaftig wissen, wie unpassend es ist, eines deiner Frauenzimmer hierherzubringen.«

»Maggie ist kein *Frauenzimmer.*« Finn lächelte, doch seine Augen blickten kalt. »Sie ist ein gutes Mädchen, und ich erwarte von dir, dass du sie auch so behandelst.«

Seine Mutter atmete geräuschvoll aus. »Du willst uns weismachen, dass sie anständig ist? Was sollte ein respektables Mädchen veranlassen, sich mit jemandem wie dir abzugeben?«

Margaret unterdrückte ein Keuchen – und hoffte, dass Finn sich eine glaubwürdige Erklärung für ihre Anwesenheit zurechtgelegt hatte.

»Der armen Maggie ging es sehr schlecht, als ich sie und die kleine Ella in Edinburgh traf.« Finn schüttelte den Kopf. »Ihr

Ehemann war gestorben und hatte sie mittellos zurückgelassen. Ohne eine Familie, an die sie sich wenden konnte, war das arme Mädchen in einer verzweifelten Lage.«

»Allmächtiger«, flüsterte seine Mutter, sodass jeder es hören konnte, »du hast eine Hure ins Haus deines Onkels mitgebracht.«

Margaret stieß Finn ihren Ellenbogen in die Seite.

»Nein, Maggie hat sich nicht verkauft«, versicherte Finn hastig. »Aber sie lebte auf der Straße.«

»Das ist unser Finn, wie er leibt und lebt. Immer zu einem Scherz bereit.« Margaret zwang sich zu lächeln. »Natürlich fand er mich nicht auf der Straße. Das erste Mal begegneten wir uns vor der Kirche, in der ich immer betete.«

»Betete, dass es ihr erspart bleiben mochte, sich zu verkaufen, um ihr Kind zu ernähren«, fiel Finn ihr eilig ins Wort. »Man kann wohl sagen, dass ich die Antwort auf ihre Gebete war.«

»So verzweifelt war ich nun auch wieder nicht«, versetzte Margaret mit zusammengebissenen Zähnen. Ihr war klar, dass Finn seinen Humor brauchte, um mit seiner Mutter fertigzuwerden, doch sie schätzte es nicht, wie er dabei mit ihr umsprang.

»Also habe ich es auf mich genommen, die junge Witwe und ihr kleines Kind zu retten.« Er legte sich eine Hand auf die Brust. »Es war nur meine Christenpflicht.«

»Du bist ganz schön tief gesunken, sogar für deine Verhältnisse«, stieß seine Mutter abfällig hervor, »wenn du schon so weit gehen musst, eine verzweifelte Mutter zu deiner Hure zu machen.«

Margaret schnappte hörbar nach Luft. Dass die Frau die Grobheit besaß, ihr Beleidigungen ins Gesicht zu schleudern, schockierte sie weniger als die Tatsache, dass Finns Mutter tatsächlich glaubte, ihr Sohn würde eine Frau in einer so schrecklichen Lage ausnutzen. Wie konnte es sein, dass sie ihn so schlecht kannte? Er war ganz anders.

Statt mit einem weiteren Scherz zu reagieren, wurde Finn gefährlich ruhig.

»Ach du lieber Himmel«, sagte Margaret schnell, »ich glaube, Ihr habt die Sache völlig missverstanden.«

Die Blicke aller Anwesenden, einschließlich des Earl und der Countess, richteten sich auf sie, während sie angestrengt versuchte, eine Erklärung für ihre Anwesenheit zu finden, die Finns Mutter akzeptieren würde und die weder ein schlechtes Licht auf Finn warf noch sie selbst wie eine Prostituierte dastehen ließ.

»Was genau habe ich missverstanden?« Die schwarzen Augen von Finns Mutter funkelten boshaft.

»Nun … also …« Margaret schluckte. Die Frau machte ihr Angst. »Finn wartete jeden Tag vor der Kirche auf mich und Ella und brachte uns nach Hause, was sehr freundlich von ihm war, weil ich in einem gefährlichen Teil der Stadt wohnte.«

Sie war stolz auf sich, dass ihr das mit dem gefährlichen Teil der Stadt eingefallen war. Es untermauerte Finns Behauptung, sie habe sich in einer verzweifelten Lage befunden.

»Wie Ihr wisst, ist es leicht, mit Finn ins Gespräch zu kommen«, fuhr sie tapfer fort. »Darum kannten wir uns nach kurzer Zeit schon recht gut.«

»Darauf könnte ich wetten«, ließ Finns Bruder sich höhnisch vernehmen.

Es konnte kein Zweifel daran bestehen, dass dieser Sohn seiner Mutter nachschlug.

Margaret wollte ihre Geschichte zu Ende bringen. Doch sie musste sich etwas einfallen lassen, das ihre Anwesenheit hier erklärte. Zum ersten Mal in ihrem Leben bereute sie es, so wenig Erfahrung im Lügen zu haben. Schade, dass ihre Schwester Sybil nicht da war und ihr zu Hilfe kam.

»Finn sagte mir, dass er mich einfach mitnehmen muss in die Highlands.«

Was so weit stimmte, doch kaum hatte sie die Worte gesagt, war ihr klar, wie ihre Zuhörer sie interpretieren würden. Sie redete hastig weiter, ehe sein Bruder oder seine Mutter eine weitere hässliche Bemerkung machen konnten.

»Da es Finn in den Norden zog und er die Dinge zwischen uns möglichst schnell in Ordnung bringen wollte, schlug er vor, dass wir das *Handfasting* vollziehen, bei dem den Brautleuten die Hände zusammengebunden werden.«

Alle starrten sie offenen Mundes an, auch Finn. Doch jetzt konnte sie nicht mehr zurück.

»Also haben wir genau das getan.« Ihre Stimme klang erstaunlich fest. »Auf den Stufen der Kirche.«

»Du hast sie geheiratet?« Finns Mutter war die Erste, die sich fasste. »Sie ist deine Ehefrau?«

Die Stille dehnte sich, und es wurde klar, dass Finn zu verblüfft war, um zu antworten.

»Ist es nicht wundervoll?« Margaret lächelte strahlend. Als Finn nichts darauf sagte, schmiegte sie sich an ihn, eine Hand auf seiner Brust, und sah mit einer Miene zu ihm auf, von der sie hoffte, sie möge als Bewunderung durchgehen.

»Aye.« Finns Stimme ähnelte einem Krächzen. »Genauso hat es sich abgespielt.«

Er sah aus, als habe ihn ein Backstein am Kopf getroffen. Als sei es das Schlimmste, was ihm passieren könnte, mit ihr verheiratet zu sein.

Seine Reaktion war ziemlich beleidigend.

Margaret war immer gut gewesen darin, ihren Stolz herunterzuschlucken und sich eine schnippische Antwort zu verkneifen. Die Beherrschung zu verlieren brachte mehr Verdruss, als es wert war. Weshalb von allen Kränkungen und Beleidigungen, die sie in ihrem Leben erlitten hatte, ausgerechnet diese eine solche Empörung in ihr hervorrief, hätte sie nicht sagen können.

Aber sie tat es.

»Mein liebster Finn schwor einen Eid und versprach bei allem, was ihm heilig ist, dass er niemals eine andere Frau anrührt.« Genugtuung machte sich in ihr breit, als die gesamte Familie überrascht nach Luft rang. »Aye, er gelobte mir – und zwar in folgenden Worten –, *dass Gott ihn mit Blindheit schlagen solle, wenn er noch jemals eine andere Frau begehrlich ansehe.*«

Grundgütiger, was war in sie gefahren, dass sie eine solche Lüge erfand? Und wann hatte sie eine dermaßen blühende Fantasie entwickelt?

»Ich wette, er ist binnen einer Woche blind.« Finns Bruder lachte schallend, während seine Gemahlin Margaret ansah, als wollte sie sie töten.

Wieder senkte sich Stille über die Anwesenden, und Margaret war schon kurz davor, ihre haarsträubende Geschichte zu widerrufen, als die Countess sich zu Wort meldete.

»Ihr seid sicher müde von der langen Reise.« Sie nahm Margaret und Finn fest beim Arm. »Ich bringe euch Jungvermählte nach oben in eins der Gästezimmer.«

Margaret warf Finn einen verstohlenen Seitenblick zu. Er wirkte immer noch völlig verdattert, und sie schluckte schwer.

»Und dann schicke ich ein paar Diener mit Erfrischungen und heißem Wasser für ein Bad nach oben«, fuhr seine Tante fort und schob sie beide zur Treppe. »Zur Familie gesellt ihr euch erst wieder morgen. Wir feiern die guten Neuigkeiten ein andermal.«

15. Kapitel

Schweigend erklommen sie die Stufen der Wendeltreppe. Die Steinwände warfen das Echo ihrer Schritte zurück. Schließlich erreichten sie einen schmalen Treppenabsatz, von dem auf jeder Seite eine Tür abging.

Finns Tante öffnete die Tür zur Linken.

»Eure Tochter wird hier bei Una schlafen«, bestimmte sie energisch und zeigte auf eine alte Frau, die in dem Zimmer saß und nun von ihrer Näharbeit aufsah. »Una kann sie betreuen, solange Ihr bei uns weilt.«

»Das ist sehr freundlich von Euch, aber ich kann meine Tochter nicht bei einer Fremden lassen.« Margaret sprach leise, um die alte Frau nicht zu kränken.

»Una Murray war die Amme meines Sohnes«, erwiderte die Countess pikiert. »Eine bessere Kinderfrau gibt es nicht.«

»Una wirkt Wunder bei Kindern.« Ehe Margaret weitere Einwände erheben konnte, nahm Finn die Kleine auf den Arm und trug sie in die Kammer. Er beugte sich zu der alten Frau und küsste sie auf die Wange. »Du bist so schön wie immer.«

»Kommt, ich zeige Euch Euer Zimmer.« Seine Tante zog Margaret sanft, aber bestimmt mit sich zu der gegenüberliegenden Tür.

Margaret hatte kaum Zeit, sich unter dem niedrigen Türsturz hindurchzuducken, schon fand sie sich in einem ordentlich aufgeräumten Zimmer wieder. Auf einem Sims über dem Bett stand eine Vase mit Blumen, und vom Fenster aus konnte man die Küste sehen.

»Was für ein gemütlicher Raum!« Doch Margarets Begeisterung verblasste rasch, als ihr einfiel, dass sie ihn mit Finn teilen musste. So gesehen würde es in der kleinen Kammer eher eng werden als gemütlich, denn es gab nur ein Bett. »Es ist sehr hübsch. Danke, Mylady.«

Die Countess lächelte. »Es freut mich, dass das Zimmer Euch gefällt, Maggie.«

»Ihr seid sehr freundlich.« Margaret erwiderte das Lächeln.

»Ihr könnt Euch glücklich schätzen, dass Ihr Finn eingefangen habt.« Die Countess zwinkerte ihr verschwörerisch zu, als Finn zu ihnen trat. »Manch eine junge Frau hat es vergeblich versucht, und ich dachte schon, dass er wohl niemals heiraten wird.«

»Ich hatte tatsächlich nicht vor zu heiraten.« Finn zog Margaret an sich. »Aber Maggie hat alles verändert.«

Das war die Wahrheit, doch seine fröhliche Miene täuschte sie nicht. Er war nicht glücklich über die Situation.

»Macht das Beste aus dem Beginn Eurer Ehe.« Die Countess hielt inne, dann setzte sie mit einem Glitzern in den Augen hinzu: »Vor allem nachts.«

Margaret vermied es sorgfältig, Finn anzusehen.

»Ich habe jedenfalls vor, meine Braut gründlich zu genießen«, erwiderte Finn und rieb seine Nase an Margarets Nacken.

»Dann lasse ich euch jetzt allein.« Die Countess warf Finn einen Blick zu und deutete mit dem Kinn zur Tür.

»Wenn du bereit warst zu heiraten, hättest du mich bitten sollen, eine Braut für dich zu finden«, sagte sie leise, als sie allein waren.

»Du glaubst, ich hätte Hilfe gebraucht?«, fragte Finn amüsiert.

»Sie ist bildhübsch, und ich wünsche dir alles Glück der Welt«, fuhr die Countess unbeeindruckt fort. »Aber nach der Torheit, die du dir mit den Sinclairs geleistet hast, hätte eine

Ehefrau aus einer soliden Gordon-Familie von unzweifelhafter Bündnistreue – selbst eine Sutherland – dir den Weg besser geebnet.«

»Es gab kein Mädchen aus dem Gordon- oder Sutherland-Clan, das ich heiraten wollte.« Finn zuckte mit den Schultern. »Und was geschehen ist, ist geschehen.«

»Du weißt, dass ich dich herzlich gerne mag«, seine Tante hob die Brauen, »aber es wird nicht leicht für dich, Akzeptanz zu finden. Die Männer sind misstrauisch.«

»Das weiß ich.« Finn nickte. »Jedenfalls bin ich froh, dass mein Onkel mir anscheinend die Chance geben will, mich zu beweisen.«

»Eine zweite wirst du nicht bekommen«, warnte die Countess ernst. »Noch einmal fortlaufen solltest du also nicht!«

Als Margaret Schritte auf der Treppe hörte, straffte sie sich, um Finn gegenüberzutreten. Ehe er jedoch die Möglichkeit hatte, sie mit der erfundenen Heirat zu konfrontieren, traten die Diener ein und brachten Wein, Teller mit köstlich duftender Suppe und eine Platte mit Käse, aufgeschnittenem Schweinebraten, Haferplätzchen und mit Honig kandierten Nüssen.

Finn wies sie an, die Erfrischungen in Unas Zimmer zu bringen, das nicht größer, aber mit einem kleinen Tisch zwischen den beiden Betten ausgestattet war. Margaret brachte kaum etwas herunter, aber Finn und Ella aßen, als wäre es ihre letzte Mahlzeit auf Erden. Als alle satt waren, wandte Una sich Ella zu.

»Ich wette, du würdest gern hören, was Finn alles angestellt hat, als er ein Junge war.« Una lächelte. »Er hat sich so oft in Schwierigkeiten gebracht, dass ich kaum weiß, mit welcher Geschichte ich anfangen soll.«

Ella krabbelte auf Unas Schoß, Verräterin, die sie war.

»Ihr müsst Euch wirklich nicht um Ella kümmern«, versuchte Margaret ihr Glück. »Sie kann auch bei uns schlafen.«

»Auf keinen Fall, *mo leannain.*« Finn zog Margaret auf die Füße. »Immerhin sind wir frisch verheiratet und brauchen unsere Privatsphäre.« Er drehte sich zu Una um. »Und dich muss ich warnen, Una. Kann sein, dass du dir bei den Lustschreien meiner Ehefrau ein Kissen über den Kopf ziehen musst, wenn du heute Nacht Schlaf finden willst.«

Die alte Kinderfrau gab Finn einen Klaps auf den Unterarm. »Ich kenne diesen charmanten Teufel, seit er ein Kind war, und er ist nicht halb so schlimm, wie er tut«, sagte sie an Margaret gewandt. »Macht Euch keine Sorgen um Ella. Ich passe gut auf sie auf.«

Ehe Margaret etwas dagegen einwenden konnte, hatte Finn sie mit sich gezogen. Er schob sie in ihre Kammer, schloss die Tür hinter ihnen und stellte sich mit verschränkten Armen davor. Der Augenblick der Abrechnung war gekommen.

Eine seiner schwarzen Brauen schoss in die Höhe. »Wie kommst du dazu, zu behaupten, wir wären verheiratet?«

»Wie kommst *du* dazu, mich als eine Frau hinzustellen, die bereit gewesen wäre, sich zu verkaufen?«

»Ich habe es gesagt, weil niemand mir geglaubt hätte, dass ich dich auf unserer Reise nicht angerührt habe«, verteidigte er sich.

»Die Frauen finden dich unwiderstehlich, nicht wahr?«

»Jeder würde glauben, dass eine Frau, die allein mit einem Mann auf Reisen geht, willens ist, das Bett mit ihm zu teilen. Dich als verzweifelte Witwe darzustellen war das Beste, was ich unter diesen Umständen tun konnte.«

»Das Beste, was unter diesen Umständen möglich war, habe *ich* getan«, widersprach Margaret lebhaft. »Ich konnte nicht zulassen, dass ausgerechnet deine Mutter denkt, du hättest eine Prostituierte in die Familie gebracht. Oder ist es dir egal, was sie von dir hält?«

»Meine Mutter will nur das Schlimmste von mir glauben.«

Er schnaubte missmutig. »Ich weiß auch nicht, warum ich es immer wieder darauf anlege. Ihre Reaktion ist ja doch jedes Mal die gleiche.«

»Dann stell nur ruhig sicher, dass es so bleibt«, gab Margaret bissig zurück.

»Sei deswegen nicht böse mit mir.« Er schenkte ihr ein Lächeln, das ihm als Kind wahrscheinlich zusätzliche Süßigkeiten gesichert hatte – und erotische Gefälligkeiten, als er älter war. »Es tut mir leid, wenn ich dich beleidigt habe, aber es wäre mir nie in den Sinn gekommen zu sagen, dass wir geheiratet haben.«

Es wäre ihm nie in den Sinn gekommen. Was Entschuldigungen anging, war es keine besonders gute.

Finn hob sie hoch und setzte sie aufs Bett, dann nahm er ihre Hände zwischen seine. »Du weißt, was es mit dem *Handfasting* auf sich hat?«

Margaret nickte. »Es ist ein Ritual, bei dem ein Paar sich auf eine Probeehe einlässt und einander gegenseitig Treue schwört. Die beiden haben dann ein Jahr und einen Tag Zeit, um ihre Meinung zu ändern und die Ehe aufzulösen, wenn sie es wünschen.«

»Dann wusstest du also, worauf du dich einlässt.« Er stieß einen Seufzer aus. »Nun ja, es könnte schlimmer sein. Wenn du etwa gesagt hättest, unsere Ehe habe den kirchlichen Segen erhalten. Dann wären wir für immer aneinander gebunden.«

»Der kirchliche Segen war keine Garantie dafür, dass meine Ehe ein Leben lang hielt.« Sie verschränkte die Arme vor der Brust.

»Da ich kein reicher Edelmann aus den Lowlands bin, gäbe es für mich keinen Ausweg.«

Für Finn war die Aussicht, ein Leben lang an sie gebunden zu sein, anscheinend das schrecklichste Schicksal, das man ihm auferlegen konnte. Es hätte ihr nichts ausmachen sollen, zumal auch für sie eine Ehe die denkbar schlimmste Vorstellung war. Trotzdem störte es sie.

Sie zuckte mit den Schultern. »Da die ganze Sache ohnehin eine Lüge ist, kommt es doch ohnehin nicht darauf an.«

»Worauf es ankommt, ist, dass deine Lüge sie alle überzeugt hat. Und darum, *m' eudail*, mein Schatz«, er lächelte träge, »sind wir jetzt gezwungen, ein Bett zu teilen.«

Margaret hielt den Atem an. Unter seinem Blick begann ihre Haut zu prickeln. Sie hätte ihn nicht küssen dürfen heute Morgen. Niemals. Sie hätte nicht zulassen dürfen, dass er sie berührte, wie er es getan hatte. Sie hätte sich nicht dazu hinreißen lassen sollen, seine Brust zu streicheln oder ihre Finger in seinem Haar zu vergraben. Denn nun, da er sie voller Begehren betrachtete, konnte sie nur daran denken, wie herrlich sich seine Lippen auf ihren angefühlt hatten, wie erregend sich sein muskulöser Körper an ihren gepresst hatte.

Es war ein Fehler gewesen, ihn zu küssen. Doch sosehr sie sich auch darum bemühte, sie bereute es nicht. Die Erinnerung zog ihren Körper wie magisch zu seinem hin.

Es klopfte.

Margaret atmete auf. Wieder waren es Diener, doch diesmal brachten sie einen Zuber und Eimer mit dampfend heißem Wasser. Sie brachen den Bann, unter dem sie gestanden hatte, und gaben ihr Zeit, sich zu fangen. Sie schüttelte den Kopf, entschlossen, es nie wieder so weit kommen zu lassen.

Finn hätte nie geglaubt, dass es ihm gefallen könnte, verheiratet zu sein – aber so zu tun, als ob, hatte durchaus seine Vorteile.

Nun, da er und Margaret sich ein Zimmer teilten – und ein Bett –, war er sicher, dass sie sich heute Nacht lieben würden. Nachdem die Leidenschaft schon beim ersten Kuss zwischen ihnen förmlich gelodert hatte, konnte sie die Anziehung zwischen ihnen nicht mehr leugnen. Margaret hatte vor Verlangen gebebt in seinen Armen, und in dem beengten Zimmer mit nur einem Bett war es praktisch unvermeidlich, dass sie Liebende würden.

Er konnte es kaum erwarten, sich seiner Kleidung zu entledigen, doch er wusste, dass er vorsichtig sein und ihr Zeit geben musste. Margaret war eine zurückhaltende Frau, die ihre Gefühle fest im Griff hatte, und der Ausbruch von Leidenschaft zwischen ihnen hatte ihr Angst gemacht. Und ihn, so viel war sicher, überrascht.

»Du kannst als Erste baden«, bot er an, als die Tür hinter den Dienern zugefallen war. Er hob vielsagend die Brauen. »Ich wasche dir den Rücken.«

»Das schaffe ich schon alleine, danke.« Sie schenkte ihm ein amüsiertes Lächeln.

Finn streckte sich auf dem Bett aus, stützte den Kopf auf den Ellbogen und betrachtete sie durch die Dampfwolken, die aus dem Zuber aufstiegen. Dieses Bad würde sein Untergang sein. Und er freute sich darauf.

»Du wirst nicht im Zimmer bleiben, während ich bade«, verkündete Margaret in seine Gedanken hinein. »Geh so lange zu Una.«

»Wenn die anderen weiterhin glauben sollen, dass wir frisch verheiratet sind, werde ich bleiben müssen.« Er grinste breit. »Una ist eine wunderbare Kinderfrau, aber auch eine schreckliche Klatschbase.«

Margaret verdrehte die Augen. »Dann dreh dich um, und versprich mir, nicht hinzusehen.«

»Das kann nicht dein Ernst sein!« Er stöhnte frustriert. Da sie nicht nachgab, drehte er sich widerwillig auf die andere Seite und betrachtete die Wand.

»Warte …«, sagte sie einen Moment später, und seine Hoffnung wuchs. »Könntest du mir helfen, mein Mieder aufzuhaken?«

Er sprang auf, trat hinter sie und schob ihr das lange Haar über die Schulter nach vorn. Dann löste er langsam den ersten Haken. Wer hätte gedacht, dass ihr Nacken so unwiderstehlich war? Er kämpfte den Drang, sie dort zu küssen, nieder und öffnete einen Haken nach dem anderen, ließ seine Fingerspitzen über ihre freigelegte Haut gleiten und lächelte in sich hinein, während er hörte, dass ihr Atem immer schneller ging. Er war nicht der Einzige, dem die Nähe zusetzte.

»Bei der vielen Erfahrung, die du hast, hätte ich geglaubt, dass du flinker bist.«

»Manchmal lässt man es besser langsam angehen«, murmelte er ihr ins Ohr.

Sie erbebte unter seinen Fingern, als er ihr das Gewand über die Schultern schob, und seine Hoffnung, dass sie ihm vielleicht doch erlaubte, ihr den Rücken zu waschen, stieg …

Leider umsonst. Sie hielt das gelockerte Mieder fest vor ihre Brüste gepresst, ehe sie sich umdrehte. »Den Rest schaffe ich alleine.«

Er stieß einen lauten Seufzer aus und streckte sich erneut auf dem Bett aus – mit dem Gesicht zur Wand. Die folgende halbe Stunde war die reinste Folter, und seine Vorstellungskraft ergänzte das, was er nicht sehen durfte. Er hörte das Rascheln des Gewandes, sowie es an ihrem Körper heruntersank und mit leisem Rauschen auf dem Boden landete. Sein Herzschlag beschleunigte sich, während er sich vorstellte, wie ihre Silhouette sich im Kerzenlicht unter dem dünnen Stoff ihres Hemdes abzeichnete.

Was würde sie als Nächstes tun? Wahrscheinlich auf dem Schemel Platz nehmen, ein Bein über das andere schlagen und die Strümpfe abstreifen. Der Atem stockte ihm, als er hörte, wie sie in den Zuber stieg, und sein Herz schien auszusetzen, da er ein weiteres sachtes Rascheln vernahm und sich vorstellte, wie sie das Hemd über den Kopf zog und auf den Schemel warf.

Dann hörte er eine Weile lang gar nichts und fragte sich schon, ob das Wasser zu heiß war. Ihm jedenfalls wurde ziemlich heiß, wenn er sich ausmalte, wie sie in dem Zuber stand und der Dampf an ihren langen, schlanken Beinen heraufstieg. Verschämt, wie sie war, würde sie sicher schützend die Hand vor ihre intimste Stelle halten und den freien Arm vor ihre Brüste, was nur zu größerer Verlockung beitrug.

Ehe er seine geistige Reise über ihren nackten Körper fortsetzen konnte, sank sie tief seufzend ins Wasser. Hoffentlich würde es ihm gelingen, ihr noch viele Seufzer wie diesen zu entlocken, ehe die Nacht vorüber war. Gebannt von dem Geräusch eines leichten Rinnsals, das auf die Wasseroberfläche auftraf, stellte er sich vor, wie sie den Schwamm ausdrückte. Wie sie ihn über ihre Arme und ihre Kehle gleiten ließ, wie das Wasser ihr zwischen den Brüsten und über die rosigen Spitzen herunterperlte.

Wenn sie das nächste Mal badete, würde sie ihm gestatten, sie zu waschen, und er würde die rosigen Spitzen küssen … den Schwamm an ihren langen Beinen herunterstreichen lassen … ihre nassen Zehen küssen … ihr mit seinen Fingern Vergnügen verschaffen und ihr dabei zuschauen, wie sie den Gipfel erreichte. Ja, genau so würde es geschehen. Er war so hart, dass ihm schwindelte, als ihre Stimme seinen Tagtraum plötzlich unterbrach.

»Bei allen Heiligen, das hat gutgetan!«

Und wie.

»Du bist dran«, fuhr sie gut gelaunt fort. »Es ist noch ein Eimer Wasser übrig. Ich kippe ihn in den Zuber, damit das Wasser wieder heiß wird.«

Was er brauchte, war ein Bad in einem eiskalten Loch. Nein, ein Bad mit ihr zusammen. Oder sie in seinem Bett. Oder auf dem Fußboden. Oder an der Wand.

Er drehte sich um, und bei ihrem Anblick setzte sein Herz

einen Schlag aus. Sie trug ein schlichtes Nachthemd, das die Diener für sie heraufgebracht hatten. Obwohl es außer ihren hübschen Füßen nichts enthüllte, brachte ihn der Gedanke, dass sie darunter nackt war, beinahe um. Und sie roch himmlisch.

Grundgütiger, er würde diese Nacht nicht überleben.

»Es macht mir nichts aus, wenn du mir beim Baden zusiehst.« Ein herausforderndes Funkeln in den Augen, löste Finn seinen Gürtel, ließ ihn zu Boden fallen und zog sich Tunika und Hemd über den Kopf.

Der Anblick des nackten, muskulösen Highlanders ließ Margaret auf der Stelle zur Wand herumwirbeln. Sie war durchaus versucht, ihm beim Baden zuzuschauen, doch Finn würde das als Ermutigung betrachten und erwarten, dass sie das tat, was sie sich unter keinen Umständen gestatten konnte.

Dennoch fragte sie sich unwillkürlich, ob er nackt genauso attraktiv war wie mit Kleidung. Vielleicht konnte sie den Kopf so weit drehen, dass es so schien, als würde sie aus dem Fenster schauen, und wenn sie dabei zufällig einen Blick auf ihn erhaschte, würde das nicht dasselbe sein, wie ihm zuzusehen.

»Du linst«, bemerkte er sachlich.

»Tue ich nicht«, widersprach sie entrüstet und starrte geradeaus. »Ich hatte nur Angst, dass Wasser auf den Boden spritzt.«

Dafür, dass er sich lautlos anschleichen konnte, machte er eine Menge Lärm. Anscheinend war ihm daran gelegen, dass sie sich jeder seiner Bewegungen in dem Zuber bewusst wurde.

»Ich bin draußen«, verkündete er nach einer Weile. »Du kannst wieder gucken.«

Sie drehte sich um und schluckte schwer. Das mit dem Hinschauen hätte sie besser gelassen.

Wassertropfen glitzerten zwischen seinen dunklen Wimpern, fielen ihm aus dem Haar und perlten ihm in verlockenden Rinnsalen über die muskulösen Schultern und die breite Brust. Er hatte sich ein Handtuch um die Hüften geschlungen, und auch in dem Haar auf seinem Bauch glitzerten Wassertropfen.

»Soll ich das Handtuch fortnehmen, damit du mehr sehen kannst?« Er zupfte leicht an dem Tuch.

Hitze stieg ihr in die Wangen, und ihr Blick flog zu seinem Gesicht. Er grinste breit.

»Wenn du mich lange genug angestarrt hast, kannst du mir das Hemd geben, das die Diener heraufgebracht haben.«

»Ich habe dich nicht angestarrt«, protestierte sie. »Ich habe mich nur gefragt, warum du dich so schlecht abgetrocknet hast.«

»Weißt du eigentlich, was für eine schlechte Lügnerin du bist?« Er lachte.

Sie hielt ihm das Hemd hin und schaute weg, als er danach griff.

Als sie das nächste Mal hinsah, trug er das locker sitzende, *léine* genannte Leinenhemd der Highlander, das bis zur Mitte der Oberschenkel reichte. Es klebte ihm an der feuchten Haut. Der Halsausschnitt enthüllte einen Teil seiner Brust.

»Setz dich her, dann kämme ich dir das Haar aus.« Er wies auf den Schemel neben dem Zuber.

Sein Angebot hörte sich harmlos an – und wenn er hinter ihr stand, würde sie nicht ständig darauf achten müssen, ihn nicht anzustarren. Also nahm sie auf dem Schemel Platz und reichte ihm den Kamm.

Harmlos? Es war alles andere als das. Immer wieder entwichen ihr leise Seufzer, während Finn sich Zeit nahm und ihr Haar mit sanften, rhythmischen Bewegungen, die er gekonnt in die Länge zog, durchkämmte. Es erstaunte sie, wie intim es sich anfühlte, ihn diese Aufgabe übernehmen zu lassen, etwas, das William in fünf Jahren Ehe nicht ein einziges Mal getan hatte. Es wäre ihm nie in den Sinn gekommen. Sie war diejenige gewesen, von der ganz selbstverständlich erwartet wurde, sich um seine Bedürfnisse zu kümmern.

»Dein Haar schimmert so silbrig wie Mondlicht auf einer Wasseroberfläche.« Finn hielt inne und ließ eine Strähne durch seine Finger gleiten.

Als er anfing, ihre Schläfen zu massieren, wurden ihr die Lider schwer und schlossen sich mit einem leichten Flattern. Im Stillen flehte sie ihn an, nicht aufzuhören, weil es sich so unendlich gut anfühlte. Sie spürte seinen Atem an ihrem Nacken, im nächsten Moment küsste er ihren Hals, und die federleichte Berührung jagte ihr einen prickelnden Schauer über die Haut. Ihre Brustspitzen richteten sich auf, und sie hielt den Atem an, während er sich an ihrer Kehle herunter und bis zu ihren Brüsten küsste …

Grundgütiger! Erschrocken riss sie die Augen auf, da ihr plötzlich einfiel, wie schnell sie beim ersten Kuss den Kopf verloren hatte und mit bis zur Taille hinaufgeschobenen Röcken an einem Baumstamm gelandet war. Sie sprang auf, wirbelte herum und schaute ihn an.

»Bist du bereit, zu Bett zu gehen, *leannain*?« Mit den Fingerspitzen strich Finn an ihren Armen herunter, und sie hatte Mühe, Luft zu holen.

»Aye«, erwiderte sie mit unnatürlich hoher Stimme. »Es ist schon spät.«

Sie machte den Mund auf, um ihn zu fragen, auf welcher Seite des Bettes er schlafen wollte, doch die Worte erstarben ihr auf den Lippen, da er ihr Gesicht mit beiden Händen umfasste, sich zu ihr beugte und sie küsste. Ihr Widerstand schmolz dahin, und wie von selbst reckte ihr Körper sich ihm entgegen.

Doch diesmal waren seine Küsse nicht heiß und fordernd, sondern zart und sinnlich, benebelnd und berauschend. Der Kopf sank ihr in den Nacken, und ihre gesamte Wahrnehmung schien auf die köstlichen Empfindungen konzentriert, die seine Lippen und seine Zunge auf ihrem Weg von ihrer Wange über ihren Hals zur empfindsamen Stelle unterhalb ihres Ohrläppchen ihr bereiteten, Empfindungen, die noch intensiver wurden, als er sich der Seite ihres Halses und ihrer Schulter widmete. Er hob sie hoch, trug sie zum Bett und legte sie sanft hin. Danach zog er sie in seine Arme und küsste sie verzehrend, bis ihr schwindelig wurde.

Irgendwann löste er seine Lippen von den ihren, beugte sich über Margaret und strich ihr eine verirrte Haarsträhne aus der Stirn. Mit Augen, die dunkel waren vor Verlangen, schaute er sie an.

»So langsam habe ich das Gefühl, dass es eine sehr gute Idee war, allen zu erzählen, wir hätten das *Handfasting* vollzogen«, murmelte er heiser.

Am liebsten hätte sie seinen Kopf zu sich heruntergezogen und ihn bis zur Besinnungslosigkeit geküsst, um nicht an die Risiken und Konsequenzen zu denken. Niemand hatte sie je so geküsst wie er – so, dass die Zeit stillzustehen schien und es sich anfühlte, als wollte er nie wieder damit aufhören. Aber die Zeit stand nicht still, und Margaret war bewusst, wohin diese Küsse Finns Erwartung zufolge führen sollten – wo sie unvermeidlich hinführen würden –, und das konnte sie nicht zulassen.

»Wir dürfen nicht weitermachen.« Sie musste sich zwingen, die Worte auszusprechen, und presste ihm ihre Handflächen gegen die Brust.

Seine Brauen schossen in die Höhe. »Weshalb nicht?«

»Weil wir nicht wirklich verheiratet sind«, antwortete sie bestimmt, obwohl das nicht der wahre Grund war, der sie aufgehalten hatte.

»Doch wir müssen so tun, als wären wir es«, hielt er dagegen. »Und einen Vorteil sollte diese vorgetäuschte Ehe für uns schon haben.«

»Aber genau deshalb geht es nicht«, wandte sie ein. »Weil es eine Täuschung ist.«

»*M' eudail*, meine Liebste …« Er schenkte ihr dieses Lächeln, bei dem es in ihrem Bauch flatterte. »Du denkst doch nicht wirklich, dass wir uns diese Kammer – *dieses Bett* – teilen können, ohne uns darin zu vergnügen.«

»Aber natürlich denke ich das«, erwiderte sie kopfschüttelnd. »Warum denn nicht?«

»Weil ich das Gefühl habe, dass du mich willst, und der Himmel weiß, dass ich dich auch will.« Seine Miene wurde ernst. »Ich wollte dich vom ersten Moment an, in dem mein Blick an dem Abend in Holyrood Palace auf dich fiel. Du sahst aus wie eine Feenkönigin, und seitdem wuchs mein Verlangen nach dir mit jedem Tag.«

Der Himmel mochte ihr beistehen. Sie fuhr sich mit der Zunge über die trockenen Lippen. »Sagtest du nicht, ich sei nicht dein Typ Frau?«

»Du bist der falsche Typ Frau in jeder Hinsicht.« Mit der Daumenkuppe strich er ihr zärtlich über die Wange. »Aber ich kann nicht anders.«

Mit den schwarzen Locken, die ihm in die Stirn fielen, sah Finn gefährlich attraktiv aus, und Margaret war sich nur allzu deutlich seines muskulösen Körpers an ihrem bewusst. Wenn seine Küsse ein Hinweis waren – und sie nahm an, dass sie es waren –, würde das Liebesspiel mit ihm etwas gänzlich anderes sein, als den grunzenden William auf sich liegen zu haben. Sie war mehr als versucht, es herauszufinden …

»Welchen Grund sollte es geben, uns einander zu verweigern«, unterbrach er ihre Gedanken. »Da du keine Kinder bekommen kannst, haben wir nichts zu befürchten.«

Da du keine Kinder bekommen kannst. Ohne es zu wollen, hatte Finn den wunden Punkt in ihrem Herzen getroffen und den eigentlichen Grund genannt, weswegen sie nicht nachgeben durfte. Sosehr sie sich nach seiner Berührung, seinen Küssen und mehr sehnte, sie durfte nicht riskieren, erneut schwanger zu werden und eine Fehlgeburt zu erleiden. Ein weiteres Mal würde sie diesen Schmerz nicht aushalten.

»Es wird nicht passieren.« Sie rollte sich von ihm fort, legte sich mit dem Gesicht zur Wand neben ihn und versuchte, so wenig Platz wie nur möglich zu beanspruchen.

Er verdiente eine Erklärung. Aber sie war noch nicht so weit, ihm von ihrem tiefsten Schmerz, ihren Fehlgeburten, zu erzählen. Vielleicht würde sie nie so weit sein. Die Wunden waren zu tief, ihr Versagen zu quälend, um darüber zu sprechen.

Es war so still in der Kammer, dass sie jeden seiner Atemzüge hören konnte. Auch ihres eigenen Atems war sie sich überdeutlich bewusst, selbst ihres Pulsschlags. Sie traute sich kaum, sich zu bewegen, denn ein Funke würde genügen und einen unkontrollierbaren Flächenbrand zwischen ihnen entfachen. Finn hatte recht, wenn er bezweifelte, dass sie dieses Bett lange miteinander teilen konnten, ohne dem Verlangen nachzugeben.

Bei ihm zu bleiben war gefährlich. Nicht weil sie Finn fürchten musste, sondern ihre Schwäche für ihn. Kein anderer Mann konnte sie so in Versuchung führen wie er. Trotz ihrer Anstrengungen, ihm zu widerstehen, hatte er ihre Schutzwälle beinahe komplett einstürzen lassen.

Nachdem sie gerade erst angekommen waren, konnte sie nicht verantworten, ihn zu bitten, sie durch halb Schottland zu ihrer Schwester Sybil zu bringen. Zumal für ihn so viel auf dem Spiel stand. Die Warnung seiner Tante klang ihr noch immer in den Ohren.

Es wird nicht leicht für dich, akzeptiert zu werden … Noch einmal fortlaufen solltest du nicht!

Sie hatte kein Geld und keinen Schmuck, um jemanden für die Aufgabe zu bezahlen. Und selbst wenn sie über die Mittel verfügt hätte, wie sollte sie einen vertrauenswürdigen Begleiter finden? Es war eine weite Reise, und sie musste auch an Ella denken.

Genau genommen konnte sie niemandem trauen außer Finn. Es wäre für ihn ein Leichtes gewesen, sie im Stich zu lassen, nachdem Moray keine Verwendung mehr für sie als Geisel gehabt hatte. Stattdessen hatte er sie hierhergebracht, an einen Ort außerhalb des Machtbereichs ihrer Brüder. Solange sie und Ella hierbleiben konnten, waren sie sicher.

Bis sie in der Lage war, aufzubrechen, würde sie ... *die Situation* mit Finn irgendwie handhaben müssen. Schließlich hatte sie jahrelang die Fährnisse ihrer Ehe durchgestanden, Williams forderndes Wesen ausgehalten, seine unvorhersehbaren Launen beschwichtigt und seine unablässige Kritik über sich ergehen lassen.

Nach all diesen Prüfungen, so sagte sie sich, sollte es ihr keine Schwierigkeiten bereiten, mit der harmlosen Anziehungskraft zwischen Finn und ihr klarzukommen.

16. Kapitel

Als Margaret erwachte, lag sie allein im Bett. Sie setzte sich auf und sah sich nach Finn um. Er war nicht im Zimmer, und sie fragte sich, wo er abgeblieben sein mochte. Nachdem sie ihn gestern Abend zurückgewiesen hatte, hätte es ihr eine Erleichterung sein sollen, nicht mit einem unbehaglichen Gefühl neben ihm aufzuwachen, doch stattdessen war sie beunruhigt.

Was sicher nur daran lag, dass sie daran gewöhnt war, ihn um sich zu haben. Außer der kurzen Zeit, als er nach Huntly Castle geritten war, hatte er sich seit der Nacht, da er sie aus Thomas' Haus entführt hatte, ständig in ihrer Nähe befunden.

Dem hellen Sonnenlicht nach zu urteilen, das durch das schmale Fenster in den Raum fiel, hatte sie verschlafen. Eilig zog sie sich an und bedauerte, dass sie kein frisches Gewand zum Wechseln dabeihatte. Dann ging sie Ella suchen. Als niemand auf ihr Klopfen reagierte, stieß sie die Tür zu Unas Zimmer auf. Ihr Blick fiel auf die ordentlich gemachten Betten, und plötzlich klopfte ihr das Herz vor Angst bis in die Kehle.

Warum hatte sie sich nur überreden lassen, Ella bei einer Fremden zu lassen? Sie kannte die Frau doch nicht! So schnell sie konnte, eilte sie die Treppe hinunter und stürzte atemlos in die Halle. Als sie Ella an der langen Tafel sitzen und ihr Porridge essen sah, bekam sie weiche Knie, und die Erleichterung durchflutete sie wie eine Welle.

Es war ihr nicht klar gewesen, dass das Dasein einer Mutter regelmäßige Panikanfälle beinhaltete. Doch als Ella von ihrem Frühstück aufsah und sie anlächelte, wurde Margaret wieder bewusst, dass die Sorge ein geringer Preis für die Freude war, die ihre Tochter ihr bereitete.

Das Gesinde hatte einen Großteil des Geschirrs bereits abgeräumt, und die Männer waren gegangen. So, wie es aussah, warteten die vier Frauen, die noch am Tisch saßen, auf Finns Braut, um sie einer eingehenden Musterung zu unterziehen.

»Guten Morgen.« Margaret ließ sich auf dem Platz neben Ella nieder und legte beschützend einen Arm um sie.

Die Countess und Una begrüßten sie mit einem warmherzigen Lächeln. Die beiden Frauen schienen bereit, sie zu mögen. Finns Mutter und seine Schwägerin jedoch zeigten verschlossene Mienen, so als überträfe Margaret ihre schlimmsten Erwartungen.

»Bei all der Aufregung darüber, dass Finn mit einer Braut nach Hause kam, haben wir, fürchte ich, ganz vergessen, Euch seiner Mutter Isabel und seiner Schwägerin Curstag vorzustellen.« Die Countess wies auf die beiden Frauen. »Aber nun erst einmal zu Eurem Frühstück. Soll ich Euch ein paar Eier mit Speck braten lassen?«

»Nein danke, nicht nötig.« Margaret wusste, dass das Gesinde um diese Zeit damit beschäftigt war, das Mittagsmahl zuzubereiten. »Wenn etwas Porridge übrig ist, reicht mir das.«

Die Countess nickte anerkennend, und Margaret sah sich in ihrer Vermutung bestätigt, dass die Frage eine Art Prüfung gewesen war, um zu sehen, ob sie zu der anspruchsvollen Sorte Gäste gehörte, die dem Haushalt und der Gastgeberin zusätzliche Arbeit bescherten.

»Wusstet Ihr, dass Finn ein hervorragendes Porridge zubereitet?«, fragte sie, um die unbehagliche Stille zu füllen.

Seine Tante strahlte sie an. »Ich habe es ihm beigebracht.«

»Du kochst selbst?« Curstag krauste die Nase wie bei einem unangenehmen Geruch. »Ich betrete die Küche höchstens dann, wenn ich Anlass habe, die Köchin zurechtzuweisen.«

Was wahrscheinlich häufiger der Fall war, so vermutete Margaret, als der armen Bediensteten recht sein konnte.

»Es ist eine nützliche Fähigkeit.« Die Countess zuckte mit den Schultern. »Man weiß nie, wann man sie einmal brauchen kann.«

»Wann sollte das jemals der Fall sein?«, schaltete Isabel sich herablassend ein. »Du bist die Herrin einer Burg und gebietest über ein Heer Bediensteter.«

Grundgütiger. Margaret bedauerte aufrichtig, Finns Talent als Koch überhaupt erwähnt zu haben. Sie begann, den lauwarmen Haferbrei zu löffeln, um möglichst schnell fertig zu sein.

»Ist das Finns Bastard?« Isabel deutete auf Ella.

Margaret verschluckte sich fast an ihrem Porridge. Sie schob den Teller von sich und hob Ella auf ihren Schoß. Glücklicherweise schien das Kind nicht verstanden zu haben, was Isabel gesagt hatte.

»Isabel, du befindest dich unter meinem Dach, und du wirst meine Gäste bitte höflich behandeln.« Die Zurechtweisung der Countess gab Margaret Zeit, sich zu sammeln.

Isabels unverhohlen hässliche Bemerkung hatte sie ebenso schockiert wie die Beleidigung selbst. Bei Hofe waren Kränkungen durchaus an der Tagesordnung, doch sie wurden gemeinhin in so feinsinniger Verkleidung vorgebracht, dass es fast eine Kunstform war.

»Meine Tochter ist weder ein Bastard, noch ist sie Finns Kind.« Margaret unterbrach sich und küsste Ella auf den Scheitel. »Wie Finn gestern Abend bereits erwähnte, bin ich Witwe.«

Wie schon am Abend zuvor tat Isabel ihre Verachtung kund, indem sie kurz und geräuschvoll den Atem durch die Nase ausstieß. »Finn ist ein Schürzenjäger der übelsten Sorte. Er wird Euch nicht glücklich machen.«

»Es ist ein schöner Tag, und Ella und ich könnten ein wenig frische Luft gebrauchen.« Margaret setzte sich Ella auf die Hüfte und stand auf. »Gibt es einen Spazierweg in der Nähe?«

»In dem kleinen Waldstück unterhalb der Burg«, erwiderte die Countess freundlich. »Aber passt auf, dass Ihr Euch nicht verlauft.«

Margaret lächelte. »Ich bitte Finn, uns zu begleiten.«

»Ich fürchte, das wird heute nicht gehen.« Die Countess machte eine bedauernde Miene. »Der Earl hat ihn zu den Waffenübungen mit seiner Leibgarde beordert.«

Margaret war froh, das zu hören. Sicherlich bedeutete es, dass Finns Onkel beschlossen hatte, ihn in seine Leibwache aufzunehmen. »Dann will ich ihn nicht stören.«

Die Countess nickte lächelnd. »Ich habe meinem Gemahl schon gesagt, wie glücklich ich bin, Finn wieder bei uns zu haben.«

Auch wenn Isabel nichts Gutes über ihren Sohn zu sagen wusste, seine Tante war auf seiner Seite – und sie war die Gemahlin des Earl.

»Curstag.« Die Countess wandte sich zu Finns Schwägerin um. »Würdest du so gut sein und Maggie und ihre Tochter bei ihrem Spaziergang begleiten, damit sie sich nicht verirren?«

Margaret rechnete mit einer Ausrede, doch Curstag stimmte bereitwillig zu. Als Margaret sich entschuldigte, um ihren Umhang zu holen, begleiteten Finns Tante und Una sie und Ella nach oben.

»Ich habe noch ein paar Gewänder aus der Zeit, als ich schmal und jung war, im Schrank hängen.« Die Countess hakte sich bei ihr unter, als sie die Treppen hinaufgingen. »Keine Ahnung, warum ich sie so lange aufgehoben habe, denn sie würden mir heute nicht mehr passen. Könntet Ihr Euch vorstellen, sie zu tragen?«

Vor Dankbarkeit stiegen Margaret Tränen in die Augen. Anscheinend hatte die Countess bemerkt, dass sie nichts besaß, doch anstatt schlecht von ihr zu denken, bot sie ihr die Sachen auf eine Weise an, die sie als Beschenkte nicht in Verlegenheit brachte.

»Das ist sehr freundlich von Euch.« Margaret schluckte. »Und ich wäre dankbar, die Gewänder tragen zu dürfen, bis ich eigene habe.«

»Behaltet sie – betrachtet sie einfach als Hochzeitsgeschenk.« Die Countess tat die Sache mit einer Handbewegung ab. »Und versucht, Isabels scharfe Zunge zu ignorieren. Egal, welche Braut Finn nach Hause gebracht hätte, für Isabel wäre sie nicht gut genug gewesen. Aber wenn Ihr mich fragt, er hat eine gute Wahl getroffen.«

»Ich danke Euch.« Margaret fühlte sich wie eine Hochstaplerin, weil sie diese freundliche Frau täuschte.

»Vom ersten Moment an, da Ihr in die Halle tratet, wusste ich, dass Euch und Finn eine tiefe Zuneigung verbindet, und das will etwas heißen.« Die Countess lachte leise. »Auch mein Sohn weiß nur Gutes über Euch zu berichten, und Alex verfügt über das gleiche gute Urteilsvermögen wie seine Mutter.«

Ehe sie nach unten ging, um sich Curstag anzuschließen, band Margaret den Beutel mit den Onyxscherben an ihren Gürtel. Es mochte töricht sein, doch Finns Schwägerin verursachte ihr Unbehagen, und der Onyx erinnerte sie an die Stärke und Liebe ihrer Mutter. Die Art, wie Ella ihre alte Stoffpuppe an sich presste und sich hinter ihren Röcken versteckte, als sie die Treppe hinuntergingen, ließ Margaret nur umso wachsamer werden.

Schweigend begleitete Curstag sie aus der Burg und ging ihr auf dem Pfad in den Wald voran. So weit oben im Norden war es um diese Zeit des Jahres immer noch kühl, doch die Glockenblumen blühten in Büscheln unter den Bäumen, und über ihren Köpfen zwitscherten die Vögel. Nach einer Weile entspannte Margaret sich und genoss den Frieden des Waldes.

Auf einmal blieb Curstag stehen und wirbelte zu ihr herum.

»Was für ein hinterhältiges kleines Miststück Ihr doch seid!«, stieß sie giftig hervor.

»Wie bitte?« Margaret starrte sie offenen Mundes an. In der Öffentlichkeit mochte Curstag vorsichtiger sein, doch sie war genauso niederträchtig wie ihre Schwiegermutter.

»Ihr mögt die Countess hinters Licht führen mit Eurem unschuldigen Blick.« Curstag machte übertrieben große Augen und klimperte auf eine Art mit den Wimpern, die anscheinend eine höhnische Imitation Margarets sein sollte. »Aber mich legt Ihr nicht herein.«

»Ich glaube, es ist Zeit, dass Ella und ich umkehren.« Margaret versuchte, ruhig zu bleiben, in der Hoffnung, weitere Grobheiten zu vermeiden.

Sie machte kehrt, um zur Burg zurückzulaufen, doch plötzlich stieß Curstag sie mit erstaunlicher Kraft gegen einen Baumstamm. Margaret war zu überrascht, um sich zu wehren.

»Ich bin nicht wegen Eures verdammten Spaziergangs mitgekommen.« Curstag beugte sich so dicht zu ihr, dass ihr Gesicht nur ein paar Finger breit von Margarets entfernt war. »Sondern, um herauszufinden, wie Ihr Finn dazu herumgekriegt habt, Euch zu heiraten.«

»Ich habe Finn zu gar nichts *herumgekriegt*.« Es zahlte sich nicht aus, jemanden zu reizen, der zornig war, also blieb Margaret ruhig. »Er war es, der darauf bestand, dass ich ihn in die Highlands begleite. Um genau zu sein, er weigerte sich rundheraus, mich zurückzulassen.«

»Seid Ihr in anderen Umständen?« Curstag bedachte ihren Bauch mit einem misstrauischen Blick, dann sah sie sie wieder an. »Deswegen also. Finn wollte nie ein Kind. *Nie*. Aber so, wie ich ihn kenne, fühlte er sich Euch verpflichtet, nachdem Ihr Euch hattet schwängern lassen.«

»Nicht, dass es Euch etwas anginge«, erwiderte Margaret kühl, »aber ich bin nicht guter Hoffnung. Würdet Ihr mich also jetzt loslassen?«

»Ich wette, Ihr habt gelogen und behauptet, Ihr wärt schwanger.« Curstag nickte halb zu sich selbst. »Jawohl, so muss es sein.«

»Ob ich gelogen habe oder nicht, geht nur Finn und mich etwas an.« Margaret richtete sich gerade auf. »Ich wüsste nicht, was Ihr damit zu tun hättet.«

»Finn und ich standen uns immer nahe.« Curstag musterte sie verächtlich. »Ich möchte nicht, dass man ihn zum Narren hält.«

Standen uns nahe? Die Eifersucht traf Margaret mit der Wucht eines Fausthiebs. Sie war nicht wirklich Finns Ehefrau, nicht einmal seine Geliebte, und sie hatte kein Recht auf ihn. Keinen Anspruch. Trotzdem wollte – nein, *musste* – sie wissen, wie nahe Curstag und er sich gestanden hatten.

Und ob sie sich immer noch nahestanden.

»Ihr werdet ihn nicht lange in Eurem Bett halten können«, prophezeite Curstag höhnisch. »Ihr seid viel zu einfältig für einen Mann wie Finn. Innerhalb einer Woche wird er sich mit Euch langweilen, wenn er es nicht bereits tut.«

Es stimmte. Um Finn zu halten, brauchte es eine Frau mit einem ungezügelten, leidenschaftlichen Temperament. Doch die Genugtuung, ihr recht zu geben, würde sie Curstag nicht bereiten.

»Ihr werdet niemals Finns Herz besitzen.« Ein herablassendes Lächeln zuckte um Curstags volle rote Lippen. »Und wisst Ihr, warum? Er hat es vor langer Zeit schon verschenkt.«

Margaret hielt den Atem an. Sie wollte einfach nicht glauben, dass Finn mit der unangenehmen Gemahlin seines Bruders das Bett geteilt oder, schlimmer noch, ihr tatsächlich sein Herz geschenkt hatte. Doch sie musste zugeben, dass Curstag die Sorte Frau war, auf die Finn stand. Sie war besser gekleidet, hatte jedoch die gleiche ins Auge springende Sinnlichkeit und die gleiche üppige Figur wie die Schankmagd, die sich Finn in der Taverne an den Hals geworfen hatte.

Ehe sie den Gedanken weiterverfolgen konnte, fiel ihr Blick auf Ella. Sie schnappte nach Luft. Das kleine Mädchen hatte sich auf dem Waldboden zusammengerollt und hielt sich die Ohren zu. Nach all der Gewalt, die das Kind in seinem Elternhaus erlebt hatte, musste es sie erschreckt haben, mit anzusehen, wie Curstag mit Margaret umging.

»Lasst mich los! Geht mir aus dem Weg!« Margaret stieß Curstag so heftig von sich, dass die Frau zurücktaumelte und unsanft auf dem Hintern landete. Was ihr nur recht geschah, dafür, dass sie Ella solche Angst eingejagt hatte.

Margaret eilte zu ihrer Tochter, fiel auf die Knie und nahm Ella in die Arme.

»Alles ist gut. Du bist sicher. Ich bin bei dir.« Sie wiegte das Kind hin und her. »Ich passe auf, dass dir nichts passiert.«

»Seht doch zu, wie Ihr zurückfindet.« Curstag rappelte sich auf und stürmte davon.

Margaret schenkte ihr keine Beachtung und fuhr fort, Ella zu beruhigen, bis das Kind schließlich aufhörte zu zittern.

»Sie ist böse.« Ella blickte zu ihr auf und begann zu weinen.

»Es tut mir so leid, dass sie dir Angst gemacht hat.« Margaret wischte dem Kind die Tränen ab. »Curstag sagt schlimme Dinge, aber sie kann uns nichts anhaben.«

Ella wirkte nicht überzeugt.

»Komm, lass uns zurückgehen, dann hole ich dir eine Süßigkeit aus der Küche.«

Als Margaret sich umsah, stellte sie zu ihrem Schrecken fest, dass Curstag sie mitten im Wald zurückgelassen hatte. Schlimmer noch, ihr fehlte jegliche Orientierung, und sie wusste nicht, welche Richtung sie einschlagen mussten.

Dennoch lächelte sie Ella beruhigend zu, dann machten sie sich auf den Weg.

Als der Wald nach einer Weile immer dichter und dunkler wurde, blieben sie stehen. Plötzlich erklang ein lang gezogener, unheilvoller Schrei, der gut und gern von einem Wolf oder einem wilden Hund hätte stammen können. Margaret hob Ella hoch und umfasste den Beutel mit den Onyxscherben.

Plötzlich kreischte eine Möwe über ihren Köpfen, und Margaret atmete auf. Dort, wo der Vogel herkam, musste die Küste liegen und damit auch die Burg. Sie schlug die Richtung ein, und nach einiger Zeit wurde der Wald lichter.

»Wir sind fast da.« Sie lächelte Ella beruhigend zu und deutete geradeaus. »Wenn du genau hinsiehst, kannst du die Burg erkennen.«

Auf dem Gelände zwischen dem Waldrand und der Festung waren die Männer mit ihren Waffenübungen zugange. Die meisten kämpften mit dem von den Highlandern bevorzugten Zweihandschwert. Curstag stand an einen Baumstamm gelehnt und sah ihnen zu. Als Margaret und Ella an ihr vorbeigingen, zog sie eine finstere Miene. Sie schien darauf gehofft zu haben, dass die beiden den Weg aus dem Wald nicht finden würden.

Margaret hätte sie am liebsten erdrosselt, doch als ihr Blick auf Finn fiel, vergaß sie Curstag. Er war selbst für einen Highlander hochgewachsen, doch es war sein Geschick im Umgang mit dem Zweihandschwert, das ihn aus der Menge der anderen Kämpfer heraushob. Er sah atemberaubend aus, ein Ideal männlicher Schönheit und Tapferkeit, und schwang die tödliche Waffe mit geschmeidigen, rhythmischen Bewegungen.

Dem kalten Seewind zum Trotz kämpfte er mit nacktem Oberkörper, und Margaret wurde nicht müde, das Spiel seiner prächtigen Muskeln zu bewundern. Er schien instinktiv zu wissen, wann und wo sein Gegner nicht mit ihm rechnete, führte die Schläge hoch, niedrig und wieder hoch und zwang seinen Kontrahenten unaufhaltsam zurückzuweichen.

Am Ende schickte er den anderen Krieger mit einem letzten kraftvollen Schwertstreich zu Boden. Kaum hatte er den Mann besiegt, stellte sich ihm ein anderer in den Weg. Erst jetzt merkte Margaret, dass eine ganze Reihe von Kriegern darauf wartete, gegen ihn anzutreten.

»Finn!« Ella wies mit dem ausgestreckten Finger auf ihn und begann aufgeregt auf der Stelle zu hopsen. »Finn!«

Sein Blick flog zu ihnen, und als er sich mit ihrem verfing, raste Margaret ein erregender Schauer durch den ganzen Körper. Sein Gegner nutzte die Chance und streckte ihn nieder.

Finn nahm es mit Humor. Lachend griff er nach der Hand, die sein Gegner ihm hinstreckte, und zog den Mann mit einem Ruck von den Füßen. Der andere Krieger landete auf dem Boden, Finn erhob sich und grinste breit auf ihn herunter. Dann machte er dem nächsten Gegner in der Reihe ein Zeichen zu warten und winkte Margaret und Ella zu.

Margaret hatte Curstag völlig vergessen, doch plötzlich stand die Frau neben ihr, hakte sich bei ihr unter und erwiderte Finns Winken mit einem strahlenden Lächeln. Sobald Finn sich dem nächsten Gegner zuwandte, ließ Curstag ihren Arm los und stolzierte in Richtung der Burg davon. Sie würdigte Una, die ihr auf dem Weg durch das Burgtor entgegenkam, keines Blickes.

»Nehmt Euch vor der da in Acht«, sagte Una verschwörerisch, als sie Margaret erreicht hatte. »Sie lebt auf, wenn es ihr gelingt, Zwietracht zu säen.«

Margaret nickte. »Was für ein Verhältnis hat sie zu Finn?«

»Das solltet Ihr Euren Gatten fragen.« Una machte eine Pause. »Wenn Ihr es wirklich wissen wollt.«

Wäre nichts gewesen zwischen den beiden, hätte Una es ihr gesagt.

Als Alex, der ebenfalls an den Waffenübungen teilnahm, zu ihnen trat, um sie zu begrüßen, ließ Ella Margarets Hand los und lief zu ihm. Anscheinend hatte das Mädchen sich von dem Vorfall im Wald erholt. Alex dagegen humpelte.

»Was ist passiert?«, fragte Margaret besorgt.

»Ich bin wohl ein bisschen zu dicht an den Brombeersträuchern vorbeigeritten«, erwiderte der Junge schief grinsend. »Mein Pferd hat mich abgeworfen.«

»Wir sollten hineingehen und das Bein versorgen.«

»Ach wo.« Alex schüttelte den Kopf. »Es tut nicht einmal richtig weh.« Er hob Ella hoch, warf sie in die Luft, was das Mädchen mit einem lauten Jauchzen quittierte. »Sagt meinem Vater nichts davon. So, wie er sich seit einiger Zeit anstellt, würde er wahrscheinlich jeden in der Burg wegen einem winzigen Dörnchen verhören.«

Ihrer Ansicht nach verhielt sich der Earl völlig normal für einen Lehnsherrn, der nur einen Erben hatte.

»Seht nur, Finn!« Alex beobachtete den nächsten Übungskampf. »Er ist der Beste von allen.«

»Weshalb stehen die anderen Krieger Schlange, um mit ihm zu kämpfen?«

»Sie sind sauer auf ihn – aber letztendlich wird er sie für sich gewinnen.«

Margaret nickte. Seine eindrucksvolle Geschicklichkeit im Kampf und seine gute Laune nahmen die anderen für ihn ein. Als Finn dem letzten Gegner gegenüberstand, waren seine Arme und sein Oberkörper übersät von den Spuren der vorherigen Kämpfe. Aber obwohl er erschöpft sein musste, bewegte er sich flink und anmutig, als könnte er noch Ewigkeiten so weitermachen.

Sie schluckte schwer, als der letzte Gegner vor ihn hintrat. Der Mann war riesig, mit Beinen wie Baumstämmen und einem brutalen Gesicht.

Ella zupfte an ihrem Gewand. »Süßigkeit?«

Margaret strahlte sie an. Noch vor Kurzem hatte Ella Angst gehabt, um etwas zu bitten oder anderweitig Aufmerksamkeit auf sich zu ziehen. Das Kind hatte gelernt, dass es am besten unsichtbar und unhörbar war. Es würde lange dauern, bis es seine Angst überwunden hatte, doch dies war ein Anfang.

»Aber ja, mein Liebes«, sagte Margaret sofort, obwohl sie eine Spur Bedauern verspürte, dass sie Finn nicht länger zusehen konnte. Hoffentlich trug er in dem letzten Kampf keine ernsthafte Verletzung davon.

»Ich nehme die Kleine mit in die Burg.« Una beugte sich zu Ella herunter. »Die Köchin hat Plumpudding zubereitet. Er ist noch warm. Möchtest du eine Portion, ehe du deinen Mittagsschlaf machst?«

Ella nickte scheu.

»Warmer Plumpudding?« Alex horchte auf. »Ich komme auch mit.«

Margaret blickte ihrer kleinen Tochter hinterher, wie sie an Alex' und Unas Hand davonging. Ella fasste Vertrauen, trotz des Vorfalls im Wald. Sie fasste Vertrauen zu den Menschen, die es wert waren, und das war gut so.

Finn unterdrückte einen Schmerzenslaut, als er sich das Hemd über den Kopf zog.

»Um Himmels willen!« Margaret schnappte nach Luft. »Was haben sie dir nur angetan?«

»Wenn die Männer mich akzeptieren sollen, muss ich mich beweisen.« Finn zuckte mit den Schultern. »Und bereit sein, eine kleine Strafe hinzunehmen dafür, dass ich mit den Sinclairs gekämpft habe.«

»Das soll eine kleine Strafe sein?« Ihr Blick glitt über seinen bloßen Oberkörper.

Hätte er gewusst, dass ein paar harmlose Schrammen und

Prellungen ihre Scheu überwinden würden, er hätte die Männer früher aufgefordert, ihm welche beizubringen. Es waren keine ernsthaften Verletzungen, doch das würde er ihr nicht verraten.

»Ich hätte nicht übel Lust, diesen Grobianen meine Meinung zu sagen.« Sie wandte sich zur Tür. »Ich frage Una, ob sie eine Heilsalbe hat, aber erst müssen wir dich waschen.«

Das hörte sich gut an! Die Vorstellung von Margaret, die ihre seifigen Hände über seinen Körper gleiten ließ, war außerordentlich verlockend.

»Ich kann es kaum erwarten, sauber zu werden«, erwiderte er lächelnd.

»Gut«, erwiderte sie kurz angebunden. »Du wäschst dich, und ich hole die Salbe.«

Die Schrammen brannten wie die Hölle, als er sich wusch, also beeilte er sich, und als sie zurückkam, saß er, das Handtuch um die Hüften geschlungen, auf dem Schemel. Sie ließ den Blick über seinen nackten Oberkörper und seine Beine gleiten, lange und ausgiebig, und errötete. Finn dagegen wurde hart.

»Was denkst du, wie lange es dauern wird, bis du dich bewiesen hast?« Margaret tupfte die Salbe sacht auf seine Wunden.

»Die Männer haben Respekt vor meinen Fähigkeiten als Kämpfer, und die meisten kennen mich, seit ich ein Kind war.« Er zuckte mit den Schultern. »Aber mit einem feindlichen Clan in den Kampf zu ziehen ist ein ernster Verstoß.«

»Selbst, wenn dieser Clan blutsverwandt mit dir ist?«

»Meine Blutsverwandtschaft mit den Sinclairs macht mich erst recht verdächtig.« Er grinste.

Margaret beugte sich über ihn, um Salbe auf der Schulter zu verteilen. Ihre Brüste waren kaum eine Handbreit von seinem Gesicht entfernt, und im Stillen segnete Finn den Krieger, der ihm die Schramme beigebracht hatte. Der Lavendelduft ihres

Haars stieg ihm in die Nase, und er konnte ihre Haut fast an seiner Zunge spüren.

»Eigentlich sollten sie Verständnis dafür haben, dass du gekämpft hast, um eigenes Land zu erhalten.«

»Die Männer sind zufrieden, in der Garde des Laird zu kämpfen, aber ein paar verübeln es mir, dass ich mehr will.« Finn seufzte. »Dass ich mit drei Earls verwandt bin, hilft mir nichts, aber es sondert mich von ihnen ab.«

»Zahlen sie es dir heim, indem sie dich so zurichten?« Margaret schüttelte den Kopf. »Was ist mit deinem Onkel? Musst du noch mehr leisten, um sein Vertrauen zurückzugewinnen?«

»Ich fürchte ja, aber er hat sich noch nicht dazu geäußert.«

Die sanfte Berührung ihrer Finger, mit der sie die Salbe auftrug, machte ihn schier verrückt vor Begehren. Sie zeigte keinerlei Unbehagen mehr angesichts seiner Nacktheit. Eher hatte er das Gefühl, dass sie mehr Salbe auftrug, als notwendig war.

Vielleicht würde ja doch noch mehr daraus werden. Grundgütiger, er hoffte es. Mit jeder anderen Frau wäre es so gewesen. Aber obwohl er letzte Nacht langsam vorgegangen war, um ihr Zeit zu geben, hatte Margaret sich ihm am Ende verweigert und ihn unbefriedigt und verwirrt zurückgelassen. Er gab es nicht gerne zu, doch ihre Zurückweisung verletzte ihn.

»Ella und ich waren heute mit Curstag spazieren«, bemerkte sie in seine Gedanken hinein.

Er stöhnte innerlich bei der Vorstellung, dass die beiden miteinander gesprochen hatten. Margaret hätte genauso gut einen Eimer eiskaltes Wasser über seinem Kopf ausgießen können.

»Was ist der Grund für das Zerwürfnis zwischen dir und deinem Bruder?«, fuhr Margaret fort. »Hat es etwas mit seiner Frau zu tun?«

Verdammt, was hatte Curstag ihr erzählt? In Margarets Stimme lag keine Anklage, doch er kannte sie inzwischen gut genug, um die Spannung in ihren hübschen, zarten Schultern deuten zu können. Sie wollte unbedingt eine Antwort.

Er hätte ihr gern die Wahrheit gesagt. Und das würde er eines Tages auch tun. Aber nicht jetzt, da sie mit seiner Familie zusammengepfercht waren. Ehe er Margaret erzählte, was mit Curstag gewesen war, musste er sicherstellen, dass sie ihm vertraute. Wenn er es vorher tat, würde es viel schwieriger werden, sie zu überzeugen.

»Bearach und ich kamen nie gut klar miteinander.« Hoffentlich würde sie es dabei belassen.

»Und Curstag?«

»Was ist mit ihr?«

»Nun ja …« Margaret sah beiseite. »Sie beobachtet dich, als ob …«

»Als ob was?«

»Als ob ihr beide Liebende wärt. Sie deutete so etwas an«, setzte sie eilig hinzu. »Aber natürlich geht mich das nichts an.«

Margaret klang eifersüchtig. Wenn das nicht vielversprechend war!

Finn schaute ihr eindringlich ins Gesicht. »Sie bedeutet mir nichts.«

Margaret hob eine Braue. »Würde Curstag das auch sagen?«

»Es spielt keine Rolle, was sie sagt.« Finn legte ihr eine Hand auf die Hüfte. »Du bist es, die ich begehre.«

Er begehrte sie? Daran war nichts Besonderes. Männer hatten sie begehrt, seit sie dreizehn gewesen war. Aber Finn war der erste Mann, den *sie* begehrte.

Und wenn er sie besessen hatte, was dann? Sie war versucht, ihn zu fragen, doch sie kannte die Antwort. Er würde enttäuscht sein. Ihr Aussehen zog Männer an, aber William hatte ihr bewiesen, dass Aussehen nicht reichte.

»Du bist so schön, dass mir die Luft wegbleibt, wenn ich

dich betrachte.« Finns Bemerkung tat weh wie Salz in einer offenen Wunde.

Als er sie an sich ziehen wollte, wandte sie ihm den Rücken zu.

Es schmerzte sie, dass offenbar kein Mann sie um ihrer selbst willen wollte. Sie wollte Finn, weil er der war, der er war. Wegen seines guten Kerns, seiner Liebenswürdigkeit und seines Humors. All das fand sie genauso anziehend wie sein Aussehen – und er sah wirklich gut aus.

Sie seufzte. Letztendlich machte es keinen Unterschied, weshalb er sie begehrte. Das Risiko einer weiteren Fehlgeburt und eines gebrochenen Herzens war zu groß, um der Versuchung nachzugeben.

Kurze Zeit später lagen sie Seite an Seite in dem schmalen Bett. Die Luft zwischen ihnen knisterte förmlich vor Spannung.

»Ich weiß nicht, was mich eher umbringen wird«, brachte Finn irgendwann stöhnend hervor, »das unerfüllte Verlangen oder der Schlafmangel.«

»Zum Tode führt beides nicht«, erwiderte Margaret unbeeindruckt.

Finn lachte in sich hinein. Für einen kurzen Moment ließ die Spannung nach.

»Du weißt, dass es so nicht in alle Ewigkeit weitergehen kann.« Finn rollte sich zu ihr herum. »Was genau hattest du geplant?«

Im Licht der einzelnen Kerze, die er angelassen hatte, wirkte er viel zu attraktiv. Sicherheitshalber beschloss Margaret, den Blick zur Decke zu richten.

»Gar nichts, außer dass ich nicht als Hure betrachtet werden wollte«, sagte sie ruhig.

»Ich meine nicht bei unserer Ankunft hier in Dunrobin«, hakte Finn nach, »sondern ganz am Anfang, als du dich auf die Entführung eingelassen hast.«

»Ich wüsste nicht, dass mir eine Wahl geblieben wäre.«

»Trotzdem wolltest du mit mir kommen.«

»Brian hatte mir Ella gebracht, kurz bevor du in das Cottage kamst.« Sie zuckte mit den Schultern. »Ich war zu dem Schluss gekommen, dass ich sie und mich in Sicherheit bringen musste, aber darüber hinaus hatte ich noch keinen Plan.«

»Du gingst das Wagnis ein, mit einem Entführer davonzulaufen?« Er runzelte die Stirn. »Offenbar nicht, weil du mich unwiderstehlich fandst.«

Er war so gut wie unwiderstehlich. Genau darin bestand das Problem.

»In Wahrheit«, begann sie zögernd, »habe ich in meinem ganzen Leben noch nie so riskante Dinge getan wie in jener Nacht.«

»Bereust du es, mit mir gekommen zu sein?«

»Nay«, sagte sie inbrünstig. »Nicht einen Moment.«

Wäre Finn nicht gewesen, hätte man sie gewiss längst geschnappt, ihr Ella abgenommen und sie gezwungen, einen mächtigen Edelmann zu heiraten, den ihr Bruder als Verbündeten brauchte.

»Ich bin dir sehr dankbar«, setzte sie leise hinzu.

»Dankbarkeit ist nicht das, was ich von dir möchte«, erwiderte Finn gepresst.

Das wusste sie, und auch wenn Finn nicht wie William war, fühlte sie sich angespannt und verwundbar angesichts des Misstons, den ihre Weigerung verursacht hatte. Sie konnte sicher sein, dass Finn nie Gewalt anwenden oder sie auf andere Weise dafür büßen lassen würde, dass sie seinen Wünschen nicht nachgekommen war. Aber die bitteren Lektionen aus der Zeit ihrer Ehe ließen sich nicht so schnell vergessen.

Eine dieser Lehren jedoch mochte sich nun als nützlich erweisen.

»Vielleicht könnte ich etwas tun.« Sie zögerte. »Um dir beim Einschlafen zu helfen.«

»Was denn zum Beispiel? Singen?«, fragte er ironisch. »Ich bezweifle, dass es hilft, aber wenn du es versuchen willst …«

Er unterbrach sich abrupt, als sie sich auf die Knie setzte und langsam die Bettdecke an seinem Körper herunterzog. Er schenkte ihr einen Blick, der so glutvoll war, dass sie darunter zu verbrennen glaubte, und der ihr gleichzeitig das Selbstvertrauen gab, dass Finn ihren Versuch, sein Problem zu lösen und ihnen beiden den dringend benötigten Schlaf zu ermöglichen, begrüßen würde.

Auf halbem Wege blieb die Decke kurz hängen, dann sprang seine steil aufgerichtete Männlichkeit darunter hervor. Margaret schluckte schwer. Finn war mehr als bereit.

Sie schob die Erinnerung an William, der ihren Kopf auf seine Erektion heruntergedrückt und sie gezwungen hatte, ihm Erleichterung zu verschaffen, beiseite und umschloss den kräftigen langen Schaft mit den Fingern.

Finn stöhnte auf.

Margaret fühlte sich ermutigt. Was sie vorhatte, würde nicht lange dauern. Sie beugte sich über ihn, sodass ihre Körper sich sonst nirgendwo berührten, und nahm den harten Beweis seiner Erregung in den Mund.

Finn streckte eine Hand aus und berührte ihr Haar.

»Nicht!«, stieß sie, einer Panik nahe, hervor.

Finn ließ die Hand sinken. William war ihren Wünschen niemals nachgekommen. Irgendwann hatte sie aufgehört, sie zu äußern, und stattdessen endlose Anweisungen über sich ergehen lassen und schließlich gelernt, ihm Vergnügen zu bereiten – nicht sonderlich geschickt, aber geschickt genug.

So doch nicht! Was ist bloß los mit ihr? Ein Glück, dass du wenigstens auch äußerlich etwas hermachst, denn ansonsten bist du völlig nutzlos im Bett.

Finn war völlig durcheinander. Er wollte sie berühren, doch sie ließ nicht einmal zu, dass er ihr übers Haar strich. Als sie sich über ihn gebeugt hatte, war ihm fast das Herz stehen geblieben. Nein, es konnte kein Zweifel daran bestehen, was sie vorhatte. Das Haar fiel ihr über die Schultern, und die Spitzen strichen ihm über die Hüften und sandten ihm einen wundervollen Schauer über die Haut.

Das Verlangen traf ihn mit einer solchen Wucht, dass er die Fäuste ballen musste, als er ihre Fingerspitzen an seiner aufgerichteten Männlichkeit entlangstreichen spürte.

»*O shluagh*, bitte«, entfuhr es ihm flehend, als er sah, dass sie ihren Mund auf ihn senkte.

Sie sah zu ihm auf, und er hielt den Atem an – der Himmel mochte ihm beistehen, sie war so unendlich schön, und sie hielt den harten Beweis seiner Erregung umfasst ... aber ... War das Angst, die in ihren Augen stand?

»Maggie, was ist ...«

Sie umschloss ihn mit ihren Lippen, und er war zu keinem klaren Gedanken mehr fähig. Nichts schien mehr zu existieren außer der herrlichen Empfindung ihres Mundes um die Spitze seines Schafts, ihrer Zunge, die ihn so aufreizend umspielte, dass es ihn schier verrückt machte.

Aye. Aye. Aye! Er wusste nicht, ob er die Worte laut gesagt oder nur gestöhnt hatte, als sie ihn tief in ihren Mund nahm und zu saugen begann. Und es fühlte sich so gut an, dass er explodieren würde, wenn er nicht zusah, dass sie aufhörte, ehe alles viel zu schnell vorbei war.

Er umfasste ihre Schultern, setzte sich auf und zog sie an seine Brust.

»Habe ich es nicht richtig gemacht?« Sie sah ihn mit angstvoll aufgerissenen Augen an.

Allmächtiger, was sollte er dazu sagen? Und plötzlich fiel es ihm wie Schuppen von den Augen. Es konnte nur diese eine

Erklärung geben für ihr Verhalten, und am liebsten hätte er ihren vormaligen Ehemann umgebracht für das, was er ihr angetan hatte.

Sie zuckte zurück, als er ihre Wange berührte. Er musste vorsichtig sein.

»Ganz im Gegenteil«, sagte er rau, »ich wäre fast gestorben vor Wonne.«

Sie legte den Kopf schräg. »Warum hast du mich dann nicht weitermachen lassen?«

»Weil du es nicht wirklich willst«, erwiderte er ruhig. »Weil du es nur machst, um mich davon abzuhalten, dich zu berühren.«

»Wenn es dir Vergnügen bereitet, ist es dann nicht egal, weshalb ich es tue?«

Er schüttelte den Kopf. »Ich will dir auch Vergnügen bereiten, nicht nur nehmen. Ich möchte dich berühren, deinen Körper an meinem spüren, ich will in dir sein und dich meinen Namen schreien hören.« Unendlich sacht strich er ihr über die Wange. »Ich will dich lieben.«

Ihre Augen verdunkelten sich, und sie biss sich auf die Unterlippe. Für einen winzigen Moment erhaschte er einen Blick auf die leidenschaftliche Frau, die ihn im Wald geküsst hatte. Sie war in Versuchung, doch etwas hielt sie zurück.

Wovor hatte sie bloß Angst?

»Du kannst nicht schwanger werden, also brauchst du dir keine Sorgen zu machen, dass du an mich gebunden sein wirst.«

»Oder du an mich«, erwiderte sie angespannt.

Warum wollte sie dann nicht? Und was hatte sie mit der Bemerkung gemeint? Er begehrte sie verzweifelt, doch sie zog sich immer mehr vor ihm zurück.

»Ich bin auch bereit, das *Handfasting* zwischen uns tatsächlich zu vollziehen, wenn du das möchtest.« Es fiel ihm schwer, die Worte auszusprechen, aber letztendlich war es kein Unterschied, ob sie das Ritual wirklich oder nur vorgeblich vollzogen hatten. So oder so würden sie dieses Bett teilen, und er konnte keine anderen Frauen haben.

»Dein aufrichtiger Antrag schmeichelt mir, aber ich muss ihn ablehnen.« Ein flüchtiges Lächeln huschte über ihr Gesicht. »Um deinet- und um meinetwillen.«

Danach zu urteilen, wie sie ihr Kissen packte und es heftig mit der Faust zurechtknuffte, hatte er offenbar nicht die richtigen Worte gefunden. Aber bei der Blutleere in seinem Kopf, die der Blutandrang in anderen Teilen seines Körpers verursacht hatte, war das kein Wunder.

Ach, zum Teufel. Er war noch konfuser und frustrierter als zuvor. Das Einzige, was er sicher wusste, war, dass er Margarets Geheimnisse heute Nacht nicht erfahren würde. Sie wandte ihm wieder den Rücken zu, und er fühlte sich, als habe sie eine unsichtbare Linie zwischen ihnen gezogen; eine Linie, die er besser nicht überschritt.

Er hatte sich nie zuvor in seinem Leben so einsam gefühlt.

17. Kapitel

Finn konnte die Bestrafung, die die Männer ihm tagtäglich bei den Waffenübungen zumaßen, aushalten, zumal er merkte, dass er Fortschritte mit ihnen machte. Doch nach drei weiteren Nächten, in denen er sich ruhelos neben Margaret hin und her geworfen hatte, war er am Ende. Und Margaret ließ durch nichts erkennen, dass sie ihre Meinung ändern würde.

Er war miserabler Laune und spielte mit dem Gedanken, sich bis zur Besinnungslosigkeit zu betrinken, als sein Bruder sich neben ihn fallen ließ. Die anderen Männer in der Halle hatten auf den ersten Blick erkannt, dass sie Finn besser mit seinem Whisky in Ruhe ließen.

»Du siehst schrecklich aus.« Bearach verpasste ihm einen Schlag auf den Rücken, der zu fest war, um freundschaftlich zu sein. »Diese Braut von dir muss dich ganz schön hart zureiten.«

»Pass auf, was du sagst.« Finn hielt den Blick geradeaus gerichtet und betete innerlich, dass sein Bruder ging.

»Jedenfalls ist deine Maggie ein erfreulicher Anblick«, fuhr Bearach unbeeindruckt fort. »Dem Anschein nach zurückhaltend und anständig, aber ich wette, im Bett ist sie eine Wildkatze.«

»Ich will nicht, dass du so über sie redest.« Finn pochte der Schädel, als er sich langsam zu seinem Bruder umwandte. »Um ehrlich zu sein, will ich nicht, dass du ihren Namen besudelst, indem du ihn überhaupt in den Mund nimmst.«

»Hast du etwa Schwierigkeiten, deine Braut zu befriedigen, kleiner Bruder?«, fragte Bearach stichelnd. »Wenn ja, wäre ich jederzeit bereit, ihr zu zeigen, was ihr fehlt.«

Finn packte ihn am Kragen und hob ihn von der Bank hoch. »Lass sie in Ruhe«, sagte er, jedes Wort einzeln betonend.

»Kann ich machen.« Bearach grinste spöttisch. »Sie wird sowieso zu mir kommen, genau wie Curstag.«

»Is minic a bhris béal duine a shorn«, erwiderte Finn warnend. »Und falls du vergessen haben solltest, was das heißt, lass mich dir auf die Sprünge helfen: Schon manch einem Mann hat sein Maul eine gebrochene Nase beschert.«

Er war kurz davor, Bearach einen Fausthieb zu verpassen, doch dann hörte er das Rascheln von Stoff und warf einen Blick über die Schulter. Seine Mutter kam eilig auf ihn zu.

»Lass ihn los!«, rief sie aus mehreren Yards Entfernung. »Was in Gottes Namen ist bloß nicht in Ordnung mit dir, Finn?«

»Ich meine es ernst.« Finn brachte sein Gesicht dicht an Bearachs, dann stieß er ihn zurück auf die Bank. »Halt dich fern von meiner Frau.«

»Aha, du hast dich in die Schlampe verguckt, nicht wahr?« Bearach schlug lachend mit der flachen Hand auf den Tisch. »Ich dachte, du hättest deine Lektion gelernt, du Narr.«

Finn war nicht oft einer Meinung mit seinem Bruder, doch es stimmte, er war ein Narr. Margaret wollte ihn nicht haben, und er konnte sich nicht mit einer anderen Frau vergnügen, weil er dann seine Angetraute entehrte. Schlimmer noch, er hatte kein Interesse daran, das Bett mit einer anderen zu teilen. Niemand hätte erstaunter sein können als er, als ihm aufging, dass Margaret die Einzige war, die er wollte.

An diesem Abend hoffte er gar nicht erst darauf, Schlaf zu finden. Er betrachtete Margaret im Mondlicht, das durch das Fenster hereinfiel. Bei ihrem Anblick fühlte er sich, als senkte sich eine schwere Last auf seine Brust.

Schließlich schlug er die Decke zurück, zog sich an und verließ das Zimmer. Er brauchte frische Luft. Einen gründlichen Beischlaf, um genau zu sein. Eine willige Süße zu finden würde nicht schwer sein, doch wenn sein Seitensprung sich herumsprach, würde Margaret am Pranger stehen.

Im Treppenaufgang war es dunkel, und er tappte die Stufen hinunter bis zu dem Stockwerk über der Großen Halle. Plötzlich sah er Licht unter der Tür hervorschimmern, die zur privaten Kemenate seiner Tante und seines Onkels führte. Wer sich wohl mitten in der Nacht dort aufhielt? Bei dem Gedanken, dass sich womöglich jemand an den verschlossenen Schubladen seines Onkels zu schaffen machte, schlich er zur Tür und öffnete sie vorsichtig. Der Earl saß allein in dem Raum und trank.

»Entschuldige die Störung«, sagte Finn leise. »Ich wollte nur sichergehen, dass niemand hier eingedrungen ist.«

»Ich bin überrascht, den frischgebackenen Bräutigam um diese Stunde außerhalb des Bettes zu sehen«, begrüßte ihn sein Onkel trocken. »Aber komm herein, und trink einen Whisky mit mir. Ich wollte ohnehin unter vier Augen mit dir reden.«

In der Hoffnung, dass der Earl gute Neuigkeiten für ihn hatte, nahm Finn Platz.

»Morgen reiten wir zu unserem Jagdsitz Helmsdale«, eröffnete sein Onkel ihm übergangslos. »Dort bleiben wir ein paar Wochen.«

»Dann wünsche ich euch viel Erfolg bei der Jagd.« Finn konnte seine Erleichterung kaum verbergen. Wenn seine Familie fort war, würde er nicht länger den glücklichen Bräutigam spielen müssen.

Der Earl schüttelte den Kopf. »Die meisten Männer werde ich zum Schutz von Dunrobin hierlassen wie gewöhnlich. Aber du und deine zauberhafte Braut, ihr kommt natürlich mit uns.«

Finn verbiss sich eine derbe Verwünschung.

»Ich brauche dich in Helmsdale.« Sein Onkel beugte sich zu

ihm vor. Finns Mangel an Begeisterung war ihm anscheinend nicht entgangen. »Als Leibwächter für Alex.«

»Du hast immer noch Sorge, dass jemand ihm etwas antun will?« Finn blickte skeptisch drein. »Hier oben in Sutherland?«

»Es gibt immer noch Sutherlands, die es lieber sähen, wenn einer der ihren den Clan regierte statt eines Gordon.« Sein Onkel schenkte sich einen weiteren Whisky ein.

»Du bist doch ein halber Sutherland.« Aber Finn wusste, dass diese Tatsache für viele Sutherlands keine Rolle spielte. Sie betrachteten die Mutter des Earl – Finns Großmutter – als Verräterin, die dem rechtmäßigen Erben die Earlswürde geraubt hatte. »Ich dachte, diese Vorbehalte gäbe es schon lange nicht mehr.«

»In der letzten Zeit haben die Spannungen wieder zugenommen.« Sein Onkel seufzte und schwenkte den Whisky in seinem Becher.

Finn wurde hellhörig. »Weshalb gerade jetzt?«

»Weiß der Himmel, was diesmal der Anlass ist.« Der Earl zuckte mit den Schultern. »Und wenn es nicht die Sutherlands sind, dann vielleicht die Sinclairs oder die Mackays, die sich etwas davon versprechen, wenn ich meinen einzigen Sohn und Erben verliere.«

Wenn es keinen Erben mehr gab, würde jeder Sutherland, der auch nur den Hauch eines Anspruchs auf die Earlswürde hatte, jeden anderen Sutherland bekriegen. Das entstehende Chaos würde den Clan enorm schwächen, und die Sinclairs und die Mackays konnten ihren Vorteil daraus ziehen.

»Ich tue alles, um Alex zu schützen«, versprach Finn feierlich. »Aber wozu brauchst du mich, wenn du mitsamt deiner Garde in Helmsdale bist?«

»Ich bin sein Vater. Die Männer werden Alex nicht respektieren, wenn sie sehen, dass ich ihn bewache wie ein Kind am Gängelband.« Sein Onkel sah ihn an. »Aber niemand wird sich etwas dabei denken, wenn Alex die ganze Zeit mit seinem älteren Cousin zusammen ist, einem Krieger, den die Männer für sein kämpferisches Geschick bewundern und, wenn die Gerüchte stimmen, die Frauen noch mehr.«

»Du solltest nicht alles glauben, was dir zu Ohren kommt, Onkel.« Finn lachte. »Aber wenn die Männer wissen, dass Alex' Leben bedroht ist, werden sie ihn nicht für einen Schwächling halten, sondern ihn gut bewachen. Ich würde meinen, das ist eine Selbstverständlichkeit für sie.«

»Ich habe den Männern nichts davon gesagt.« Sein Onkel starrte in seinen Becher. »Vielleicht haben unsere Feinde einen von ihnen gekauft.«

Das war in der Tat eine verstörende Möglichkeit. Aber vielleicht hegte sein Onkel einfach nur zu viel Misstrauen, und in Wirklichkeit hatte er keinerlei Grund, die Loyalität seiner Leibwache anzuzweifeln.

»Es gab einen weiteren Unfall, und er trug sich hier auf Dunrobin zu«, fuhr der Earl fort. »Alex wurde von seinem Pferd abgeworfen.«

»Er erzählte mir, dass das Pferd sich einen Dorn in den Huf getreten hatte.«

»Jemand hätte den Dorn dort anbringen können«, gab sein Onkel zu bedenken.

Auch wenn das wenig wahrscheinlich war, so hielt Finn es doch für möglich, dass die anderen Clans ein Risiko für Alex darstellten.

»Es wäre besser, wenn wenigstens ein paar deiner Männer Kenntnis von deiner Sorge hätten und Alex nicht aus den Augen ließen«, erwiderte er nachdenklich. »Aber ich weiß dein Vertrauen in mich zu schätzen.«

»Ich weiß, dass du meinen Sohn genauso liebst wie ich.« Der Earl packte seine Schultern und schaute Finn in die Augen. »Außerdem bist du der beste Krieger, den ich habe.«

Das Lob überraschte Finn. Seine Verwandten machten nicht oft Komplimente, schon gar nicht ihm.

»Es ist eine Schande, dass mein Bruder nicht mehr erkennen kann, was für einen feinen Sohn er in dir hat.« Sein Onkel schüttelte den Kopf. »Deine Sinclair-Mutter hat ihm den Verstand vergiftet.«

Finn grinste schief. Es brauchte mehr Stärke, als sein Vater besaß, um seiner Mutter die Stirn zu bieten. Aber darüber nachzudenken war müßig.

»Und was deinen Bruder angeht …« Sein Onkel schnitt eine Grimasse. »Er ist ein Sinclair durch und durch.«

Finn atmete langsam aus. Das Blut der Sinclairs pulsierte auch in seinen Adern.

Den ganzen nächsten Vormittag war Margaret mürrisch und verstimmt. Nachdem Finn mitten in der Nacht verschwunden war, hatte sie noch stundenlang wach gelegen und ihn sich mit einer anderen Frau vorgestellt. Als wäre es ihr nicht schon elend genug ergangen nach ihrem gescheiterten Versuch, ihm Vergnügen zu bereiten!

Sie hatte keinen Anspruch auf ihn und ganz gewiss keinen Grund, ihm Vorwürfe zu machen, wenn er sich eine Frau suchte, die ihm das gab, was sie ihm nicht geben konnte. Es hätte ihr nicht das Geringste ausmachen sollen.

Doch statt Erleichterung zu verspüren, quälte sie der Gedanke.

Die Frau, mit der Finn die Nacht verbracht hatte und bei der er womöglich immer noch war, entsprach gewiss dem Typ, den er bevorzugte und mochte, jedenfalls war sie ganz anders als Margaret. Dic Frau würde üppig und kühn sein, in ihrer Sinnlichkeit schwelgen und genau wissen, wie sie ihm Vergnügen schenken konnte. Unwillkürlich stellte Margaret sich vor, wie Finn die Frau küsste, ihre Lippen und ihre Kehle, so, wie er sie geküsst hatte, und wie er seine Hand über die nackte Haut der anderen Frau gleiten ließ. So, wie sie sich sehnlichst wünschte, ihm gestatten zu können, dass er sie berührte.

Sie war nicht bereit, ihm und der Frau, bei der er gewesen war, gegenüberzutreten, daher bat sie Una, das Frühstück heraufbringen zu lassen, und verzehrte es in Ellas Gesellschaft. Danach jedoch konnte sie sich nicht länger in der Kammer verstecken. Sie wappnete sich für die Begegnung mit Finn und begleitete Una und Ella zum Mittagsmahl nach unten.

Finn kam spät. Er setzte sich zu den Männern der Leibwache und nicht wie sonst an den Tisch der Familie. Er sah mitgenommen und erschöpft aus. Anscheinend hatte er ebenfalls nicht viel Schlaf gefunden, wenn auch aus einem anderen Grund.

Plötzlich wurde Margaret bewusst, dass die Countess mit ihr sprach, womöglich schon seit einiger Zeit, und sie hatte nicht ein Wort verstanden. »Es tut mir leid, was habt Ihr gefragt?«

»Habt Ihr schon gepackt? Seid Ihr zur Abreise bereit?«

Margarets Herz tat einen Satz. Wollte Finn sie fortschicken? Sie kämpfte ihre Unruhe nieder und versuchte, Gelassenheit zu bewahren. Er hatte Grund, unzufrieden mit ihr zu sein, aber sicher hätte er es ihr persönlich gesagt. Und die Countess würde ihr kein so freundliches Lächeln schenken, wenn man sie vor die Tür setzen wollte.

»Finn hat es Euch noch nicht erzählt?« Die Countess hob die Brauen.

Hitze kroch Margaret in die Wangen. Sie konnte schließlich nicht sagen, dass Finn und sie nicht miteinander gesprochen hatten, seit er ihr gemeinsames Zimmer mitten in der Nacht verlassen hatte.

»Ich nehme an, er war abgelenkt«, flüsterte die Countess verschwörerisch. »Nun ja, Frischvermählte. Ich weiß noch sehr gut, wie das ist.«

Margaret schaffte es zu lächeln. »Wohin reisen wir?«

»Nach Helmsdale, unserem Jagdsitz, fünfzehn Meilen die Küste hinauf«, erwiderte die Countess eifrig. »In einer Stunde brechen wir auf. Wir werden noch vor dem Abendessen ankommen.«

Sobald die Tafel aufgehoben wurde, eilte Margaret hinauf in ihr Zimmer. Sie war dabei, die Kleidungsstücke, die die Countess ihr überlassen hatte, zu falten und in den Tornister zu packen, als Finn hereinkam.

»Deine Tante war so freundlich, mir ein paar Gewänder zu schenken, damit ich etwas Angemessenes zum Anziehen habe«, sagte sie hastig, um die unbehagliche Spannung zwischen ihnen zu überspielen.

Finn ging nicht darauf ein. »Du weißt, dass wir nach Helmsdale reisen?«

»Aye.« Sie nickte. »Auf den Jagdsitz.«

Finn stand viel zu dicht bei ihr. Er brachte sie so durcheinander, dass sie es nicht schaffte, das nächste Gewand ordentlich zusammenzulegen, und von vorn beginnen musste.

»Ich jage nicht«, erklärte sie vorsichtig. »Vielleicht könnte ich hierbleiben.«

»Damit alle wissen, dass ich eine Frau nicht einmal zwei Wochen lang glücklich machen kann?«

»Sie werden alle wissen, dass ich es bin, die dich nicht glücklich machen kann, wenn du bereits jetzt das Bett mit anderen Frauen teilst.« Margaret presste die Lippen zusammen, erschüttert, dass sie die Worte laut gesagt hatte.

»Mit anderen Frauen das Bett teilen?« Finn drehte sie unsanft zu sich herum, sodass sie ihn ansehen musste. »Hat Curstag das gesagt?«

Er leugnete es also nicht.

»Ich habe nicht das Recht zu fragen, aber ich hoffe, dass du diskret sein wirst«, erwiderte sie leise. »Deine Tante scheint mich zu mögen, und sie wird schlecht von dir denken, wenn sie davon erfährt.«

»Es gibt nichts, das sie erfahren könnte«, entgegnete Finn kurz angebunden. »Seit wir uns begegnet sind, war ich mit keiner anderen Frau zusammen.«

Sie hätte ihm gern geglaubt. Und angesichts der Tatsache, dass sie nie die Frau sein würde, die er brauchte, hätte es ihr nicht so viel ausmachen sollen.

»Falls du wegen letzter Nacht fragst«, fuhr er nach einer kurzen Pause fort, »ich hatte ein langes Gespräch mit meinem Onkel.«

»Tatsächlich? Was hat er gesagt?« Sie musterte ihn neugierig. »Nimmt er dich in seine Garde auf?«

Sie hoffte es. Finn verdiente es so sehr.

Wenn der Earl es nicht tat, würde sie Finn bitten, sie zu ihrer Schwester nach Eilean Donan Castle zu bringen. Bei dem Gedanken an die Abreise wurde ihr die Brust eng. Was nur daran lag, versuchte sie sich davon zu überzeugen, dass es Finn so viel bedeutete, einen Platz bei seinem Onkel zu erringen, und nicht etwa daran, dass sie selbst gern bleiben wollte. Sie wusste, dass sie sich etwas vormachte, aber ihr brachte es kein Glück, zu bekommen, was sie wollte.

»Es ging nicht wirklich um meine Aufnahme in die Garde.« Finn zögerte. »Er will, dass ich seinen Sohn bewache.«

Margarets Augen weiteten sich. »Dann glaubt er immer noch, dass jemand Alex bedroht?«

»Aye, und er vermutet den Verräter in seinem eigenen Haushalt.«

Dass der Verräter für gewöhnlich jemand war, der einem nahestand, jemand, bei dem man darauf vertraute, dass er einen beschützte, wusste sie aus eigener Erfahrung.

»Der Earl tut gut daran, vorsichtig zu sein.« Sie nickte. »Aber jetzt muss ich weiter packen.«

Sie wandte Finn den Rücken zu und versuchte, den Beutel mit den Onyxscherben aus dem Versteck unter der Matratze hervorzuziehen, ohne dass er es bemerkte.

»Was ist in dem Beutel?« Er beugte sich über ihre Schulter.

»Nichts von Bedeutung.« Aber natürlich hätte sie wissen müssen, dass ihr Versuch, die Sache herunterzuspielen, seine Neugier nur umso mehr anstachelte.

»Es ist das Einzige, das du mitgenommen hast, also muss es für dich eine Bedeutung haben«, stellte er scharfsinnig fest.

»In dem Beutel befinden sich nur ein paar Steinbrocken.«

»Darf ich sie sehen?«

Sie unterdrückte einen Seufzer. Da er sie wahrscheinlich nicht in Ruhe lassen würde, bis sie nachgab, leerte sie den Inhalt des Beutels in ihre Hand.

»Der Stein war ein Anhänger, den meine Mutter mir geschenkt hat.« Sie sah zu, wie die Scherben auf ihre Handfläche fielen. »Meine Mutter glaubte, dass er magische Kräfte besitzt. Sie schenkte auch jeder meiner Schwestern einen solchen Anhänger. Er sollte uns beschützen.«

»Onyx ist ein ziemlich harter Stein.« Finn nahm einen Splitter zwischen Daumen und Zeigefinger. »Wie konnte er in so winzige Stücke bersten?«

»Mein Ehemann zerschlug ihn.«

Die Erinnerungen an jenen schrecklichen Tag überfluteten sie, und sie schluckte schwer. Obwohl sie William angefleht hatte, zu Hause bleiben zu dürfen, weil ihr schlecht war von der Schwangerschaft, hatte er darauf bestanden, dass sie ihn nach Edinburgh begleitete. Sie waren in den Straßenkampf geraten, und sie hatte eine Fehlgeburt erlitten.

Sie sah sich wieder auf den schweißgetränkten Laken liegen, angstvoll dem Lärm der Kämpfe lauschend, der durch die geschlossenen Fenster hereindrang, voller Sorge um ihre Cousine Lizzie, die losgelaufen war, um eine Hebamme zu holen. Das

Baby zu verlieren hatte sich angefühlt, als risse man ihr das Herz aus dem Leib. Und tief im Innern hatte sie sich schuldig gefühlt, weil sie sich damals wünschte, ihr Gemahl möge nicht wiederkommen.

Aber William war noch vor Lizzie aufgetaucht. Die Magd musste ihm gesagt haben, dass das Kind tot war. Ohne seine Waffen und seine blutverschmierte Tunika abzulegen, war er ins Schlafzimmer gestürmt und hatte ihr Versagen vorgeworfen. Als das nicht gereicht hatte, um seine Wut loszuwerden, hatte er ihr die silberne Kette mit dem Anhänger vom Hals gerissen.

»Nein, den darfst du mir nicht fortnehmen!«, hatte sie geschrien. »Bitte!«

»Der Stein sollte Glück bringen.« William hatte die Faust um den Onyx geballt. »Aber er bringt nur Pech.«

Er hatte den Anhänger auf den Boden geworfen und seine Streitaxt aus dem Gürtel gezogen.

Bitte nicht! Bitte, nicht den Anhänger!

Sie hätte wissen müssen, dass William ihn zerstören würde, einfach weil er ihr so viel bedeutete. Mit voller Wucht hatte er die Axt darauf herniedersausen lassen, sodass die Splitter über den Boden gespritzt waren.

Als er das Zimmer verlassen hatte, war sie weinend auf allen vieren im Zimmer herumgekrochen und hatte die Scherben eingesammelt. Dann war sie ohnmächtig geworden. Als Lizzie sie gefunden hatte, hielt sie die Bruchstücke fest umklammert.

Langsam kam Margaret in die Gegenwart zurück.

»Es tut mir leid, dass er etwas zerstört hat, das dir so kostbar war.« Finn musterte sie aufmerksam. »Ich hoffe, dass du mir eines Tages genug Vertrauen schenkst, um mir die ganze Geschichte zu erzählen.«

Behutsam krümmte er ihre Finger um die steinernen Scherben und umschloss ihre Hand mit seiner. Erst als er ihr die

Tränen abwischte, merkte Margaret, dass sie weinte. Es war so viel Zeit vergangen seit jenem Tag in Edinburgh, doch innerlich fühlte sie sich genauso zerborsten wie der Onyxanhänger.

Finn machte sich auf den Weg zu den Stallungen, um *Ceò* für den Ritt nach Helmsdale zu satteln. Seine Gedanken drehten sich immer noch um Margaret. Seiner Meinung nach verdiente ihr ehemaliger Gemahl einen langsamen, qualvollen Tod, und am liebsten wäre er derjenige gewesen, der ihm dazu verhalf. Wie hatte dieser Grobian ihren Anhänger zerstören können, wo ihm doch klar gewesen sein musste, wie sehr er sie damit verletzte? Und was Margarets Familie anging, so war es eine unfassbare Grausamkeit, ein so sanftes, zurückhaltendes Geschöpf mit einem Unmenschen wie Drumlanrig zu verheiraten.

»Vielleicht bin ich nicht gut genug für sie«, vertraute er dem Hengst an, als er ihn sattelte. »Aber besser als dieses reiche Miststück von einem Titelträger, mit dem sie verheiratet war, bin ich allemal.«

Nachdem sie einem so unberechenbaren Menschen ausgeliefert gewesen war, nahm es nicht wunder, dass sie so hohe Schutzwälle um sich errichtet hatte und ihre Gefühle hinter einer Maske der Gelassenheit verbarg. Finn seufzte. Er wünschte, er könnte ihr beweisen, dass er ihr Vertrauen wert war und sie niemals verletzen würde.

Er führte *Ceò* aus dem Stall. Vor ihm brachte einer der Knechte ein anderes Pferd nach draußen. Als Finn erkannte, für wen, stöhnte er unterdrückt. Curstag stand wartend auf dem Hof und klatschte ihre Handschuhe gegen die Handfläche der anderen Hand.

»Finn!« Sie winkte ihm.

Finn nickte ihr zu, als er vorbeiging, und führte sein Pferd zum Eingang des Wohnturms, wo er mit Margaret und Ella verabredet war.

»Finn!«, rief Curstag erneut. Als er sich umdrehte, sah sie ihn betont an, offenbar in der Erwartung, dass er ihr in den Sattel half.

»Das kann der Stallknecht erledigen«, rief er zurück.

Doch Curstag war es gewöhnt, zu bekommen, was sie wollte. Sie nahm dem Stalljungen die Zügel aus der Hand und führte ihr Pferd zu Finn.

»Ich dachte, wir könnten zusammen nach Helmsdale reiten«, sagte sie überschwänglich. »Wir sind so alte Freunde, und wir hatten bisher noch gar keine Gelegenheit, miteinander zu reden.«

Finn atmete geräuschvoll aus. »Spiel keine Spielchen, Curstag. Du weißt verdammt gut, dass Bearach eifersüchtig würde.« Nur der Himmel wusste, weshalb sein Bruder so empfindlich war, nachdem sie ihn Finn vorgezogen hatte. »Du reitest also besser mit deinem Ehemann.«

»Bearach begleitet uns nicht nach Helmsdale.« Curstag legte den Kopf schräg und sah unter halb gesenkten Wimpern zu ihm auf. »Er besucht deine Sinclair-Verwandtschaft auf Girnigoe Castle.«

»Dann hoffe ich, dass er seinen Besuch dort mehr genießt als ich meinen«, versetzte Finn sarkastisch.

»Ich fürchte, ich werde schrecklich einsam sein, wenn er fort ist.« Mit den Fingerspitzen strich Curstag an seiner Brust herunter. Sie versuchte, ihn aufzureizen wie gewöhnlich, aber er hatte kein Interesse mehr daran.

»Schaff dir einen Hund an, wenn du dich einsam fühlst.« Er nahm ihre Hand fort.

»Ich weiß, auch nach all den Jahren bist du mir immer noch böse, aber ich werde es wiedergutmachen.« Sie stellte sich auf die Zehenspitzen und flüsterte ihm ins Ohr: »Heute Nacht gebe ich dir, was du all die Jahre wolltest.«

»Du bist verheiratet.« Gerade noch rechtzeitig fiel ihm ein, dass er hinzusetzen musste: »Und ich auch.«

Curstag lachte leise auf. »Wir können dafür sorgen, dass niemand es herausfindet.« Wieder legte sie ihm eine Hand auf die Brust.

Plötzlich wurde Finn bewusst, dass sie mitten im Burghof standen, wo jedermann sie sehen und auf falsche Gedanken kommen konnte. Grundgütiger – was, wenn Margaret sie beobachtete? Er packte Curstags Handgelenk und zog sie hinter das Stallgebäude, wo man sie vom Wohnturm aus nicht sehen konnte.

»Hör mir gut zu.« Er umfasste ihre Schultern und schob sie unsanft gegen die Wand. »Das würde ich Maggie niemals antun – und meinem Bruder auch nicht.«

»Ach komm schon, Finn, tu doch nicht so, als würdest du mich nicht begehren.« Curstag warf den Kopf zurück. »Du wolltest mich von Anfang an.«

»Früher. Jetzt nicht mehr.« Er meinte es ernst. Jahrelang hatte er seinen Bruder beneidet und an Curstag gedacht, wenn er das Bett mit anderen Frauen teilte. Doch das war vorbei.

Curstag musterte ihn abschätzig. »Das glaube ich dir nicht.«

»Ich war jahrelang blind für deine Raffinesse, doch jetzt sehe ich, wie du wirklich bist«, fügte er nüchtern hinzu. »Maggie ist die einzige Frau, die ich begehre.«

»Auf mich wirkst du nicht wie ein befriedigter Mann.« Curstag lächelte boshaft und strich ihm mit dem Zeigefinger über die Unterlippe. »Ich kenne dich, Finn. Eine raffinierte Frau ist genau das, was du im Bett willst.«

Hinter ihm sog jemand scharf den Atem ein. Finn unterdrückte ein Stöhnen. So viel Pech konnte er doch wirklich nicht haben! Niedergeschlagen drehte er sich zu Margaret um.

»Guten Tag, Curstag.« Nicht ein Hauch von Ärger war in ihrer Stimme zu hören, doch als Finn Anstalten machte, ihr in den Sattel zu helfen, trat sie von ihm weg.

»Ceò braucht uns nicht alle zu tragen.« Sie richtete den Blick auf einen Punkt hinter seiner Schulter. »Ich bin sicher, der Earl kann ein Pferd für Ella und mich erübrigen.«

Margaret hatte ihn und Curstag beobachtet und die falschen Schlüsse gezogen.

»Maggie!«, rief er ihr hinterher, als sie sich umwandte und zu den Ställen marschierte. Er lief ihr nach und erwischte sie am Arm, als sie durch die Tür trat. »Es war nicht so, wie es aussah.«

»Versuch nicht, mich zum Narren zu halten«, sagte sie kühl. »Du kannst tun, was du möchtest. Es ist mir egal, mit wem du ins Bett gehst.«

»Ist es nicht.«

»Ich hatte dich nur darum gebeten, dass du diskret bist, deiner Familie und mir zuliebe«, fuhr sie unbeeindruckt fort. »Aber es geht mich nichts an, wenn du Schande über dich und die Frau deines Bruders bringen willst.«

Er hatte sich vorgenommen, geduldig und verständnisvoll zu sein, doch jetzt wurde er ärgerlich. Zum Teufel noch eins, es war nicht sein Fehler. Er hatte noch nicht einmal eine andere Frau angesehen, geschweige denn mit einer geschlafen, seit er Margaret begegnet war. Aber selbst wenn, sie hatte keinen Grund, sich zu beklagen, denn sie wollte ihn ohnehin nicht. Oder jedenfalls nicht genug, um sich so weit herabzulassen, das Bett mit einem schlichten Krieger zu teilen.

»Ich habe dir gesagt, dass ich dich will, aber ich bin kein Mönch«, verteidigte er sich unwirsch. »Was erwartest du, wie lange ich leben soll wie einer?«

»Schlaf meinetwegen mit so vielen Frauen, wie du willst«, entgegnete sie aufgebracht. »Oder besser noch, mit allen!«

Er konnte es kaum fassen, aber sie hatten tatsächlich einen Streit. In der ganzen Zeit, da er sie kannte, hatte er Margaret nicht ein einziges Mal zornig erlebt, ganz zu schweigen davon, dass sie ihn angeschrien hätte. Wiewohl es ihm lieber gewesen wäre, wenn Curstag nicht den Grund geliefert hätte, empfand er es als erfrischend, einmal nicht raten zu müssen, was in Margarets Kopf vorging.

Dies war dieselbe Frau, die ihrem früheren Gemahl inmitten einer Horde klatschsüchtiger Adliger gegenübergetreten war, ohne auch nur eine Spur von der Demütigung und Kränkung erkennen zu lassen, die sie empfunden haben musste. Sie konnte es leugnen, soviel sie wollte – dass sie diesmal die Beherrschung verloren hatte, zeigte ihm, wie es wirklich um sie bestellt war.

Er lächelte in sich hinein. Es machte Margaret sehr wohl etwas aus, wenn er das Bett mit einer anderen teilte.

18. Kapitel

Margaret brannten Tränen der Wut in den Augen, und sie war dankbar für das spärliche Licht im Stall. Es entsetzte sie, dass sie die Beherrschung verloren und gezeigt hatte, wie aufgebracht sie war.

»Ich hätte nicht laut werden sollen«, sagte sie reumütig.

»Du kannst mich anschreien, soviel du willst. Es macht mir nichts aus.« Finn sprach mit sanfter Stimme, so, als gelte es, ein rasendes Pferd zu beschwichtigen. »Ein bisschen Herumbrüllen ist gut für die Seele.«

Seine Worte beruhigten sie ein wenig, doch das würde sie nicht zugeben. »Una und Ella werden jeden Moment herunterkommen. Es würde Ella aufregen, wenn sie uns streiten hört.«

»Es würde der Kleinen sicherlich guttun, selbst ein wenig zu schreien«, erwiderte Finn nachdenklich.

Was war nur los mit ihr heute? Beinahe wäre sie in Tränen ausgebrochen bei Finns Bemerkung, denn er hatte recht. Ella war viel zu still und zurückhaltend. Margaret wollte nicht, dass ihre Tochter so wurde wie sie, immer nur darauf bedacht, sich zu schützen und keine Forderungen zu stellen oder Probleme zu verursachen.

»Mach dir wegen Curstag keine Sorgen.« Finn legte ihr die Hände auf die Schultern. »Sie ist nur gelangweilt.«

Angesichts der finsteren Blicke, die Curstag ihr während des Ritts zuwarf, war Margaret fast sicher, dass Finn nicht mit ihr geschlafen hatte – jedenfalls bis jetzt nicht. Aber er war kein Mönch, das hatte er selbst gesagt. Es entbehrte jeder Grundlage, wenn sie von ihm erwartete, dass er der Versuchung widerstand, gleichgültig ob bei Curstag oder einer anderen Frau. Dennoch hätte ihr bei der Vorstellung, dass er mit einer anderen zusammen war, nicht so elend werden sollen.

Zum Glück dauerte die Reise nach Helmsdale nicht lange. Die zerklüftete Küste bot einen atemberaubenden Anblick, doch der Weg war uneben und schwierig und führte über steile Klippen, die senkrecht in die See herabstürzten. Außer der Familie reisten nur die zwei Dutzend Krieger mit ihnen, die zur Leibgarde des Earl gehörten, und etwa die Hälfte des Gesindes. Alle anderen waren auf Dunrobin geblieben.

Der Jagdsitz entpuppte sich als befestigter Wohnturm. Er thronte in der Nähe einer Flussmündung auf einer Klippe, von der aus man die See bis zum Horizont überblickte. Eine hohe Mauer umschloss den Donjon und den kleinen Innenhof, in dem die Jagdgesellschaft die Pferde zum Stehen brachte. Finn trat zu der Stute, auf der Ella und Margaret saßen, und half den beiden aus dem Sattel.

»Heute gibt es nur ein kaltes Abendessen«, verkündete die Countess laut, als alle abgesessen waren. »Es wird in Kürze fertig sein, also trödelt nicht.«

Finn blieb mit den anderen Männern draußen, während die Countess die Frauen ins Haus führte und ihnen ihre Zimmer zeigte. Abermals wies sie Margaret und Finn eine der beiden Kammern im obersten Stockwerk des Donjons zu, weil, wie sie sagte, Frischverheiratete unter sich sein mussten. Una und Ella bekamen die andere.

Margaret packte die wenigen Habseligkeiten aus, dann brachte eine Dienerin einen Krug Wasser und eine Schüssel. Rasch wusch Margaret sich und Ella den Schmutz von den Gesichtern und den Händen. Ehe sie nach unten ging, warf sie einen Blick aus dem Schießschartenfenster und entdeckte Finn bis zur Taille im Fluss stehend. Lachend und scherzend wuschen er und die anderen Männer sich den Reisestaub ab.

Plötzlich verschwand Finn unter der Wasseroberfläche, und als er wieder auftauchte, entschlüpfte Margaret ein Schrei. Er sah aus wie ein Meeresgott aus einer der alten nordischen Sagen. Das Wasser strömte ihm aus seinem glänzenden schwarzen Haar und an den muskulösen Schultern und dem breiten Brustkorb herunter.

Als er ans Ufer watete, erkannte sie, dass er völlig nackt war. Grundgütiger. Die Entfernung war so groß, dass sie sich vorbeugen musste, doch dann versperrte Gestrüpp ihr die Sicht. Erst als Finn wieder angezogen war und den Abhang zum Wohnturm hinaufkam, fiel ihr auf, dass auch andere Männer am Ufer nackt waren.

Ella zupfte an ihren Röcken und brachte sie in die Wirklichkeit zurück. Du lieber Himmel, wie lang hatte sie Finn angestarrt?

»Was ist los, meine Süße?«

»Ich bin hungrig«, erwiderte das Kind scheu.

»Es ist gut, dass du es mir gesagt hast.« Margaret lächelte Ella ermutigend zu. »Lass uns Una holen und zum Essen gehen.«

Fast alle saßen schon, als sie die Halle betraten. »Ich kümmere mich um das Kind.« Una wartete Margarets Antwort nicht ab und führte Ella an einen der aufgebockten Tische, an denen die Diener und die Mitglieder der Leibwache platziert waren.

Margaret hatte bis jetzt noch nicht herausgefunden, ob Una als Mitglied der Familie oder als Dienerin behandelt wurde. Sie schien sich auszusuchen, welche Rolle ihr jeweils besser behagte, und im Augenblick wäre Margaret froh gewesen, es ihr gleichtun und beim Gesinde sitzen zu können. Ein Blick zum Tisch der Familie zeigte ihr, dass sich zu den Mahlzeiten auf Helmsdale ein kleinerer Kreis einfand als auf Dunrobin, wo es in aller Regel zwischen dreißig und vierzig Leuten waren.

Hier saßen der Earl und seine Gemahlin mit ihrem Sohn am Kopfende einer kleinen rechteckigen Tafel, während Finns Vater, Isabel und Curstag am anderen Ende Platz genommen hatten. Margaret wollte sich neben der Countess niederlassen, als plötzlich Finn an ihrer Seite erschien und sie zu dem Stuhl neben seiner Mutter führte, um sich anschließend zwischen sie und seine Tante zu setzen.

»Ist es nicht wunderbar?« Die Countess blickte strahlend in die Runde. »Ich liebe die Aufenthalte auf Helmsdale mit der Familie.«

Wunderbar. Margaret konnte die Feindseligkeit, die Isabel ausstrahlte, förmlich mit Händen greifen, und von der anderen Seite des Tischs aus warf Curstag ihr böse Blicke zu. Margaret trank einen großen Schluck Wein.

Auf der anderen Seite rieb Finn seinen Schenkel an ihrem, und sein schwarzes Haar war noch immer feucht von seinem Bad im Fluss, sodass es ihr nahezu unmöglich war, die Bilder von ihm, wie er aus dem Wasser aufgetaucht war, aus dem Kopf zu bekommen.

Sie trank noch einen großen Schluck Wein.

In dieser Nacht war Margaret so rastlos, dass sie keinen Schlaf fand. Sie drehte sich auf die Seite. Finn lag im Mondlicht, das durchs Fenster hereinfiel. Er schlief wie ein Stein.

Leise seufzend stützte sie sich auf den Ellbogen und legte den Kopf auf die Hand. Sie war sich der Tatsache bewusst, dass sie seinen Schlaf ausnutzte, um ihn ausgiebig zu betrachten, doch das schlechte Gewissen hielt sie nicht davon ab. Es gab nichts, das sie an Finns Gesichtszügen hätte anders haben wollen. Sie ließ den Blick über seine geraden dunklen Brauen gleiten, sein kantiges Kinn mit dem dunklen Bartschatten, die ausgeprägten Jochbeine und die vollen Lippen, die sich so oft amüsiert nach oben bogen. Ein weiterer Seufzer entschlüpfte ihr, als sie sich in Erinnerung rief, wie weich und warm diese Lippen sich auf ihren angefühlt hatten.

Obwohl es kühl war in der Kammer, hatte Finn die Bettdecke fortgetreten, sodass sein Brustkorb, seine Hüfte und eines seiner langen muskulösen Beine unbedeckt waren. Sein ganzer Körper war sehnig, langgliedrig und muskulös. Wenn er wach war, musste sie das Begehren, das er in ihr weckte, unterdrücken, doch im Schlaf schüchterte seine kraftvolle Statur sie nicht ein. Im Gegenteil, es juckte ihr in den Fingern, ihn zu berühren.

So fest, wie Finn schlief, konnte sie eine kurze Berührung gewiss riskieren. Sie biss sich auf die Unterlippe und hielt den Blick auf sein Gesicht gerichtet, um sicher sein zu können, dass er nicht erwachte, wenn sie mit der Fingerspitze federleicht an seinem Arm herunterstrich, der sich so ganz anders anfühlte als ihr eigener, angefangen von den Muskeln an seinem Oberarm über den männlichen Haarwuchs, der sich über seinen Unterarm erstreckte, bis hin zu seinen vom Umgang mit den Waffen schwieligen Fingern. Sie lächelte bei der Erinnerung daran, wie sicher sie sich fühlte, wenn er mit seiner großen Hand ihre umschloss.

Ihr Verlangen, ihn zu berühren, überraschte sie. Eine solche Sehnsucht, die nackte Haut eines Mannes unter ihren Händen zu spüren, kannte sie bei sich nicht. Sicher, sie hatte ihren Ehemann zahllose Male angefasst, doch nicht ein einziges Mal freiwillig.

Als Finn von der leichten Berührung ihres Fingers nicht erwachte, wurde sie wagemutiger. Sie setzte sich auf und ließ ihre Hand über seine breite Brust gleiten. Als ihre Fingerspitze über eine Narbe strich, hielt sie den Atem an. Wie oft musste er in der Schlacht gekämpft und sein Leben riskiert haben! Im Unterschied zu ihr schien er vollkommen furchtlos.

Sein Brusthaar kitzelte an ihrer Handfläche, schickte wonnevolle Schauer ihren Arm hinauf und zu ihrem Bauch hinunter. Sie hätte aufhören sollen, doch ihre Finger schienen ein Eigenleben zu entwickeln und bewegten sich ohne ihr Zutun zu seinem flachen, muskulösen Bauch.

Es gab einen Teil seines Körpers, der definitiv nicht schlief. Sein Schaft richtete sich unter der Decke auf, als wollte er auf sich aufmerksam machen. Für einen kurzen Moment war Margaret versucht, die Decke aus dem Weg zu schieben, doch dann erschrak sie über ihre eigene Kühnheit. Stattdessen ließ sie den Finger über die erstaunlich zarte Haut seiner unbedeckten Hüfte gleiten.

Schließlich gab sie der Versuchung nach und begann vorsichtig an der Decke zu zupfen. Ihr Atem beschleunigte sich, während sie sie Zoll um Zoll herunterzog.

»Grundgütiger, willst du mich umbringen?«

»Oh, du bist wach!« Sie schnappte nach Luft. »Ich hätte nicht ...«

»Sag das nicht.« Finn setzte sich auf und drückte sie an seine Brust. »Denk es nicht einmal.«

Er bedeckte ihr Gesicht mit Küssen, verteilte eine Spur Küsse an ihrer Kehle herunter und zog ihr Nachthemd etwas herunter, um ihre Schulter zu küssen. Langsam senkte er seinen Mund auf ihren und küsste sie so verlangend, dass es ihr den Atem raubte.

Als er den Kuss vertiefte, war ihr, als berühre er etwas lang Verborgenes in ihr. Sie war immer so vorsichtig gewesen, hatte immer Angst gehabt, jemanden zu verletzen oder selbst verletzt zu werden. Heute Nacht konnte sie sich nicht zurückhalten. Sie wollte es nicht. Stattdessen schlang sie Finn die Arme um den Nacken und erwiderte seine Küsse mit einer Inbrunst, die seiner in nichts nachstand.

Sie sanken auf die Matratze, und er ließ seine Hände über ihren Körper gleiten, liebkosend, streichelnd, besitzergreifend.

Margaret gestattete sich, von der Leidenschaft erfasst zu werden, als gäbe es kein Morgen, keine Konsequenzen. Als gäbe es nur diesen Moment und das lodernde Feuer, das sie verzehrte und ihren Körper mit seinem verschmolz.

Ihre Haut schien Funken zu sprühen, während er mit seiner warmen Zunge an ihrer Kehle entlangstrich. Er küsste sie ungezügelt, streifte ihr das Hemd über den Kopf, und plötzlich spürte sie ihn Haut an Haut. Margaret schwelgte in dem Gefühl seiner festen Muskeln unter ihren Händen, seines Brustkorbs an ihren Brüsten, im Geschmack seiner Haut auf ihrer Zunge, als sie seinen Hals küsste. Er umfasste ihre Brüste, und für einen winzigen Moment spannte sie sich an. Doch schnell verdrängte sie die Erinnerung an Williams Beschwerden, ihre Brüste seien zu klein.

»Bei allen Heiligen, du fühlst dich so gut an.« Sie spürte Finns warmen Atem an ihrer Haut.

Als er begann, ihre Brustspitzen zwischen Daumen und Zeigefinger zu reizen, hörte sie sich stöhnen. Finn strich mit den Lippen an ihrem Hals herunter, umschloss eine der aufgerichteten Spitzen mit den Lippen und umspielte sie aufreizend mit der Zunge. Oh Gott! Seine Liebkosungen jagten prickelnde Schauer durch ihren ganzen Körper. William hatte sie niemals auf diese Weise berührt, niemals eine so lustvolle Begierde in ihr hervorgerufen.

Finn zog die Brustspitze tief in seinen Mund und begann zu saugen. Ein Gefühl qualvoller Wonne schoss durch ihren Körper bis in ihre intimste Stelle. Sie hörte auf, an William zu denken, nichts spielte mehr eine Rolle außer den erregenden Empfindungen, die sie durchströmten. Gerade als sie dachte, es nicht länger aushalten zu können, drückte er erneut seine Lippen auf ihre.

Sie küsste ihn tief und verlangend und gab sich der alles verschlingenden, feurigen Leidenschaft, nach der sie sich so gesehnt hatte, mit jeder Faser hin. Sie verlor sich in nicht enden wollenden Küssen, im Tanz ihrer Zungen, bis sie Finns Hand zwischen ihren Oberschenkeln fühlte.

»Du bist so feucht und bereit für mich«, raunte er ihr ins Ohr.

Gott im Himmel, seine Finger hatten Zauberkraft. Margarets Atem ging schnell und flach. Als die köstliche Anspannung unerträglich wurde, wand sie sich hin und her, warf den Kopf von einer Seite zur andern.

»Ich will dich so sehr«, murmelte Finn, »ich kann es nicht langsamer angehen.«

»Bitte«, stieß sie keuchend hervor, ohne recht zu wissen, worum sie ihn anflehte.

Der Atem stockte ihr, und ihr Verstand setzte aus, als sie Finns harten Schaft zwischen ihren Schenkeln spürte. Jeder Muskel in ihrem Körper spannte sich erwartungsvoll an.

Finn drang nur ein winziges Stück in sie ein, dann hielt er inne.

»Bist du sicher?«, fragte er heiser.

Sie wollte nicht reden. Sie wollte nicht denken. Wildes Verlangen rauschte durch ihre Adern. Sie hob ihm die Hüften entgegen und umklammerte seine Schultern.

»Aye.« Sie schnappten beide nach Luft, sowie er mit einem Stoß ganz in sie eindrang.

Auf die Ellbogen gestützt, richtete er sich auf und umfasste ihr Gesicht. Sein Blick hielt ihren fest, dann fing er an, sich zu bewegen, quälend langsam, glitt tief in sie und zog sich fast ganz aus ihr zurück, um sie dann erneut zu erfüllen.

Ein Wirbel intensiver, verwirrender Empfindungen erfasste Margaret. Ihre Schutzwälle stürzten ein, legten jedes Geheimnis, jede Verletzlichkeit frei.

Seine Stöße wurden schneller, härter. *»Mo chridhe«*, murmelte er dicht an ihrem Ohr. *»M' eudail, mo rùin.«*

Ein Verlangen, das zugleich Leidenschaft und mehr als Leidenschaft war, ergriff Besitz von ihr. Sie klammerte sich mit aller Macht an ihn. Mein Herz, mein Schatz, meine Liebe hatte er sie genannt, und sie wollte ihn nie mehr gehen lassen. Zu der köstlichen Spannung gesellte sich ein unerträgliches Sehnen, baute sich auf, bis sie das Gefühl hatte, in Stücke zu zerspringen.

Unvermutet rollte plötzlich eine Woge des Entzückens über sie hinweg. Finn presste sich an sie, rief ihren Namen, dann erreichten sie gemeinsam den Gipfel.

Tränen liefen ihr über die Wangen. Sie konnte sie nicht zurückhalten. Die Gefühle, die in ihr aufwallten, waren zu mächtig. Sie hatte gewusst, dass es mit Finn anders sein würde, doch sie hatte nicht ahnen können, wie wundervoll und überwältigend.

»Allmächtiger, das war …« Finn hob langsam den Kopf. Seine Augen weiteten sich, und ein Ausdruck von Sorge trat in seine Züge. »Was ist los?«

»Ich hätte das nicht tun sollen«, antwortete sie erstickt.

»Ich verstehe nicht, *leannain.*« Er rollte sich von ihr herunter und umfasste ihr Gesicht mit beiden Händen. »Sag mir, was los ist.«

Sie schüttelte den Kopf, außerstande zu sprechen, und rollte sich auf der äußersten Kante der Matratze zusammen, einsam in ihrem Kummer. In der Hitze des Verlangens hatte sie völlig vergessen, was für ein Risiko sie einging. Es war nicht der Tod, den sie fürchtete, obwohl sie bei ihrer letzten Fehlgeburt beinahe gestorben war. Aber die Vorfreude und die Hoffnung und anschließend die niederschmetternde Enttäuschung, wenn sie das Kind verlor, würde sie nicht noch einmal ertragen können. Sie konnte es einfach nicht.

Schon gar nicht, wenn es Finns Kind war.

Allerdings hatte sie nicht nur Angst vor einer weiteren Fehlgeburt. Sie hatte sich noch nie nach einem Mann gesehnt, das Verlangen ihrer Schwestern nach ihren Ehemännern nie wirklich verstanden. Sie hatte nicht gewusst, was sie entbehrte. Jetzt wusste sie es. Das Liebesspiel mit Finn ließ sie Dinge wünschen, die sie nicht haben konnte.

Die Erkenntnis, dass sie sich im Bann der Leidenschaft nicht vor Finn schützen konnte, erschütterte sie. Bei William hatte sie die Bewegungen erduldet, getan, was er sagte, und sich von ihm benutzen lassen. Er hatte ihren Körper berührt, doch das war alles. Innerlich hatte sie ihn nicht an sich herangelassen, ihm nicht mehr von sich gezeigt, als sie wollte.

Doch als Finn in sie eingedrungen war und ihr in die Augen geschaut hatte, war sie schutzlos gewesen, ohne jede Verteidigung. Das war es, was sie am meisten ängstigte.

Sie konnte ihn nicht noch einmal so nahe an sich heranlassen und riskieren, dass er Träume und Hoffnungen in ihr entfachte, wenn er doch irgendwann einen Grund finden würde, sie zu verlassen. Denn so waren Männer nun einmal. Es würde entweder ihre Unfähigkeit, Kinder zu gebären, ins Feld führen oder etwas anderes, das ihm wichtiger war als sie, und sich vormachen, er habe keine Wahl.

So weit durfte sie es nicht kommen lassen. Sonst würde Finn ihr mehr Schmerz verursachen, als William oder ihre Brüder es je vermocht hatten. Er würde ihr das Herz brechen.

Finn war sprachlos. Noch nie hatte er so viel empfunden oder sich jemandem so nah gefühlt wie in dem Moment, da er in sie eindrang. Es war, als habe er die Erfahrung von etwas Wundersamem gemacht, von etwas, das weit jenseits all dessen war, was er wusste oder gehofft hatte – nur um in einen Abgrund gestürzt und beim Aufprall zertrümmert zu werden.

In einem Moment waren sie in Leidenschaft vereint gewesen, und im nächsten weinte sie. Die Veränderung war viel zu schnell passiert. Sein Herz schlug noch immer schwer nach der Erlösung, und nun breitete Trostlosigkeit sich in ihm aus wie eine Last.

Sowie er sie zu berühren versuchte, rutschte sie von ihm fort.

»Maggie«, fragte er behutsam. »Was habe ich getan?«

»Gar nichts«, erwiderte sie kaum hörbar.

Wenn er nichts getan hatte, konnte es nur daran liegen, wer er war.

Oder besser, wer er nicht war. Nachdem sie sich in ihrem Verlangen verloren hatte, war ihr wieder bewusst geworden, dass sie keinen Edelmann vor sich hatte, der ihr Ländereien und eine Burg bieten konnte. Er war nur ein Krieger ohne Land, der sich seinen Lebensunterhalt mit der Waffe verdienen musste. Sie war nicht seine Frau Maggie und würde es niemals sein.

Er hätte es besser wissen sollen. Er wusste es besser. Und dennoch hatte er sich Hals über Kopf in Lady Margaret Douglas verliebt.

Die lange vergessene Erinnerung an den Tag, als sein Vater ihn fortgeschickt hatte, um bei seinem Onkel zu leben, kam in ihm hoch. Man hatte ihm keine Erklärung gegeben, doch schon damals, mit acht, hatte er keine gebraucht. Er wusste, dass sie ihn einfach nicht wollten. Die Mitglieder seiner Familie hatten es nicht einmal für nötig befunden, ihm Lebewohl zu sagen.

19. Kapitel

Es war ein guter Tag, um auf die Jagd zu gehen. Ein besserer noch, um sich nicht auf der Burg aufzuhalten. Finn plagten höllische Rückenschmerzen von der Nacht, die er auf Unas Fußboden verbracht hatte. Nachdem Margaret ihm klargemacht hatte, dass sie nie wieder von ihm angefasst werden wollte, konnte er nicht länger in einem Bett mit ihr schlafen – jedenfalls nicht, ohne seinen Stolz zu verlieren und zu betteln. Zum Glück war Una in Wirklichkeit keine Klatschbase, aber er musste sich von der alten Frau sagen lassen, dass er seine Probleme besser mit seiner Ehefrau löste. Als hätte er es gekonnt!

Er schulterte seinen Bogen und bedeutete Alex, ihm den Hang hinauf zu folgen. Sie hatten ihre Pferde in einer halben Meile Entfernung zurückgelassen, um einen Hirsch zu jagen.

»Genau hier ist er durchgekommen.« Finn ging in die Hocke und schob das Heidekraut beiseite, um die Fährte des Hirschs in Augenschein zu nehmen.

»Sieht aus, als wäre er richtig groß.« Alex hockte sich neben ihn. »Vielleicht ein Sechzehnender, der in Helmsdale die Wand zieren könnte.«

Finn wusste, wie wichtig es Alex war, einen kapitalen Hirsch zu erlegen, dessen Geweih an den Wänden des Jagdsitzes neben den eindrucksvollen Trophäen seines Vaters und seines Großvaters aufgehängt werden konnte.

»Aye, aber der Bursche wäre nicht so alt geworden, wenn er nicht vorsichtig wäre«, dämpfte Finn die Erwartungen des Jungen. »Aber vielleicht haben wir heute Glück.«

Sie bewegten sich mit der Windrichtung, daher hatten sie die Chance, nah genug an das Tier heranzukommen, ehe es sie witterte.

Finn hörte ein Geräusch hinter ihnen und klopfte Alex auf den Unterarm, um ihn zu warnen. Obwohl es vermutlich ein Tier war, das sich durch den Ginster bewegte, würde der Wind, der sie bei ihrer Pirsch begünstigte, auch jeden anderen begünstigen, der sich von hinten an sie heranschlich.

Finn spitzte die Ohren und lauschte angestrengt. Da! Da war es wieder, ein leichtes Rascheln.

In einer fließenden Bewegung kam er auf die Füße, zog sein Schwert und wirbelte in die Richtung, aus der das Geräusch gekommen war. Hinter einem Felsbrocken erschien eine Gestalt. Als Finn erkannte, dass es sich bei dem Mann um Seamus handelte, den Sohn von Duffus of Sutherland, entspannte er sich – bis Seamus mit gezogenem Schwert und Mordlust in den Augen auf ihn und Alex zustürmte.

»Was ist los mit dir, Seamus?«, rief er ihm entgegen. »Ich bin es, Finn.«

»Ich bin nicht hinter dir her.« Mit dem Schwert wies Seamus auf Alex. »Aus dem Weg, Finn.«

»Ausgeschlossen.« Finn schüttelte den Kopf. »Alex ist mein Cousin.«

Seamus war ein Bär von einem Mann und ein erfahrener Krieger, doch im Grunde seines Herzens war er ein Gelehrter. Finn fragte sich, was ihn so in Rage gebracht hatte.

»Die Gordons schulden mir einen Blutzoll«, erläuterte Seamus grimmig. »Du solltest mir helfen, ihn zu holen, anstatt mir im Weg zu stehen.«

»Erzähl mir, was passiert ist.« Finn vergewisserte sich, dass er zwischen Seamus und Alex stand. »Was immer es sein mag, Alex ist unschuldig.«

»Mein Vater ist tot«, stieß Seamus hervor. »Ermordet!«

»Das tut mir leid. Dein Vater war ein guter Mann.« Finn meinte, was er sagte. »Aber ermordet? Bist du sicher?«

»Eine Klinge im Rücken ist kein Unfall«, erwiderte Seamus düster.

»Da gebe ich dir recht.« Finn nickte. »Wie ist es passiert?«

»Er wurde in Thurso umgebracht. Von den Gunns.«

Weshalb, so fragte sich Finn, sollten die Gunns ein solches Verbrechen begehen? Es leuchtete ihm nicht ein. Sie waren ein kleiner Clan, und Duffus' Tod würde ihnen keine Vorteile bringen. Keine direkten jedenfalls.

»Woher weißt du, dass es die Gunns waren?« Er sah Seamus fragend an.

»Wir haben einen von ihnen geschnappt. Er gab zu, dass der Bischof von Caithness sie bestochen hat. Andrew Stewart.«

Das war misslich. Der Täter war ein Stewart *und* Bischof. Gerechtigkeit zu finden würde nicht leicht sein. Aber ein Schmiergeld erklärte, weshalb die Gunns den Mord begangen hatten.

»Wenn es der Bischof war«, Finn schüttelte verständnislos den Kopf, »weshalb willst du dann meinen Cousin Alex Òg töten?«

»Du weißt genauso gut wie ich, dass der Bischof im Auftrag seines Stammesbruders, des Earl of Sutherland, gehandelt hat.« Seamus schnaubte verächtlich. »Die Gordons sind die eigentlichen Verantwortlichen bei dieser Verschwörung.«

Als Seamus einen Schritt vorwärts torkelte, konnte Finn sich des Eindrucks nicht erwehren, dass er getrunken hatte.

»Du kannst nicht sicher sein, dass die Gordons in die Sache verwickelt sind«, gab er zu bedenken. »Und ich schwöre dir, dass Alex damit nichts zu tun hat. Oder, Alex?«

»Nein!«, rief sein Cousin hinter ihm.

»Mein Vater hatte Anspruch auf den Titel des Earl of Sutherland.« Schwankend wies Seamus mit seinem Schwert auf Alex. »Sein Vater ließ meinen ermorden, um sicherzustellen, dass das Land und der Titel der Sutherlands an ihn übergingen.«

Was sich in der Tat nach einer einleuchtenden Erklärung anhörte.

»Um der Gerechtigkeit willen muss ich diesem Abschaum von einem Gordon nehmen, was er durch seinen Mord zu gewinnen glaubte, und seinen einzigen Sohn und Erben töten.« Seamus hob sein Schwert. »Auge um Auge!«

»Hör auf, Seamus, du bringst es doch nicht übers Herz, einen unschuldigen Jungen zu töten, der noch nicht einmal ganz ausgewachsen ist«, redete Finn ihm ins Gewissen.

»Ich muss meinen Vater rächen«, warf Seamus sich in die Brust, doch Finn hatte das Gefühl, dass er nachgab.

»Ich fände es schlimm, wenn ich dich deswegen umbringen müsste, und wir wissen beide, dass ich geschickter bin mit dem Schwert als du.« Finn zog seinen Flachmann hervor. »Lass uns einen trinken und überlegen, wie wir die Schuldigen ihrer gerechten Strafe zuführen – die Gunns und den Bischof.«

Als Seamus sein Schwert schließlich senkte, atmete Finn erleichtert auf. Es kostete ihn eine Stunde Zeit und seinen gesamten Whisky, Seamus zu überreden, sich an den Kronrat in Edinburgh zu wenden, seine Anschuldigungen dort vorzubringen und ein Gerichtsverfahren zu verlangen. Er selbst hätte vermutlich größte Mühe gehabt, den Gerichtshof davon zu überzeugen, ein paar Priester zu bestrafen, die dem Bischof geholfen hatten, aber Seamus war für diese Sorte Kampf bestens geeignet.

Und es würde ihn aus der Reichweite von Finns Onkel halten.

Finn stieß die Wachen beiseite, die vor der Tür zum Zimmer seines Onkels standen, und machte die Tür auf.

»Ich muss unter vier Augen mit meinem Neffen sprechen.« Sein Onkel entließ die Wachleute, die Finn mit gezogenen Schwertern gefolgt waren.

»Du und der Bischof – habt ihr veranlasst, dass Duffus ermordet wird?«, fragte Finn ohne Umschweife, sobald die Wachmänner die Tür geschlossen hatten.

Sein Onkel hob eine Braue und fragte neugierig: »Ist er tot?«

Finn berichtete, was Seamus ihm über den Mord erzählt hatte.

»Ich bezweifle, dass der Bischof in die Sache verwickelt ist«, sagte sein Onkel nüchtern. »Und wenn er etwas so Abscheuliches getan hat, um die Interessen meiner Familie zu schützen, geschah es ohne meine Kenntnis.«

Finn wusste nicht, ob er seinem Onkel glauben sollte. Aber eines war klar – wenn der Earl in die Sache verwickelt war, würde niemand es jemals beweisen können.

»Ich hatte zwar nichts mit Duffus' Ermordung zu tun«, der Earl hob seinen Becher, »doch ich bin froh, dass er tot ist.«

»Weshalb?« Finn schüttelte den Kopf. »Duffus war ein alter Mann. In all den Jahren hat er dir das Recht auf den Titel nicht streitig gemacht.«

»Das Risiko bestand immer, denn er hätte es tun können.« Sein Onkel zuckte mit den Schultern. »Wie ich schon sagte, viele Sutherlands sähen lieber einen der ihren als Laird. Außerdem missfällt es ihnen, wie der Titel auf die Gordons überging, obwohl es absolut legitim war.«

»Absolut.« Finn gab sich keine Mühe, den Sarkasmus aus seiner Stimme herauszuhalten.

»Ich vergebe dir diese Bemerkung und deine haltlose Unterstellung, dass ich in den Mord verwickelt bin, weil du meinen Sohn heute beschützt hast.« Sein Onkel nickte. »Ich wusste, dass ich mich auf deine Loyalität ihm gegenüber verlassen kann.«

Er bedeutete Finn, im Sessel gegenüber Platz zu nehmen, und schenkte ihm Whisky ein. Finn trank den Becher in einem Zug leer. Einfach hereinzustürmen und den Earl zu beschuldigen war ein Fehler gewesen. Hatte er etwa erwartet, dass sein gerissener Onkel ein Geständnis ablegte? Mit seinem Verhalten hatte er die Gunst seines Onkels und seinen gerade erst wieder erworbenen Platz im Clan aufs Spiel gesetzt.

»Eins muss ich wissen.« Sein Onkel musterte ihn mit verengten Augen. »Ist dieser Seamus eine Bedrohung für Alex?«

Wenn der Earl glaubte, dass er es war, würde Seamus nicht lange leben.

»Seamus schwor mir, dass weder er noch die Männer der Sutherlands Alex ein Haar krümmen werden.«

Sein Onkel wirkte nicht überzeugt. »Wie ist dir das gelungen?«

»Ich konnte ihn überzeugen, Anklage gegen den Bischof zu erheben«, erwiderte Finn. »Er ist auf dem Weg nach Edinburgh, um sich an den königlichen Gerichtshof zu wenden.«

»Du redegewandter Teufel!« Sein Onkel warf den Kopf in den Nacken und lachte schallend. »Seamus hat nicht den Hauch einer Chance. Du lieber Himmel, der Bischof ist ein Stewart.«

»Seamus stritt ab, dass er Alex vor dem heutigen Tag etwas angetan hat«, fuhr Finn sachlich fort, nachdem sein Onkel sich beruhigt hatte. »Bei den Splittern in Alex' Becher und dem Dorn im Huf seines Pferdes muss es sich um Zufälle gehandelt haben.«

»Vielleicht hast du recht, aber ohne diese Zwischenfälle wärst du nicht hier gewesen, um Alex heute zu beschützen.« Sein Onkel hob den Becher. »In meinem Haushalt hast du immer einen Platz. Ich schulde dir etwas und werde nicht vergessen, was du für mich getan hast.«

Finn hätte glücklich sein sollen. Das war es, worauf er gehofft hatte, aber das Zerwürfnis mit Margaret lastete selbst jetzt auf ihm.

»Helen macht sich Sorgen, dass es Streit gibt zwischen dir und deiner Braut.« Der Earl hielt Finn auf, als dieser Anstalten machte zu gehen. »Maggie ist eine gute Frau. Sieh zu, dass du sie nicht verlierst.«

»Eine Frau wie sie verdiene ich nicht.«

»Keiner von uns.« Sein Onkel zwinkerte ihm zu. »Du musst dir einfach sagen, dass du auf jeden Fall besser bist als der Bursche, der womöglich deinen Platz einnehmen würde.«

Mit all seinen Mängeln war Finn besser als irgendein Adliger aus den Lowlands, ein Kerl wie ihr ehemaliger Gemahl. Aber Margaret hatte ihre Wahl getroffen.

Sie wollte ihn nicht.

20. Kapitel

Als er sich zum Abendessen in der Halle einfand, umarmte ihn seine Tante und dankte ihm überschwänglich für die Rettung ihres Sohns. Die Männer brachten Trinksprüche auf ihn aus, bis Finn so betrunken war, dass er beschloss, dem Rat seines Onkels zu folgen und Margaret zu halten – und auch so betrunken, dass er glaubte, es könnte ihm gelingen.

Alex musste die Geschichte mit Seamus mehrfach erzählen und schmückte sie jedes Mal mehr aus, wie es von jedem ordentlichen Highlander erwartet wurde. Anschließend erzählte er von dem Hirsch, dem sie gefolgt waren, als Seamus ihre Jagd unterbrochen hatte.

»Ihr hättet sehen sollen, wie groß er war!«, sagte der Junge begeistert. »Finn meint, wir können es morgen noch einmal versuchen und seine Fährte weiterverfolgen.«

»Ich bin sicher, Finn wird ihn erlegen«, sagte Curstag kehlig. »Ein mutiger Mann bekommt immer, was er will.«

Das hoffte Finn. Als er einen bösen Blick von Margaret auffing, lächelte er in sich hinein. Nun, da er der Held des Tages war, würde sie vielleicht bereit sein, seine Mängel zu übersehen, und eine weitere Nacht mit ihm verbringen. Und vielleicht führte eine Nacht zu einer zweiten, und eine zweite zu einer dritten …

Es stimmte, die letzte Nacht war nicht gut ausgegangen – sehr schlecht, um genau zu sein –, aber Margaret war ein zurückhaltender Mensch. Vielleicht brauchte sie einfach Zeit, um sich an den Gedanken zu gewöhnen, mit ihm zusammen zu sein.

Plötzlich legte Margaret ihm eine Hand auf den Arm, und seine Gedanken kamen abrupt zum Stillstand. Sie beugte sich zu ihm, und der zarte Duft von Wildblumen stieg ihm in die Nase. Allmächtiger, er wollte sie wieder in die Arme nehmen, ihr leises Stöhnen hören, wenn er ihre Brüste liebkoste und …

»Kannst du nach dem Essen in unser Zimmer kommen?«, fragte sie flüsternd.

»Aye, meine Süße!« Ohne es zu wollen, grinste er wie ein Schwachsinniger. Sie begehrte ihn. Er erkannte es daran, wie sie errötete.

Er folgte ihr die Treppe hinauf und genoss den Anblick ihrer schwingenden Hüften. Es kostete ihn Mühe, der Versuchung zu widerstehen, ihr süßes Hinterteil an sich zu ziehen und ihren Nacken zu küssen. Doch dann fiel ihm ein, wie die letzte Nacht geendet hatte, und er sagte sich, dass es klüger war, wenn er ihr die Führung überließ. Für gewöhnlich war er gut darin, das Verhalten von Frauen zu lesen, besonders im Bett. Aber wenn Maggie gestern Abend irgendein Zeichen von Kummer gezeigt hatte, ehe sie in Tränen ausgebrochen war, dann war es ihm entgangen. Und im Gegensatz zu seinem augenblicklichen Zustand war er absolut nüchtern gewesen.

Als sie die Schlafzimmertür hinter ihnen schloss, lehnte er sich an das Bett und verschränkte die Arme vor der Brust, um sich davon abzuhalten, sie an sich zu ziehen. Geduldig wartete er. Ihre fein geschnittenen Züge wirkten angestrengt, und wahrscheinlich hatte sie genauso schlecht geschlafen wie er. Sie stand reglos da und versuchte, ihre Anspannung nicht erkennen zu lassen.

»Was du heute getan hast, war großartig«, sagte sie schließlich leise. »Ich bin unendlich froh, dass weder dir noch Alex etwas passiert ist.«

Ihren lobenden Worten zum Trotz kamen ihm Zweifel, ob die Unterhaltung dazu führen würde, dass sie gemeinsam im

Bett landeten. Wenn nicht, würde es ihm nichts ausmachen. Er war geduldig. Und sie war es wert, dass er auf sie wartete.

»Kein Grund, aufgeregt zu sein«, sagte er und warf einen Blick auf ihre verkrampften Hände. »Ich bin es doch nur.«

»Ich glaube, es wäre besser, wenn ich fortgehe«, stieß sie unvermittelt hervor.

»Fortgehe?« Finn bekam das Wort kaum über die Lippen. »Was zum Teufel meinst du damit, fortgehen?«

»Ich möchte, dass du mich zu meiner Schwester Sybil bringst«. Sie sah zu Boden. »Sie ist mit dem MacKenzie verheiratet.«

»Du hast mir gar nicht gesagt, dass du eine Schwester bei den MacKenzies hast«, sagte er überrascht, obwohl es im Moment seine geringste Sorge war, dass sie vergessen hatte, diesen Umstand zu erwähnen.

»Ich habe dir nichts davon erzählt, weil Eilean Donan, die Burg, auf der sie lebt, so weit weg ist. Es war mir klar, dass du mich nicht dorthin bringen konntest.« Margaret unterbrach sich und befeuchtete ihre trockenen Lippen mit der Zungenspitze. »Doch nun, da du dem Earl deine Loyalität bewiesen hast und er dir dankbar ist, dass du Alex gerettet hast, dachte ich … nun, ich hatte gehofft …«

Ihre Schwester. Der MacKenzie. Sein Verstand schien nicht in der Lage, die Worte sinnvoll zusammenzusetzen.

»Du verlässt mich?«

Er mahnte sich, nicht gleich das Schlimmste anzunehmen, allerdings wich sie seinem Blick aus. Plötzlich ergriff ihn eine Angst, wie er sie noch nicht einmal auf dem Schlachtfeld erlebt hatte.

»Von verlassen kann kaum die Rede sein, wenn wir nicht wirklich verheiratet sind«, erwiderte sie leise.

»Das kannst du nicht ernst meinen.« Er fasste sie an den Armen. »Sieh mich an, und sag es mir ins Gesicht.«

Als sie den Blick zu ihm hob, standen Tränen in ihren Augen, doch ihre Stimme klang bestimmt. »Ich muss gehen.«

Mit einem Mal war er stocknüchtern – und wünschte sich verzweifelt, es nicht zu sein. Wie konnte sie ihn verlassen, nun, da er sie so sehr begehrte? Er hatte geglaubt, dass sie sich etwas aus ihm machte.

»Wenn ich bleibe, werden wir uns am Ende nur elend fühlen«, murmelte sie.

»Sprich nicht für mich«, stieß er ungehalten hervor. »Aber wenn du entschlossen bist zu gehen, bringe ich dich hin.«

Wenn sie glaubte, dass er sie bat zu bleiben, hatte sie sich geirrt. Das bisschen Stolz, das ihm geblieben war, musste er sich bewahren. Er hätte nicht wütend auf sie sein sollen, aber er war es.

Er war wütend, weil er ihr nicht gut genug war. Wütend, weil er es ihr nicht wert war, auf ein Leben mit Dienern und schönen Dingen zu verzichten, um mit ihm zusammen zu sein. Wütend, weil sie ihm nicht die Möglichkeit gab zu beweisen, dass er sie glücklich machen konnte, trotz allem, was ihm fehlte.

Ihre Entscheidung mochte praktisch und klug sein. Dennoch war sie falsch.

»Ich würde sofort aufbrechen – heute Abend noch, wenn ich könnte«, sagte er kühl. »Aber ich muss mit meinem Onkel sprechen.«

»Selbstverständlich.« Sie senkte den Blick auf ihre Hände.

»Ich gehe davon aus, dass er mir gestattet, dich zu begleiten«, fuhr er wie betäubt fort. »Und auch, wenn ich Alex versprochen habe, morgen noch einmal Jagd auf den Hirsch zu machen, brechen wir morgen früh auf – du, ich und Ella.«

Der Gedanke, auch Ella zu verlieren, zerriss ihm das Herz, und er wurde noch wütender auf Margaret. Wie konnte sie ihm so etwas antun? Er warf die Tür hinter sich zu, als er ging.

Margaret wischte sich die Tränen ab und zog den Tornister unter dem Bett hervor. Sie wollte nicht fortgehen, aber je länger sie blieb, desto schwerer würde ihr der Abschied fallen. Finn verdiente eine Frau, die ihm Kinder schenkte. Er würde einen wundervollen Vater abgeben.

Sie fragte sich, wo er die letzte Nacht geschlafen hatte, nachdem er aus dem Zimmer gestürmt war. Wenn sie blieb, würde sie zahllose Nächte und zahllose Nachmittage damit verbringen, sich zu fragen, mit wem er zusammen war. Sie würde weder sein Interesse wachhalten noch seine Enttäuschung ertragen können, wenn sie ihm nicht die Söhne schenkte, die jeder Mann sich wünschte. Ihn zu verlassen war das Einzige, was sie tun konnte.

Als die Tür geöffnet wurde, schaute sie über ihre Schulter. Una stand auf der Schwelle, die Hände in die Hüften gestemmt.

»Was macht Ihr da, Mädchen?«, fragte die alte Frau entrüstet.

»Ich packe.« Margaret wandte sich wieder ihrer Aufgabe zu.

»Was hat Finn Euch getan?« Una ließ nicht locker.

»Nichts.«

»Dann begeht Ihr eine schreckliche Dummheit.«

»Aye.«

Una beobachtete sie schweigend. »Es ist unübersehbar, dass Ihr nicht gehen wollt«, sagte sie nach einer Weile kopfschüttelnd. »Sagt mir, weshalb Ihr fortwerft, was Ihr eigentlich wollt, und stattdessen tut, was Ihr nicht wollt.«

Margaret sah zu Boden und schluckte die Tränen herunter.

»Legt Euren Umhang an. Ich bringe Euch zur Quelle.« Una wandte sich zur Tür. »Ella hält ihren Mittagsschlaf. Ich wecke sie.«

»Weshalb zur Quelle?«, rief Margaret der alten Frau hinterher.

»Um zu sehen, ob ich recht habe, was Eure Zukunft angeht.«

»Ich weiß nicht, was Ihr meint.« Glaubte die alte Frau, eine Seherin zu sein? Und was hatte die Quelle damit zu tun?

»Es gibt dort einen Teich. Er wird von einer Quelle gespeist, die in einem Feenhügel entspringt.« Una sprach leise, obwohl niemand in der Nähe war.

»Ein Feenhügel?« Diese Highlander und ihre Feen!

»Aye, die Feen verlassen den Hügel, um sich im Wasser zu vergnügen«, erläuterte Una ernst. »Wenn sie Euch mögen, stäuben sie ihren heilenden Zauberstaub über Euch.«

Margaret wurde hellhörig. »Wie soll ich sie dazu bringen, dass sie mich mögen?«, fragte sie skeptisch. Immerhin war es nicht gänzlich ausgeschlossen, dass es Feen gab.

»Ich sehe schon, Ihr wisst nichts über die Feen.« Una schüttelte den Kopf.

Dunkel erinnerte Margaret sich an die Geschichten, die ihre Kinderfrau ihr über die Feen erzählt hatte. »Sie mögen alles, was glänzt. Silbermünzen zum Beispiel.«

»Ja, aber bei den Feen weiß man nie genau.« Una deutete mit dem Finger auf Margaret. »Ihr dürft sie nicht beleidigen, sonst sorgen sie dafür, dass Ihr den Halt verliert und im Teich ertrinkt, statt ihren magischen Staub auf Euch niederrieseln zu lassen.«

Die alte Frau war ihr und Ella gegenüber von Anfang an freundlich gewesen, und sie schien an das, was sie sagte, zu glauben. Margaret zog ihren Umhang an.

Sie gingen den Pfad am Fluss entlang, und Ella hüpfte voraus und pflückte Blumen wie gewöhnlich. Als sie sah, wie glücklich ihre Tochter war, überkam Margaret ein schlechtes Gewissen. Ella war regelrecht aufgeblüht und hatte Zuneigung zu Una und Alex gefasst – und natürlich auch zu Finn.

Das Mädchen betete ihn an.

Ihre Tochter kam zurückgelaufen. Sie lächelte nicht mehr und streckte die Arme aus zum Zeichen, dass sie getragen werden wollte. Als Margaret sich umsah, um zu ergründen, was Ella erschreckt hatte, entdeckte sie in einiger Entfernung Isabel, die auf dem Boden kniete und Kräuter sammelte. Margaret schluckte. Sie wollte der mürrischen Frau an diesem Tag nicht begegnen.

Una und sie tauschten einen Blick.

»Wir nehmen einen anderen Weg«, sagte Una leise, und ohne ein weiteres Wort änderten sie die Richtung, ehe Isabel sie gesehen hatte.

»Ist es noch weit bis zur Quelle?« Besorgt musterte Margaret die alte Frau, die sich schwer auf ihren Stock stützte.

»Hier entlang dauert es ein bisschen länger«, erwiderte Una angestrengt. »Es ist der Weg zum Haus meines Enkels Lachlan, aber er führt auch zur Quelle.«

Kurz darauf bückte sie sich unter den Sträuchern hindurch, die am Wegrand standen. Ella an der Hand, folgte Margaret ihr einen sanften, dicht mit Bäumen und Büschen bestandenen Abhang hinunter.

»Oh, wie schön!«, entfuhr es ihr überrascht, als sie die letzten hohen Sträucher hinter sich gelassen hatten und vor einem dunklen Teich mit weißen und rosa Wasserlilien standen.

Sie nahm den Anblick in sich auf und lächelte bei der Vorstellung kleiner geflügelter Feen, die von Lilie zu Lilie flogen. Magisch oder nicht, es war ein bezauberndes Fleckchen Erde.

Una nahm eine kleine Silbermünze aus der Tasche und legte sie auf einen flachen Felsen im Schilf.

Ella sah erwartungsvoll zu Margaret auf. »Haben wir auch ein Geschenk für die Feen?«

Una hatte ihrer Tochter so viel über die Feen erzählt, dass Margaret sie nicht enttäuschen wollte. Und wenn es die Feen tatsächlich gab, war zweifellos dies der Ort, wo sie sich aufhielten – und Margaret konnte sich nicht erlauben, sie gegen sich aufzubringen.

In ihrem früheren Leben hatte sie mehr Silberschmuck besessen, als sie je hätte tragen können – Broschen, Halsbänder, Armreife, Ringe, Haarspangen. Selbst die Schatulle, in der sie all diese Dinge aufbewahrt hatte, war aus Silber gewesen. Seufzend löste sie den Beutel mit den Onyxscherben von ihrem Gürtel, suchte zwei glänzende kleine Splitter aus und gab sie Ella.

Dann trat sie ans Ufer und rief über den Teich: »Wir haben kein Silber und keinen glitzernden Schmuck, den wir euch geben könnten. Stattdessen bringen wir Stücke eines von Mutterliebe durchdrungenen magischen Steins.«

Una nickte beifällig, als Margaret und Ella die Onyxscherben neben die Münze legten. Der Blick der alten Frau zuckte über die Wasseroberfläche, als beobachte sie ein Insekt, das von Lilie zu Lilie flog, oder einen Stein, der über das Wasser hüpfte.

Ella lachte und klatschte in die Hände, als sähe auch sie, was Una sah.

»Die Feen sind sehr angetan von Eurem Geschenk«, wandte Una sich flüsternd zu Margaret um. »Sie wollen, dass Ihr ins Wasser kommt, und es wäre eine Beleidigung, wenn Ihr die Einladung nicht annehmen würdet.«

Margaret zog ihre Schuhe und Strümpfe aus, hob die Röcke und trat vorsichtig ins Wasser, in der Erwartung, dass es kalt war.

»Es ist warm!« Sie hatte von warmen Quellen gehört, war jedoch noch nie selbst in einer gewesen.

»Das reicht nicht.« Una schüttelte den Kopf. »Ihr müsst richtig baden in dem Teich, damit der Feenstaub wirken kann. Außer natürlich«, setzte sie schelmisch hinzu, »es wären Eure Füße, die der Heilung bedürfen.«

»Baden?« Margaret runzelte die Stirn. »Ihr meint, ohne Kleider?«

»Selbstverständlich.« Una blickte zum Himmel.

»Aber ich brauche keine Heilung. Ehrlich gesagt, ich war nie gesünder als jetzt.«

»Es gibt Wunden, die man nicht sehen kann.« Una streckte die Hand aus. »Ich halte so lange Euer Gewand.«

Zögernd gab Margaret nach, und als sie in den Teich stieg, war sie froh, dass sie es getan hatte. Das warme Wasser fühlte sich auf ihrer Haut an wie flüssiger Samt.

»Ella, komm zu mir!«, rief sie ihrer Tochter zu, die neben Una am Ufer saß und die Füße im Wasser baumeln ließ.

Ella schüttelte den Kopf, dass ihre blonden Locken von einer Seite zur anderen flogen.

»Ich habe ihr erzählt, dass wir die Feen nicht in Versuchung führen sollten, indem wir ein so hübsches Kind in ihren Teich gehen lassen.« Una senkte die Stimme. »Man sagt ihnen nach, dass sie ein Kind, das ihnen gefällt, durch die Quelle in ihr Reich im Feenhügel mitnehmen und an seiner statt ein Wechselbalg dalassen.«

Margaret wäre es lieber gewesen, wenn Una das Kind nicht mit solchen Märchen erschreckt hätte. Aber nachdem sie die Geschichte jetzt selbst gehört hatte, war sie froh, dass Ella nicht zu ihr ins Wasser kommen wollte.

Auf dem Rücken liegend, trieb sie mit geschlossenen Augen dahin und hatte das Gefühl, als verflüchtigten sich ihre sämtlichen Sorgen und Ängste.

»Ihr solltet nicht zulassen, dass die Angst Euch von Finn forttreibt«, hörte sie Una sagen.

So viel zum Verflüchtigen ihrer Sorgen. Margaret schlug die Augen auf.

»Es gibt nicht viele gute Männer, aber Ihr habt einen gefunden«, fuhr die alte Frau unbeirrt fort. »Fasst Euch ein Herz, und riskiert es, glücklich zu sein.«

»Ich könnte sein Interesse an mir nicht lange wachhalten«,

wiederholte Margaret, was Curstag gesagt hatte. Und dass sie niemals sein Herz besitzen würde.

Una schnalzte missbilligend mit der Zunge. »Und deshalb verlasst Ihr ihn, ehe er Euch verlässt.«

Margaret seufzte. Er würde sie verlassen. Wenn sie blieb, würde sie ihr Herz von Tag zu Tag mehr an ihn verlieren, während sie damit rechnen musste, dass er ihrer überdrüssig wurde oder einen anderen Grund fand, sie fallenzulassen. Und die ganze Zeit würde sie riskieren, ein weiteres Kind zu empfangen und es zu verlieren. Nein, es war besser, gleich zu gehen.

Sie ließ sich tiefer sinken und von der dunklen Stille des Teichs umhüllen. Sobald sie den Kopf aus dem Wasser erhob, sprach Una weiter.

»Ihr glaubt, dass Finn Euch den Wölfen zum Fraß vorwerfen wird wie andere Männer.« Wieder schnalzte Una mit der Zunge. »Aber so ist er nicht. Was hat er getan, dass Ihr ihn so hart beurteilt?«

Die alte Frau hatte recht. Es wäre nicht schwer gewesen, sie im Stich zu lassen, nachdem Moray sie nicht mehr als Geisel benötigte. Aber Finn hatte nichts zu verlieren gehabt, als er sie mitnahm. Wäre seine Entscheidung genauso ausgefallen, wenn für ihn mehr auf dem Spiel gestanden, wenn es ihn einen hohen Preis gekostet hätte? Weder ihrem Ehemann noch den Männern ihrer Familie war sie es je wert gewesen, irgendetwas für sie aufzugeben.

»Was, wenn es an mir liegt?«, fragte sie erstickt. »Vielleicht bin ich das Opfer nicht wert.«

»Ach, redet nicht so einen Unsinn.« Una machte eine wegwerfende Handbewegung.

Unsinn oder nicht, die Männer, auf die Margaret sich eigentlich hätte verlassen sollen, hatten sie für ihre eigenen Zwecke benutzt und sie dann im Stich gelassen, wenn sie sie gebraucht hätte.

»Kostet das Leben aus«, riet Una ihr unwirsch. »Tot seid Ihr noch lange genug.«

Nach diesem Beispiel von Highlandweisheit stieg Margaret aus dem Wasser, wartete, bis sie halbwegs trocken war, und zog sich an. Für Una war das Thema immer noch nicht erledigt.

»Mein Ehemann starb nur ein Jahr, nachdem wir geheiratet hatten«, erzählte sie, als sie sich auf den Weg zurück zur Burg machten. »Aber ich hätte dieses Jahr um nichts in der Welt missen mögen, selbst wenn ich gewusst hätte, dass er stirbt. Im Gegenteil, ich hätte alles an Freude und Glück aus jedem einzelnen Tag, der mir mit ihm vergönnt war, herausgepresst.«

»Hättet Ihr dann nicht noch viel mehr gelitten, nachdem er gestorben war?«

»Aus Angst vor Kummer darf man das, was dieses Leben zu bieten hat, niemals aufgeben.« Una stützte sich auf Margarets Arm. »Kummer kommt von allein, zu uns allen, das müsst Ihr Euch immer vor Augen halten.«

Margaret hatte so viel Zeit ihres Lebens damit verbracht, anderen zu gefallen und wenig für sich zu erwarten. In dem Glauben, keine Wahl zu haben, hatte sie immer versucht, ihr Schicksal ohne Zorn oder Groll zu akzeptieren. Würde sie zu viel verlieren, wenn sie jetzt ging? War es den Kummer wert, den sie später erleiden würde, wenn sie jetzt ein wenig Glück erlebte, egal, wie kurz?

Sie wurde abrupt aus ihren Gedanken gerissen, als Una sie zwickte.

»Au!«

»Still«, flüsterte Una scharf. »Einmal kneifen hilft, das Unglück zu verhindern.«

»Welches Unglück?« Margaret hob Ella hoch und sah sich um. Nirgendwo war eine Gefahr zu erkennen.

»Da oben.« Una deutete in eine Baumkrone, und Margaret folgte ihrem Blick. Auf einem Ast über ihren Köpfen saß ein einzelner Vogel. »Zwei Elstern sagen Glück für eine Hochzeit voraus. Eine bedeutet Unglück.«

Es war zweifelsfrei eine Elster. Ihr Kopf, ihr Hals und ihre Brust waren schwarz, der Bauch und die Flanken dagegen weiß, und der lange schwarze Schwanz hatte einen bläulichen Schimmer.

»Feasgar math«, sagte Una zu dem Vogel. »Guten Tag.«

Von ihrer Kinderfrau wusste Margaret, dass man der Elster Respekt erweisen und sie grüßen musste, um Unglück abzuwenden. Andererseits hatte die Kinderfrau auch gesagt, dass man siebenmal »Ich biete dir die Stirn« sagen sollte, wenn man eine Elster sah, was Margaret nicht im Mindesten respektvoll vorkam.

Sie sagte sich, dass das alles ohnehin nur Aberglaube war. Doch als die Elster ihren Kopf schräg legte und sie mit ihren dunklen Knopfaugen ansah, durchlief sie ein Frösteln, das ihr durch Mark und Bein ging.

Dann gab der Vogel einen krächzenden Schrei von sich, und Margaret zuckte zusammen.

»Sie kündigt den Tod an.« Una legte den Kopf in den Nacken und beobachtete, wie die Elster davonflog.

21. Kapitel

Margaret konnte nicht stillsitzen, obwohl es ihr für gewöhnlich nicht schwerfiel, ihre Gefühle zu beherrschen. Sie wartete gespannt auf Finns Rückkehr, dabei wusste sie nicht einmal, was sie ihm sagen sollte und was sie überhaupt wollte. Vielleicht war es ohnehin zu spät, ihre Meinung zu ändern. Er war wütend auf sie gewesen, nachdem sie ihm mitgeteilt hatte, dass sie fortwollte, und es konnte gut sein, dass sie alles ruiniert hatte.

Sie schob die Gedanken an Finn beiseite, als sie hörte, dass Ella die Nase hochzog.

»Hat mein armes Mädchen sich etwa erkältet?«, fragte sie das Kind und putzte ihm die Nase.

»Es ist nichts, worüber Ihr Euch Sorgen machen müsstet«, versicherte Una ihr prompt. »Aber heute lassen wir uns das Abendessen nach oben bringen und gehen früh zu Bett.«

Margaret nickte. »Dann esse ich auch oben.«

»Nicht nötig.« Una hob abwehrend die Hand. »Ich bin müde von unserem Spaziergang und bleibe gern bei Ella – und Ihr müsst mit Finn reden.«

Margaret küsste Ella auf die Stirn. Das Kind schien kein Fieber zu haben. »Möchtest du, dass ich bei dir bleibe, meine Süße?«

»Soll ich dir die Geschichte erzählen, wie ich den Wolf überlistet habe?« Una nahm Ella auf den Schoß. »Oder die von meiner Flucht vor dem Feenprinz, der sich in mich verliebt hatte?«

»Beide.« Ella schob sich den Daumen in den Mund und lehnte den Kopf an Unas Brust.

Das Kind war in guten Händen. Margaret gab ihm noch einen Kuss und schlüpfte aus dem Zimmer. Sie wies einen Diener an, das Abendessen für Ella und Una nach oben zu bringen, dann gesellte sie sich zu Finns Tante, die vor dem Kamin saß und Näharbeiten verrichtete.

»Kann ich Euch beim Ausbessern helfen?«

Die Countess sah hoch. »Es gibt immer etwas zum Ausbessern, nicht wahr?« Sie lächelte genau wie ihr Sohn und wies auf den Korb neben sich. »Ich wäre für ein wenig Gesellschaft genauso dankbar wie für ein wenig Hilfe.«

Margaret hatte geglaubt, Isabel entkommen zu sein, doch kurz darauf kam Finns Mutter die Treppe vom Gewölbe herauf, wo die Küche und die Vorratsräume lagen.

»Ich hoffe, die Männer sind bald von der Jagd zurück«, sagte sie an die Countess gewandt. »Die Köchin hat aus dem Lamm, das in die Schlucht gestürzt ist, einen Eintopf zubereitet, und es riecht köstlich.«

Isabel klang geradezu fröhlich, was Margaret überraschte. Du lieber Himmel, die Frau lächelte ihr sogar zu. Doch anstatt erfreut zu sein, dass Finns Mutter freundlich zu ihr war, fühlte Margaret sich unbehaglich. Sie würde Isabel niemals leiden können, allein schon wegen der Art, wie sie Finn behandelte. Vielleicht war es lieblos von ihr, aber sie traute der Frau nicht über den Weg.

»Da sind sie ja.« Die Countess lächelte, als von draußen laute Männerstimmen zu hören waren.

»Sie werden einen Bärenhunger haben, nachdem sie den ganzen Tag bei diesem Wetter draußen waren.« Isabel wandte sich zum Gehen. »Ich gebe den Dienern Bescheid, dass sie das Essen auftragen sollen.«

Alle Wetter, die Frau war wirklich selbstherrlich. Margaret staunte. War es nicht die Aufgabe der Countess, den Dienern Anweisungen zu geben?

Sie legte ihre Näharbeit beiseite und stand auf, um Finn abzupassen, als die Männer zu zweit und zu dritt in die Halle zu strömen begannen. Sie hatten offenbar getrunken, um die Kälte abzuwehren. Wenn ihre Jagd nur halb so erfolgreich gewesen war wie ihr Trinkgelage, würde das Wildbret wochenlang reichen.

Als die Tür sich hinter dem letzten Jagdteilnehmer geschlossen hatte, fragte Margaret ihn, wo Finn abgeblieben war.

»Er und Alex jagen den Hirsch«, antwortete der Mann lachend. »Es war bereits dunkel, und wir hatten Hunger, also brachen wir ohne sie auf.«

»Sie sind noch draußen?«, fragte sie ungläubig.

»Ach, macht Euch keine Sorgen.« Der Mann lächelte beruhigend. »Finn weiß, was er tut. Der Junge ist sicher bei ihm.«

Es war nicht Alex, an den sie dachte. Doch der Mann hatte recht, Finn wusste, was er tat, und würde seinen Cousin keinem Risiko aussetzen.

»Typisch Finn, jedermann Unannehmlichkeiten zu bereiten durch seine Unpünktlichkeit«, befand Isabel kurz angebunden. »Bearach wäre niemals so rücksichtslos.«

Margaret verbiss sich die Bemerkung, die ihr auf der Zunge lag. Da die Männer Hunger hatten, ließ die Countess das Essen servieren, ohne auf Finn und Alex zu warten. Sie und der Earl saßen am Kopfende wie üblich, den leeren Platz ihres Sohnes in der Mitte, während Margaret sich zwischen Finns Eltern auf der einen Seite und Curstag auf der anderen eingezwängt fand.

Das Essen wurde aufgetragen, doch sie war abgelenkt, behielt die ganze Zeit die Tür im Blick. Die Mahlzeit zog sich in die Länge, und als es draußen immer stürmischer wurde, begann sie sich Sorgen zu machen.

»Wo stecken die beiden bloß?«, fragte Isabel missmutig. »Sie hätten längst hier sein sollen.«

Isabel schien tatsächlich Angst zu haben um Finn. Vielleicht liebte sie ihn auf ihre eigene Weise. Immerhin war er ein Sohn, auf den man stolz sein konnte und der bei allem oberflächlichen Charme – und davon hatte er viel – ein gutes Herz besaß. Dennoch schienen seine Eltern und sein Bruder seinen Wert nicht zu erkennen.

Egal, ob sie blieb oder fortging, sie musste Finn sagen, was sie für ihn fühlte. Gerade weil seine Familie so wenig von ihm hielt, wollte sie nicht, dass er glaubte, sie machte sich nichts aus ihm. Das Problem war eher, dass sie sich zu viel aus ihm machte.

Wieder ging ihr Blick zur Tür, zuckte jedoch zum Tisch zurück, als der Earl plötzlich unvermittelt aufsprang.

»Gift!«, rief er erstickt, »man hat mich vergiftet!«

Er krallte sich im Tischtuch fest, als er zu schwanken begann. Becher und Geschirr landeten klirrend auf dem Boden. Margaret sprang von ihrem Platz auf und eilte zu ihm. Sie griff ihn am Ellbogen und versuchte, ihn zu stützen.

»Wir bringen Euch zu Bett«, sagte sie ruhig und betete im Stillen, dass der Earl sich irrte.

»Welcher von meinen Feinden ist dafür verantwortlich?« Die Augen traten dem Earl vor den Kopf, und er umklammerte seine Kehle. »Wer ist der Verräter, der ihnen geholfen hat?«

Margaret beobachtete, wie er einen nach dem anderen an der Tafel musterte, bis sein Blick schließlich bei seiner Ehefrau hängen blieb. Die Countess war leichenblass, ein Schweißfilm schimmerte auf ihrer Haut.

Vergiftet. Jetzt war Margaret sicher, dass es stimmte. Ihre Mutter hatte ihnen in jeder Einzelheit vom Tod ihrer Schwestern berichtet. Alle drei waren vergiftet worden, um sicherzustellen, dass diejenige, die der König entgegen dem Rat und den Interessen seiner mächtigen Edelleute heiraten wollte, dabei war. Ihre Mutter war dem Tod nur deshalb entgangen, weil sie nicht gefrühstückt hatte.

Alle an der Tafel starrten den Earl erschrocken an. »Schnell!«, rief Margaret in die Runde. »Helft mir! Der Laird und seine Gemahlin müssen nach oben gebracht werden und gründlich erbrechen.«

Endlich kam Leben in die Mitglieder seiner Garde. Sie hoben den Earl hoch, doch als sie ihn in sein Schlafgemach bringen wollten, fasste er Margaret am Arm.

»Mein Sohn. Warnt meinen Sohn.« Er umklammerte ihren Arm wie ein Schraubstock, zog sie zu sich und keuchte ihr ins Ohr: »Er ist in Gefahr!«

»Der Himmel stehe uns bei«, flüsterte sie erschüttert. »Ihr glaubt, das Gift war auch für Alex gedacht?«

»Natürlich«, erwiderte der Earl röchelnd. »Alex darf auf Helmsdale kein Essen und kein Getränk anrühren. Finn muss ihn nach Dunrobin bringen!«

Margaret nickte feierlich. »Ich sage es ihm. Ihr könnt Euch darauf verlassen.«

»Versprecht es mir.« Sein fiebriger Blick schien sich in sie zu bohren. »Versprecht es!«

»Ich verspreche es«, sagte sie fest. »Finn wird Alex in Sicherheit bringen.«

Erst jetzt lockerte der Earl den Griff um ihren Arm und gestattete seinen Männern, ihn in sein Schlafgemach zu tragen, in das seine Gemahlin schon gebracht worden war.

Margaret sagte sich, dass andere sich um die beiden kümmern würden, und widerstand dem Drang zu helfen. Der Earl befürchtete, dass jemand unter seinen Vertrauten die Absicht gehabt hatte, auch seinen Sohn zu vergiften – und es immer noch wollte. Sie musste Finn und Alex warnen.

Ella! Panik stieg in ihr auf, als ihre Tochter ihr einfiel. Was, wenn sich auch in ihrem Essen Gift befunden hatte? Sie rannte die Stufen hinauf und stieß die Tür zu der Kammer auf.

Das Herz schlug ihr bis zum Hals beim Anblick der unerwartet normalen Szene, die sich ihr bot. Una nähte, Ella saß auf dem Boden und spielte mit ihrer Puppe. Margarets Blick fiel auf das Tablett mit den Essensresten auf dem Tisch.

»Euch ist nicht schlecht geworden?«, stieß sie atemlos hervor.

»Ella scheint sich ein bisschen erkältet zu haben.« Una blickte auf. »Aber Ihr seht aus, als hätte Euch die Todesfee die Treppe hinaufgescheucht.«

Margaret sank neben Una auf die Knie und berichtete ihr, was geschehen war – leise, damit Ella es nicht hörte.

»Wenn es Gift war, dann eines, das schnell wirkt«, sagte Una nachdenklich. »Macht Euch um uns keine Sorgen. Wir haben lange vor Euch aufgegessen, und wie Ihr sehen könnt, ist uns nichts passiert.«

»Gott sei Dank!« Margaret griff sich ihren Umhang vom Haken. »Ich gehe in den Stall und warte auf Finn und Alex. Besser, ich beeile mich, damit ich sie erwische, ehe sie hereinkommen.«

Am Fuß der Treppe angekommen, hörte sie die vertrauten Stimmen. Finn richtete den Blick auf sie, sobald sie in die Halle geeilt kam. So, wie er sie ansah, wusste er schon, dass etwas Schreckliches geschehen war.

»Ihr solltet sehen, wie groß der Hirsch ist, den ich erlegt habe«, verkündete Alex stolz. »Finn meint, es wäre der größte …« Seine Stimme verlor sich, als er sich in der Halle umsah, in der eine unnatürliche Stille herrschte.

Finn kam auf sie zu und ergriff ihre Hände. »Was ist passiert?«

Margaret holte Luft, um ihm zu antworten, hielt jedoch inne, als sie hinter sich Isabel hörte, die Alex erklärte, was mit seinen Eltern los war.

»Dein Vater und deine Mutter sind krank geworden, und ich fürchte, es ist ziemlich ernst.« Isabels Stimme klang überraschend sanft. »Komm mit, sie werden dich sehen wollen, solange noch Zeit ist.«

Der Earl wollte Alex nicht sehen – er wollte ihn in Sicherheit wissen. Margaret wirbelte herum und sah gerade noch, wie Isabel den Arm um den Jungen legte, um ihn zur Treppe zu führen.

Im nächsten Moment schien ihr das Blut in den Adern zu gefrieren. Alex hatte einen Becher in der Hand und hob ihn sich an die Lippen.

»Nicht!«, stieß sie schrill hervor, stürzte zu dem Jungen und verpasste ihm einen kräftigen Schlag gegen den Arm. Der Becher flog Alex aus der Hand, eine Fontäne Wein spritzte über ihn, Isabel und ein halbes Dutzend anderer Anwesender, und das irdene Gefäß krachte gegen die Wand und zerbarst.

Finn hielt den Atem an. So dramatisch reagierte Margaret, die normalerweise einen kühlen Kopf bewahrte, nicht ohne Grund. Während die anderen offenen Mundes dastanden und sich den Wein von den Gesichtern wischten, zog er Margaret und Alex beiseite, um zu erfahren, was los war.

»Ihr müsst sofort aufbrechen«, sagte Margaret mit gesenkter Stimme. »Alex' Eltern wurden vergiftet und …«

»Das wissen wir nicht mit Sicherheit«, mischte Finns Mutter sich ein. »Ich glaube eher, es ist eine Fieberkrankheit, die wieder vorbeigeht. Oder, noch wahrscheinlicher, verdorbenes Fleisch – Helen versteht es nicht, die Diener zu führen.«

»Auf Helmsdale ist Alex in Gefahr«, flüsterte Margaret Finn zu. »Ich erkläre es dir auf dem Weg zu den Ställen.«

»Wenn meine Eltern krank sind, muss ich sie sehen«, meldete Alex sich beunruhigt zu Wort.

Panik flackerte in Margarets Augen auf, als Alex Anstalten machte, zur Treppe zu gehen, doch Finn griff den Jungen am Arm. Gemeinsam zogen Margaret und er Alex aus der Halle. Draußen regnete es wie aus Kübeln. Das Unwetter wurde von Minute zu Minute schlimmer.

»Dein Vater fürchtet um dein Leben, Alex.« Margaret musste schreien, um sich bei dem heulenden Wind verständlich zu machen. Sie durchquerten den mit Pfützen übersäten Hof und erreichten die Stallungen. »Er befahl mir, dafür zu sorgen, dass Finn dich umgehend fortbringt.«

Während Finn ihre Pferde sattelte, erstattete Margaret hastig Bericht über alles, was sich zugetragen hatte.

»Aber ich kann meine Eltern doch unmöglich verlassen!«, wandte Alex verzweifelt ein.

»Du musst tun, was dein Vater sagt.« Finn legte dem Jungen die Hände auf die Schultern. »Deine Pflicht deinen Eltern und deinem Clan gegenüber ist es, dich selbst zu retten.«

Margaret sah dem Jungen in die Augen. »Ich verspreche dir, Alex, ich werde dafür sorgen, dass alles Menschenmögliche getan wird, um sie zu retten.«

Den Teufel würde sie tun. Finn zog sie beiseite. »Du kommst mit uns«, sagte er in einem Ton, der keinen Widerspruch duldete.

»Ich kann Ella nicht hierlassen, und wir würden euch nur aufhalten«, wandte sie ein. »Der Earl war überzeugt, dass derjenige, der es getan hat, Alex ermorden wollte.«

»Ich lasse dich nicht hier mit einem Mörder.« Finn mühte sich vergeblich, ruhig zu sprechen.

»Wenn man mich hätte vergiften wollen, wäre es längst geschehen«, hielt sie dagegen. »Aber wenn der Earl die Situation richtig einschätzt und die Schurken seinen Sohn umbringen wollen, wäre es für mich und Ella viel gefährlicher, euch zu begleiten, anstatt hierzubleiben.«

Sie hatte recht, verdammt. Es konnte gut sein, dass man sie verfolgte oder bereits auf sie wartete, um sie zu überfallen. Dennoch zögerte Finn.

»Ich bin für niemanden eine Bedrohung. Alle denken, ich sei eine verarmte Witwe ohne Verbindungen zu einem feindlichen

Clan.« Sie sah Finn eindringlich an. »Die einzigen Personen auf Helmsdale, die der Attentäter nicht vergiften konnte, sind Alex und du.«

Finn fuhr sich mit den Fingern durchs Haar.

»Bitte, ihr müsst fort«, sagte sie flehend. »Reitet, so schnell ihr könnt, nach Dunrobin, damit sie euch nicht schnappen.«

»Ich bin in ein paar Stunden zurück«, gab Finn schließlich nach. »Schließt euch in Unas Kammer ein, und verlasst sie nicht, ehe ich wieder zurück bin.«

»Sei vorsichtig.« Sorge stand in ihren großen braunen Augen. Machte sie sich am Ende doch etwas aus ihm? Unwillkürlich begann er zu hoffen.

»Das bin ich, *mo chroí.*« Er umfasste ihr Gesicht mit beiden Händen und küsste sie hart auf den Mund.

22. Kapitel

Margaret hatte die Halle kaum betreten, da stürzte Isabel auf sie zu. »Was in Gottes Namen fällt Euch ein, die beiden fortzuschicken? Alex sollte hier sein und seine Eltern trösten.«

»Ich habe nur getan, worum der Earl mich gebeten hat.« Margaret zog ihren durchweichten Umhang aus.

»Ausgerechnet«, schnaubte Isabel. »Wenn tatsächlich ein Mörder unter uns ist, brauchen wir unsere Männer, um uns zu beschützen. Geht, und haltet sie auf!«

»Sie sind fort.« Margaret wechselte das Thema. »Wie geht es dem Earl und der Countess?«

»Nicht gut.« Isabel schürzte die Lippen. »Ich habe nach dem Priester geschickt. Gegen Morgen wird er wohl hier sein.«

Entgegen Finns Anweisungen eilte Margaret die Treppen hinauf zum Zimmer des Earl und der Countess. Als sie das Gemach betrat, musterte sie die Wachen an der Tür und die Diener, die sich um die Kranken kümmerten, verstohlen. Hatte einer von ihnen den Laird und seine Frau vergiftet?

Sie war schockiert über die Veränderung, die mit dem Earl vorgegangen war. Mit seinem rötlichen Teint und der mächtigen Präsenz hatte er vor einer Stunde noch ausgesehen wie ein Mann von robuster Gesundheit. Nun war er schweißbedeckt, und sein Gesicht war aschgrau und schmerzverzerrt.

Als er Margarets ansichtig wurde, versuchte er sich aufzusetzen, war jedoch zu schwach. »Habt Ihr …«

»Seid unbesorgt.« Sie bedeutete den Dienern, vom Bett zurückzutreten, und beugte sich zu ihm herunter. »Finn und Alex sind auf dem Weg nach Dunrobin. Sie sind eben aufgebrochen.«

»Er … hat doch hoffentlich …?« Der Earl mühte sich vergeblich, die Frage zu Ende zu bringen.

»Weder gegessen noch getrunken, das versichere ich Euch«, flüsterte Margaret beruhigend und nahm die Hand des Earl zwischen ihre beiden. »Finn wird ihn beschützen.«

»Aye, man kann sich auf Finn verlassen, wenn man ihn braucht.« Zwischen heftigen Atemzügen stieß der Earl die Worte einzeln hervor.

Die Augen fielen ihm zu, und sie glaubte schon, er sei eingeschlafen, doch dann setzte er erneut zu sprechen an.

»Aber er braucht … eine gute Frau. Ich … habe ihm gesagt … er soll Euch halten.« Seine Stimme war so schwach, dass sie sich vorbeugen musste, um zu hören, was er sagte. »Ein Glück … dass er … Curstag los ist.«

Curstag los? Finn hatte gesagt, dass nichts zwischen ihnen wäre. Aber darüber konnte sie jetzt nicht nachdenken.

Sie wandte sich um, als eine Magd ihr auf die Schulter klopfte.

»Ich habe alles getan, was ich konnte, um ihnen zu helfen.« Die Frau knetete hektisch die Hände. »Una ist eine weise Heilerin. Könntet Ihr sie bitten zu kommen?«

»Selbstverständlich. Sofort.« Margaret eilte davon.

Sie war erleichtert, Ella gut aufgehoben in ihrer Kammer zu finden. Das Kind lag auf seinem Bett und lauschte Unas Geschichten. Als die alte Frau das Zimmer verließ, um zum Schlafgemach des Earl und der Countess zu gehen, nahm Margaret ihre schläfrige Tochter auf den Schoß und wiegte sie sacht. Nach allem, was sich in den letzten Stunden zugetragen hatte, war es ein solcher Trost, das Kind in den Armen zu halten, dass ihr die Tränen kamen.

»Ich habe dich so lieb«, murmelte sie leise und rieb ihre Wange an Ellas Scheitel. »Du bist ein Segen für mich.«

»Wo ist Finn?« Ella sah zu ihr hoch.

Der Regen trommelte gegen die Fensterläden, und der Wind heulte um den Donjon. Margaret schickte ein stummes Gebet zum Himmel, dass Finn und Alex in Sicherheit waren.

»Er wird heute Abend wieder da sein«, erwiderte sie lächelnd und strich dem Mädchen eine Locke hinters Ohr.

Ella lächelte ebenfalls und kuschelte sich in ihren Arm. Als Una zurückkam, schlief sie fest.

»Ihr wart nicht lange fort«, stellte Margaret fest.

»Sie brauchen keine Heilerin«, sagte Una nüchtern. »In weniger als zwei Tagen sind sie tot, und man kann nichts machen.«

Eine Woge von Trauer wusch über Margaret hinweg, und sie seufzte. »Ich gehe nach unten und setze mich zu ihnen ans Bett.«

Vorsichtig, um das Kind nicht zu wecken, legte sie Ella ins Bett und gab ihr einen Kuss auf die Wange.

Als sie schon an der Tür war, hielt Una sie auf. »Lasst Euch das eine Lehre sein. Ihr könnt nie wissen, wie lange Zeit Ihr noch habt auf dieser Welt.«

»Was, wenn ich den Verlust nicht aushalten kann?«, murmelte Margaret rau.

»Leid und Schmerz müssen wir alle ertragen.« Die alte Frau tätschelte ihr die Hand. »Aber Angst verhindert, dass Ihr Freude erlebt.«

Unas Worte gingen ihr noch im Kopf herum, als sie bei dem sterbenden Paar am Bett saß. Und die beiden lagen tatsächlich im Sterben. Alles, was Margaret für sie tun konnte, war, ihr Leiden zu lindern, indem sie ihnen die Stirn kühlte. Jede Stunde ging die Tür auf, und wenn sie hochsah, stand Isabel auf der Schwelle, den Blick ihrer durchdringenden schwarzen Augen auf ihren Schwager und ihre Schwägerin gerichtet.

In waghalsiger Geschwindigkeit ritten Finn und Alex den gefährlichen Küstenpfad entlang. Um sie her tobte das Unwetter, doch Finn war entschlossen, seinen Cousin nach Dunrobin zu bringen, ehe derjenige, der seinen Onkel und seine Tante vergiftet hatte, ihnen jemanden hinterherschicken konnte, der die Arbeit zu Ende brachte. Zum Glück waren sie den Weg zwischen Helmsdale und Dunrobin schon so oft geritten, dass sie ihn in- und auswendig kannten. Aber es wurde dunkel, der Regen peitschte ihnen ins Gesicht, und der Sturm wehte ihnen Geröll in den Weg.

»Umgestürzter Baum«, rief Finn über die Schulter und duckte sich über *Ceòs* Hals, als der Hengst den Stamm übersprang. Dann sah er abermals über die Schulter, um sich zu vergewissern, dass Alex' Pferd den Sprung ebenfalls schaffte.

Und die ganze Zeit gingen ihm Fragen durch den Kopf. Wer stand hinter dem heimtückischen Verbrechen? Wie viele Mittäter waren darin verwickelt? Eine Menge Männer hatten Grund, sich an seinem Onkel zu rächen. Doch wenn es darum ging, seine Familie auszulöschen und keinen Gordon übrig zu lassen, der die Earlswürde von Sutherland erben konnte, so zeugte dies sowohl von Hass als auch von Ehrgeiz.

Finn wischte sich den Schweiß von der Stirn, als er das Burgtor von Dunrobin hinter ihnen zufallen hörte. Nachdem sich alle in der Großen Halle versammelt hatten, berichtete er ihnen von der Vergiftung ihres Laird und seiner Gemahlin und ließ die Gesichter der Anwesenden nicht aus den Augen. Gehörte einer von ihnen zu den Verbrechern? Einer, dessen entsetzte Miene nicht von den Neuigkeiten über Alex' Eltern, sondern seiner Flucht herrührte?

»Jeder von euch muss die Augen offenhalten, um den Sohn und Erben des Laird zu beschützen.« Finn blickte in die Runde. »Ich brauche vier Männer, die nachts seine Tür bewachen.«

Wenn es vier waren, konnten sie einander bewachen.

»Du und du.« Er deutete aufs Geratewohl auf zwei Krieger. »Ihr werdet Alex' Speisen und Getränke vorkosten, ehe er davon isst.«

Finn wollte schnell nach Helmsdale zurück. Nachdem er mit dem Vogt gesprochen hatte, der die Burg in Abwesenheit seines Onkels verwaltete, nahm er Alex beiseite, um ihm Lebewohl zu sagen. Sein Cousin wirkte kindlich und furchtsam.

»Du bist in Sicherheit.« Finn drückte ihm die Schulter.

»Ob meine Eltern überleben oder … nicht«, Alex hatte Mühe, die Worte über die Lippen zu bringen, »ich möchte, dass sie nach Hause gebracht werden. Nach Dunrobin.«

Finn hoffte inständig, dass sein Onkel und seine Tante nicht sterben würden, aber er wollte Alex keine falschen Hoffnungen machen.

»Es wäre sicherlich nicht das Klügste, sie in ihrem derzeitigen Zustand zu transportieren«, sagte er behutsam. »Aber ich bringe sie her, sobald ich kann.«

Das Unwetter tobte noch immer mit unverminderter Kraft. Blitze zuckten durch die Dunkelheit, als Finn zurückritt. Erst lange nach Mitternacht traf er auf Helmsdale ein.

»Bürste *Ceò* gründlich ab, und gib ihm eine ordentliche Portion Hafer.« Er warf dem Stalljungen die Zügel zu und klopfte dem Hengst auf die Schulter. »Das hast du gut gemacht, mein Freund.«

Er eilte in den Wohnturm und erklomm die Treppe immer zwei Stufen auf einmal nehmend. Als er tropfnass und dreckbespritzt am Schlafgemach seiner Tante und seines Onkels vorbeikam, sah er Margaret, die sich auf einem Sessel beim Bett zusammengerollt hatte, und atmete erleichtert auf.

Sie musste gespürt haben, dass er in der Nähe war, denn sie drehte sich zur Tür. Ihre Augen weiteten sich, und zu seiner Überraschung sprang sie auf und warf die Arme um ihn. Gott sei Dank, es war alles in Ordnung mit ihr. Er schloss die Augen und hielt sie eine ganze Weile lang einfach nur fest.

»Ich hatte solche Angst um dich«, murmelte sie an seiner Brust.

Es sah ihr ähnlich, sich Sorgen um ihn zu machen, wo sie eigentlich jedes Recht gehabt hätte, wütend zu sein, dass er sie mit seinen kranken Verwandten allein ließ – und einem Mörder, der frei herumlief.

»Du hast meine Anweisung nicht befolgt, dich mit Ella und Una zusammen einzuschließen.« Er schob sie ein Stück von sich und sah ihr in die Augen.

»Ich wollte deine Tante und deinen Onkel nicht allein lassen«, sagte sie leise. »Es geht ihnen nicht gut.«

Finn schaute hastig zu dem Paar auf dem Bett. Die beiden sahen tatsächlich schlecht aus.

»Gott sei Dank scheinen die Schmerzen nachgelassen zu haben, und sie schlafen.« Margaret sah ihn an. »Ist Alex in Sicherheit?«

»Aye, aber lass uns nach oben gehen und reden.« Er musterte sie prüfend. »Du musst dich ausruhen. In den nächsten Stunden sollen die Diener sich um die beiden kümmern.«

Margaret weckte eine der Mägde, die auf einer Pritsche schlief, und gab ihr flüsternd Anweisungen.

»War es tatsächlich Gift?«, fragte Finn, als sie die Treppe hinaufgingen.

Margaret nickte. »Una ist sich sicher, und deine Tante und dein Onkel zeigen alle Anzeichen einer Vergiftung.«

»Weiß man, wie es gemacht wurde?«

»Die Männer haben die Reste des Abendessens an die Hunde verfüttert, in der Hoffnung, herauszufinden, wessen Essen das Gift enthielt.« Sie krauste die Nase. »Aber keiner der Hunde wurde krank.«

»Dann haben meine Tante und mein Onkel das ganze Gift zu sich genommen«, überlegte er laut, »oder jemand hat die Reste beseitigt.«

»Einer der Diener, der half, das Abendessen aufzutragen, wird vermisst«, sagte Margaret nachdenklich.

»Verdammt.« Finn verzog zornig das Gesicht. »Als Alex und ich losritten, gab ich Anweisung, dass niemand die Burg verlassen darf.«

»Wahrscheinlich war er zu dem Zeitpunkt schon fort.« Margaret zuckte mit den Schultern. »In der Halle herrschte Chaos, nachdem der Earl gerufen hatte, er sei vergiftet worden. In der allgemeinen Aufregung dürfte es dem Täter ein Leichtes gewesen sein, zu verschwinden.«

»Ich nehme an, er war bestochen worden.« Finn ließ ein verächtliches Schnauben hören. »Aber sicher steht jemand anderes dahinter, jemand, der weit mehr zu gewinnen hoffte als ein Stück Gold.«

»Wen hast du in Verdacht?«, erkundigte sie sich neugierig.

Das hing davon ab, ob Rache oder Gewinnsucht der Beweggrund war. So oder so, es herrschte kein Mangel an Möglichkeiten.

»Ich weiß es nicht, aber ich werde es herausfinden«, erwiderte er grimmig. »Morgen früh werde ich jeden auf der Burg verhören.«

Als sie in ihrer Kammer waren, zog Finn seinen Umhang aus und hängte ihn an den Haken an der Innenseite der Tür. Er fragte sich, ob Margaret gehen würde, um bei Una und Ella zu schlafen.

»Du bist völlig durchnässt.« Sie musterte ihn mitfühlend. »Lass mich dir aus den nassen Sachen helfen. Aber vorher suche ich ein trockenes Hemd für dich heraus.«

Wäre es eine andere Frau und nicht Margaret gewesen, hätte er ihre Worte als Vorwand gedeutet, ihn auszuziehen. Die umsichtige Margaret jedoch wollte ihn warm und trocken wissen, bevor sie ihn für die Nacht allein ließ.

Nachdem er das frische Hemd angezogen hatte, bedeutete sie ihm, sich auf den Schemel zu setzen, und trat hinter ihn. Leise vor sich hin summend, begann sie, sein Haar mit einem Tuch trocken zu reiben, und kämmte es anschließend.

Er machte sich nicht vor, dass sie ihre Meinung geändert haben könnte und ihn nicht mehr verlassen wollte. Es war einfach Margarets freundliches Wesen, das sie veranlasste, ihn nach der Tragödie, die seine Familie getroffen hatte, zu trösten. Aber Freundlichkeit war nicht das, was er heute Nacht brauchte, um seine aufgewühlte Seele zu beruhigen.

Er wollte sich in heißer Leidenschaft verlieren, sich in Margaret versenken, um sich selbst zu vergessen; um zu vergessen, dass seine Tante und sein Onkel im Sterben lagen; um die Angst um Margaret zu vergessen, die er auf seinem Ritt durch das Unwetter ausgestanden hatte, und vor allem, um zu vergessen, dass sie ihn verlassen würde.

Er war nicht naiv genug, darauf zu hoffen, dass sie blieb.

Als Margaret von hinten die Arme um ihn schlang, setzte sein Herz einen Schlag aus. Bedeutete die Geste, was er hoffte, dass sie bedeutete? Aus Angst, dass sie aufhörte, traute er sich kaum zu atmen.

Ihr Haar fiel ihm über die Schulter und auf die Brust, als sie sich über ihn beugte. Er schloss die Augen, um sich auf die köstlichen Empfindungen zu konzentrieren. Als er ihren Atem an der Seite seines Halses spürte, spannte sich jeder Muskel in seinem Körper erwartungsvoll an. Dann strich sie mit ihren Lippen über seine Haut, und bei der Berührung schoss sengendes Verlangen durch seinen Körper.

Er drehte sich auf dem Schemel um, zog sie auf seinen Schoß und schaute ihr in die Augen. Er wollte eine Antwort auf seine brennendste Frage.

»Ich möchte, dass wir uns lieben«, sagte sie leise.

Er fragte nicht nach dem Grund, wollte nicht hören, dass es wegen der schrecklichen Ereignisse dieses Tages war. Er wollte nicht hören, dass sie ihn bedauerte oder ihn trösten wollte. Er brauchte sie so verzweifelt, dass es keine Rolle spielte, warum sie ihn wollte, nur, dass sie es tat.

»Bist du dir dieses Mal sicher?«, fragte er heiser.

»Aye.« Sie nickte. »Ich will es. Ich will *dich*.«

Das war alles, was er hören wollte. Er presste seinen Mund auf ihren. Margaret würde ihn verlassen. Vielleicht nicht morgen oder übermorgen oder am Tag darauf, aber gehen würde sie.

Heute Nacht war sie sein.

Und er würde alles in seiner Macht Stehende tun, damit sie ihn nicht vergaß.

Der Schatten des Todes war zu nahe an ihnen vorbeigestrichen, als dass Margaret den Rat Unas hätte ignorieren können – genauso wenig wie ihr eigenes Verlangen. Heute Nacht würde sie sich von ihrer Angst nicht zurückhalten lassen. Heute Nacht würde sie keine Schutzwälle um sich errichten. Heute Nacht würde sie Leid und Schmerz riskieren, um die Wonnen der Leidenschaft, die Finn ihr schenkte, in ihrer ganzen Fülle zu genießen.

Sie wollte in seinen Küssen ertrinken, seine flachen, schnellen Atemzüge an ihrem Ohr hören, seinen trommelnden Herzschlag unter ihrer Handfläche fühlen. Ein einziges Mal wollte sie sich nicht zurückhalten. Sie wollte das Leben umarmen und lieben und sich ganz hingeben.

Nach dem ersten glühenden Kuss rechnete sie mit einem blinden Rausch, einer Sturzflut des Verlangens wie beim letzten Mal, doch zu ihrer Überraschung zog Finn sich zurück.

»Dieses Mal werde ich es langsam und gründlich angehen«, verkündete er mit einem herausfordernden Funkeln in den Augen, bei dem sich ihr Herzschlag beschleunigte. »Doch um die Folter wiedergutzumachen, der du mich an dem Abend unterzogen hast, als wir auf Dunrobin eintrafen, möchte ich, dass du dich vor meinen Augen ausziehst.«

Im ersten Moment glaubte Margaret, er scherze, um ihr die

womöglich noch vorhandenen Ängste zu nehmen, aber dann trat er zurück, lehnte sich an das Bett und verschränkte die Arme vor der Brust.

Sie holte tief Luft. Es war Zeit, das Leben zu umarmen. Sie setzte sich auf den Schemel, schlüpfte aus ihren Schuhen, doch als sie ihre Strümpfe abstreifen wollte, unterbrach er sie.

»Nicht so schnell.«

Ihr stockte der Atem bei dem Begehren in seinen Augen, und langsam rollte sie erst den einen, dann den anderen Strumpf herunter. Als sie aufstand, kam er auf sie zu, und ihr ganzer Körper prickelte erwartungsvoll. Anstatt sie jedoch in die Arme zu nehmen, trat er hinter sie und löste die Verschnürung ihres Gewandes. Erregende Schauer liefen ihr über die Haut. Sie fühlte seinen warmen Atem und im nächsten Moment seine weichen Lippen an ihrem Nacken und schmiegte sich an ihn.

Von hinten umfasste er ihre Brüste, und sie war sich der aufgerichteten Spitzen, die sich gegen seine Handflächen pressten, seines flachen Atems an ihrem Ohr und des harten Beweises seiner Männlichkeit an ihrem Rücken mit jeder Faser ihres Seins bewusst. Sicher würde er sie jetzt zum Bett tragen. Ihr Körper war mehr als bereit. Doch Finn überraschte sie erneut und lehnte sich wieder an das Bett.

»Jetzt das Gewand«, befahl er leise.

Margaret schluckte schwer, schob sich langsam das Kleid über die Schultern und Brüste, dann über ihre Hüften, bis es zu Boden fiel und eine Stoffwolke um ihre Füße bildete. Nun trug sie nur noch ihr Hemd.

»Zieh es aus.« Finns Stimme klang angespannt.

Als sie einen Träger über die Schulter streifte und Finn scharf einatmen hörte, erfüllte sie unversehens eine Ahnung von weiblicher Macht. Bei seiner Reaktion fühlte sie sich sinnlich, begehrenswert. Sie schob sich den anderen Träger über die Schulter und ließ das Hemd bis zu den Brüsten herunterrutschen. Der Stoff strich über die aufgerichteten, empfindsamen Spitzen, dann zog sie das Hemd noch weiter herunter, bis fast zur Taille.

Als sie hochsah, schien die Luft um Finn zu vibrieren. Das glühende Verlangen in seinen Augen gab ihr den Mut, das Hemd zu Boden fallen zu lassen.

»Himmel.« Langsam ließ er seinen Blick über sie wandern.

Bemerkenswert schnell entledigte er sich seiner eigenen Kleidung. Margaret hielt den Atem an, als er vollkommen entblößt vor ihr stand. Allmächtiger, er war so schön – und vollkommen erregt –, doch er gab ihr kaum Zeit, ihn ausgiebig zu betrachten, ehe er sie in seine Arme zog, voller Leidenschaft an sich presste und sie tief und sinnlich küsste. Sie spürte die mühsam im Zaum gehaltene Begierde in der langsamen Liebkosung seiner Lippen und fragte sich, worauf um alles in der Welt er wartete.

Im nächsten Moment hob er sie auf das Bett und zeigte es ihr. Noch nie hatte jemand sie so zärtlich berührt. Er küsste und streichelte ihren ganzen Körper, als wollte er jeden Zoll kennenlernen und in Besitz nehmen. Bei ihren Brüsten hielt er inne, schloss die Lippen um eine der aufgerichteten Spitzen, umspielte sie mit der Zunge, während seine magischen Finger ihr gleichzeitig die köstlichsten Freuden zwischen den Oberschenkeln bereiteten.

Tief in ihrem Körper baute sich eine beinahe schmerzhafte Spannung auf, die ihr ein raues Stöhnen entlockte.

Als er aufhörte, hätte sie weinen können, doch die Spur der Küsse, die er an ihrem Bauch herunterzog, lenkte sie ab.

»Ich will dich schon so lange kosten.« Finn unterbrach sich, um sie anzuschauen.

Sie kosten? Was meinte er damit? Ihr stockte der Atem, während sie seine Lippen an ihrer intimsten Stelle spürte. William hatte so etwas nie getan.

Sie krallte die Finger in die Bettlaken, als Finn ihre empfindsame Mitte küsste, sie leckte und mit seiner Zunge reizte. Großer Gott, noch nie hatte sich etwas so angefühlt wie die exquisiten Empfindungen, die er ihr mit seinem Mund bereitete. Die Spannung wuchs, bis sie unerträglich wurde. Sie wollte ihn anflehen, aufzuhören, und gleichzeitig, nicht aufzuhören, aber die Worte kamen ihr nicht über die Lippen.

Als das Entzücken durch ihren Körper raste, schrie sie auf, dann wurde der Drang, Finn zu umarmen, ihn in sich zu spüren, ihren Körper mit seinem zu verschmelzen, übermächtig. Sie wollte eins mit ihm sein.

Sie zog an seinen Schultern, und er schob sich an ihr hoch und blickte sie an. »Ich brauche dich in mir. Jetzt«, sagte sie heiser. »Bitte, *jetzt.*«

»O shluagh …«

Ihre Hüften reckten sich ihm entgegen, ihr Körper war bereit für ihn. Sie biss auf ihre Unterlippe, da er sich mit einem einzigen Stoß in ihr versenkte, sie ganz ausfüllte. Dann umklammerte sie ihn mit Armen und Beinen, drängte ihn, weiterzumachen.

Der Himmel mochte ihr beistehen.

»Mo leannain.« Er hielt inne und legte seine Stirn an ihre. »Du bringst mich um.«

Sie spürte seinen Schaft in sich pochen, als er sie tief und verlangend küsste. Endlich begann er sich in ihr zu bewegen, und sie kam ihm mit jeder Faser ihres Körpers entgegen.

»Ich brauche … ich brauche …« Konnte er nicht schneller machen?

Stattdessen drehte er sich mit ihr herum, sodass sie auf ihm lag. »Zeig mir, wie du es willst.« Er bedeutete ihr, sich aufzurichten und rittlings auf ihn zu setzen. Danach umfasste er ihre Hüften, zog sie auf sich herunter und half ihr, ihren Rhythmus zu finden.

Er wandte nicht den Blick von ihr ab, als sie sich zu bewegen begann. Zum ersten Mal in ihrem Leben war sie vollkommen schamlos und vollkommen frei. Es sah ihr überhaupt nicht ähnlich, und gleichzeitig hatte sie das Gefühl, dass es ihre Bestimmung war, genau so zu sein.

Er umschloss ihre Brüste und rollte die aufgerichteten Spitzen zwischen Daumen und Zeigefinger, während sie fortfuhr, ihn zu reiten. Sie beugte sich über ihn, die Hände auf seinem Brustkorb, presste sich an ihn. Es geschah schon wieder! Plötzlich spürte sie seine Hand zwischen ihren Oberschenkeln, und als er ihre empfindsamste Stelle verwöhnte, keuchte sie auf.

»Sieh mich an!«, forderte er heiser.

Ihre Blicke verschmolzen, ihre Körper bewegten sich im gleichen Rhythmus, und Margaret war, als berührten sich ihre Seelen. Anstelle von Furcht erfüllte sie Staunen.

Die Wogen des Entzückens durchströmten sie. Finn glitt immer schneller und heftiger in sie, bis er sich schließlich ein letztes Mal in ihr versenkte und in Margarets rauen Aufschrei einstimmte.

Margaret sank auf ihn, schweißbedeckt und außer Atem. So wie gerade eben hatte sie sich noch nie gehen lassen. War es tatsächlich sie gewesen, die so laut geschrien hatte? Wahrscheinlich ja. Nichts hatte sich je so gut angefühlt, aber sie hatte Angst, ihn schockiert zu haben.

»Mo chridhe.« Finn schloss sie fest in die Arme. »Das war schöner als alles, was ich mir je vorgestellt habe.«

Sie seufzte, während er sie auf den Scheitel küsste und mit einer Hand über ihren Rücken strich.

Das Liebesspiel mit Finn war eine Offenbarung. Anstatt unzulänglich und benutzt fühlte sie sich herrlich sinnlich. Sie hätte sich nicht träumen lassen, dass ein Mann so großzügig sein konnte und ihr das Gefühl gab, dass er sie begehrte, so, wie sie war.

»Weshalb jetzt?« Finn musterte sie fragend.

Weil ich dich liebe. Doch das konnte sie ihm nicht sagen.

»Ich will mich von meiner Angst nicht abhalten lassen – von unserem Liebesspiel und von dir.« Auch das stimmte. »Jetzt nicht mehr.«

»Du brauchst keine Angst vor mir zu haben«, sagte er ernst. »Ich würde dir nie wehtun.«

Nicht vorsätzlich, das wusste sie. Aber sie wusste auch, dass Una recht hatte. Leid und Schmerz würden ihr unweigerlich bevorstehen. Dennoch war sie entschlossen, die Freuden zu genießen, solange es irgend möglich war.

Als Finn aufwachte, begann es gerade hell zu werden. Margaret lag in seinem Arm, und im Licht des jungen Morgens, das durch das schmale Fenster hereinfiel, betrachtete er sie im Schlaf. Mit ihrem makellosen Teint, ihren engelsgleichen Gesichtszügen und dem silberblonden Haar, das auf dem Kissen ausgebreitet lag, war sie atemberaubend schön. In der vergangenen Nacht hatte er staunend beobachten können, wie sie ihre Sinnlichkeit zuerst entdeckt und dann darin geschwelgt hatte. In seinem ganzen Leben und bei den zahllosen Frauen, die er besessen hatte, hatte er nie eine Nacht wie diese erlebt, nie so intensiv gefühlt, eine Frau nie so sehr gebraucht. Sie war ein erstaunliches Mädchen, seine Maggie.

Dass er nicht hoffen durfte, sie zu behalten, schmerzte ihn. Aber er war eben nur ein Krieger ohne Land, der ihr keine angemessene Heimstatt bieten konnte. Im Gegenteil, wenn sein Onkel starb, hielt seine Zukunft noch mehr Unsicherheit bereit als ohnehin schon.

In der vergangenen Nacht hatte er sich ihr immer wieder zugewandt und sie geliebt, als wäre es das letzte Mal. Denn genau das konnte passieren. Er hatte Angst gehabt, dass sie ihre Meinung änderte und zu dem Schluss kam, einen schweren Fehler gemacht zu haben. Dann würde er sie nie wieder in den Armen halten können.

Und jedes Mal, wenn er in ihr gewesen war, hatte er ein weiteres Stück seines Herzens an sie verloren.

23. Kapitel

Durch die geschlossenen Lider nahm Margaret wahr, dass es hell wurde, doch sie kuschelte sich näher an Finn und weigerte sich, die Augen aufzumachen. Sie wollte nicht, dass diese Nacht endete. Noch nie hatte sie sich jemandem so nahe gefühlt, noch nie ein solch intensives Entzücken oder eine so intensive Zärtlichkeit erlebt wie bei ihrem Liebesspiel.

Sie würde sich bis zu ihrem letzten Atemzug daran erinnern.

Ach, hätten sie nur ein wenig länger in ihrem Zimmer bleiben können, nur sie beide. Doch ihre Probleme warteten nicht. Als Margaret schließlich aufgab und die Augen aufschlug, sah sie, dass Finn sie betrachtete.

»Danke für diese Nacht.« Er küsste sie ein letztes Mal, so zärtlich, dass ihr die Tränen kamen. »Es ist noch früh. Bleib liegen, und ruh dich noch etwas aus. Ich gehe nach unten und sehe nach meiner Tante und meinem Onkel.«

»Ich begleite dich.« Für den Fall, dass der Earl und die Countess in der Nacht verstorben waren, wollte sie an Finns Seite sein.

Rasch kleideten sie sich an und begaben sich in das Schlafgemach seines Onkels und seiner Tante.

»Es geht ihnen den Umstehenden entsprechend«, informierte sie die Magd, die am Krankenbett gesessen hatte. Für Margaret hörten sich ihre Worte an, als wäre das Ende nahe.

»Danke«, sagte sie mit gesenkter Stimme. »Du kannst jetzt schlafen gehen. Ich bleibe bei ihnen.«

Finn hielt seiner Tante die Hand und sprach zu den beiden, obwohl er nicht wusste, ob sie ihn hören konnten.

»Alex ist in Sicherheit«, teilte er ihnen als Erstes mit. »Und ich gebe euch mein Wort, dass ich mich, gleichgültig, was passiert, um ihn kümmern werde.«

Die Augenlider der Countess flatterten leicht, so, als hätte sie verstanden und fühlte sich von Finns Worten beruhigt. Margaret hoffte es jedenfalls.

Finn stieß einen Seufzer aus und erhob sich. »Ich werde jeden Einzelnen auf der Burg vernehmen, angefangen bei den Wachen am Tor, und hoffentlich einen Hinweis erhalten, wer es getan hat und aus welchem Grund.«

Margaret hätte ihn gern in die Arme genommen, doch im Augenblick brauchte er Antworten dringender als Trost. »Ich lasse dich benachrichtigen, sobald eine Änderung eintritt.«

Sie zog die Laken und Decken der Kranken glatt, so gut sie konnte, legte ihnen kühle Kompressen auf die Stirn, dann setzte sie sich in den Sessel neben dem Bett. Übermüdet, wie sie war, fielen ihr immer wieder die Augen zu. Irgendwann musste sie eingenickt sein, denn plötzlich rissen die Schreie einer Frau sie aus dem Schlaf.

Im ersten Moment vollkommen orientierungslos, setzte sie sich auf und sah sich nach der Quelle des Lärms um. Der Earl und die Countess lagen reglos auf dem Bett. Als sie wieder einigermaßen klar denken konnte, erkannte sie, dass die Schreie von unten an ihr Ohr drangen.

Sie sprang auf, eilte die Treppe hinab in die Halle. Die Männer, die dort auf den Bänken und auf dem Fußboden geschlafen hatten, sprangen auf und griffen nach ihren Waffen. Dann, als klar wurde, dass es sich um Wehklagen handelte, die nichts mit einem Angriff zu tun hatten, hielten sie plötzlich wie auf Kommando inne und schienen nicht zu wissen, was sie tun sollten.

Als sie Margaret auf der Türschwelle erblickten, war ihre Erleichterung beinahe mit Händen greifbar.

»Ihr da«, Margaret deutete auf zwei der Männer, »kommt mit, ich werde eure Hilfe brauchen.«

Sie folgten den Schreien die steile Treppe ins Gewölbe hinunter, in dem sich die Küche und die Vorratskeller befanden. Die klagende Frauenstimme hallte von den Steinmauern wider, zeugte von einem Elend, bei dem Margaret die Brust eng wurde.

Welche Tragödie erwartete sie? Eine junge Magd kam aus der entgegengesetzten Richtung auf sie zugerannt und stieß sie beinahe um. Margaret bekam das Mädchen bei der Schulter zu fassen und sprach sie mit einer Ruhe an, die sie nicht empfand. »Sag mir, was passiert ist.«

»Ich musste sie holen!«, sprudelte die Magd unkontrolliert hervor. »Er verbot es mir, aber ich wusste nicht, was ich sonst tun sollte. Ich konnte nicht anders, wirklich, das schwöre ich!«

Margaret nickte. Es war klar, dass sie nichts Vernünftiges aus der Dienerin herausbekommen würde. »Ich kümmere mich darum«, sagte sie energisch. »Geh nach oben, und bleib in der Halle.«

Sie raffte ihre Röcke und eilte an der Küche vorbei, den kläglichen Lauten hinterher, bis sie zu einer offenen Tür kam. Im Licht einer Öllampe erkannte sie einen Vorratskeller, in dem Getreidesäcke, ein Fass und zwei Pritschen standen, auf denen vermutlich Küchenhilfen schliefen.

Eine Frau kniete neben einer der Pritschen und umklammerte die Hand der Person, die darauf lag. Margaret schnappte nach Luft, als sie die Frau erkannte. Was in aller Welt hatte Isabel hier unten zu suchen?

»Isabel«, sagte sie leise.

Die Angesprochene wirbelte herum, ihr Gesicht war angstverzerrt.

»Er stirbt!«, schrie sie mit überkippender Stimme. »Mein Sohn liegt im Sterben!«

Für einen kurzen, schrecklichen Moment glaubte Margaret, Finn sei gemeint, und ihr Herzschlag schien auszusetzen. Dann wurde ihr klar, dass er es nicht sein konnte. Er war draußen und verhörte die Wachen. Und seine Mutter würde niemals um ihn weinen.

Als Margaret nähertrat, sah sie, dass die Person auf der Pritsche Bearach war. Seine Glieder hatten sich in der Decke verheddert, so unruhig schien er sich hin und her gewälzt zu haben. Ein Schweißfilm lag auf seiner Haut, aber seine Augen waren klar.

»Um Himmels willen, bringt sie zum Schweigen!«, stieß er mühsam hervor.

»Lasst mich Euch helfen«, Margaret legte Isabel eine Hand auf die Schulter. »Was kann ich tun?«

»Mein geliebter Sohn liegt im Sterben«, jammerte Isabel. »Er stirbt!«

»Ich bin krank, aber ich sterbe nicht«, fuhr Bearach ungehalten dazwischen. »Und jetzt verschwinde, ehe Curstag dein Gejaule hört. Wenn sie mich hier findet, weiß sie, dass ich die Nacht mit einer der Mägde verbracht habe.«

»Wir glaubten dich auf Girnigoe Castle.« Seine Mutter schüttelte den Kopf. »Weshalb bist du zurückgekommen?«

»Als das Unwetter aufzog, beschloss ich, den Besuch auf einen anderen Tag zu verschieben, und machte kehrt.« Er zuckte mit den Schultern. »Ich schlüpfte in die Küche, während alle anderen beim Abendessen saßen, und überredete die Kleine mit dem feuerroten Haar, die Nacht mit mir zu verbringen.«

»Habt Ihr etwas gegessen oder getrunken seit Eurer Rückkehr?« Margaret musterte ihn gespannt.

»Weshalb?«, fragte Bearach mürrisch.

»Eure Tante und Euer Onkel sind schwer erkrankt«, erwiderte Margaret ruhig. »Wir nehmen an, dass sie vergiftet wurden.«

»Sag mir, dass du nichts angerührt hast!« Seine Mutter sah ihn beschwörend an.

»Ich habe mir einen Krug von dem Wein genommen, den der Earl für sich selbst aufhebt, der selbstsüchtige Bastard.« Bearach deutete auf die silberne Schnabelkanne, die auf dem Boden stand.

Margaret erkannte sie wieder. Für gewöhnlich stand sie am Kopfende der Tafel, dort, wo der Earl zu sitzen pflegte.

»Um Himmels willen!« Isabel raufte sich das Haar. »Warum hast du davon getrunken? Warum bist du zurückgekommen?«

Die plötzliche Furcht in Bearachs Zügen deutete darauf hin, dass er endlich zu begreifen schien, weshalb seine Mutter derart jammerte. Weder Panik noch Jammern jedoch würden helfen.

»Wir wissen nicht, ob das Gift im Wein war«, versuchte Margaret die beiden zu beruhigen.

»Er stirbt!«, schluchzte Isabel lauter als zuvor. »Mein Sohn stirbt!«

»Hört mir zu.« Margaret zog Isabel auf die Füße, umfasste ihre Schultern und schüttelte sie. »Selbst wenn Gift in dem Wein war, bedeutet das nicht, dass Bearach sterben wird.«

»Ihr lügt«, rief Bearach dazwischen. »Meine Tante und meinen Onkel hat das Gift bereits dahingerafft, ist es nicht so?«

»Es geht Euch nicht so schlecht wie ihnen, was vermutlich bedeutet, dass Ihr weit weniger von dem Gift zu Euch genommen habt«, erwiderte Margaret mit fester Stimme. »Abgesehen davon seid Ihr jung und stark. Ihr habt also eine gute Chance zu überleben.«

Hoffentlich stimmte das. Sie mochte weder Bearach noch Isabel, doch ein solches Schicksal hatten sie beide nicht verdient.

»Ja, du wirst es überleben.« Endlich schien Isabel sich wieder zu fassen. »Du bist zur Hälfte ein Sinclair und widerstandsfähiger als der Earl und Helen.«

»Wir müssen Euch nach oben in Euer Schlafgemach bringen.« Margaret rief die beiden Männer herbei, die sie aus der Halle mitgebracht hatte. »Dort werdet Ihr es bequemer haben.« Außerdem würde er dort leichter zu pflegen sein.

»Curstag darf nicht wissen … wo Ihr mich gefunden habt.« Bearach biss die Zähne zusammen, als die Männer ihm auf die Füße halfen und sich seine Arme um die Schultern schlangen.

Isabel bedachte Margaret und die Männer mit einem finsteren Blick. »Alle werden sagen«, ordnete sie hochmütig an, »dass Bearach in der Nacht zurückkam und in der Halle schlief, um seine Gemahlin nicht zu stören.«

Wie Bearach und Isabel es in dieser Situation schafften, Überlegungen anzustellen, wie sie Curstag am besten täuschten, ging über Margarets Horizont. Allerdings erwies es sich als unnötig zu lügen.

Curstag hatte trotz des Lärms fest geschlafen. Als die Männer die Tür zu ihrem Gemach aufstießen und Bearach hereinhievten, sprang Curstag im Nachthemd aus dem Bett.

»Himmel, hilf, er ist verwundet!«, schrie sie auf und bedeckte ihr Gesicht mit den Händen. »Ich ertrage es nicht, ihn bluten zu sehen! Ich ertrage es nicht! Ich ertrage es nicht!«

Curstag würde keine Hilfe sein. Nun, sie hatte auch nichts anderes erwartet. Margaret eilte zum Bett und schlug die Decke zurück, damit die Männer Bearach auf der Matratze ablegen konnten. Als sie sich umdrehte, sah sie gerade noch, wie Isabel ihrer Schwiegertochter eine saftige Ohrfeige verabreichte.

»Er blutet nicht, er wurde vergiftet, du dumme Kuh«, sagte sie wütend. »Beruhige dich, und geh aus dem Weg.«

Allmächtiger. »Isabel.« Margaret schlug einen beschwörenden Ton an und trat zwischen die beiden Frauen. »Euer Sohn braucht Euch.«

Blitzartig änderte sich Isabels Gesichtsausdruck. Angst trat an die Stelle der Wut. Sie eilte ans Krankenbett, während Curstag mit nichts anderem als ihrem dünnen Hemd bekleidet den Raum verließ. Margaret schickte ihr eine Magd hinterher mit der Anweisung, Curstag einen Whisky zu geben und sie in einem der anderen Gemächer unterzubringen.

Isabel strich ihrem Sohn über die Stirn. »Was kann ich für dich tun, mein Liebling?«

»Mich allein lassen.« Bearach stieß sie fort.

»Aber ich muss doch etwas tun können!« Verzweiflung schwang in Isabels Stimme mit.

»Dem Earl und der Countess haben wir eine Tinktur aus Wermutkraut und in Wein gekochten Fenchelsamen verabreicht«, schaltete Margaret sich ruhig ein. Obwohl die gängige Arznei bei dem vergifteten Paar nicht das Mindeste ausgerichtet hatte, brauchte Isabel das Gefühl, etwas tun zu können, was ihrem Sohn half. »In der Küche steht noch eine Kanne davon.«

»Natürlich«, murmelte Isabel halb zu sich selbst, dann stand sie auf und deutete mit ihrem langen, knochigen Finger auf Margaret. »Gebt meinem Sohn keine Eurer nutzlosen Arzneien. Ich mache ihm selbst eine Tinktur.«

Sie eilte aus dem Zimmer und ließ Margaret mit Bearach allein. In der Erwartung, dass Isabel gleich zurückkommen würde, zog Margaret die Laken glatt. Als sie sich über Bearach beugte, um sein Kissen aufzuschütteln, umfasste er ihre Handgelenke.

»Ich wusste, dass du über kurz oder lang zu mir ins Bett krabbeln würdest.« Sein fauliger Atem schlug ihr ins Gesicht.

Für einen Moment war sie wie gelähmt. Bearach nutzte ihre Verblüffung, fasste ihr an die Brust, und erst jetzt kam Margaret zu sich und stieß seine Hand fort. Sie hatte sich daran gewöhnt, dass die Männer sie in Ruhe ließen, weil sie zu Finn gehörte, und war nicht auf der Hut gewesen.

»Hast du kein Mitleid mit einem Kranken?« Bearach musterte sie dreist.

»Passt auf Eure Finger auf, wenn Ihr keine Ohrfeige riskieren wollt«, warnte Margaret ihn knapp.

Er lachte sie aus, fing an zu keuchen und bekam einen nicht enden wollenden Hustenanfall – der so kraftraubend war, dass er kurz darauf einnickte.

Margaret wartete auf Isabels Rückkehr, damit sie nach Ella sehen konnte, doch plötzlich hörte sie hastige Schritte, die die Treppe heraufkamen. Einen Moment später stürzte Finn in die Kammer. Als er seinen Bruder auf dem Bett liegen sah, wankte er rückwärts, als hätte man ihn geschlagen.

»Ist es also wahr?«, fragte er heiser. »Er wurde auch vergiftet?«

Margaret trat vor ihn hin und legte ihm die Hand an die Wange. »Es tut mir so leid.«

»Warum?« Finn umfasste ihre Arme. »Warum Bearach?«

»Ich glaube nicht, dass er gemeint war«, antwortete Margaret leise, um Bearach nicht zu wecken. »Dein Bruder hat von dem Wein getrunken, der sich in der Schnabelkanne des Earl befand.«

Sie erzählte ihm, wie sie Bearach gefunden hatten, und Finn ballte immer wieder krampfhaft die Hände zu Fäusten.

»Dein Vater weiß noch nicht Bescheid.«

»Ich gehe ihn wohl besser suchen und sage es ihm.« Finn sah aus, als scheue er sich vor der Aufgabe. Ehe er sich auf den Weg machte, trat er ans Bett und starrte auf seinen Bruder herunter. »Armer Bearach.«

»Verlass das Zimmer!«, erklang plötzlich Isabels schrille Stimme von der Tür her. »Ich dulde es nicht, dass du dich in seiner Nähe aufhältst.« Sie hastete in den Raum, stellte sich zwischen das Bett und Finn und warf die Arme in die Luft, als gelte es, einen Angriff abzuwehren. Margaret war so verblüfft, dass sie sprachlos dastand.

»Deine Anwesenheit in diesem Zimmer bringt Unglück.«

Isabel musterte ihren jüngeren Sohn von oben bis unten. »Denk nicht, ich wüsste nicht, dass du ihn lieber tot sähest.«

»Wie kannst du so etwas sagen?« Finn schüttelte fassungslos den Kopf. »Bearach ist mein Bruder. Ich habe ihm nie etwas Böses gewünscht und bete, dass er sich bald erholt.«

»Du lügst!« Isabel zitterten die Hände, und ihrer Miene nach zu urteilen, schien sie zu allem entschlossen. »Du hoffst, an seiner statt zu erben.«

»Isabel, bitte hör auf«, sagte Margaret leise.

»Gib es zu, du willst Garty für dich haben!«, fuhr Isabel mit erhobener Stimme fort.

»Nach dem Elend, das ich dort erlebt habe?« Finn wich zur Tür zurück. »Ich will die verdammte Burg nie wiedersehen, geschweige denn betreten.«

»Du bekommst sie nicht, das schwöre ich dir! Bearach wird wieder gesund«, rief Isabel ihm nach. »Verschwinde! Hinaus mit dir!«

Doch Finn war bereits gegangen.

Finn machte, dass er aus dem Zimmer kam, ebenso bestürzt darüber, dass sein Bruder vergiftet worden war, wie über die Anschuldigungen seiner Mutter. Er war so abgelenkt von seinen Gedanken, dass er auf der Treppe fast mit Curstag zusammenstieß. Sie strauchelte, und er bekam sie im letzten Moment zu fassen. Als er sie loslassen wollte, schlang sie ihm schluchzend die Arme um die Taille und barg ihr Gesicht an seiner Brust.

Am liebsten hätte er mit den Fäusten gegen die Wand getrommelt oder wäre gerannt, bis ihm das Herz aus der Brust sprang. Er wollte allein sein, doch Curstag hatte Angst, dass sie ihren Ehemann verlieren würde. Sie brauchte und verdiente allen Trost, den er ihr geben konnte. Mit Mühe kämpfte er den Tumult an Gefühlen in seinem Inneren nieder, zwang sich, die Arme um sie zu legen und sie zu halten.

»Ich fühle mich so einsam«, sagte sie weinend. »Was soll ich machen, wenn …«

»Nicht doch. Du bist nicht allein.« Er strich ihr beruhigend über den Rücken. »Und du darfst die Hoffnung nicht aufgeben.«

Er hörte leichte Schritte auf der Treppe und sah hoch. Margaret trat aus dem Zimmer seines Bruders. Im spärlichen Licht konnte er ihre Miene nicht erkennen.

Doch ehe er sich noch von Curstag lösen konnte, verschwand sie wieder im Schlafgemach seines Bruders. Er sagte sich, dass Margaret eine vernünftige Frau war und sich denken konnte, dass er Curstag nur tröstete.

24. Kapitel

Margaret verbrachte den Rest des Tages damit, sich abwechselnd in den beiden Krankenzimmern aufzuhalten, den Dienern Anweisung zu geben und den Kranken so viel Hilfe und Trost angedeihen zu lassen wie nur möglich. Die meiste Zeit war sie zu beschäftigt, um daran zu denken, was sie auf der Treppe gesehen hatte, doch jedes Mal, wenn sie die Stufen hinauf und hinunter ging, drängte sich ihr das Bild von Curstag in Finns Armen auf.

Bei drei Vergiftungsopfern im Haushalt, die mit dem Tode rangen, so sagte sie sich, war es kleinlich, der Umarmung so viel Bedeutung beizumessen. Curstag brauchte Trost, und es wäre unmenschlich von Finn gewesen, ihn ihr nicht zu gewähren. Und trotzdem wurde Margaret das Gefühl nicht los, dass zwischen den beiden etwas war, von dem Finn ihr nichts erzählt hatte.

Am Ende des Tages war sie zu Tode erschöpft. Die meisten Mitglieder des Haushalts hatten sich bereits zurückgezogen, und es war still in der Burg, als sie ein letztes Mal die Treppe hinaufging, um eine Kanne frisches Wasser in Bearachs Zimmer zu bringen und Isabel, die durch nichts dazu zu bewegen war, das Zimmer ihres Sohnes zu verlassen, zu fragen, ob sie noch etwas brauchte.

Die Tür zu seinem Gemach stand einen Spalt offen, flackerndes Kerzenlicht fiel nach draußen. Als sie Stimmen hörte, blieb Margaret vor der Tür stehen. Trotz des sauren Gebräus, das Isabel ihrem Sohn verabreichte, hatte sein Zustand sich im Laufe des Tages verschlechtert, und Margaret zögerte, die beiden bei ihrer möglicherweise letzten Unterhaltung zu stören.

»Was hast du getan, Mutter?« Bearachs Stimme klang brüchig. »Was hast du bloß getan?«

War er aufgebracht, weil Isabel seinen Bruder davongejagt hatte? Vielleicht wollte Bearach sich im Angesicht des Todes mit Finn versöhnen. Margaret hoffte es. Isabel begann zu schluchzen.

Vorsichtig, um kein Geräusch zu machen, stellte Margaret die Kanne neben die Tür und ging.

Als sie die letzten Stufen zu der Kammer hinaufging, die sie mit Finn teilte, stieg wieder das Bild von Finn, der Curstag in den Armen hielt, vor ihrem inneren Auge auf. Selbst wenn die Umarmung nichts bedeutete, war sie eine Mahnung, dass Margaret nur eine in einer langen Reihe von Frauen war, die Finns Bett geteilt hatten. An dem Tag, als sie nach Huntly Castle gekommen waren, hatte Alex ihr gesagt, dass Finn nicht der Typ Mann war, der lange bei einer Frau blieb.

Der Gedanke gab ihr einen schmerzhaften Stich, zumal ihre Affäre ohnehin nicht von Dauer war. Sobald die derzeitige Krise vorbei war, konnte er sie zu Sybil bringen, und das war es dann. Sie hatte bereits viel zu viel riskiert, und es war besser, es jetzt zu beenden. Eine herrliche Nacht als Erinnerung würde genügen müssen.

Ihre Entschlossenheit schmolz dahin, als sie die Tür aufmachte und Finn am Bett stehen sah. Er hatte auf sie gewartet, und sobald ihre Blicke sich trafen, flammte die Leidenschaft zwischen ihnen auf.

Ohne ein Wort warf sie sich in seine Arme.

Der Earl und die Countess starben am nächsten Morgen.

Finn saß bei seinem Vater, während die Frauen die Leichname für die Bestattung herrichteten, sie wuschen und in ihre besten Gewänder kleideten. Wie schon am Tag zuvor überließen Curstag und Isabel die Anleitung des Gesindes Margaret.

Finn wusste nicht, was er ohne sie getan hätte. Die letzten beiden Tage waren die reine Hölle gewesen. Während Curstag im Bett geblieben war und in einem fort die Diener traktierte, hatte seine Mutter entweder geweint oder Bearach gezwungen, mehr von ihrem sauren Gebräu zu trinken. Unterdessen hatte Margaret sich um die Kranken gekümmert und den Haushalt am Laufen gehalten.

Margaret hatte fliehen wollen, und er hatte sie in diese Situation gebracht. Als wäre seine Familie nicht ohnedies schwierig genug, gab es Vergiftungen und einen frei herumlaufenden Mörder. Und nun wusch sie Leichname.

Er rieb sich die Schläfen, um den pochenden Kopfschmerz in Schach zu halten, und warf seinem Vater einen verstohlenen Blick zu. Obwohl es noch nicht Mittag war, hatte er glasige Augen, und sein Schweiß roch nach Whisky. Anscheinend handhabte er Bearachs Erkrankung und den Tod seines Bruders und seiner Schwägerin in derselben Weise, wie er alle Herausforderungen und Enttäuschungen seines Lebens gehandhabt hatte.

»Wenigstens geht es Bearach etwas besser.« Sein Vater hob sich die Whiskyflasche an die Lippen.

Ob es nun Isabels merkwürdige Arznei war oder Bearachs Rossnatur, seine Genesung machte Fortschritte.

»Ja, in der Tat, wir haben Grund zur Hoffnung.« Finn nickte. »Er konnte sich heute schon aufsetzen und das erste Mal seit der Vergiftung etwas essen, sagt Margaret.«

Dem kurzen Wortwechsel folgte einmal mehr ein langes Schweigen. Finns Umgang mit seinem Vater war bissig, und sie hatten sich nie wohlgefühlt miteinander.

»Alex will, dass die Leichname seiner Eltern nach Dunrobin gebracht werden«, sagte er schließlich.

»Isabel will, dass sie ein paar Tage hier aufgebahrt werden, damit die Leute in diesem Teil Sutherlands ihnen die letzte Ehre erweisen können.« Sein Vater räusperte sich und versuchte zu lächeln. »Immerhin war mein Bruder der Laird, und so wie ich ihn gekannt habe, würde er sie auch im Tod daran erinnern wollen.«

»Das glaube ich auch.« Finn nickte. Und für Alex war es gut, die Sutherlands daran zu erinnern, dass sie dem neuen Earl Treue schuldeten.

In den nächsten beiden Tagen defilierten alle – Männer, Frauen und Kinder –, die in fußläufiger Entfernung wohnten, an den Toten vorbei. Ob aus Respekt oder Neugier, ließ sich nicht sagen, aber Finn sprach mit jedem von ihnen. Da Alex sich auf Dunrobin befand und sein Vater betrunken herumlag, musste jemand die Trauernden im Namen der Familie des Earl begrüßen.

Dann war es Zeit, den Earl und Helen nach Dunrobin zu bringen.

»Ich habe Alex versprochen, dass ich sie persönlich begleite«, erklärte er Margaret, als sie schließlich spätabends allein in ihrem Zimmer waren. »Aber aufzubrechen, während mein Bruder so krank ist, fühlt sich nicht richtig an.«

»Warum sollen nicht andere Mitglieder der Leibgarde deines Onkels die Leichname der beiden nach Hause bringen?« Margaret schlang die Arme um ihn. »Bearach ist noch nicht außer Gefahr. Ich bin sicher, Alex wird es verstehen.«

Finn rief sich in Erinnerung, wie schutzlos und furchtsam Alex auf ihn gewirkt hatte, als er aufgebrochen war, und fühlte sich hin und her gerissen. Aber er konnte Helmsdale nicht verlassen, solange nicht klar war, ob Bearach überleben würde. »Ich werde Unas Enkel Lachlan bitten, an meiner statt mitzureiten. Er ist ein guter Mann, und ich kann ihm vertrauen.«

Auch in dieser Nacht schlossen sie die Welt für ein paar Stunden aus und liebten sich mit verzweifelter Intensität. Sie sprachen kaum, doch Finn zeigte Margaret mit seinem Körper, wie er sich fühlte.

Wie lange würde sie noch bleiben? Er machte sich nicht die Illusion, dass ihre Beziehung von Dauer war. Margaret brauchte einen zeitweiligen Ausstieg aus dem Luxus, den sie gewöhnt war, und er hatte immer gewusst, dass sie zu diesem Luxus zurückkehren würde. Sie war nicht bestimmt für das bescheidene Leben, das er ihr bieten konnte.

Dennoch konnte er sich sein Leben ohne sie nicht vorstellen. Nie zuvor hatte er sich das Gefühl gestattet, eine Frau zu brauchen, und auch Margaret wollte er nicht brauchen.

Leider war es zu spät.

Er würde klarkommen, wenn sie fort war, so wie er immer klargekommen war. Aber ihr Weggang würde ihm das Herz brechen, und er hatte das ungute Gefühl, dass die Wunde nie wieder heilen würde. Doch selbst wenn er die Leere, die sie in seinem Leben hinterließ, hätte voraussehen können, hätte er nicht einen einzigen Moment ihrer gemeinsamen Zeit versäumen wollen.

»Ich brauche dich jetzt.« Er zog sie an sich. Was er eigentlich damit sagen wollte, war: Ich brauche dich für immer.

25. Kapitel

Finn wachte auf, als es an der Zimmertür klopfte. Blinzelnd blickte er zum Fenster. Es begann hell zu werden, und er wollte nichts lieber, als bei Margaret in dem warmen Bett zu bleiben. Er vergrub sein Gesicht in ihrem Haar und umfasste ihre Brust, nicht bereit, sich den Problemen des Tages zu stellen.

»Es könnte wegen deinem Bruder sein«, gab Margaret schläfrig zu bedenken.

Er quälte sich aus dem Bett, zog sich ein Hemd über den Kopf und machte die Tür einen Spalt weit auf. Die Magd, die davor stand, knetete hektisch ihre Hände.

»Lachlan traf gerade von Dunrobin ein«, sprudelte sie aufgeregt hervor. »Er sagt, er muss dringend mit Euch reden.«

Finn war, als gefröre ihm das Blut in den Adern. *Alex war in Gefahr.*

Während er sich fertig ankleidete, zog auch Margaret ihr Gewand an, dann eilten sie zusammen in die Halle hinunter. Alle im Haushalt waren beunruhigt nach den dramatischen Ereignissen der letzten Tage, und obwohl es noch früh war, regten sich auch die Krieger und Diener, die in der Halle geschlafen hatten. Selbst Finns Eltern hatte die Nachricht, dass ein Bote eingetroffen war, schon erreicht. Sie kamen hintereinander die Treppe herunter.

Lachlan stand vor dem großen Kamin, sein vom Regen durchweichter Umhang dampfte.

»Was ist geschehen?«, fragte Finn ihn alarmiert.

»George Sinclair, der Earl of Caithness, befindet sich auf Dunrobin«, antwortete Lachlan düster. »Er ist mit einer ganzen Flotte von Booten eingetroffen, mindestens fünfzig Stück, und alle voll mit Kriegern.«

O shluagh. George hätte sich keinen besseren Zeitpunkt für seinen Angriff aussuchen können. Alex' Vater war noch nicht einmal unter der Erde und Alex zu jung und unerfahren, um die Führung zu übernehmen. Finn stieß langsam den angehaltenen Atem aus. Er hätte seinen jungen Cousin niemals allein lassen dürfen.

Alex' Eltern waren erst vor drei Tagen gestorben. Wie hatte der Stammesfürst der Sinclairs so rasch davon erfahren, dass er die Situation zu seinem Vorteil nutzen konnte? George war darauf vorbereitet gewesen zu handeln, sobald er die Information erhielt, und das bedeutete nichts anderes, als dass der Mistkerl an dem Giftmord beteiligt gewesen war.

»Der Stammesfürst der Sinclairs verlangte Einlass in seiner Eigenschaft als Alex' Vormund«, fügte Lachlan nach einem Moment hinzu. »Er beansprucht die Vormundschaft über den Jungen, nachdem die Eltern nun tot sind.«

»Das ist ein Skandal!« Krachend schlug Finn mit der Faust gegen den Kaminsims. »Ich kann beschwören, dass Alex' Vater in seinem letzten Willen den Gemahl seiner Schwester, den Earl of Athol, als Vormund benannt hat, sollte die Situation, dass einer benötigt wird, je eintreten.«

»Anscheinend hat Athol die Vormundschaft verkauft.«

»Verkauft?« Finn traute seinen Ohren nicht. »Dieser Schweinehund! Alex' Vater hätte einem Mann, der nicht zu seiner Blutlinie gehört, niemals trauen sollen.«

Lachlan nickte. »Der Anführer der Sinclairs sprach von Verrat, für den Fall, dass wir uns weigern, ihm sein Mündel zu übergeben.«

»Und nachdem ihr euch geweigert hattet, belagerte er die Burg?«

Als Lachlan nicht sofort antwortete, merkte Finn, wie sich

kalter Zorn in ihm aufbaute. »Sag mir nicht, dass die Männer der Forderung nachkamen.«

»Der Anführer der Sinclairs drohte, Dunrobin mit Mann und Maus niederzubrennen, wenn wir die Tore nicht öffnen.« Lachlan wand sich unter Finns Blick. »An diesem Punkt befahl Alex uns, sie hereinzulassen.«

»A' phlàigh oirbh Sinclairs!« Aber dem Clan der Sinclairs die Pest an den Hals zu wünschen reichte nicht. Finn wollte George Sinclairs bulligen Hals zwischen seinen Händen spüren und ihn erdrosseln. »Das können wir uns nicht bieten lassen. Ich werde es nicht hinnehmen, dass Alex in den Klauen dieses Halunken bleibt.«

»Wenn Athol die Vormundschaft tatsächlich verkauft hat, muss der Kronrat zugestimmt haben«, meldete Isabel sich zu Wort. »Und im Übrigen ist mein Sinclair-Cousin eine gute Wahl als Vormund für Alex.«

»Eine gute Wahl?« Finn hatte das Gefühl, dass ihm womöglich gleich der Schädel platzte. »Ich wette meinen letzten Viertelpenny, dass George bei dem Mord an Alex' Eltern die Hand im Spiel hatte. Und jetzt besitzt er die Unverschämtheit, die Vormundschaft über den Jungen zu beanspruchen?«

Finn war sich undeutlich der Tatsache bewusst, dass Margaret ihn am Ärmel zupfte, doch sein Zorn war zu groß, als dass er sich hätte aufhalten lassen.

»Leider ist das noch nicht alles«, meldete Lachlan sich erneut zu Wort.

Was immer noch kommen mochte, es konnte nicht schlimmer sein als das, was er gerade gehört hatte.

»Der Anführer der Sinclairs hat Alex …«, Lachlan musste sich räuspern, »… er hat ihn gezwungen, seine Tochter Barbara zu heiraten.«

Finn wankte. Es konnte unmöglich wahr sein. Nicht Barbara. Sie würde seinen naiven, umgänglichen Cousin zugrunde richten.

»Es ist eine gute Verbindung.« Seine Mutter verschränkte die Arme vor der Brust. »Immerhin ist Barbara die Tochter eines Earl und eine Sinclair.«

»Alex ist fünfzehn!«, rief Finn entrüstet. »Barbara ist mehr als doppelt so alt – und eine hinterhältige Schlange.«

Der Schweiß brach ihm aus, wenn er sich vorstellte, wie Barbara ihn mit ihren kalten grauen Augen ansah, während sie seinen Cousin erdrosselte – voller Hohn, genau wie vor vielen Jahren, als sie seinen Hund getötet hatte.

Margaret fand Finn auf dem Gelände unterhalb der Burg, wo die Männer ihre Waffenübungen durchführten. Er zielte und schleuderte seinen Dolch auf einen Holzpfosten.

»Ich hole Alex zurück«, verkündete er grimmig, ohne sich umzudrehen. »Ich muss einfach.«

»Wenn Athol die Vormundschaft an George Sinclair verkauft hat und dieser Alex in seinem Gewahrsam hält«, erwiderte sie, ihre Worte sorgfältig wählend, »wird das schwierig sein.«

»Es ist mir egal, wie schwierig es ist«, versetzte Finn kurz angebunden und schleuderte einen weiteren Dolch. Er traf den Pfosten genau in der Mitte.

»Lass uns nach drinnen gehen und darüber sprechen.« Margaret hakte sich bei ihm unter.

»Ich sollte Alex' Vormund sein, nicht der verdammte George.« Finn stach seinen Daumen in seine Brust. »Ich bin näher und außerdem blutsverwandt mit ihm.«

»Vor dem Kronrat wird diese Tatsache wenig Gewicht haben, fürchte ich.« In dem Wissen, dass ihm das, was sie ihm zu sagen hatte, nicht gefallen würde, hielt sie inne. »So werden derartige Angelegenheiten nicht entschieden.«

»Was könnte wichtiger sein als Blutsverwandtschaft?« In Finns blauen Augen loderte der Zorn.

»Alex ist ein Earl«, rief Margaret ihm in Erinnerung. »Der Rat wird die Vormundschaft über ihn nicht an jemanden ohne Rang vergeben.«

»Mein Vater kann meinetwegen dem Namen nach sein Vormund sein.« Finn zuckte die Schultern. »Er hat Rang und Titel.«

»Ich hätte es vielleicht so sagen sollen …« Sie befeuchtete sich die trockenen Lippen mit der Zunge. »Der Kronrat wird die Vormundschaft für einen Earl nicht jemandem von niedrigerem Rang übertragen. Alex und sein Besitz können nur unter königliche Vormundschaft oder die eines anderen Earl gestellt werden.«

»Du meinst, dass selbst dein Bruder mir vorgezogen würde?« Finn drehte sich zu ihr um und starrte sie finster an. »Obwohl er Alex nicht einmal kennt und seine Interessen ihm egal sind?«

»So ist es.« Margaret nickte.

»Dann soll der Kronrat zur Hölle fahren«, erwiderte Finn wütend und marschierte davon.

»Es wird nicht für immer sein.« Sie eilte ihm nach und hatte Mühe, Schritt mit ihm zu halten. »Alex ist in weniger als drei Jahren volljährig.«

Er wirbelte zu ihr herum. In seinen Augen stand eine solche Wut, dass sie am liebsten zurückgewichen wäre.

»Was du nicht weißt«, stieß er zwischen zusammengebissenen Zähnen hervor, »ist, dass Alex bei den Sinclairs nicht sicher ist.«

Dann stürmte er davon in den Wald und ließ sie allein auf dem matschigen Feld zurück. Sie starrte ihm hinterher und bedauerte, dass sie nichts sagen oder tun konnte, was seine Angst um Alex milderte. Auch sie machte sich Sorgen um den Jungen, aber Vormundschaften wurden ge- und verkauft, und der Kronrat würde einen Earl aus der Nachbarschaft als passenden Vormund erachten. Und selbst wenn nicht, so waren die Mitglieder des Rates zu sehr in ihre eigenen Machtkämpfe verstrickt, als dass sie einen Konflikt mit dem mächtigen Earl of Caithness im fernen Norden riskieren würden.

Seufzend wandte sie sich um und machte sich auf den Weg in die Burg. Als sie das Tor passierte, sah sie Isabel die Treppe zum Donjon hinaufeilen wie eine flüchtende Ratte.

Stunden später kam Finn zurück. »Ich hätte meine Wut nicht an dir auslassen dürfen«, sagte er reumütig. »Es ist nicht dein Fehler, wenn der Kronrat ein solches Unrecht billigt.«

Margaret legte ihm eine Hand an die Wange. »Und es ist nicht dein Fehler, dass die Sinclairs sich Alex geschnappt haben.«

»Doch«, erwiderte er störrisch. »Ich habe meinem sterbenden Onkel und seiner Frau das Versprechen gegeben, dass ich mich um Alex kümmere.«

»Du hast ihm das Leben gerettet, indem du ihn nach Dunrobin gebracht hast, als er in Gefahr war«, hielt sie dagegen. »Du hast alles getan, was in deiner Macht stand.«

»Ich habe ihn im Stich gelassen«, widersprach Finn düster. »Er brauchte mich, und ich habe ihn im Stich gelassen.«

In den nächsten Tagen blieb die Situation zwischen ihnen angespannt. Weitere schlechte Neuigkeiten trafen ein. George Sinclair verlor keine Zeit, seine Position als Vormund auszunutzen, indem er Alex' Landgüter in Sutherland plünderte. Wie immer war es das gemeine Volk, das am meisten zu leiden hatte. Je mehr schlimme Nachrichten sie erreichten, desto niedergeschlagener wurde Finn, und desto hilfloser fühlte sich Margaret.

Es brach ihr das Herz, ihn so zu sehen. Gleichgültig, wie sie ihm zu vermitteln versuchte, dass all dies nicht seine Schuld war, er wähnte Alex in Gefahr und machte sich Vorwürfe. Er schottete sich von ihr ab und ließ sie nicht an sich heran.

Wenn sie sich liebten, hatte sie manchmal das Gefühl, dass er kurz davor war, sich ihr zu öffnen. Doch Finn zog sich zurück wie ein verwundetes Tier und verbarg die klaffende Wunde in seiner Seele.

Und dann verschlechterte sich Bearachs Zustand. Acht Tage, nachdem er den vergifteten Wein getrunken hatte, schien Isabels essighaltige Tinktur nicht mehr zu wirken.

Das war der Punkt, an dem Margaret erkannte, dass sie eine Auszeit brauchte. Sie nahm ihre Tochter und spazierte mit ihr am Fluss entlang. Sie kamen nur langsam voran, weil Ella alle paar Yards stehen blieb, um einen Vogel zu betrachten oder eine Blume zu pflücken.

»Nicht essen«, warnte Margaret das Kind, als sie sah, wie es sich ein Blütenblatt in den Mund stecken wollte. Ihre Gedanken wandten sich wieder Finn zu, und sie schlenderten weiter. Wenn sie ehrlich war, musste sie sich vorhalten, dass sie den Aufbruch viel zu lange hinausgezögert hatte. Und je länger sie blieb, desto größer war die Gefahr, dass sie schwanger würde. Sie konnte Finn nicht bitten, sie zu begleiten, solange seine Familie in Aufruhr war, und davon abgesehen würde sie auf der langen gemeinsamen Reise viel zu sehr leiden. Wenn sie es schaffte, Sybil eine Nachricht zukommen zu lassen, würde ihre Schwester ihr sicher jemanden schicken.

Ella gab einen ungeduldigen Laut von sich, dann noch einen, und Margaret sah hoch.

Das Kind zog mit beiden Händen am Stiel einer Pflanze mit gelben sternförmigen Blüten und spitzen grünen Blättern. *Bilsenkraut!* Margarets Herz setzte einen Schlag aus.

»Die darfst du nicht anfassen, hörst du!« Margaret hob ihre Tochter hoch und eilte den Abhang hinunter zum Flussufer, wo sie Ellas Hände und ihr Gesicht gründlich mit Wasser abwusch. »Es ist eine sehr, sehr gefährliche Pflanze!«

Ellas Unterlippe begann zu zittern. Mit Tränen in den großen blauen Augen sah sie zu Margaret hoch.

»Keine Angst, Liebchen.« Margaret versuchte ihr Bestes, die Panik aus ihrer Stimme herauszuhalten. »Du musst mir nur sagen, ob du von der Pflanze mit den gelben Blüten gekostet hast – ob du sie mit dem Mund berührt hast.«

»Nay!« Ella schüttelte vehement den Kopf und schnitt eine Grimasse. »Sie stinkt!« Das Kind streckte die Arme aus, um zu zeigen, wie weit sie die Pflanze von sich weggehalten hatte.

Dem Himmel sei Dank. Margaret sank auf die Knie und zog Ella auf ihren Schoß.

Das Mädchen legte ihr die kleinen Händchen um das Gesicht und sah sie ängstlich an. »Nicht weggehen.«

»Aber nein.« Margaret schüttelte den Kopf. »Wie kommst du denn darauf?«

»Meine Mama hatte Angst, und dann ging sie fort.«

Die arme Kleine schien zu glauben, dass ihre Mutter sie verlassen hatte. Wie konnte sie Ella erklären, dass dem nicht so war, dass die Frau nicht mehr lebte?

»Ich hatte Angst, weil diese Blume dich krank machen könnte«, sagte sie ruhig. »Ich verlasse dich nicht. Nie.«

Ella schwieg eine Weile. Sie schien Zeit zu brauchen, um Margarets Worte sacken zu lassen. Dann sah sie auf und fragte scheu: »Wird Finn uns verlassen?«

Margaret holte zitternd Atem. Bei all ihren Plänen zu gehen hatte sie nicht bedacht, wie sehr Ella an Finn hing. Und er an ihr. Doch je länger sie blieben, desto schwieriger würde es für sie alle, wenn der unvermeidliche Abschied bevorstand.

Margaret brachte es nicht über sich, ihrer Tochter zu sagen, dass sie diejenigen waren, die gehen würden. »Finn hat dich sehr, sehr gern«, versicherte sie dem Kind stattdessen.

Den ganzen Rückweg war Margaret innerlich mit Ella und Finn beschäftigt. Erst als sie die Burg schon fast erreicht hatten, kam ihr ein beunruhigender Gedanke. Konnte es sein, dass es sich bei dem Gift, das der Mörder verwendet hatte, um Bilsenkraut handelte? Jeder hätte die Pflanze am Wegrand sammeln können. In kleinen Mengen wurden Auszüge aus Bilsenkraut als Schmerzmittel eingesetzt, besonders bei Zahnproblemen, und derjenige, der es gepflückt hatte, wäre niemandem aufgefallen.

Sie erörterte innerlich, ob sie Finn von ihrer Entdeckung erzählen sollte, auch wenn die Chance, dass der Täter dadurch gefasst werden konnte, sehr klein war. Praktisch jeder Bewohner von Helmsdale hatte den Weg am Fluss irgendwann einmal benutzt; viele, sie selbst eingeschlossen, öfter.

Als Ella und sie die Halle betraten, saß Finn mit seinem Vater zusammen. Bei dem ungewöhnlichen Anblick stellten sich Margaret die feinen Härchen im Nacken auf, und sie ahnte, dass eine weitere schlechte Nachricht bevorstand. Sorgenfalten hatten sich in Finns attraktive Züge gegraben. Er stand auf und kam auf sie zu.

Plötzlich drang lautes Wehklagen aus dem oberen Stockwerk an ihre Ohren, und Finn blieb wie angewurzelt stehen. Im nächsten Moment kam Curstag die Treppe heruntergelaufen und warf sich Finn in die Arme. Sie schluchzte laut.

»Er ist tot!«, stieß sie weinend hervor. »Bearach ist tot!«

Margaret hielt entsetzt die Luft an, als Finns Vater sich plötzlich an die Brust griff und zu Boden stürzte.

26. Kapitel

Schuldgefühle nagten an Finn, als er die Treppe hinaufging. Jemand hatte drei seiner engsten Verwandten praktisch vor seinen Augen ermordet. Nicht nur war es ihm nicht gelungen, die Morde zu verhindern, er hatte es noch nicht einmal geschafft, herauszufinden, wer der Mörder war. Und die ganze Zeit machte er sich die größten Sorgen um Alex. Mit jedem Tag, der verging, ohne dass eine weitere Nachricht von Dunrobin eintraf, lastete sein nicht eingelöster Schwur, Alex zu beschützen, schwerer auf Finn.

Er hätte um seinen Bruder trauern sollen, doch er fühlte nichts. Obwohl sie ihn gestern begraben hatten, konnte Finn immer noch nicht fassen, dass er tot war. Bearach hatte die Vergiftung so lange überlebt, dass alle geglaubt hatten, er sei dem Tod entronnen.

Gott sei Dank hatte der Herzanfall seinen Vater nicht umgebracht – wenigstens noch nicht.

Finn ging zum Schlafzimmer seiner Eltern und klopfte in der Hoffnung, dass Margaret die Tür aufmachte. Sie und Una hatten sich um seinen kranken Vater gekümmert, und in der vergangenen Nacht war Margaret nicht ins Bett gekommen.

Als Una die Tür einen Spalt aufmachte, sah er Margaret neben dem Bett stehen. Sie konnte ihn nicht sehen, weil sie ihm den Rücken zuwandte und ein nasses Tuch auswrang, doch Ella, die auf dem Boden saß und spielte, lächelte ihm zu und winkte.

»Gilbert ruht sich aus«, teilte Una ihm leise mit, wie sie es bereits das letzte Mal und das Mal davor getan hatte. »Schlaf ist der beste Heiler.«

Finn seufzte verdrossen. Er musste etwas tun. Irgendetwas. Anstatt mit der Faust gegen die Wand zu schlagen, ging er nach oben, um auf Margaret zu warten. Als er die Tür zu ihrer gemeinsamen Kammer öffnete, lag Curstag auf dem Bett.

»Was zum Teufel tust du hier?« Er schlug einen barschen Ton an, doch dann fiel ihm ein, dass sie eine trauernde Witwe war.

»Ich würde ja gern in mein eigenes Bett gehen«, sie setzte sich auf, »aber Isabel hat sich wieder eingeschlossen und weint und schnüffelt an seiner Kleidung.«

Finn gab sich Mühe, doch das Bild wollte ihm nicht mehr aus dem Kopf gehen.

»Dann bleib von mir aus liegen«, sagte er schulterzuckend, doch als er kehrtmachte, um zu gehen, sprang sie auf und fasste ihn am Arm.

»Rede mit mir«, sagte sie flehend. »Ich halte es nicht aus, ausgerechnet jetzt allein zu sein.«

Grundgütiger. Abgesehen von seiner Mutter war Curstag wahrhaftig der letzte Mensch, mit dem er sich unterhalten wollte. Aber er wollte nicht herzlos sein, also blieb er stehen.

»Du weißt, was das bedeutet, nicht wahr?« Sie musterte ihn fragend.

Er hatte keine Ahnung, wovon sie sprach.

»Es bedeutet«, sie ließ ihre Hand an seiner Brust hinaufgleiten, »dass wir endlich zusammen sein können.«

»Bist du verrückt?« Finn stieß sie von sich. »Bearach ist kaum unter der Erde.«

»Du weißt ganz genau, dass du derjenige bist, den ich wollte.« Sie warf den Kopf in den Nacken. »Ich habe ihn nur geheiratet, weil er der Erbe war.«

Niemand konnte Curstag nachsagen, dass sie feinfühlig war. Freundlichkeit und Einfühlsamkeit waren der Frau absolut fremd.

»Du kannst mir nicht vorwerfen, dass ich mich gut verheiratet habe«, setzte sie schulterzuckend hinzu. »Jede Frau, die auch nur einen Funken Verstand besitzt, würde es genauso machen.«

Es war nichts daran auszusetzen, dass sie den Rang und die Sicherheit gewählt hatte, die sein Bruder ihr geben konnte, wohl aber daran, dass sie mit ihm gespielt hatte – einem naiven Jungen, dem nicht klar gewesen war, wie sehr er darunter leiden würde.

»Aber nun bist du der Erbe.« Sie legte den Kopf auf eine Weise schräg, die er einmal hinreißend gefunden hatte. »Und es gibt nichts mehr, das uns trennen kann.«

»Nichts?« Er zog eine Braue hoch. »Du vergisst, dass ich eine Ehefrau habe.«

»Es ist ja nur eine Ehe auf Probe.« Sie lächelte geringschätzig. »Du musst nicht einmal das ganze Jahr warten, um sie loszuwerden.«

»Maggie ist die Frau, die ich will.« Er betonte jedes einzelne Wort. »Verstehst du mich? Ich liebe sie.«

Es war die Wahrheit. Er hatte sich hoffnungslos in Margaret verliebt. Keine andere Frau würde ihm je gut genug sein.

»Liebe? Ich fasse es nicht, du bist immer noch genauso romantisch wie mit sechzehn.« Curstag lachte auf und schüttelte den Kopf. »Ich gebe dir einen Monat, bevor du ihrer überdrüssig wirst und bettelnd zu mir …«

»Sieh zu, dass ich dich nie wieder in diesem Gemach vorfinde.« Finn schob sie unsanft aus der Tür und schloss sie hinter ihr.

Es war aberwitzig, aber im Grunde konnte er Curstag dankbar sein. Mitten in all der Hoffnungslosigkeit hatte sie ihn darauf aufmerksam gemacht, dass das, was ihn bislang davon abgehalten hatte, Margaret zu heiraten, nicht mehr existierte. Er war nicht mehr der Krieger ohne Land, der sich mit dem Schwert seinen Lebensunterhalt verdiente.

Er war der Erbe seines Vaters.

Margaret lag ausgestreckt auf dem Bett neben Finn, außerstande, sich zu bewegen. Es war so ungerecht. Gerade als sie sich entschlossen hatte, ihn zu bitten, sie zu ihrer Schwester zu bringen, riss er den Schutzwall ein, den er zwischen ihnen errichtet hatte, und liebte sie, bis ihr Körper sich anfühlte wie schmelzendes Wachs und er ihr Herz in den Händen hielt.

Sie hatte ihn nicht verlassen können, solange seine Tante, sein Onkel und sein Bruder im Sterben lagen, auch nicht, solange der Zustand seines Vaters kritisch war. Doch nun waren die Toten begraben, und sein Vater, wiewohl immer noch schwach, erholte sich langsam. Bedauerlicherweise konnte Finn nichts für Alex tun, bis sein Cousin volljährig wurde.

Die Krisen waren vorbei. Es war Zeit zu gehen.

Aber sie wollte nicht gehen.

»Dein Vater hat nach dir gefragt«, sagte sie leise. Als Finn zur Antwort nur stöhnte, küsste sie ihn auf die Schulter und strich ihm mit der Rückseite ihrer Finger über die Wange. »Ich weiß, dass es zwischen euch nie zum Besten stand, aber er hat einen Bruder und einen Sohn verloren. Er braucht dich.«

»Du kümmerst dich um jeden, ob er es verdient oder nicht.« Finn küsste sie sacht auf die Lippen. »Ich verspreche dir, dass ich mit ihm rede.«

Sie stöhnte protestierend, da Finn aufstand, doch einen Moment später war er zurück und zog sie hoch, sodass sie neben ihm auf der Bettkante saß.

»Ich habe den Schmied gebeten, das hier für dich zu machen.« Finn gab ihr ein kleines Holzkästchen.

»Ein Geschenk?«, fragte sie erstaunt. »Aber das musst du doch nicht.«

Hoffentlich hatte er das wenige Geld, das er besaß, nicht für

Geschmeide ausgegeben, das er sich nicht leisten konnte. Sie hatte Juwelen besessen, die ein Vermögen wert waren, doch das einzige Schmuckstück, das ihr etwas bedeutet hatte, war der Onyxanhänger von ihrer Mutter. Alles andere war Zierrat gewesen, nicht aus Zuneigung geschenkt, sondern um ihre Schönheit zu unterstreichen und ihren Status als kostbare Trophäe.

»Mach es auf«, forderte er sie beiläufig auf, doch sein gleichgültiger Ton täuschte sie nicht.

Der Deckel saß fest, und sie brauchte einen Moment, um ihn zu lockern, doch als er plötzlich nachgab und sie sah, was sich in dem Kästchen befand, schnappte sie nach Luft.

»Es gefällt dir nicht?«, fragte Finn besorgt.

Sie blinzelte die Tränen fort, dann nahm sie die Brosche heraus und strich mit den Fingerspitzen über die glänzenden schwarzen Steine in dem silbernen Ring. Die unregelmäßigen Bruchstücke ihres Onyxanhängers waren zu etwas Wunderschönem geworden.

»Oje, ich hätte dich fragen sollen, ehe ich mir den Beutel mit den Steinen genommen habe.« Finn hatte ihre Tränen völlig missverstanden. »Ich kann das Silber schmelzen lassen und die Steine wieder herausnehmen.«

Margaret war die Kehle so eng, dass sie nicht antworten konnte. Sie schlang ihm einfach die Arme um den Nacken und weinte.

»Heißt das, die Brosche gefällt dir?«, fragte er unsicher.

Als sie nickte, das Gesicht an seine Brust geschmiegt, nahm er sie in die Arme und küsste ihr Haar.

»Ich wollte, dass du deinen magischen Onyx tragen kannst, damit er dich beschützt, wie deine Mutter es wollte, anstatt ihn in einem Beutel unter der Matratze zu verstecken.« Er deutete auf die Brosche »Das Silber bietet noch einmal zusätzlichen Schutz vor Hexen und Alben.«

»Es ist das vollkommenste Geschenk, das du mir machen konntest«, sagte sie erstickt und küsste ihn hingebungsvoll.

Bis hierher war alles gut gegangen. Sicher wusste Margaret, was sein Geschenk bedeutete.

Finn räusperte sich. »Ich denke, wir sollten aufhören, so zu tun, als wären wir Mann und Frau.«

»Warum?« Ihre Augen weiteten sich.

Wer A sagte, musste auch B sagen. »Wir sollten uns einander versprechen. Die Zeremonie des *Handfasting* wirklich durchführen.«

Mit angehaltenem Atem wartete Finn auf die Antwort. Hoffentlich erinnerte sie sich nicht ausgerechnet jetzt daran, dass er dieses Angebot schon einmal gemacht hatte, um sie in sein Bett zu bekommen. Diesmal meinte er es ernst. Er wollte es aus ganzem Herzen.

»Du musst das nicht tun, nur weil du das Bett mit mir teilst«, beruhigte sie ihn. »Das ist nicht nötig.«

»Ich bitte dich darum, weil ich das Bett für den Rest meines Lebens mit dir teilen möchte«, stellte er richtig. »Ich will, dass du meine Frau wirst.«

»Wir können nicht heiraten«, sagte sie leise und berührte seine Hand. »Ich lasse nicht zu, dass du dich an mich bindest.«

Ihre Worte fühlten sich an wie ein Tritt in die Magengrube.

»Aber ich bin jetzt der Erbe von Garty.« Selbst in seinen eigenen Ohren klang er verzweifelt. »Ich kann dir ein Heim bieten.«

»Ein Heim, das du nicht willst.« Sie schüttelte langsam den Kopf. »Eines, in das du nie wieder zurückkehren möchtest, wie du deiner Mutter gesagt hast.«

»Mit dir ist es etwas anderes.« Beschwörend nahm er ihre Hände in seine. »Mit dir und Ella.«

»Du brauchst eine Frau, die dir Kinder schenken kann.«

Sie schüttelte den Kopf. »Zumal, da du jetzt über einen Titel und Land verfügst, brauchst du Erben, und ich kann dir keine schenken.«

Finn wusste, was sie in Wahrheit meinte. Er war immer noch nicht gut genug als Ehemann für sie. Sie stellte es so dar, als lehnte sie seinetwegen ab, aber das waren nur Worte. Obwohl sie in vieler Hinsicht anders war als Curstag und seine Mutter, würde auch Margaret niemals bereit sein, einen Ehemann zu akzeptieren, der gesellschaftlich unter ihr stand.

»Und du, Maggie? Was brauchst du?« Plötzlich war er wütend. »Einen Mann, der dir Vergnügen bereitet, bis du einen Gemahl findest, der dir das Leben bieten kann, das du gewöhnt bist?«

»Ich brauche keinen Ehemann«, erwiderte sie bestimmt. »Und noch weniger *will* ich einen.«

»Es gibt eine Sache, die du sehr wohl von mir willst, nicht wahr?« Er zog sie an sich und küsste sie hart auf den Mund. Bei seinem Kuss schmolz sie dahin, doch Finn zwang sich, sich von ihr zu lösen.

Er wollte sie ganz – des Nachts im Bett neben sich, ihr Lächeln am Morgen, ihren Rat, wenn es Schwierigkeiten gab. Und vor allem wollte er ihr Herz.

Er wollte alles von ihr, und er wollte es jeden Tag für den Rest seines Lebens. Sie dagegen wollte nichts anderes von ihm als ein paar leidenschaftliche Nächte, ehe sie ihn verließ. Sie liebte ihn nicht.

Die Sache war schrecklich schiefgegangen. Margaret biss sich auf die Unterlippe. Sie hatte nicht vorgehabt, Finns Gefühle zu verletzen. Sie hatte ihm klarmachen wollen, weshalb sie sich den Schmerz einer erneuten Ehe nicht zumuten konnte, selbst mit ihm. Vielleicht gerade mit ihm nicht. Sie hatte nicht mehr die Kraft dazu, jahrelang zu hoffen, dass sie schwanger wurde, und gleichzeitig Angst davor zu haben und anschließend die Enttäuschung aushalten zu müssen, ihre und auch Finns.

Vielleicht würde Finn ihre Ängste verstehen, wenn er wüsste, wie schlimm ihre Fehlgeburten für sie gewesen waren.

»Du sagtest, du hoffst, dass ich dir eines Tages genug vertraue, um dir zu erzählen, warum mein Anhänger zerstört wurde«, begann sie zögernd. »Wenn du es immer noch wissen willst, werde ich es dir jetzt erzählen.«

Er schwieg, was sie als Zustimmung wertete. Sie wickelte sich in eine Decke und ging zum Fenster. Den Blick auf die Küste in der Ferne gerichtet, erzählte sie, wie sie in Edinburgh in die Straßenkämpfe geraten war.

»Es war allgemein bekannt, dass sich etwas zusammenbraute«, sagte sie leise. »Ich wäre lieber zu Hause geblieben, doch William bestand darauf, dass ich ihn in die Stadt begleite.«

Sie zuckte zusammen, als sie sich den Gefechtslärm, der durch die geschlossenen Fensterläden gedrungen war, in Erinnerung rief.

»Meine Cousine Lizzie war bei mir.« Sie räusperte sich. »Als ich zu bluten anfing, lief sie los, um die Hebamme zu holen.«

»Die Hebamme?«

Margaret nickte, ohne sich umzudrehen. Dann erzählte sie, wie sie das Kind verloren hatte und wie William kurz darauf zurückgekehrt war. Sie konnte nicht jede Gemeinheit wiederholen, die er ihr damals an den Kopf geworfen hatte, schon gar nicht die schlimmste von allen.

Wenigstens war es nur ein Mädchen.

»William war außer sich und zerstörte den Anhänger mit seiner Streitaxt.« Die schlichte Feststellung vermochte das Entsetzen, das sie in jenem Augenblick erfüllt hatte, nicht im Mindesten wiederzugeben. Ehe sie ihren Bericht beenden konnte, ergriff Finn das Wort und holte sie in die Wirklichkeit zurück.

»Du warst schwanger?«, fragte er entrüstet.

Von seinem zornigen Ton verunsichert, wandte Margaret sich um und schaute ihn an.

»Ich dachte, du könntest nicht empfangen«, fügte er kopfschüttelnd hinzu. »Das sagtest du selbst!«

»Niemals.«

»Jedenfalls hast du es mich glauben lassen«, fuhr er fort. »Du sagtest, dein Gemahl habe die Ehe annullieren lassen, weil du ihm keinen Erben gebären konntest.«

»Ich konnte ihm keinen Erben gebären.« Sie nickte.

»Wieso nicht, wenn du doch schwanger warst?«

»Ich verlor das Kind!« Wie begriffsstutzig konnte ein Mann denn noch sein?

»Aber du kannst empfangen«, sagte er bestimmt. »Und das bedeutet, dass du unser Kind erwarten könntest.«

Aye, und auch dieses verlieren. Tränen brannten ihr in den Augen, und sie biss sich auf die Unterlippe, um sie zurückzuhalten. Im nächsten Moment wirbelte sie herum und stürzte zur Tür. Sie musste fort von hier, fort von ihm, ehe sie zusammenbrach.

Finn umfasste ihr Handgelenk und hielt sie zurück. »Bist du schwanger?«

»Ich weiß es nicht.« Sobald die Worte heraus waren, wusste sie, dass sie sie nicht hätte sagen sollen. Warum konnte sie nicht einfach lügen? Sie riss sich los und ging zur Tür.

»Du kannst jetzt nicht gehen«, hielt er sie auf. »Wir müssen über die … Situation reden.«

»Es gibt nichts zu reden«, sagte sie, ohne sich umzudrehen. »Mach dir um mich und die *Situation* keine Sorgen.«

»Aber wir müssen etwas tun.« Er klang beunruhigt. »Wir haben keine Wahl mehr. Du musst mich heiraten.«

Keine Wahl? Sie musste heiraten? Als er die gleichen Worte verwendete wie die Männer, die sie ihr ganzes Leben lang kontrolliert und benutzt hatten, brach es wütend aus ihr heraus.

»Nein, muss ich nicht.«

»Oh doch.« Die Hände in die Hüften gestemmt, beugte Finn sich vor.

Sie würde sich nicht befehlen lassen zu heiraten. Sie würde sich keinem Mann mehr unterordnen, sich sagen lassen, was sie wann und wie zu tun hatte, niemals mehr.

»Ich gehe zu meiner Schwester Sybil und den MacKenzies«, teilte sie Finn kurz angebunden mit. »Wenn du mich nicht hinbringen kannst, werde ich jemand anderen finden.«

Finn war wie vor den Kopf geschlagen von der Neuigkeit, dass Margaret empfangen konnte – und dass sie womöglich sogar mit seinem Kind schwanger war. Er brauchte einen Moment, bis er begriffen hatte, dass sie ihn trotzdem immer noch verlassen wollte.

Als die Tür mit einem Klicken hinter ihr ins Schloss fiel, kam wieder Leben in ihn. Er wollte loslaufen, um sie aufzuhalten, doch sein Fuß verfing sich im Laken, er stolperte und stürzte zu Boden. Eine derbe Verwünschung auf den Lippen, kämpfte er sich frei. Als er endlich das Laken um sich gewickelt hatte und die Tür aufriss, war Margaret bereits in Unas und Ellas Kammer verschwunden.

Mit bewunderungswürdiger Zurückhaltung klopfte er an die Tür, um Ella nicht aufzuwecken. Das Kind sollte nicht Zeuge ihres Streits werden. Aber egal, wie sehr Margaret ihn vermeiden wollte, dies war ein Streit, den sie ausfechten würden.

Er klopfte wieder, ein kleines bisschen lauter. »Ich weiß, dass du mich hören kannst«, sagte er durch die Tür.

»Sie will heute nicht mehr mit dir reden.« Das war Unas Stimme. »Geh wieder ins Bett, und lass das arme Mädchen in Ruhe.«

Das arme Mädchen? Er klopfte noch etwas lauter.

Margaret öffnete die Tür gerade weit genug, dass er ihr Gesicht sehen konnte.

»Mir ist klar, dass du nicht mehr von mir wolltest als ein bisschen Spaß unter der Bettdecke«, sagte er bissig. »Aber damit ist jetzt Schluss. Du wirst mich heiraten!«

»Kein Mensch wird mich zwingen, noch einmal zu heiraten«, erwiderte sie leise. »Niemanden und nie wieder.«

»Ein Kind ändert alles.« Irgendwie musste es doch möglich sein, die verwünschte Frau zur Vernunft zu bringen. »Ob es dir oder mir nun gefällt oder nicht, wir werden heiraten.«

»Ich habe das alles schon hinter mir, und ich kann es auch wieder tun, wenn ich muss, aber …«, sie holte tief Luft, »… nicht mit dir. Das wäre mehr, als ich ertragen kann.«

»Du hast das alles schon hinter dir?«, fragte er verständnislos. »Was zum Teufel soll das heißen?«

»Ich war dreimal schwanger. Und jedes Mal hatte ich eine Fehlgeburt.« Sie sprach langsam, als habe sie es mit einem Begriffsstutzigen zu tun. »Darum wird es kein Kind geben und keinen Grund für uns zu heiraten.«

Sie schloss die Tür und legte den Riegel vor.

27. Kapitel

In der Absicht, *Ceò* für einen ordentlichen Galopp zu satteln, stürmte Finn in den Stall. Margaret hatte auch letzte Nacht wieder in Unas Kammer geschlafen. Sie war ihm den ganzen Tag aus dem Weg gegangen und nicht einmal zu den Mahlzeiten erschienen. Eine solche Dickköpfigkeit hatte sie noch nie an den Tag gelegt. Sie schien ihre Meinung, was eine Heirat mit ihm betraf, nicht ändern zu wollen.

»Finn!«, hörte er jemanden aus einer dunklen Ecke des Stalls nach ihm rufen.

Er griff nach seinem Dolch, steckte ihn jedoch zurück in die Scheide, als er Una aus dem Schatten treten sah. Ausgerechnet!

»Dein Vater möchte mit dir sprechen«, sagte sie ruhig. »Heute noch.«

»Ach, und um mir das zu sagen, bist du hergekommen?«

»Achte auf deinen Ton, wenn du mit mir redest«, wies sie ihn zurecht, als wäre er immer noch ein Kind. Dann sah sie sich vorsichtig um und sagte leise: »Ich wollte dir sagen, dass mein Enkel Lachlan Neuigkeiten aus Dunrobin hat.«

Es war klug von Lachlan, dass er ihm die Botschaft durch seine Großmutter zukommen ließ, anstatt selbst zu erscheinen. Bis sie jeden einzelnen Beteiligten an dem Giftmord und dem Komplott mit George Sinclair kannten, mussten sie davon ausgehen, dass der Verräter sich noch immer auf Helmsdale befand.

»Neuigkeiten von Alex?«, fragte Finn erwartungsvoll.

»Aye.« Una nickte. »Lachlan wartet eine halbe Meile entfernt von hier auf dem Küstenweg.«

Für eine alte Frau bewegte Una sich erstaunlich flink, wenn sie es wollte. Ehe er noch eine Frage stellen konnte, war sie verschwunden.

Lachlan harrte seiner an der erwähnten Stelle. Mit einem Blick in alle Richtungen vergewisserte er sich, dass niemand sonst in der Nähe war, dann bedeutete er Finn, ihm zu einem Birkenwäldchen zu folgen, wo er sein Pferd angebunden hatte.

Lachlans grimmiger Miene nach zu urteilen, waren die Neuigkeiten aus Dunrobin nicht gut.

»Was ist passiert?«, fragte Finn ungeduldig. »Ist mit Alex alles in Ordnung?«

»Mir wurde zugetragen, dass die Sinclairs ihn umbringen wollen.«

»Ihn umbringen? Wozu sollte das gut sein?« Finn schüttelte den Kopf. »Wenn sie die Kontrolle über Sutherland haben wollen, brauchen sie Alex lebend.«

»Nicht, wenn sie seinen Erben haben.«

Finn stieß eine Reihe saftiger Verwünschungen aus. »Barbara erwartet ein Kind?«

»Von ihrem Liebhaber MacKay.« Lachlan nickte. »Aber die Sinclairs werden behaupten, es sei von Alex und eine Frühgeburt.«

»Woher weißt du das?«

»Einer der Männer der Sinclairs war betrunken und erzählte es einer Dienerin, mit der er ins Bett gehen wollte.« Lachlan zuckte die Achseln. »Sobald sie die Möglichkeit hatte, die Burg zu verlassen, kam sie zu mir und erzählte es mir.«

»Wir dürfen nicht länger warten«, murmelte Finn halb zu sich selbst. »Wir müssen Alex retten.«

»Aye.« Lachlan legte ihm eine Hand auf die Schulter. »Du kannst auf mich und meine Clansleute zählen.«

»Gut«, erwiderte Finn erleichtert.

Er war froh, dass er sich auf die Murrays verlassen konnte.

Sie waren langjährige Verbündete der Gordons, weil auch sie die Sinclairs abgrundtief hassten. Es verstand sich von selbst, dass sie keinen der Männer, die sich zur Zeit des Giftmordes auf Helmsdale befunden hatten, um Hilfe bitten konnten, nicht einmal die Wachen, die zum Gordon-Clan gehörten.

»Wenn wir Alex eine Botschaft zukommen ließen«, überlegte Finn laut, »könnte er uns dann außerhalb der Burg treffen?«

Lachlan wiegte den Kopf hin und her. »Die Sinclairs erlauben ihm nicht, ein Pferd mitzunehmen. Aber soweit ich weiß, gestatten sie ihm, an der Küste vor der Festung entlangzuwandern.«

»Dann soll er uns am Strand unterhalb der Burg treffen«, entschied Finn kurzerhand. »Wir werden ein Boot dorthin schicken und ihn im Handumdrehen fortzaubern.«

»Es wird allerdings schwierig sein, Alex die Botschaft zukommen zu lassen«, gab Lachlan zu bedenken. »Er geht ein großes Risiko ein, wenn er vom Strand aus in irgendein Boot steigt. Ich an seiner Stelle würde es nur tun, wenn die Nachricht von jemandem stammt, dem ich vertraue.«

»Richtig.« Finn nickte. »Einer von uns beiden muss nach Dunrobin hineingelangen.«

»Ihr nicht«, beschied Lachlan ihn knapp. »George Sinclair und seine Familie kennen Euch zu gut.«

Finn grinste. »Wenn ich mich als Hausierer verkleide, erkennen sie mich nicht.«

»Es ist zu riskant«, widersprach Lachlan.

»Alex vertraut mir und wird tun, was ich ihm sage«, fuhr Finn fort. »Abgesehen davon habe ich als Pflegesohn bei meinem Onkel auf Dunrobin gelebt und kenne die Festung wie meine Westentasche.«

»Trotzdem wäre es besser, wenn ich gehe. Mein Gesicht kennen sie nicht, Eures schon.«

»Nein, ich gehe.« Finns Ton duldete keinen Widerspruch. »Ich will derjenige sein, der George seine Geisel unter der Nase wegholt. Es wird mir den Sieg versüßen.«

Nachdem er endlos lange herumgesessen und gewartet hatte, konnte er endlich etwas unternehmen. Er konnte Alex retten. Und genau das würde er tun.

Ehe er aufbrach, zwang sich Finn, das Schlafgemach seines Vaters aufzusuchen. Una saß an seinem Bett. Er erschrak, als er ihn sah. In der einen Woche seit Bearachs Tod schien Gilbert um zwanzig Jahre gealtert. Sein sonst stets rötliches Gesicht war kreidig weiß, und die muskulöse Statur, die er sich trotz seiner jahrelangen Trunksucht bewahrt hatte, war verschwunden. Stattdessen wirkte er ausgehöhlt und in sich zusammengesunken, wie er da auf seinem Bett lag.

»Er will dich unter vier Augen sprechen.« Una bedeutete ihm, sich auf den Stuhl neben dem Bett zu setzen.

Finn nahm Platz und wappnete sich für eine weitere unbehagliche Unterhaltung mit seinem Vater. Als die Tür hinter Una zufiel, öffnete Gilbert die Augen.

»Ich bin da.« Finn ergriff die Hand seines Vaters, was er, soweit er sich erinnerte, nicht einmal als kleiner Junge getan hatte.

»Bevor ich sterbe, muss ich dir etwas sagen«, flüsterte sein Vater heiser. »Und erzähl mir nicht, ich würde nicht sterben. Ich weiß es besser.«

Das Letzte, was Finn wollte, war, sich anzuhören, dass sein Vater im Nachhinein bedauerte, nicht mehr für ihn getan zu haben. Dass der Mann nun bereute, ihn nicht vor dem Zorn seiner Mutter beschützt und auch sonst versäumt zu haben, all die Dinge zu tun, die ein Sohn von seinem Vater erwartete. Nichts davon war noch wichtig, aber wenn es Gilbert das Sterben erleichterte, würde Finn es aushalten.

»Ich höre dir zu«, erwiderte er ruhig. »Was möchtest du mir sagen?«

»Die Wahrheit!« Die Vehemenz, mit der sein Vater das Wort sagte, verursachte ihm einen heftigen Hustenanfall.

Finn griff nach dem Becher, den Una auf dem Tisch neben dem Bett hatte stehen lassen, und half seinem Vater, einen Schluck zu trinken.

»Das nächste Mal bitte Whisky«, stieß Gilbert keuchend hervor, als er auf das Kissen zurücksank.

Er lag so lange reglos und mit geschlossenen Augen da, dass Finn schon dachte, er sei eingeschlafen, und sich fragte, ob er aufstehen und gehen konnte. Doch dann schlug Gilbert wieder die Augen auf und sagte etwas, womit Finn nie im Leben gerechnet hatte.

»Ich bin nicht dein Vater.«

Vielleicht, so überlegte er, war der Mann schon so schwach, dass er ihn nicht mehr erkannte.

»Als ich dich als winzigen Neugeborenen nach Hause brachte, erzählte ich Isabel, du wärst mein Bastard«, fuhr sein Vater fort. »Um ihre Würde zu wahren, einigten wir uns darauf, so zu tun, als wäre sie deine Mutter, aber sie konnte mir nie verzeihen.«

Das erklärte vieles, und Finn dachte, dass er im tiefsten Inneren wohl immer gewusst hatte, dass er der illegitime Sprössling einer der vielen Frauen war, mit denen sein Vater Affären pflegte. Margaret kam ihm in den Sinn, die ein Kind, das nicht ihr eigenes war, mit Liebe überschüttete, aber Isabel war dazu nicht fähig.

»Ich weiß, wie schlecht Isabel dich deswegen behandelt hat«, fuhr sein Vater flüsternd fort. »Aber sie hätte dich in der Wiege erwürgt, wenn sie die Wahrheit gekannt hätte.«

»Welche Wahrheit?«, fragte Finn stirnrunzelnd.

»Eine, die so gefährlich ist, dass deine Mutter mich auf ihrem Totenbett schwören ließ, sie geheim zu halten.« Sein Vater atmete tief durch. »Es gab andere, die dich ebenfalls hätten ermorden wollen, wäre ihnen die Wahrheit bekannt gewesen.«

Für einen Moment hatte Finn das Gefühl, in der Brandung zu stehen und sich verzweifelt zu bemühen, auf den Füßen zu bleiben, während Woge um Woge über ihn hinwegdonnerte. Die Mutter, deren hasserfüllte Ablehnung sein Leben bestimmt hatte, war nicht seine richtige Mutter. Und die Frau, die ihn geboren hatte, war lange tot. Er würde sie niemals kennenlernen.

»Wer war die Frau, von der du sagst, dass sie meine Mutter war?« So, wie Finn seinen Vater kannte, handelte es sich wahrscheinlich um eine arme Tavernenhure.

»Isabels Schwester.«

»Ihre *Schwester*?« Finn war froh, dass er saß. »Ich wusste nicht, dass sie eine Schwester hatte.«

»Sie hieß Deirdre«, sagte sein Vater leise. »Unsere Väter beschlossen, eine Allianz zu schmieden, und arrangierten eine Heirat zwischen uns. Sie war diejenige, die ich eigentlich heiraten sollte.«

Heiliger Himmel. Finn drehte sich der Kopf.

»Deirdre war das schönste Mädchen, das ich je sah«, flüsterte sein Vater wehmütig. »Sie war fröhlich. Und ihre Augen funkelten auf eine Weise, dass man glaubte, das Leben würde paradiesisch, wenn man sie nur an seiner Seite hätte.«

»Du hast sie geliebt?«, fragte Finn ihn erstaunt.

»Aye, aber Deirdre wollte mich nicht haben, weil sie einen anderen liebte.« Wieder atmete sein Vater tief durch. »Doch wie ich schon sagte, alles war arrangiert.«

Finn stützte die Ellbogen auf die Knie und fuhr sich mit den Fingern durchs Haar. »Und dann?«

»Als Deirdre mit ihrem Liebhaber durchbrannte, retteten unsere Väter das Bündnis, indem sie Isabel an ihrer Stelle zu meiner Braut machten.«

Finn sprang auf und begann, im Raum auf und ab zu laufen. Kein Wunder, dass sein Vater und seine Mutter nie glücklich miteinander wurden. Er hatte ihre Schwester geliebt, und sie wusste es.

»Mit wem ist diese Deirdre«, er konnte sich nicht dazu durchringen, sie seine Mutter zu nennen, »durchgebrannt?«

»Sicher erinnerst du dich an Robin, den Halbbruder deiner Großmutter Sutherland, der zwanzig Jahre jünger war als sie?«

»Aye. Er behauptete, der rechtmäßige Erbe Sutherlands zu sein, und nahm Dunrobin Castle zweimal ein.« Finn hatte die Geschichte ungezählte Male gehört. Bei den Sutherlands galt Robin als Held, während die Gordons ihn als Aufrührer betrachteten.

»Er war ungezähmt und furchtlos und auf eine düstere Art attraktiv.« Sein Vater hustete und rang nach Luft. »Welcher Mann konnte mit ihm mithalten?«

»Willst du sagen, dass er es war, mit dem sie durchgebrannt ist?« Finn schüttelte ungläubig den Kopf. »Aber das würde heißen …«

»Aye. Robin Sutherland war dein Vater.«

»Aber wie …« Zahllose Fragen schossen Finn durch den Kopf, doch er fand keine Worte. In seinem Inneren tobte das Chaos. Seine Mutter war nicht seine Mutter. Sein Vater war nicht sein Vater.

»Kurz nachdem Robin gefangen genommen und getötet wurde, erhielt ich eine dringende Botschaft von Deirdre, in der sie mich bat, sie heimlich auf Duffus Castle zu treffen.« Der Anflug eines Lächelns zuckte um Gilberts Mund. »Um die Wahrheit zu sagen, ich hoffte, dass sie mich nun, da Robin tot war, haben wollte. Wenn es um Deirdre ging, hatte ich keinen Stolz.«

»Weshalb Duffus Castle?«

»Die Sutherlands, Robins Clan, schützten sie«, antwortete

sein Vater. »Duffus war nicht da, dafür aber seine Schwester Mary, die mit dem Anführer der Sinclairs verheiratet war. Mary warnte mich, dass Deirdre im Sterben lag, ehe sie mich zu ihr brachte.«

Tränen rannen seinem Vater – nein, Gilbert – über das faltige Gesicht, doch er schien es nicht zu bemerken, oder wenn doch, dann machte es ihm offenbar nichts aus.

»Selbst im Sterben war sie wunderschön. Sie hatte ein Baby in den Armen und fürchtete, dass du nie zu einem Mann heranwachsen würdest, wenn durchsickerte, dass du Robins Sohn bist und einen Anspruch auf die Earlswürde hast«, fuhr er fort. »Aber Deirdre war eine kluge Frau. Der beste Weg, ihren Sohn vor den Gordons zu beschützen, so befand sie, war, sie glauben zu machen, er sei einer von ihnen.«

Und dabei floss kein Tropfen Gordon-Blut in seinen Adern. Er war ein Kuckucksei im Nest eines anderen Vogels.

»Sie bat mich, dich als meinen Sohn zu erziehen, und ließ mich schwören, deine wahre Herkunft nicht zu enthüllen.« Gilbert atmete schwer. »Wenn du erwachsen wärst, so trug sie mir auf, sollte ich dir alles offenbaren und dann dir überlassen, ob du es der Welt mitteilen willst. Es sei deine Entscheidung, meinte sie.«

Er war schon seit Jahren erwachsen, doch Finn sah keinen Sinn darin, Gilbert darauf hinzuweisen. Hätte er gewusst, dass Gilbert und Isabel nicht seine Eltern waren, dann hätte er wenigstens verstanden, warum er immer das Gefühl gehabt hatte, nicht dazuzugehören.

»Ich weiß, ich hätte mir mehr Mühe geben sollen mit dir«, sagte Gilbert. »Aber ich konnte so viel von den beiden in dir wiedererkennen, dass es mir wehtat, dich auch nur anzusehen. Das ist bis heute so.«

Finn atmete tief durch. »Wer außer dir kennt die Wahrheit noch?«

»Mary Sutherland natürlich, aber sie schweigt wie ein Grab«, beruhigte Gilbert ihn. »Mary verbreitete überall, dass Deirdre und das Kind die Geburt nicht überlebten. Una war die Hebamme.«

»Una?«, wiederholte Finn verblüfft.

»Aye, sie war mit einem Murray verheiratet, aber sie ist eine Sutherland.« Gilbert nickte. »Es gab einige unter den Sutherlands, die den Verdacht hegten, dass das Baby aus der Burg geschafft und irgendwo versteckt worden war, aber niemand wäre darauf gekommen, dass der Säugling bei einem Gordon lebte.«

»Weiß Isabel Bescheid?«, fragte Finn gespannt.

»Ich sagte doch schon, nein«, erwiderte Gilbert ungeduldig, doch Finn war nicht recht überzeugt.

»Ich stelle es mir schwierig vor für einen Mann, ein Geheimnis wie dieses siebenundzwanzig Jahre lang vor seiner Frau zu verbergen.« Finn fuhr sich mit den Fingern durchs Haar. Zumal wenn der Mann ein Trinker war und es sich bei der Gemahlin um Isabel handelte. »Ich würde es dir nicht vorwerfen, wenn du es ihr gesagt hättest, aber ich muss es wissen.«

»Es ihr nicht zu sagen war das Einzige, was ich im Leben richtig gemacht habe«, sagte Gilbert ruhig. »In ihren Augen hättest du mit der Anwartschaft auf den Earlstitel einen höheren Status als Bearach.«

Dafür hätte Isabel ihn noch mehr leiden lassen. Finn war Gilbert dankbar, dass er das Geheimnis bewahrt hatte.

»Warum erzählst du es mir jetzt, nach all der Zeit?«

»Weil du nun, da Bearach tot ist und Alex ein Gefangener der Sinclairs, die Wahl hast«, erwiderte Gilbert. »Du kannst die Wahrheit für dich behalten und der Erbe von Garty sein, oder du beanspruchst die Earlswürde von Sutherland.«

Finn presste sich die Handkanten an die Schläfen. Es war alles zu viel. In seinen Adern floss kein Tropfen Gordon-Blut, sein wirklicher Vater war Robin Sutherland, der legendäre Rebell und wahrscheinlich der rechtmäßige Erbe Sutherlands. Was bedeutete, dass er, Finn …

»Nein.« Er schüttelte den Kopf. »Der Earl of Sutherland ist Alex.«

»Das hier habe ich in einem Versteck aufbewahrt, seit Deirdre es mir anvertraute.« Gilbert zog einen seidenen Beutel aus seinem Hemd und hielt ihn Finn hin. »Hier ist der Beweis, dass du Robins Sohn bist. Das Siegel ist seines.«

Die Kehle wurde Finn eng vor widersprüchlichen Empfindungen, die in ihm aufbrodelten, als er den Beutel ausleerte und der Ring, der seinem Vater gehört hatte, auf seine Handfläche fiel.

»Die Earlswürde gehört dir.« Gilbert nickte zufrieden. »Du hast den rechtmäßigen Anspruch, und da Alex ein Gefangener ist und zu jung für einen Anführer, würden die Männer dir Gefolgschaft leisten.«

Finn wusste, dass es so war. Er konnte den Titel erfolgreich für sich reklamieren.

»Wenn du der Earl wärst«, fuhr Gilbert fort, »würden Dunrobin Castle und der gesamte Reichtum Sutherlands dir gehören.«

Für sich selbst wollte Finn weder den Reichtum noch den Titel noch die Macht haben. Aber einen Gedanken wurde er nicht los.

Der Earl of Sutherland würde gut genug sein für Lady Margaret Douglas.

Finn war der rechtmäßige Erbe der Earlswürde von Sutherland.

Margaret schwankte und hätte beinahe den Krug in ihrer Hand fallen lassen, doch dann fing sie sich und schloss vorsichtig die Tür. Sie hatte nicht damit gerechnet, Finn noch im

Schlafgemach seines Vaters vorzufinden, als sie die Tür lautlos geöffnet hatte, um Gilbert nicht zu wecken, falls er schlief. Finn hatte ihr gesagt, er wäre in Eile, und in der Regel hatten die beiden Männer sich wenig zu sagen.

Sie hätte nicht bleiben und dem vertraulichen Gespräch lauschen sollen, aber nach Gilberts Eröffnung, dass Finn der Sohn von Robin Sutherland war, hatte sie sich nicht losreißen können.

Schlimmer hätte es nicht kommen können.

Die Enttäuschung senkte sich wie ein Bleigewicht auf ihre Seele, und die Hoffnung, dass Finn sie vielleicht zum Bleiben überreden würde, zerplatzte. Unter diesen Umständen hatte sie gar keine andere Wahl, als ihn zu verlassen.

Weil sie Erfahrung hatte mit Männern und deren Ehrgeiz. Bittere Erfahrung. Sie hätte gern geglaubt, dass Finn anders war, dass er nicht bereit war, seine Treue, seine Ehre und die Menschen, die er liebte, zu verraten. Aber zu welchen Taten würde ein Mann, der für einen feindlichen Clan kämpfte und eine unschuldige Frau entführte, nur um ein kleines Stück Land zu erhalten, sich wohl erst hinreißen lassen, wenn er den Reichtum und die Macht der Earlswürde besaß?

Je mehr Macht ein Mann hatte, desto mehr begehrte er – und desto mehr Tote säumten seinen Weg. Selbst wenn Finn den Versuch machten sollte, dieser Versuchung zu widerstehen, würde er als Earl doch unausweichlich in die Intrigen und wechselnden Allianzen des Hofes verwickelt werden, in die gefährlichen Spiele der Mächtigsten Schottlands. Sie hasste dieses Leben. Andernfalls hätte sie bei ihren Brüdern bleiben können.

Doch selbst wenn sie bereit gewesen wäre, sich darauf einzulassen, so lag die oberste Pflicht eines Earls darin, Söhne zu zeugen. Wenn bei so viel Macht und Landbesitz kein Erbe vorhanden war, standen Chaos und Kriege über die Erbfolge zu befürchten. Ein Earl konnte behaupten, es wäre seine Pflicht, eine unfruchtbare Frau loszuwerden. Finn mochte sich dessen jetzt noch nicht bewusst sein, doch wenn er die Earlswürde errungen hatte, würde er einen Sohn wollen, dem er den Titel vererben konnte.

Margaret lehnte den Kopf gegen die Wand. Irgendwie hatte sich der Traum von einem ruhigen und glücklichen Heim, in dem sie mit Finn und Ella lebte, verbunden durch eine Liebe, die nie zu Ende ging, in ihr Herz geschlichen. Ohne dass sie es bemerkt hatte und vor allem wider besseres Wissen. Und wenn dieser Traum nicht schon vorher vollkommen hoffnungslos gewesen war, dann war er es jetzt.

Plötzlich wurde ihr bewusst, dass sie schon viel zu lange so dastand. Ehe sie ihre fünf Sinne so weit beisammenhatte, dass sie die Stufen hinuntergehen konnte, machte Finn die Tür auf.

»Ich wollte fragen, ob dein Vater etwas braucht«, improvisierte sie geistesgegenwärtig.

»Ich habe eine dringende Angelegenheit zu erledigen«, erwiderte er mit gesenkter Stimme. »Es könnte sein, dass ich ein paar Tage weg bin.«

Sie fragte sich, ob er vorhatte, die Männer des Clans Sutherland um sich zu sammeln.

»Ich werfe dir nicht vor, dass du nicht meine Frau werden willst.« Er umfasste ihre Hand und sah sie eindringlich an. »Aber versprich mir, dass du nicht fortgehst, solange ich weg bin.«

»Oh, Finn, es ist nicht so, dass ich dich nicht …« Sie unterbrach sich. Der Schmerz in seinen Augen gab ihr einen Stich, aber es wäre ihnen beiden nicht geholfen, wenn sie ihm sagte, was sie für ihn fühlte. »Ich werde da sein, wenn du wiederkommst. Ich verspreche es.«

»Dann reden wir«, sagte er ernst. »Wenn du mich dann immer noch verlassen willst, bringe ich dich zu den MacKenzies.«

Er wandte sich zur Treppe. Sie konnte ihn unmöglich schon gehen lassen.

»Finn!«

Als er sich umdrehte, warf sie sich in seine Arme und hielt ihn so fest, wie sie ihn vielleicht nie wieder festhalten würde.

»Sei vorsichtig«, flüsterte sie erstickt. »Ich werde auf dich warten.«

Als sie ihn losließ und sich umwandte, um die Treppe hinaufzugehen, kämpfte sie mit den Tränen. Bei der Tür zu ihrer Kammer angekommen, hielt sie inne, bis sie seine Schritte auf dem Steinfußboden der Halle hörte.

»Leb wohl, mein Liebster.« Sie drehte sich um, um einen letzten Blick auf ihn zu erhaschen.

28. Kapitel

Margaret packte. Immer wieder wischte sie sich die Tränen ab, in der Hoffnung, dass Ella nichts davon mitbekam. Sie wollte zum Aufbruch bereit sein, wenn Finn zurückkam.

Ella zupfte an ihren Röcken. »Warum weinst du?«

»Weil es mich traurig macht, dass wir unseren neuen Freunden Lebwohl sagen müssen.« Margaret beugte sich zu ihrer Tochter herunter. »Wir werden zu meiner Schwester reisen und dort leben.«

»Ich will nicht!« Ella stampfte mit dem Fuß auf.

Margaret war sprachlos. Das Kind hatte ihr noch nie widersprochen. Es war ihr wichtig, dass Ella sich sicher genug fühlte, um ihrer Wut Ausdruck zu verleihen, doch dies war nicht der beste Augenblick dafür.

»Ich weiß, Liebchen«, sagte sie begütigend. »Aber manchmal müssen wir Dinge tun, auch wenn wir es nicht wollen.«

»Ich will hierbleiben!« Ella ballte ihre kleinen Hände zu Fäusten.

»Was für ein Gequake ist das denn?«, war plötzlich Unas Stimme von der Tür her zu vernehmen.

Ella rannte zu der alten Frau und schlang ihr die Arme ums Bein. Als Una sie auf den Arm hob, vergrub Ella das Gesicht an ihrer Brust und weigerte sich, Margaret anzusehen.

»Ihr packt wieder, sehe ich.« Una verengte die Augen, als sie den Tornister gewahrte, dann sah sie Margaret finster an. »Ausgerechnet jetzt wollt Ihr Finn verlassen? Ich hätte Euch für klüger gehalten.«

Ohne ein weiteres Wort wandte sie sich um und nahm Ella mit in ihre Kammer. Margaret kämpfte die Tränen nieder und atmete ein paarmal tief durch, um sich zu beruhigen. Ellas Ablehnung tat ihr weh. Aber ehe sie schwach wurde, rief sie sich das lange schwarze Haar in Erinnerung, das sie im Bett gefunden hatte; ein Haar, das zu lang war, um von Finn zu sein. Nein, es gehörte Curstag, selbst das Kissen roch nach ihr.

Als Margaret fertig gepackt hatte, verbarg sie den Tornister unter ihrem Umhang und ging in den Stall. Dort versteckte sie ihn unter einem Haufen Stroh. Niemand sollte annehmen, dass sie vorhatte, aufzubrechen, ehe Finn zurückkam. Aber zu wissen, dass die Tasche für alle Fälle gepackt war, half ihr, bei ihrem Vorhaben zu bleiben.

Sie ging wieder nach oben und klopfte an Unas Tür, um Ella zu holen.

»Pst!« Una bedeutete ihr, leise zu sein. »Das arme Kind hat sich in den Schlaf geweint.«

Margaret seufzte. Genauso gut hätte Una ihr eine Klinge ins Herz rammen können.

»Schluss jetzt mit dem Unsinn.« Una kam aus dem Zimmer, schloss die Tür hinter sich und bedeutete Margaret, ihr in das andere Zimmer zu folgen. »Und nun sagt mir, welche törichte Idee Euch diesmal treibt.«

Als Margaret ihr erzählte, dass sie ein Haar von Curstag in ihrem Bett gefunden hatte, machte Una eine Handbewegung, als wollte sie eine Fliege vertreiben.

»Curstag hat wahrscheinlich geschnüffelt«, sagte sie wegwerfend. »Sie ist neugierig.«

»In den Betttüchern herumschnüffeln?« Margaret zog eine Braue hoch. »Ich habe sie mehr als einmal in Finns Armen gesehen. Erst habe ich versucht, das Ganze als Trost für eine trauernde Witwe zu betrachten, aber Curstag scheint mir nicht sonderlich traurig.«

»Wie wahr.« Una lachte auf. »Es würde mich nicht überraschen, wenn sie es gewesen wäre, die Bearach vergiftet hat.«

»Sagt das nicht«, protestierte Margaret erschrocken.

»Wenn Curstag etwas will, dann verschafft sie es sich – was Euch eine Lehre sein könnte.« Una zuckte mit den Schultern. »Aber hier geht es nicht um Curstag, nicht wahr? Sagt mir, was Euch wirklich beschäftigt.«

Margaret zögerte. Sollte sie tatsächlich über ihren Schmerz und ihre Schande reden?

»Ich kann ihm keine Kinder schenken«, sagte sie schließlich kleinlaut.

Una nickte bedächtig. »Ich wusste von Anfang an, dass Ihr Ella nicht geboren habt, weil ihr beide so vorsichtig miteinander umgegangen seid.« Sie schlug einen sanften Ton an. »Erzählt mir von Euren Fehlgeburten.«

»Woher wisst Ihr, dass ich Kinder verloren habe?«, fragte Margaret erstaunt.

»Ich habe sie gesehen, als Ihr im Teich der Feen gebadet habt.«

Margaret blinzelte. Ehe sie weiterfragen konnte, stellte Una ihr Fragen über ihre Schwangerschaften. Die alte Frau schnalzte mit der Zunge, als Margaret berichtete, wie sehr sie während ihrer Ehe abgemagert war, wie sie eines der Kinder während des Straßenkampfs in Edinburgh verloren hatte und dass ihr Ehemann nicht bereit gewesen war zu warten, bis sie sich von der Fehlgeburt erholt hatte, ehe er sie erneut schwängerte.

»Ich bin eine weise alte Frau, also hört mir zu.« Una musterte sie eindringlich. »Es war Euch nicht beschieden, ein Kind mit diesem Nichtsnutz zu haben. Aber das bedeutet nicht, dass Ihr gar kein Kind bekommen könnt.«

»Ich kann diese Tortur nicht noch einmal durchmachen.« Margaret schüttelte den Kopf. »Und schon gar nicht kann ich sie Finn zumuten.«

»Inzwischen seid Ihr kräftig und gesund«, widersprach Una streng. »Ihr habt Fleisch auf den Knochen und rosige Wangen.«

Sie hatte zugenommen, das stimmte. Und sie hatte sich seit Jahren nicht mehr so gut gefühlt.

»Wie ich schon sagte, bei dem Feenteich habe ich die Kinder gesehen, die Ihr verloren habt.« Una sprach sehr leise. »Und sie lächelten, weil sie genau wie ich sahen, dass Ihr ein Kind in den Armen haltet.«

Margaret nahm das Taschentuch, das Una ihr hinhielt, und putzte sich die Nase.

»Selbst wenn Ihr nicht glaubt, dass Ihr Kinder haben könnt«, Una legte Margaret die Hand auf den Arm, »solltet Ihr die Entscheidung Finn überlassen.«

»Was er jetzt wählen würde, wäre etwas anderes als das, was er später wählen würde.« Margaret sah Una in die Augen. »Ich weiß, dass er der Erbe der Earlswürde ist. Ich hörte, wie Gilbert es ihm sagte.«

»Er hätte es Finn schon vor langer Zeit sagen sollen.« Una schüttelte den Kopf. »Finn ist seinem wirklichen Vater sehr ähnlich. Nachdem Robin die Frau, die er liebte, einmal gefunden hatte, war er ihr treu bis in den Tod.«

Margaret verzichtete darauf zu erwähnen, dass Robin Sutherland jung gestorben war und die Earlswürde nicht mehr erlangt hatte.

»Ihr habt immer noch Angst, dass Finn Euch im Stich lassen wird«, stellte Una nüchtern fest.

Margaret sah sie fragend an. »Was macht Euch so sicher, dass er es nicht tut?«

»Glaube«, sagte Una schlicht. »Ihr müsst Euch dazu durchringen, ihm zu vertrauen.«

Nachdem sie den halben Tag damit verbracht hatte, darüber nachzugrübeln, was sie tun sollte, wenn Finn wiederkam, sagte Margaret sich, dass sie sich genauso gut nützlich machen konnte. Sie hatte Gilbert noch nicht aufgesucht, obwohl sie es vorgehabt hatte, also griff sie sich einen Krug Wasser und ging die Treppen hinunter.

»Schön, dass Ihr mich besucht«, sagte Gilbert, als sie sein Kissen aufschüttelte. »Ihr seid eine Überraschung. Überhaupt nicht die Sorte Frau, von der wir alle annahmen, dass Finn sie heiraten würde.«

»Ich nehme an, Ihr habt recht.« Sie hoffte, dass er das Thema nicht weiter vertiefte.

»Er folgt nicht seinem Verstand, sondern seinen Gefühlen.« Gilberts Stimme klang verträumt. »Ich hätte mir denken können, dass er es so macht.«

Sie wollte nichts davon hören. »Kann ich noch etwas für Euch tun, bevor ich gehe?«, fragte sie freundlich. »Wie wäre es mit etwas zu essen?«

»Mir ist kalt.« Er wies auf die wuchtige Truhe am Fußende des Bettes. »Dort drinnen müsste eine zusätzliche Decke zu finden sein.«

Es war ein kühler Tag. Margaret biss sich auf die Unterlippe. Sie hätte daran denken sollen, ihn zu fragen, ob er fror. Der Deckel der Kiste war so schwer, dass sie sich hinknien musste, um ihn zu öffnen.

»Na also, da ist sie ja.« Die Decke lag obenauf.

»Und wenn es Euch nichts ausmacht«, setzte Gilbert hastig hinzu, »nehmt bitte auch die Flasche Whisky heraus, die ich ganz unten versteckt habe, ehe wir Dunrobin verließen.«

Margaret verdrehte die Augen gen Himmel. Es war der Whisky, nach dem es Gilbert in Wahrheit verlangte. Es verursachte ihr Unbehagen, dass sie auf der Suche nach dem verdammten Zeug Isabels Gewänder und Strümpfe durchstöbern musste. Sie versuchte sie so wenig wie möglich zu verschieben.

Schließlich ertastete sie die Flasche. Doch als sie sie herauszog, stellte sie fest, dass es sich nicht um eine Flasche handelte, sondern einen Glasflakon mit einem breiten Stöpsel.

Sie zog ihn heraus, um nachzuschauen, ob sich Whisky in dem Gefäß befand. Doch statt einer Flüssigkeit entdeckte sie lange Stiele einer getrockneten Pflanze mit gelben Blüten darin. Sie schnappte nach Luft.

Bilsenkraut. Hatte sie den Mörder gefunden? Ihre Hand zitterte, als sie den Glasflakon wieder in der Truhe verstaute.

»Es ist kein Whisky da.« Sie glättete die Gewänder, die darüber lagen. »Wahrscheinlich habt Ihr ihn schon ausgetrunken.«

Gilbert hätte sie nicht gebeten, in der Truhe nachzusehen, wenn er das Bilsenkraut dort hineingetan hätte. Mit anderen Worten, der Mörder war …

Das Blut gefror Margaret in den Adern, als sie hörte, dass die Tür aufging.

Sie ließ den Deckel zufallen und hob den Blick. Mit ihren stechenden schwarzen Augen musterte Isabel sie durchdringend.

Finn zog sich die fadenscheinige Mütze tiefer in die Stirn, ließ die Schultern sacken und führte den Esel mit dem Hausierer-Karren zum Tor von Dunrobin Castle. Als er das bogenförmige Tor passierte, hob er den Blick. Womöglich würde sein Schädel in Kürze eine Speerspitze zieren und auf der Burgmauer ausgestellt, genau wie einst das Haupt seines Vaters, den er nie kennengelernt hatte.

Er verdrängte die Gedanken an Gilberts Enthüllungen und die Schwierigkeiten mit Margaret, die ihn auf dem Weg hierher geplagt hatten. Stattdessen konzentrierte er sich auf das, was vor ihm lag – und keinen Moment zu früh.

Von der anderen Seite des Burghofs kamen zwei vertraute Gestalten schnurstracks auf ihn zu. Es waren George Sinclair und seine Tochter Barbara. Was für ein Pech. Er sprach ein stummes Gebet und hoffte, dass ein Landstreicher, der mit schwerfälligen Schritten seinen Karren wendete, nicht ihre Aufmerksamkeit erregen würde.

Es dauerte nicht lange, da standen die Burgbewohner Schlange, um etwas zu kaufen oder zu tauschen. Anscheinend hatte er seinen ersten Kunden etwas zu günstige Bedingungen gemacht. Aber woher sollte er auch wissen, wie viel man für einen Löffel oder ein Haarband verlangte? Als er in der Schlange zwei Mädchen erkannte, mit denen er irgendwann einmal geschlafen hatte, zog er seine Mütze noch tiefer und machte sich Vorwürfe, dass er darauf bestanden hatte, selbst nach Dunrobin zu fahren. Aber ob es die Lumpen waren, die er trug, oder der falsche Bauch, die beiden Mädchen würdigten ihn kaum eines Blickes, als sie zahlten.

Die Schlange war verschwunden, und noch immer hatte er Alex nirgendwo entdecken können, als plötzlich ein derb aussehender Mann mit einem echten Bauch vor den Karren trat. An einer Leine zerrte er einen kleinen Hund hinter sich her.

»Hab mein Speisemesser verloren«, grummelte er misslaunig. »Tauschst du eins gegen diesen Hund? Er hat eine gute Nase für Ratten.«

Der Hund war ein kläffender Terrier mit nur einem Auge und räudigem Fell. Finn hatte selten eine so bemitleidenswerte Kreatur gesehen.

»Halts Maul!«, schnauzte der Mann den Hund an und wollte ihm einen Tritt versetzen, doch der Terrier war zu schnell.

»Du trittst meinen Hund noch einmal, und ich mache dich platt.« Finn riss dem Mann die Leine aus der Hand. »Jetzt such dir dein verdammtes Messer aus, und verschwinde.«

Der Hund lockte einen weiteren Kunden herbei. Finn verbarg seine Aufregung, als er sah, dass es Alex war. Als der Junge sich herunterbeugte, um den Hund zu streicheln, sah Finn seine Chance gekommen.

»Sieh nicht hoch«, befahl er leise. »Ich bin es, Finn.«

Für einen kurzen Moment erstarrte Alex, doch dann streichelte er das Tier zwischen den Ohren, während er Finn lauschte, der rasch erzählte, in welcher Gefahr er war und dass er vorhatte, ihn zu retten.

»Ich wusste, dass du kommen würdest«, sagte Alex erstickt. »Ich ziehe mich ein wenig früher vom Abendbrottisch zurück und treffe dich, solange die anderen noch beim Essen sind.«

»In Ordnung.« Finn nickte. »Aber jetzt gehst du besser, ehe jemand Verdacht schöpft.«

Um sicherzustellen, dass niemand Alex' Auftauchen an seinem Karren mit seinem Verschwinden in Verbindung brachte, wartete Finn eine weitere halbe Stunde, ehe er sich langsam zum Tor begab, den neuen Hund an seiner Seite. Als er unter dem eisernen Fallgitter hindurchging, prickelte sein Nacken. Er warf einen raschen Blick über die Schulter, und im nächsten Moment brach ihm der Schweiß aus.

Den Kopf schräg gelegt, stand Barbara Sinclair mitten im Burghof. Der Blick ihrer kalten grauen Augen war auf seinen Rücken gerichtet.

»Guten Tag, Isabel.« Margaret zwang ein freundliches Lächeln auf ihr Gesicht. Die Decke in der Hand erhob sie sich. »Eurem Gemahl war kalt, und er bat mich, ihm eine Decke aus der Truhe zu holen.«

Die jahrelange Übung, ihre Gefühle hinter einer glatten Maske der Höflichkeit zu verbergen, verhinderte, dass man sah, wie erschrocken sie war. Solange sie nicht erkennen ließ, dass sie das Bilsenkraut entdeckt hatte, würde sie ungeschoren davonkommen.

»Genau das, was mir guttut.« Gilbert zwinkerte ihr zu, als sie die Decke über ihn breitete.

Glücklicherweise hatte Gilbert genauso wenig Interesse daran wie sie, seine Gemahlin darüber in Kenntnis zu setzen, dass Margaret nach einer versteckten Flasche gesucht hatte.

»Wenn Ihr sonst nichts mehr braucht, mache ich mich auf den Weg.« Margaret begegnete Isabels eisigem Blick mit einem weiteren nichtssagenden Lächeln.

Das Herz klopfte ihr bis in die Kehle, doch sie zwang sich, gemessenen Schrittes an Isabel vorbeizugehen. Als sie über die Schwelle trat, konnte sie sich nur mit Mühe davon abhalten, fortzurennen, so schnell ihre Füße sie trugen. Stattdessen begann sie eine volkstümliche Melodie zu summen und erklomm die erste Stufe, während die Vorstellung von Isabel, die sie, einen Dolch in der Hand, einholte, vor ihrem inneren Auge aufflackerte.

Isabel hatte Menschen, die ihr nahe waren, getötet, daher würde sie keine Skrupel haben, jemanden zu ermorden, von dem sie sich bedroht fühlte. Margaret hörte ihren eigenen Atem unnatürlich laut, als sie angestrengt auf jede Bewegung in der Kammer hinter ihr lauschte. Sie stellte sich Isabel in der Mitte des Raumes vor, reglos wie eine steinerne Statue, genau wie Margaret angestrengt auf irgendein Anzeichen horchend, dem zu entnehmen war, was die andere wusste.

Schließlich stand Margaret vor der Tür zu Unas Kammer. Ihr Herz tat einen Satz, als die Klinke beim Öffnen leise klickte. Rasch schlüpfte sie in den Raum und legte den Riegel von innen vor.

Una ließ ihre Flickarbeit in den Schoß sinken, und Ella hörte auf, mit ihrer Stoffpuppe zu spielen. Reglos und ohne einen Laut von sich zu geben, blickten die beiden Margaret an. Genau wie die alte Frau hatte auch das Kind einen ausgeprägten Spürsinn für Gefahr.

Schweiß sammelte sich auf Margarets Stirn, als sie das Ohr gegen das Türblatt presste. Auf der Treppe waren Schritte zu hören, die nach oben kamen. Sie zog Ella vom Boden hoch und drückte das Kind an sich.

»Hab keine Angst, Liebchen. Alles wird gut, aber könntest du so gut sein und deine Schuhe anziehen?« Margaret sprach leise und hob den Blick zu Una. »Wir müssen Helmsdale verlassen. So schnell wie möglich.«

Während Ella mit ihren Schuhen kämpfte, berichtete Margaret der alten Kinderfrau von ihrem Fund in der Truhe.

»Höchstwahrscheinlich hat das niederträchtige Frauenzimmer das Bilsenkraut gesammelt, als wir sie vor ein paar Tagen mit ihrem Korb im Wald entdeckt haben«, mutmaßte Una stirnrunzelnd. »Außerdem hat sie die essighaltige Tinktur für Bearach hergestellt. Essig wird in vielen Heilmitteln verwendet, aber zusammen mit Maulbeerblättern setzt man ihn gegen Vergiftungen mit Bilsenkraut ein.«

»Ich glaube nicht, dass Isabel weiß, dass ich das Bilsenkraut in der Truhe entdeckt habe«, sagte Margaret leise.

»Aber selbst wenn sie nur vermutet, dass Ihr ihr auf die Schliche gekommen seid, ist Helmsdale kein sicherer Ort mehr für Euch.«

»Das gilt genauso für Euch«, erwiderte Margaret erschrocken. »Sie wird annehmen, dass ich es Euch erzählt habe.«

»Wir gehen zum Haus meines Enkels Lachlan und warten dort auf ihn und Finn«, entschied Una kurzerhand. »Es ist sicher nicht einfach, aber Finn wird dafür sorgen, dass man Isabel zur Rechenschaft zieht.«

»Es wird nicht leicht für ihn sein zu erfahren, dass die Frau, die ihn erzogen hat, eine Mörderin ist.« Margaret biss sich auf die Unterlippe. »Und wahrscheinlich hat sie das Bilsenkraut längst ins Klosett geworfen.«

»Was ich meinte, ist, dass es nicht leicht ist, weil Isabel behaupten wird, dass Ihr die Täterin seid.« Una hielt inne. »Der Keim für dieses Gerücht wurde schon gelegt. Es hat sich noch nicht ausgebreitet, weil das Gesinde Euch mag. Aber das Getuschel, dass Ihr für die Sinclairs spioniert, ist mir bereits zu Ohren gekommen.«

»Ich? Weshalb sollte ich das tun?«

»Ihr seid eine Fremde.« Una zuckte mit den Schultern. »Und nachdem es keiner Frau in Sutherland gelang, Finns Herz zu erobern – obwohl viele es versucht haben –, kommt er plötzlich nach Hause, verhext von einer geheimnisvollen Schönheit, die angeblich zu keinem Clan gehört.«

Margaret schluckte schwer. Sie eignete sich in der Tat perfekt zum Sündenbock.

»Natürlich wird es leichter für Isabel, Euch die Schuld zuzuschieben, wenn Ihr tot seid.« Una stand auf. »Lasst uns zusehen, dass wir von hier fortkommen.«

»Wir sollten nicht zusammen gehen«, wandte Margaret stirnrunzelnd ein. »Nehmt zuerst Ella mit, tut so, als wolltet Ihr Kräuter sammeln und Blumen pflücken wie gewöhnlich. Wenn ich nicht bei euch bin, hat Isabel keinen Grund, euch zu folgen.«

Una nickte.

»Ich warte eine Stunde und treffe Euch dann bei Eurem Enkel«, fuhr Margaret fort. »Macht Euch keine Sorgen, wenn es etwas später wird. Ich muss zusehen, dass ich entkommen kann, ohne dass jemand es merkt.«

Una nickte. »Achtet nur darauf, dass Ihr den Weg nicht in der Dunkelheit zurücklegt. Sonst geratet Ihr womöglich in den Sumpf und verschwindet auf Nimmerwiedersehen.«

Una legte sich ihren Umhang um und nahm den Korb, in dem sie Kräuter zu sammeln pflegte. Unterdessen hob Margaret sich Ella auf den Arm und küsste sie auf die Wangen.

»A mamaidh.« Ella legte den Kopf schräg und lächelte.

Es war das erste Mal, dass das Kind sie Mama genannt hatte. Margaret kämpfte mit den Tränen, doch sie schaffte es, nicht zu weinen, und lächelte stattdessen zittrig.

»Pass gut auf Una auf, mein Kleines.« Sie drückte das Kind noch einmal fest an sich. »Ich habe dich lieb und bin bald wieder bei dir.«

Sie blieb bei der Tür stehen, bis Una und Ella auf der Wendeltreppe nicht mehr zu sehen waren. Dann ging sie zurück in die Kammer und wartete beim Fenster, dass die alte Kinderfrau und ihr kleiner Schützling im Burghof erschienen. Die beiden machten sich praktisch jeden Tag auf den Weg, um Kräuter zu sammeln, deshalb würde wahrscheinlich niemand Notiz von ihnen nehmen. Dennoch ließ Margarets Anspannung erst nach, als Una, das Kind an der Hand, das Tor passiert hatte. Auch dann noch blieb sie am Fenster stehen und wartete, bis die beiden den Waldrand erreichten, um sicherzugehen, dass niemand ihnen folgte.

Einigermaßen erleichtert ging sie in die andere Kammer, um zu warten. Als sie die Tür hinter sich geschlossen hatte, fiel ihr auf, wie leer der Raum sich ohne Finn anfühlte und wie sehr sie ihn herbeiwünschte. Sie fühlte sich sicher bei ihm.

Es war ein kühler Tag, und einer der Diener hatte freundlicherweise einen Arm voll Torfstücke heraufgebracht und ein Feuer in der Kohlenpfanne entfacht. Margaret zog ihre Stiefel und den Umhang an, setzte sich aufs Bett und trommelte sich mit den Fingern auf den Oberschenkel. Vielleicht musste sie gar keine ganze Stunde warten …

In der Wärme jedenfalls wurde sie schläfrig. Sie nahm ihren Umhang ab. Warum sollte sie sich nicht einen Moment hinlegen …?

Als sie erwachte, hing ihr Kopf an der Seite des Bettes herab. Auf dem Boden am Fußende lag Ellas Stoffpuppe. Ihre Tochter würde traurig sein, dass sie sie vergessen hatte. Als Margaret sich aufsetzen wollte, um die Puppe an sich zu nehmen, sackte sie vom Bett und stürzte zu Boden. Sie blinzelte, versuchte klar zu sehen, doch es wurde nur schlimmer.

Sie fühlte sich wie gelähmt. Irgendetwas war nicht in Ordnung mit ihr, aber was? Sie wusste, sie kannte die Antwort, aber sie wollte ihr partout nicht einfallen …

29. Kapitel

Die alte Stoffpuppe lag neben ihr auf dem Fußboden. Margaret umklammerte sie, so fest sie konnte. *Ella. Ella wartete auf sie*. Sie musste zu ihrer Tochter. Verzweifelt versuchte sie aufzustehen, doch der Boden schwankte, und ihre Lider weigerten sich, ihr zu gehorchen.

Sie musste nach draußen … musste zu Ella. Unter Aufbietung ihrer ganzen Willenskraft rutschte sie zur Tür. Aber obwohl sie es versuchte, schaffte sie es nicht, an die Türklinke zu kommen. Das Gesicht an der Türritze, brach sie zusammen.

Zugluft aus dem Treppenaufgang blies ihr ins Gesicht, und sie atmete tief ein. *Gift. Mord*. Ihr war, als versinke sie im Sumpf, während sie gleichzeitig versuchte, die flüchtigen Gedanken in ihrem Kopf zu erfassen und zusammenzusetzen.

Isabel. Noch ein paar tiefe Atemzüge an der Türritze, dann fiel ihr wieder ein, was Isabel getan hatte.

Gift. Das war die Antwort, nach der sie gesucht hatte. Sie war vergiftet worden.

In dieser Kammer würde sie der Tod ereilen.

Ein letztes Mal bäumte sie sich mit aller Macht auf, reckte sich, so hoch sie nur konnte, und schob den Riegel zurück. Als die Tür aufsprang, sackte sie auf dem Steinfußboden zusammen. Den metallischen Geschmack von Blut im Mund, zwang sie sich, auf alle viere hochzukommen.

Isabel war hinter ihr her.

Aber sie wollte nicht sterben. Ihre Tochter brauchte sie. Und sie brauchte Finn. Sie musste ihm sagen, dass sie ihn liebte. Sich an der Wand festhaltend, kämpfte sie gegen eine Welle von Benommenheit und rappelte sich auf. In ihrem Kopf und in ihrem Ellbogen pochte es, doch der Schmerz half ihr, wach zu bleiben, während sie unendlich langsam eine Stufe nach der anderen nach unten ging.

Irgendwie gelangte sie zum Tor, ohne sich zu erinnern, wie sie durch die Halle und den Burghof gekommen war.

»Ist alles in Ordnung mit Euch, Mistress Margaret?« Einer der Wachleute musterte sie besorgt.

Sie nickte.

»Wird bald dunkel sein, und das Wetter scheint schlechter zu werden«, setzte der Mann hinzu und blickte zum Horizont. »Bleibt nicht zu lange draußen.«

»Ich muss mich beeilen.« Ihre Stimme hörte sich an, als käme sie von ganz weit weg.

Sie konzentrierte sich darauf, einen Fuß vor den anderen zu setzen, und ging Richtung Waldrand. Langsam kam sie wieder zu Sinnen. Sie folgte dem Pfad durch den Wald, bis er auf das Moor traf. Der Wind blies heftig, doch erst als sie fröstelte, fiel ihr auf, dass sie ihren Umhang vergessen hatte.

Es wurde dunkel. Unas Rat folgend, hielt sie den Blick auf die Füße gerichtet und beschleunigte das Tempo. Während sie zügig weiterwanderte, versuchte sie herauszufinden, wodurch sie vergiftet worden war. Sie erinnerte sich, dass es warm gewesen war in der Kammer und dass jemand zusätzliche Torfstücke auf dem Kohlebecken aufgeschichtet hatte. Sicher war es nicht schwierig, Gift in Pulverform auf den Torf zu streuen, sodass tödliche Gase entstanden. Wenn Isabel schnell gewesen war, konnte sie es getan haben, während Margaret mit Una geredet hatte. Dass sie eine entschlossene Mörderin war, stand außer Zweifel.

Margaret blieb wie angewurzelt stehen, als sie sich plötzlich am Rand eines tiefen Abgrunds wiederfand, eines Grabens, der quer durch das Gelände verlief. Sie musste vom Weg abgekommen sein, und sie hatte keine Vorstellung, wann das geschehen war. Wie hatte ihr ein solcher Fehler unterlaufen können?

Ihr Herz schlug wie wild, während sie den Blick schweifen ließ, auf der Suche nach dem Weg oder irgendeinem Erkennungszeichen. Aber es war schon fast dunkel, und das Sumpfgebiet schien sich ins Unendliche zu erstrecken.

Als sie ein Rascheln hinter sich hörte, wirbelte sie herum.

Stechende schwarze Augen blickten sie aus einem unnatürlich weißen Gesicht an. Dann gab Isabel ihr einen Schubs. Margaret schrie gellend und ruderte mit den Armen, als sie rückwärts in den schwarzen Abgrund stürzte.

Finn und Lachlan standen Seite an Seite und ließen die Küste nicht aus den Augen. Alex hätte bereits vor zwei Stunden da sein sollen, und Finn machte sich Sorgen, dass der Junge es womöglich nicht schaffte.

»Wir bringen ihn nach Dornoch Castle«, versicherte Lachlan. »Dort sollte er sicher sein. Selbst die Sinclairs werden es nicht wagen, einen Bischofssitz anzugreifen.«

Dornoch gehörte dem Bischof von Caithness, dem Verbündeten der Gordons, der Alex' Vater zuliebe höchstwahrscheinlich Duffus of Sutherland hatte ermorden lassen. Es war der nächste sichere Ort für Alex.

Finn schüttelte den Kopf. »Wir müssen ihn so bald wie möglich von dort fortbringen. Ein Bischof ist nicht mächtig genug, Alex auf Dauer zu beschützen. Dazu braucht es einen Earl.«

Er bezweifelte, dass der Bischof der Forderung der Sinclairs und des Kronrats, Alex seinem Vormund zurückzugeben, standhalten würde. Wie Margaret gesagt hatte, bedurfte es mindestens eines Earl, um George Sinclair die Vormundschaft streitig zu machen.

»Bring ihn zum Earl of Moray«, wies er Lachlan an. »Er

wird dafür sorgen, dass Alex nach Huntly Castle geschafft wird. Dort, auf dem Territorium der Gordons, ist er sicher.«

»Wie es scheint, wird der Junge heute nicht kommen.« Lachlan legte Finn die Hand auf die Schulter. »Wir kommen morgen wieder. Hoffentlich schafft er es dann. Am besten, wir sagen den Männern beim Boot Bescheid, dass sie ein Nachtlager aufschlagen sollen.«

»Warte, da ist er!« Mit dem Finger zeigte Finn auf eine Gestalt in der Ferne, die auf sie zurannte, als liefe sie um ihr Leben.

Den kläffenden Hund an den Fersen, eilte Finn seinem Cousin entgegen, hob ihn von den Füßen und drückte ihn fest an sich.

»Ich habe Rufe hinter mir gehört.« Gehetzt warf Alex einen Blick über die Schulter.

Finn und Lachlan zogen ihn mit sich auf einen Pfad, der über die Landzunge zu dem dahinterliegenden Meeresarm führte, wo das Boot versteckt lag.

»Du hast den Hund behalten«, japste Alex, als sie den Pfad im Laufschritt entlangliefen.

»Ja, um ihn Ella zu schenken.« Finn war genauso außer Atem wie sein Cousin. »Ein Kind kann einen Hund brauchen.«

»Sie wird ihn lieben«, stieß Alex hervor. »Er ist genauso schäbig wie ihre Puppe.«

Sie hatten den Hügelkamm erreicht, von wo aus man einen guten Blick auf die Küstenlinie zu beiden Seiten der Landzunge hatte. Finn blieb stehen.

»Lachlan bringt dich nach Dornoch«, teilte er Alex knapp mit. »Ich halte Wache und lenke die Sinclairs ab, während ihr verschwindet.«

Er zog Alex die Mütze vom Kopf, setzte sie sich selbst auf und schob, so gut es ging, sein Haar darunter. Obwohl er um einiges größer war als sein Cousin, verließ er sich darauf, dass die Menschen für gewöhnlich das sahen, was sie zu sehen erwarteten. Die Sinclairs wussten nicht, dass Alex nicht allein war, und würden einer einzelnen Gestalt folgen, die vor ihnen davonlief.

»Du begleitest mich nicht?«, fragte Alex enttäuscht.

»Bei Lachlan bist du gut aufgehoben.« Finn legte seinem Cousin die Hände auf die Schultern und zwinkerte ihm zu. »Denk daran, ich habe eine hübsche Braut, die zu Hause auf mich wartet.«

Sie wartete darauf, ihn verlassen zu können, aber das musste Alex nicht wissen.

»Ihr solltet zusehen, dass Ihr den Hund loswerdet«, schaltete Lachlan sich ein. »Sonst wird er Euch noch verraten.«

Finn beugte sich zu dem Hund. »Nicht doch, du bist mucksmäuschenstill, mein Kleiner, nicht wahr?«

Der Hund bellte zur Antwort. Kein gutes Zeichen.

Finn richtete sich auf. »Und jetzt beeilt euch!«

Er beobachtete, wie Alex und Lachlan den Abhang auf der anderen Seite herunterschlitterten, zu der Bucht, in der das Boot versteckt lag. Das Glück schien auf ihrer Seite, denn der Himmel verdunkelte sich unter einem heraufziehenden Unwetter. Es sollte ihnen gelingen, an der Küste entlang nach Dornoch zu gelangen, ohne gesehen zu werden.

Als Finn in die andere Richtung blickte, entschlüpfte ihm eine derbe Verwünschung. Eine Traube von Männern kam von Dunrobin aus in seine Richtung. Er hob den Hund hoch und setzte ihn in seine Schultertasche. Dann wartete er darauf, dass die Männer der Sinclairs ihn entdeckten.

Mit einem Blick über die Schulter vergewisserte er sich, dass sie ihm allesamt folgten. George Sinclair würde schäumen, wenn er erfuhr, dass Alex geflohen war. Finn grinste in sich hinein. Ihm selbst mochte die Flucht vielleicht nicht gelingen, aber er würde sich einen Spaß daraus machen, die Sinclairs an der Nase herumzuführen.

Margaret schrie immer noch, als sie gegen die Wand der Felsspalte knallte und schließlich in einer Geröllhalde auf dem Grund landete. Der Aufprall war so heftig, dass er ihr die Luft aus den Lungen presste. Für einen kurzen Moment konnte sie nicht atmen, dann traf der Schmerz sie mit der Wucht eines Schmiedehammers, und sie rang nach Luft.

Hoch über sich konnte sie vor dem dunklen Nachthimmel den noch dunkleren Umriss einer Gestalt erkennen, die sich über den Abgrund beugte. Die Zähne zusammenbeißend, um nicht aufzustöhnen, zwang Margaret sich, still zu sein. Obwohl es so weit unten in dem Felsspalt zu dunkel war, als dass man sie von oben wirklich sehen konnte, hatte sie das Gefühl, dass Isabels stechender Blick jede noch so winzige Bewegung wahrnahm.

Wie lange würde das schreckliche Frauenzimmer dort oben stehen bleiben?

Schließlich verschwand die Gestalt. Anscheinend war Isabel sicher, dass Margaret den Tod gefunden hatte oder so schwer verletzt war, dass sie nicht überleben würde. Vielleicht sagte sie sich auch, dass Margaret ohnehin nicht entkommen konnte und eines langsamen, qualvollen Todes sterben würde.

Als der erste Schock sich legte, setzte Margaret sich auf und tastete ihren Körper auf der Suche nach Verletzungen ab. Sie fand blutende Platzwunden und Abschürfungen, ihre Knie und ihre Hüfte waren schlimm geprellt, und ihr Fußgelenk schwoll an. Wundersamerweise schien sie sich nichts gebrochen zu haben. Als sie versuchte aufzustehen, stellte sie fest, dass sie den verletzten Knöchel nicht belasten konnte.

Dann dämmerte ihr, dass niemand sie hier finden würde. Una war die Einzige, die wusste, dass sie auf dem Weg zum Haus ihres Enkels gewesen war. Aber sie hatte sich verirrt, daher würde nicht einmal Una wissen, wo man suchen sollte. Wenn es überhaupt eine Hoffnung gab für sie zu überleben, musste sie aus dem Graben herausklettern.

Regentropfen fielen ihr ins Gesicht, als sie den Kopf in den Nacken legte und sich klarmachte, wie groß die Entfernung bis zu dem gezackten Rand ihres Gefängnisses war. Ein Blitz zuckte über den Himmel, dann donnerte es, doch in dem kurzen Moment der Helligkeit konnte sie sehen, wie steil die Felswand war, die sie hinaufklettern musste. Wenn sie überleben wollte, musste sie es versuchen.

Nach Vorsprüngen und Einbuchtungen tastend, begann sie zu klettern. Jedes Mal, wenn sie den verstauchten Knöchel belasten musste, biss sie die Zähne zusammen. Auf diese Weise schaffte sie ein paar Yards. Als sie das nächste Mal nach oben griff, berührte sie ein Gestrüpp, das aus dem Felsen wuchs. Sie zog sich daran hoch und schrie auf, als das Gestrüpp sich löste und sie an der Wand herunterschlitterte.

Als sie auf dem Boden aufschlug, schoss der Schmerz so heftig in ihrem Bein hoch, dass ihr schwarz vor Augen wurde. Erschüttert schnappte sie nach Luft und ließ den Kopf auf die Knie sinken. Sie würde warten müssen, bis es hell wurde, ehe sie den Versuch, aus der Felsspalte herauszuklettern, noch einmal wagte.

Vor Kälte zitternd, schlang sie die Arme um ihre Knie. Ihr Kleid war vom Regen durchnässt und klebte ihr auf der Haut.

Eine lange Nacht lag vor ihr, und sie konnte nichts anderes tun, als ihren reuevollen Gedanken nachhängen. Wenn Finn wiederkam und sie nicht fand, würde er glauben, dass sie ihn verlassen hatte. Immerhin hatte sie genau das angekündigt. Wie hatte sie nur so töricht sein können? Anstatt Schmerz zu riskieren, hatte sie ihrer beider Glück fortgeworfen.

Sie konnte sterben in diesem Loch. Wenn sie noch einmal die Möglichkeit hätte, das wusste sie nun genau, würde sie keine einzige Stunde mehr vergeuden, die sie gemeinsam mit Finn haben konnte. Ihr einziger Trost war, dass er sich um Ella kümmern würde. Daran zweifelte sie nicht. Aber sie wäre so gerne bei den beiden gewesen …

Etwas stach in ihre Haut. Sie sah an sich herunter und entdeckte die Brosche, die Finn ihr aus den Onyxstücken hatte anfertigen lassen. Das Schmuckstück hing an einem Faden an ihrem zerrissenen Mieder. Sie brach in Tränen aus, umklammerte es mit den Fingern und betete darum, dass Finn noch irgendwie erfahren würde, wie sehr sie ihn liebte.

Erschöpft lehnte sie den Kopf gegen die Felswand. Nach einiger Zeit wachte sie von dem Gefühl eiskalten Wassers an ihren Füßen auf. Sie rutschte fort von der Pfütze, die sich dort gebildet hatte, und tastete nach einem trockeneren Fleck.

Überall um sie her war Wasser.

Das Schlimmste befürchtend, leckte sie an ihren nassen Fingern. Sie waren salzig. Verzweifelt versuchte sie sich zu erinnern, wie nahe der Pfad entlang der Küste verlief. *Zu nahe*.

Die Angst schnürte ihr die Kehle zu. Ihr Felsengefängnis füllte sich mit der herannahenden Flut, und es gab keinen Ausweg.

30. Kapitel

Auf den letzten Meilen zurück nach Helmsdale peitschte der Wind ihm den Regen ins Gesicht wie eine Anklage. Nun, da Alex in Sicherheit war und Finn seine Verfolger abgehängt hatte, konnte er an nichts anderes mehr denken als an all das, was er bei Margaret falsch gemacht hatte.

Mit dem zeitlichen und räumlichen Abstand wurde ihm klar, wie falsch er auf ihre Eröffnung reagiert hatte, dass sie in der Lage war, ein Kind zu empfangen. Er hätte sie nicht anschreien und ihr sagen sollen, dass sie ihn heiraten *musste*. So war sein Antrag ganz und gar nicht geplant gewesen.

Als der Hund plötzlich zu winseln begann, merkte er, dass er das Tier völlig vergessen hatte.

»Worüber beschwerst du dich?« Er griff in die Tasche und tätschelte dem Hund den Kopf. »Du hast es warm und trocken dadrinnen.«

Er wanderte weiter und dachte an die Fehlgeburt, die Margaret während der Straßenkämpfe in Edinburgh erlitten hatte. Es musste ihr schwergefallen sein, die schmerzvollen Erinnerungen jenes Tages mit ihm zu teilen, und alles, was er zu dem Zeitpunkt verstanden hatte, war, dass sie doch nicht unfruchtbar war. Er glaubte, sie hätte ihn belogen.

Zum ersten Mal fragte er sich, ob sie ihn wirklich deshalb zurückwies, weil er ihr nicht gut genug war und sie sich nichts aus ihm machte, oder weil sie Angst hatte. Angst davor, sich erneut einem Mann unterordnen zu müssen. Angst, misshandelt und ausgenutzt zu werden. Angst, wieder ein Kind zu verlieren. Angst, verlassen zu werden.

Nach allem, was sie durchgemacht hatte, hätte er es besser wissen sollen, aber seine eigene Geschichte hatte ihn blind gemacht. Obwohl er stets so tat, als machten ihm die Zurückweisung seiner Familie und Curstags Verrat nichts aus, hatten ihm diese Erfahrungen das Gefühl gegeben, nicht liebenswert zu sein und nirgendwo wirklich dazuzugehören.

Was, wenn Margaret bereits ein Kind erwartete? Sein Kind. Frauen, die Fehlgeburten gehabt hatten, konnten durchaus gesunde Kinder bekommen.

Der Himmel wusste, er hatte nie damit gerechnet, Vater zu werden, und in Gilbert auch kein gutes Vorbild gehabt. Aber, so versprach er sich, er würde sein Bestes versuchen. Er wollte der Vater werden, den er selbst nicht gehabt hatte. Der Vater, der das Gute in seinen Kindern sah, der mit ihnen lachte und immer für sie da war, wenn sie ihn brauchten.

Wenn Margaret das Kind verlor, konnte er sie mit ihrem Schmerz nicht allein lassen. Er musste bei ihr sein, egal, was passierte. Mit aller Kraft stemmte er sich gegen den Wind. Das Unwetter hatte nicht nachgelassen, und es war inzwischen völlig dunkel. Ohne dass er es sich hätte erklären können, machte sich plötzlich ein merkwürdiges Unbehagen in seiner Magengrube breit. Als Krieger hatte er gelernt, seinem Spürsinn zu trauen, und sein Spürsinn sagte ihm, dass Margaret in Gefahr war.

Er fing an zu laufen und verlangsamte das Tempo erst, als er Helmsdale erreicht hatte. Vollkommen außer Atem passierte er das Burgtor.

»Finn …« Der wachhabende Krieger wollte ihn ansprechen, doch Finn ignorierte ihn und durchquerte den Burghof, ohne stehen zu bleiben.

Während er sich einerseits einzureden versuchte, dass es keinen Grund gab, sich Sorgen um Margaret zu machen, sprach sein pochender Herzschlag eine andere Sprache. *Such sie, such sie, such sie!* Er stürzte in die Halle, aber dort war sie nicht. Im Laufschritt rannte er die Wendeltreppe hinauf.

Als er die Tür zu ihrer gemeinsamen Kammer aufstieß, war sie leer. Der Magen schien ihm in die Kniekehlen zu sacken, als er feststellte, dass ihre sämtlichen Habseligkeiten fehlten. Er öffnete die gegenüberliegende Tür und fand Unas Kammer ebenfalls leer. Niedergeschlagen setzte er sich auf das Bett, das er mit Margaret geteilt hatte, und stützte den Kopf in die Hände.

Sie hatte ihn verlassen.

Reuegefühle drohten ihn zu überwältigen. Reue, weil er ihr nicht gesagt hatte, dass er sie liebte. Reue, weil er nicht das Beste aus jedem gemeinsamen Moment mit ihr gemacht hatte. Reue, weil sie nicht zusammen alt werden und erleben würden, wie Ella und die anderen Kinder, die sie vielleicht haben würden, aufwuchsen.

Der Hund streckte den Kopf aus der Tasche und stupste ihn an, als wollte er ihn auffordern, aufzustehen und etwas zu tun. Zu Recht, wie Finn fand. Was nützte es, wenn er sich in Selbstmitleid suhlte, während Margaret vielleicht in Gefahr war.

Denn auch, wenn sie ihn immer noch verlassen wollte – sie hatte versprochen, nicht fortzugehen, ehe er zurückkam. Es musste etwas geschehen sein, das es ihr unmöglich gemacht hatte, auf ihn zu warten. Margaret würde ihr Wort nicht einfach brechen, also lag ein gravierender, unerwarteter Grund vor.

Und *wie* hatte sie Helmsdale verlassen? Für eine schöne Frau wie Margaret war es ein Leichtes, einen Mann zu überreden, sie überallhin zu bringen. Aber war sie auch sicher bei dem Mann, den sie zu ihrem Schutz ausgewählt hatte? Oder würde er eine Gefahr für sie sein? Margaret war viel zu vertrauensselig.

Finn straffte sich. Er musste sie finden und sich davon überzeugen, dass sie in Sicherheit war. Wenn sie nicht mit ihm zurückkommen wollte, würde er sie selbst zu den MacKenzies bringen. Er war schon auf dem Weg zur Tür, als sein Blick auf einen Gegenstand fiel, der unter dem Bett hervorlugte.

Seine Finger zitterten, als er die Lumpenpuppe aufhob. Ella hatte sie durch halb Schottland mitgeschleppt und konnte nicht einschlafen ohne das Spielzeug. Margaret und sie mussten in schrecklicher Eile gewesen sein, als sie aufgebrochen waren. Prüfend ließ Finn den Blick durch den Raum schweifen, auf der Suche nach irgendeinem Hinweis, und entdeckte plötzlich Margarets Umhang, eingeklemmt zwischen dem Bett und der Wand. *O shluagh*, trotz Kälte und Unwetter hatte sie ihren Umhang hiergelassen.

Nun war er absolut sicher, dass etwas Schreckliches passiert war. Rasch steckte er sich die Streitaxt in den Gürtel, nahm ihren Umhang und andere Dinge, die sie vielleicht brauchte, dann eilte er die Treppen hinunter in die Halle.

»Hat jemand von euch meine Frau gesehen?«, rief er den Männern zu, die sich vor dem Kamin versammelt hatten.

Alle außer Isabel und Curstag schauten weg, senkten den Blick auf den Fußboden oder schauten zur Decke, nur nicht in seine Richtung. Curstag schenkte ihm ein mitleidiges Lächeln und zog ihn zur Seite.

»Wie gut kennst du diese Maggie eigentlich?«, fragte sie flüsternd.

»Warum fragst du das ausgerechnet jetzt?«

»Weil ich möchte, dass du es von einer Freundin erfährst, der etwas an dir liegt«, erwiderte sie vorgetäuscht besorgt. »Es gibt nämlich Gerüchte über sie, seit sie heute Abend verschwunden ist.«

»Was für Gerüchte?« Er wollte es wissen, obwohl er schon ahnte, dass alle annahmen, sie sei mit einem anderen Mann durchgebrannt.

»Ich behaupte nicht, dass ich es glaube«, fuhr Curstag leise fort, als wüsste nicht jeder in der Halle, was sie ihm mitzuteilen beabsichtigte. »Zumal ich immer das Beste in Menschen zu sehen versuche, aber dass sie sich klammheimlich davongeschlichen hat, untermauert die Mutmaßungen.«

»Was für Mutmaßungen?« Verdammt, konnte sie nicht endlich zur Sache kommen?

»Dass deine geheimnisvolle Braut diejenige ist, die es getan hat, natürlich.«

»Ich habe keine Zeit für Spielchen.« Finn unterdrückte den Drang, sie bei den Schultern zu packen und zu schütteln. »Sprich Klartext.«

»Es wird gemunkelt, dass Maggie die Mörderin ist.« Curstag machte eine Pause. »Sie hat dich benutzt, und nun, da die Tat vollbracht ist, hat sie sich davongemacht und dich sitzenlassen.«

»Sie ist keine Mörderin.« Er wandte sich um und rief den Männern am Kamin zu: »Ich brauche ein paar von euch, um mir zu helfen, meine Frau zu finden!«

Er wartete, aber keiner der Männer trat vor.

»Es hat keinen Zweck, sie zu suchen, solange es dunkel ist«, meldete einer der Krieger sich schließlich zu Wort. »Selbst, wenn sie sich irgendwo dort draußen befindet, werden wir sie bei diesem Unwetter nicht finden.«

Angesichts der Dunkelheit und des Unwetters standen die Chancen schlecht. Aber was die Männer wirklich dachten, war, dass Margaret, ob sie nun die Mörderin war oder nicht, ihn verlassen hatte und nicht gefunden werden wollte.

Mit einiger Verspätung dämmerte es Finn, dass womöglich jemand in diesem Raum der Grund war, weshalb Margaret so überstürzt aufgebrochen war und ihren Umhang und Ellas Puppe vergessen hatte. Er konnte keinen der Männer mitnehmen, selbst wenn einer es ihm angeboten hätte. Er musste sich allein auf die Suche machen.

Als er zum Torhaus kam, sprach der Wachmann ihn abermals an.

»Ich war hier, als Eure Frau fortging«, begann er ohne lange Vorrede. »Mir kam es vor, als wäre etwas mit ihr nicht in Ordnung.«

»Was meinst du damit, nicht in Ordnung?«

»Erst dachte ich, sie hätte ein bisschen zu tief ins Glas geguckt, aber das war es nicht, glaube ich.« Der Wachmann zog die Brauen zusammen. »Normalerweise grüßt sie jeden mit einem Lächeln und wechselt ein paar Worte mit den Leuten, und diesmal war sie völlig in sich gekehrt, und ich hatte den Eindruck, dass sie mich gar nicht wahrnimmt.«

»Hat sie etwas gesagt?«

Der Wachmann überlegte. »Ja, in der Tat«, antwortete er nach einem Moment. »Als ich sie warnte, dass schlechtes Wetter aufzieht, erwiderte sie, sie müsse sich beeilen.«

War Margaret wegen des Wetters in Eile gewesen oder aus anderen Gründen?

»Was mich jedoch wunderte, war, dass sie ihr kleines Mädchen nicht bei sich hatte«, sagte der Wachmann in Finns Gedanken hinein.

»Ella war nicht bei ihr?« Finn horchte auf. »Bist du sicher?«

»Aye.« Der Wachmann nickte. »Una hatte das Kind am Nachmittag bei sich, aber ich nahm an, dass die beiden längst zurück wären.«

Als er *Ceò* sattelte, drehte sich Finn der Kopf vor lauter Fragen. War Margaret losgegangen, um Una und Ella zu suchen, die trotz des aufziehenden Unwetters noch nicht zurück waren? Aber wenn, weshalb hatte sie die Männer nicht alarmiert und sie gebeten, ihr bei der Suche zu helfen? Stattdessen war sie ganz allein aufgebrochen, ohne dem Wachmann zu sagen, dass die beiden noch draußen waren und sie sie holen wollte.

Der Wachmann behauptete, sie habe sich merkwürdig verhalten. Ob sie krank war? Angst hatte?

Zum wiederholten Mal fragte sich Finn, ob die Tatsache, dass sie die Burg fast unbemerkt verlassen hatte, ein Hinweis darauf sein konnte, dass sie jemandem aus dem Weg ging und keinen darauf aufmerksam machen wollte, dass sie nicht die Absicht hatte zurückzukehren. Jeder, der sie ohne Ella fortgehen sah, würde annehmen, dass sie nicht endgültig verschwand. Das Gleiche galt für jemanden, der Una und Ella zusammen fortgehen sah.

Weshalb die List? Er selbst konnte nicht derjenige sein, dem Margaret aus dem Weg ging, schließlich war er gar nicht da gewesen. Vor wem hatte sie Angst? Und wohin würde sie sich in einem solchen Unwetter wenden?

Er musste nachdenken. Wenn Una ihr und Ella bei der Flucht behilflich war, dann wusste er, wo die alte Kinderfrau die beiden hinbringen würde. Er hoffte verzweifelt, dass er sich nicht irrte und dass sie dem Unwetter nicht schutzlos ausgeliefert waren.

»Dann lass uns sehen, ob du ein richtiger Jagdhund bist.« Er hielt dem Hund Margarets Umhang unter die Nase. »Hilf mir, sie zu finden.«

Zusammen mit Ellas Stoffpuppe brachte er den Hund in einer Falte seines Plaids unter, dann lenkte er *Ceò* hinaus in den strömenden Regen. Er hielt die Laterne, die er mitgenommen hatte, hoch, ließ das Pferd im Schritt gehen und folgte dem Pfad zu Lachlans Cottage. Bis dorthin waren es vier Meilen, eine ordentliche Entfernung für eine alte Frau mit einem kleinen Kind, aber Una mit ihren mehr als sechzig Jahren Erfahrung kannte jeden Zoll des Pfades. Und im Unterschied zu Margaret waren Una und Ella bei Tageslicht aufgebrochen, ehe das Unwetter eingesetzt hatte.

Jede Viertelmeile saß er ab und rief Margarets Namen. Dann

lauschte er in der Hoffnung, trotz der donnernden Brandung eine Antwort zu hören.

Plötzlich hob der kleine Hund den Kopf und fing an zu bellen.

»Was ist los, Hündchen?«

Der Hund sprang aus dem Plaid und schnüffelte wie wild auf dem Boden herum. Ehe Finn ihn wieder zu packen bekam, schoss er davon in die Dunkelheit. Wo zum Teufel wollte er hin?

»Komm zurück!«, rief Finn ihm hinterher.

Aus der Ferne war lautes Kläffen zu hören.

Vor Schreck blieb Finn fast das Herz stehen. Margaret war doch hoffentlich nicht vom Weg abgekommen? Und noch dazu in der Dunkelheit. Sie stammte nicht aus Sutherland. Hatte er sie vor den Gefahren des Moors gewarnt? Er erinnerte sich nicht.

Wieder hörte er den Hund kläffen.

Er setzte sich dem Tier auf die Fersen, bahnte sich seinen Weg durch dichten Ginster und schlitterte über moosbedeckte Felsen. Wenn der Hund ein Kaninchen jagte, verlor er wertvolle Zeit – gar nicht zu erwähnen die Gefahr, dass er selbst im Sumpf versank –, aber vielleicht hatte das Tier auch Margarets oder Ellas Witterung aufgenommen.

Margaret war sicher nicht sehr weit gekommen, bis sie gemerkt hatte, dass sie sich verlaufen hatte. Verzweifelt spähte Finn durch die Regenschwaden, konnte jedoch nichts erkennen, was ihr Schutz geboten hätte und sie dazu veranlasst haben könnte, trotz Dunkelheit und Unwetter vom Weg abzuweichen.

Verärgert, dass er sich von dem Hund hatte ablenken lassen, drehte er um.

Die Flut hatte den höchsten Punkt des felsigen Untergrundes erreicht und schwappte um ihre Füße. Margaret lag zusammengerollt auf der Seite, erfüllt von tiefem Frieden. Ihr war nicht mehr kalt, seit sie ihren Körper nicht mehr fühlte.

Sie spürte, dass sie das Bewusstsein verlor, und sah Finn, wie er Ella auf dem Schoß hielt. Der Anblick erfüllte ihr Herz mit Freude, bis sie erkannte, dass Ella weinte und Finns Züge von Kummer gezeichnet waren. Sie streckte die Hände nach den beiden aus, trieb jedoch weiter von ihnen fort …

Maggie! Maggie! In ihrer Benommenheit hörte sie Finn nach ihr rufen. Seine Stimme war weit weg. Sie wollte aufstehen und ihn suchen, aber ihr Körper war unendlich schwer …

Dann hörte sie nichts mehr.

31. Kapitel

»Pass doch auf!« Um ein Haar wäre Finn über den verdammten Hund gestolpert. Erst dachte er, das Tier habe es nicht absichtlich getan, doch dann fing der kleine Kläffer zu knurren an und verbiss sich in der Ferse von Finns Stiefel.

»Also gut.« Er drehte sich um. »Ich komme ja schon. Aber nur noch ein kleines Stück.«

Als der Hund, die Nase am Boden, vor ihm herlief, begann Finns Herz aufgeregt zu klopfen. Vielleicht hatte das Tier eine Spur gefunden.

Zum Glück machte der Hund an der steil abfallenden Kante eines tiefen Abgrunds halt und wartete auf ihn, denn andernfalls hätte Finn die Erdspalte vielleicht nicht gesehen und wäre hineingestürzt. Wenn Margaret hier entlanggekommen war, hatte sie den Graben in der einen oder anderen Richtung umrunden müssen.

»Zeig mir, wo sie hingegangen ist!«, verlangte er, doch der Hund sprang nur bellend auf und ab.

Finn drohte das Blut in den Adern zu gefrieren. War Margaret etwa in die Spalte gestürzt? Er beugte sich vor und rief ihren Namen, während er gleichzeitig hoffte, dass sie sicher in Lachlans Haus war.

Er legte sich flach auf den Bauch und hielt die Laterne so tief in den Abgrund, wie er nur irgend konnte. An einem Gestrüpp, das ein paar Armlängen unter ihm aus dem Fels herauswuchs, hing ein Fetzen Stoff. Finn schloss die Augen. Der Himmel mochte ihm beistehen. Margaret war dort unten.

Er verbot sich den Gedanken, dass sie tot war. Sie war verletzt, und er musste zu ihr gelangen.

»Maggie«, rief er abermals. »Ich komme dich holen!«

Er holte das Seil, das er an den Sattel geschnallt hatte, und suchte nach einem Felsbrocken oder einem Baumstamm, an dem er es befestigen konnte. Doch außer Gestrüpp war nichts zu finden.

»*Ceò.*« Er strich dem Pferd über die Nüstern. »Es wird nicht einfach, aber wir müssen sie retten.«

Er knotete das eine Ende des Seils an den Sattel, hakte sich die Laterne am Unterarm fest, sodass er die Hände frei hatte, dann ließ er sich rückwärts an der Kante herunter und umgriff das Seil, während er sich langsam, einen Fuß hinter den anderen setzend, an der Felswand herunterließ.

»Langsam, *Ceò*, langsam«, rief er nach oben.

Er glitt auf einem nassen Stück Felsen aus und krachte gegen die Wand. Das Seil war zum Zerreißen gespannt. Wäre sein Pferd durchgegangen und hätte ihm das Seil aus der Hand gerissen, er wäre abgestürzt. Doch *Ceò* bewegte sich kaum.

Finn wischte sich das Regenwasser aus den Augen und ließ sich weiter herunter. Irgendwann hörte er das Geräusch von Wasser, das gegen Felsen schlug.

Allmächtiger, er befand sich in einer Meereshöhle.

So schnell er konnte, legte er den Rest des Weges zurück, bis er direkt über dem Wasser war. Immer wieder Margarets Namen rufend, hielt er die Laterne in die Höhe und ließ den Blick über die Wasseroberfläche schweifen. Er wusste, dass Eile geboten war, aber er gab nicht auf. Nachdem er die Laterne an dem Seil befestigt hatte, ließ er sich in das eiskalte Wasser plumpsen. Es reichte ihm bis zur Brust.

Plötzlich erhaschte er auf der anderen Seite der Höhle einen Blick auf hellblondes Haar, das im Wasser trieb. Das Herz schlug ihm bis in die Kehle, als er sich halb schwimmend, halb laufend darauf zubewegte.

Er fand sie zusammengerollt auf einem Felsvorsprung, doch ihr Haar und ihre Röcke trieben bereits im Wasser. Ein stummes Dankgebet gen Himmel schickend, hob er sie auf seine Arme und fühlte ihren Puls.

Gott sei Dank, sie lebte!

»Ich bringe dich hier heraus, meine Liebste«, versprach er ihr mit erstickter Stimme.

»Ich hatte Angst, du würdest denken, ich hätte dich verlassen«, erwiderte sie kaum hörbar.

»Nicht sprechen, mein Schatz. Du musst deine Kraft aufsparen.«

»Ich liebe dich, Finn.« Ihr Kopf sackte an seine Brust.

Es war ein Rennen gegen die Zeit, als Finn, Margarets schlaffen Körper über der Schulter, an der schlüpfrigen Felswand hinaufkletterte. Er musste sie so schnell wie möglich ins Warme bringen. Die Laterne hatte er zurücklassen müssen, aber durch das wilde Kläffen des Hundes über ihm wusste er ungefähr, wie weit es noch war.

Endlich war er oben angelangt. Er hievte Margaret auf festen Untergrund und zog sich selbst aus der Spalte. Margaret zitterte am ganzen Körper. Eilig holte er ihren Umhang und eine Decke, die er am Sattel festgeschnallt hatte, wickelte Margaret darin ein und rieb ihren Körper, um ihn zu wärmen. Doch das reichte nicht. Sie brauchte ein prasselndes Feuer.

Das Unwetter war vorübergezogen, und am Himmel stand hell der Mond. Er beleuchtete Finn den Rückweg nach Helmsdale. Von der Wärme seines Körpers umhüllt, schien Margaret sich ein wenig zu erholen. Als sie die Burg erreichten, war das Tor bereits offen. Finn ritt hindurch und bis vor den Donjon. Margaret immer noch in den Armen, ließ er sich aus dem Sattel gleiten.

»Ich bin in Ordnung«, versicherte sie ihm leise. »Und ich muss dir etwas sagen.«

Er lief die Treppe hinauf, ohne anzuhalten. Es erleichterte ihn, dass sie sprach, doch was immer sie ihm sagen wollte, konnte warten, bis sie im Warmen waren und er sie auf Verletzungen untersucht hatte.

»Warte, Finn ...«, versuchte sie ihn aufzuhalten, als er die Tür zur Großen Halle aufstieß.

»Ich brauche Decken und etwas Heißes zu trinken!« Er brachte sie zum Kamin, ließ sie auf einen Stuhl herunter. »Und jemand soll ein paar Stücke Torf nachlegen.«

»Ich muss dir sagen, warum ich fortgegangen bin«, versuchte sie es erneut.

In seinem Eifer, sie zurückzubringen, hatte er ganz vergessen, dass sie geflohen war, weil sie Angst gehabt hatte. Als er hereingestürmt war, hatte er die Halle und die dort Anwesenden nur verschwommen wahrgenommen. Nun sah er, dass sein plötzliches Auftauchen mit Margaret eine Schlägerei unterbrochen hatte. Ein Mann mit einem blutverschmierten Gesicht wehrte sich gegen zwei Männer, die ihn festhielten.

»Er ist der Verräter!«, rief eine Stimme hinter ihm. »Der Mörder!«

Es handelte sich, wie Finn jetzt erst erkannte, um den Diener, der verschwunden war, nachdem jemand seine Tante und seinen Onkel vergiftet hatte. Dann war der Mistkerl also erwischt worden.

»Tötet ihn!«, schrie eine Frau, und die anderen jubelten.

»Finn!« Margaret fasste ihn am Arm. »Halte sie auf. Er war es nicht.«

Im ersten Moment dachte er, dass sie noch nicht wieder völlig zurechnungsfähig war, doch sie setzte sich gerade auf, und ihre Augen wirkten wach.

»Ich versichere dir«, sagte sie eindringlich, »er war es nicht.«

Plötzlich wusste Finn, warum sie die Burg so überstürzt verlassen musste. Sie hatte den Mörder entdeckt.

»Wartet!« Finn zog Margaret auf die Füße und hob die Arme. »Lasst uns hören, was der Mann zu sagen hat.«

»Wir wissen doch, dass er schuldig ist«, widersprach einer der Männer und versetzte dem blutüberströmten Mann einen Fausthieb in die Magengrube.

»Schlagt ihm den Kopf ab!«, schrie eine Frauenstimme.

»Wenn ihr ihm den Kopf abschlagt, kann er uns nicht mehr sagen, wer seine Komplizen sind«, gab Finn zu bedenken. »Lasst ihn los.«

Er starrte die Männer nieder, bis sie ihren Gefangenen schließlich freigaben.

»Ich bin hergekommen, um meinen Namen reinzuwaschen, nachdem ich die Gerüchte über mich hörte.« Der ehemalige Diener wischte sich das Blut von der Nase. »Ich habe niemanden vergiftet. Der Earl und seine Gemahlin waren wohlauf, als ich Helmsdale verließ.«

»Warum bist du überhaupt fortgegangen an dem Abend?«, erkundigte Finn sich gespannt.

»Ich hatte die Anweisung, mich, nachdem ich den Wein serviert hatte, unauffällig zu entfernen und eine Botschaft nach Girnigoe Castle zu bringen«, antwortete der Mann bereitwillig. »Ich erhielt eine Goldmünze dafür, dass ich Stillschweigen über die Sache bewahrte.«

»Wer gab dir die Goldmünze und schickte dich nach Girnigoe?« Das Blut rauschte Finn in den Ohren, während er auf die Antwort wartete.

Der Mann hob die Hand und wies mit ausgestrecktem Finger auf die Menschentraube vor dem Kamin. »Sie.«

Wie von Geisterhand gelenkt, traten die Menschen beiseite, und am Ende der Gasse, die sich auftat, wurde Isabel sichtbar. Sie reckte das Kinn, offene Herausforderung im Blick.

Finn stieß langsam den Atem aus. Er hätte wissen müssen, dass sie ihren Cousin George Sinclair von der einmaligen Gelegenheit in Kenntnis setzen würde, die sich durch die Vergiftung des Earl ergab. Doch so schändlich es war, die Tragödie zum eigenen Vorteil zu nutzen, so bedeutete das noch nicht, dass Isabel für die Morde verantwortlich war.

»Er lügt, um von seiner eigenen Schuld abzulenken«, versetzte Isabel hochmütig. »Er gibt zu, dass er seinen Laird verraten hat, doch das Gold, das er nahm, bekam er dafür, dass er ihn vergiftete.«

»Dieser Mann sagt die Wahrheit. Isabel ist die Mörderin«, meldete Margaret sich energisch zu Wort. »Nachdem ich das Bilsenkraut in der Truhe in Isabels Kammer gefunden hatte, versuchte sie, auch mich zu töten.«

Finn wirbelte herum. Margaret zog die Decke fester um sich. Trotz ihres mitgenommenen Äußeren sah sie atemberaubend aus. Wie ein Rachenengel.

»Sie hat die Torfstücke in meinem Kohlebecken vergiftet«, fuhr sie laut und vernehmlich fort, sodass jeder es hören konnte. »Als ich den tödlichen Dämpfen entkam, folgte sie mir und stieß mich in eine Meereshöhle. Finn rettete mich.«

Als sie verstummte, schien der letzte Rest Kraft aus ihr gewichen, und sie drohte jeden Moment zusammenzubrechen. Finn schlang die Arme um sie und drückte sie an sich. Über Margarets Kopf hinweg starrte er Isabel an. Trotz all ihrer Grausamkeit in der Vergangenheit, trotz ihrer giftigen Bemerkungen und ihres schwelenden Hasses hatte er sie nie eines Mordes für fähig gehalten. Inzwischen würde sie das Bilsenkraut beseitigt haben, ebenso wie den vergifteten Torf. Ohne Beweise würde niemand Margarets Worten mehr Glauben schenken als Isabels.

Alle schwiegen, und plötzlich erschien Gilbert auf der Treppe, schwer auf einen Stock gestützt. Er war leichenblass und zitterte so stark, dass der Stock auf dem Steinfußboden klapperte, als er die Halle durchquerte und auf Isabel zuging. Offenbar erschüttert von den Anschuldigungen gegen seine Gemahlin, kam der sterbenskranke Mann ihr zu Hilfe. Dachte Finn.

»Was hast du angerichtet?« Gilbert blieb vor ihr stehen.

»Ich habe nur getan, was getan werden musste«, erwiderte Isabel ungerührt. »Ich habe das getan, was du nicht Manns genug warst zu tun.«

»Nein.« Gilbert schüttelte den Kopf. »Das kann nicht sein.«

»Ich tat es für unseren Sohn. Bearach hätte ein Earl sein sollen.« Ihre dunklen Augen schienen zu glühen, als sie weitersprach. »Nur drei Männer standen zwischen ihm und der bedeutenden Earlswürde von Sutherland. Ich war geduldig. Ich habe mir jahrelang Zeit gelassen. Und als die Gelegenheit sich bot, schlug ich zu.«

»Allmächtiger, du hast meinen Bruder und Helen vergiftet?« Gilbert wankte rückwärts.

»Ach, hör schon auf. Dein wichtiger und mächtiger Bruder, der uns immer behandelte, als wären wir minderwertig.« Isabel spie die Worte förmlich aus. »Er hielt sich für so klug, dass er Duffus ermorden ließ, um dessen Anspruch los zu sein. Dass ich nur noch ihn und Alex loswerden musste, um den Weg für Bearach freizumachen, nachdem Duffus tot war, kam ihm nie in den Sinn.«

Finn konnte es nicht glauben. Isabel hatte seine Tante und seinen Onkel umgebracht – und versucht, Alex zu töten?

»Ich wusste um deine Gehässigkeit, aber ich hätte nie gedacht, dass du zu solchen Schändlichkeiten fähig bist.« Gilbert atmete tief durch. »Gott möge mir vergeben, ich hätte dich seinerzeit vor die Tür setzen sollen, anstatt Finn fortzuschicken.«

»Du verachtest mich. Du bist schwach und bemitleidenswert, das ganze Gegenteil meines Cousins George.« Isabel warf den Kopf in den Nacken. »Wir haben alles geplant. Er versprach, dass die Sinclairs Bearachs Anspruch unterstützen würden, sobald die Tat vollbracht war.«

»Und was hast du dadurch gewonnen?« Gilbert schüttelte fassungslos den Kopf. »Du bist schuld, dass unser Sohn tot ist. Tot!«

Seine Worte verwandelten Isabels Trotzhaltung in Gram. Ihre Beine gaben unter ihr nach, und sie sank auf die Knie.

»Auf Girnigoe wäre Bearach sicher gewesen.« Wehklagend presste sie die Fäuste an die Schläfen. »Ich wollte ihn nicht töten. Doch nicht ihn! Nicht Bearach. Meinen geliebten Sohn.«

Entsetztes Schweigen senkte sich über die Anwesenden.

»Ein Earl wurde ermordet. Nur die Krone kann über ihre Schuld entscheiden«, flüsterte Margaret Finn ins Ohr. »Ohne sie als Zeugin werden die Männer, die einen Vorteil aus dem Ableben des Earl zu ziehen vermögen, falsche Anschuldigungen gegen ihre Rivalen erheben.«

Finn nickte bedächtig. »Und Isabel ist die Einzige, die George Sinclair beschuldigen kann.«

»Tötet sie! Tötet sie!«, riefen ein paar Männer plötzlich. Mehrere Wachen des Gordon-Clans umstellten Isabel, die immer noch auf dem Fußboden kniete.

Mit ein paar weit ausgreifenden Schritten stürmte Finn durch den Raum und stellte sich schützend vor sie.

»Der Gerechtigkeit wird Genüge getan, aber nicht so.« In seiner Stimme lag die Autorität eines Anführers. »Wir bringen sie nach Edinburgh, damit ihr der Prozess gemacht werden kann.«

32. Kapitel

Isabel wurde fortgebracht und in einem der Vorratskeller eingeschlossen. Unterdessen schickte Finn jemanden los, um Una und Ella zu holen. Margaret, dickköpfig wie immer, gestattete ihm nicht, sie nach oben ins Bett zu bringen, bis die beiden da waren und sie ihre Tochter in die Arme schließen konnte.

Dann nahm Una die Dinge in die Hand, schickte nach heißem Wasser und untersuchte Margaret trotz ihrer Einwände, dass mit ihr alles in Ordnung sei, auf Verletzungen.

»Kümmer dich um Ella«, trug sie Finn auf und schob ihn aus der Kammer. »Dann kann ich ihre Wunden versorgen und sie ins Bett bringen.«

Finn wartete in der anderen Kammer. Obwohl es nicht lange gedauert haben konnte, kam es ihm vor, als seien Stunden vergangen, ehe Una den Kopf durch die angelehnte Tür steckte.

»Jetzt braucht sie erst einmal Ruhe. Wenn sie aufwacht, lasse ich nach dir schicken.« Sie musterte ihn prüfend. »Und mach dir nicht so viele Sorgen, sonst bekommt das arme Kind noch Angst.«

Ella trat zu ihm. Mit ernster Miene griff sie nach seiner Hand. In der Hoffnung, ihr ein Lächeln zu entlocken, zog Finn die Stoffpuppe aus seinem Plaid und hielt sie ihr hin. Als ihre Unterlippe zu zittern anfing, warf er einen Blick auf die Puppe. Sie war durch und durch nass, vollgesogen mit dem Salzwasser der Meereshöhle, und sah noch schäbiger aus als zuvor.

»Sie muss nur trocknen und ein bisschen zurechtgemacht werden«, versuchte er Ella zu trösten, doch dann fiel ihm der

Hund ein, den er für sie mitgebracht hatte. »Hast du Lust, einen neuen Freund von mir kennenzulernen?«

Ella schüttelte den Kopf. »Ich will kein anderes Pferd«, sagte sie leise. »Ich mag *Ceò*.«

»Dann lass uns zu ihm gehen.« Er stand auf.

Als sie ins Freie traten, saß der Hund wartend auf der untersten Treppenstufe. Mit seinem räudigen Fell und dem einen Auge sah er genauso mitleiderregend aus wie Ellas Lumpenpuppe.

Ella schloss ihn augenblicklich ins Herz. Sie schien eine Schwäche für Dinge zu haben, die beschädigt waren.

»Nach allem, was er für mich getan hat, verdient dieser kleine Hund einen Leckerbissen.« Finn tätschelte dem Tier den Kopf. »Ihr beide macht euch miteinander bekannt, und ich gehe derweil in die Küche und hole ihm einen ordentlichen Knochen.«

Auf dem Weg ins Gewölbe beschloss er, ein letztes Mal mit Isabel zu sprechen. Er nickte den beiden Wachleuten zu und trat in die Zelle.

»George wird mich hier herausholen«, sagte sie siegesgewiss, kaum dass er eingetreten war. »Das schuldet er mir, nachdem ich ihm Alex ausgeliefert habe.«

Finn schüttelte den Kopf. »Alex ist nicht mehr in seinen Händen.«

Ein Muskel unter ihrem Auge begann zu zucken. Damit hatte sie nicht gerechnet.

»George braucht dich nicht mehr«, fuhr Finn nüchtern fort. »Er wird die Morde dir allein anlasten.«

»Ich bin eine Sinclair.« Isabel sah stur geradeaus. »Er wird zu mir stehen.«

Sie würde es beizeiten herausfinden. »Du hast nicht gefragt, aber vielleicht interessiert es dich, dass es deinem Ehemann nicht gut geht.«

»Er hat mich nie geliebt«, erwiderte Isabel gleichgültig. »All die Jahre hat er meiner toten Schwester nachgeweint.«

Für einen kurzen Moment fragte Finn sich, ob sie wusste, dass ihre Schwester seine richtige Mutter war.

»Sie ruinierte alles, als sie mit dem Mann durchbrannte, den eigentlich ich hätte heiraten sollen.« Isabel stieß sich den Daumen in die knochige Brust. »Alles war arrangiert. Sie sollte Gilbert heiraten und ich, die ältere Schwester, Robin Sutherland. Ich hätte Countess of Sutherland werden sollen.«

»Du wärst nicht Countess, sondern die Witwe eines Aufrührers geworden.«

»Mit mir als Gemahlin hätte Robin die Earlswürde zurückerobert.« Sie warf den Kopf in den Nacken. »Niemand und nichts hätte uns aufgehalten.«

»Stattdessen entschied er sich für die Liebe«, versetzte Finn ruhig. »Genau wie deine Schwester.«

»Es war die falsche Entscheidung, und er bezahlte sie mit dem Leben.«

Finn hatte das Bedürfnis zu gehen, doch sie redete weiter, als wäre er nicht da.

»Wenn ich schon einen Gordon heiraten musste, einen Feind meines Clans, dann wäre es keine solche Erniedrigung gewesen, hätte es sich um den ältesten oder den zweitältesten Sohn des Earl of Huntly gehandelt«, sagte sie bitter. »Aber nein, man fesselte mich lebenslang an den dritten Sohn, einen Mann mit wenig Format und wenig Besitz. Einen Mann obendrein, den meine Schwester zurückgewiesen hatte.« Sie senkte den Blick und atmete tief durch. »Ich musste es ihnen heimzahlen und mir zurückholen, was mir gehörte. Als meine Schwester mich aufsuchte und um Verzeihung bat, spuckte ich ihr ins Gesicht und ließ sie verfolgen, als sie fortritt. Dann verriet ich den Gordons, wo sie und Robin sich versteckten.«

»Wie konntest du nur?« Finn schüttelte den Kopf. »Sie vertraute dir.«

»Robin wurde wegen mir gefangengenommen.« Isabel sprach weiter, als habe sie ihn nicht gehört. »Und dennoch weinte ich, als sie sein aufgespießtes Haupt über dem Tor von Dunrobin ausstellten.«

Hätte sie gewusst, wer seine wirklichen Eltern waren – in diesem Punkt war Finn sich ganz sicher –, sie hätte ihn in der Wiege ermordet.

Ein paar Stunden später sah er zu, wie die Krieger der Gordons Isabel in Ketten legten und sie zu dem Boot führten, das sie nach Edinburgh zum Prozess bringen würde. Isabel hatte ihm seine Kindheit zur Hölle gemacht und ihn nie auch nur einen Anflug von Zuneigung spüren lassen. Sie hatte die Verwandten ihres Gemahls ermordet, zwei Menschen, die ihr nichts getan hatten, während sie als Gast unter deren Dach weilte.

Und dennoch verspürte Finn nichts als Traurigkeit, als sie abgeführt wurde. Das niederträchtige Vorhaben, ihren Neffen und dessen Eltern aus dem Weg zu schaffen, hatte dazu geführt, dass sie ihren eigenen Sohn umbrachte. Noch lange, nachdem das Boot am Horizont verschwunden war, stand Finn da und blickte nachdenklich in die Ferne.

Es war schon Abend, als Una ihm schließlich ausrichten ließ, dass Margaret wach war und nach ihm gefragt hatte. Die alte Frau empfing ihn vor der Tür zu ihrer Kammer.

»Gottlob hat sie keine Blutung.« Sie tätschelte ihm die Hand.

»Keine Blutung?« Sein Herz tat einen Satz. »Um Himmels willen, was ist nicht in Ordnung mit ihr?«

»Sie ist zäh.« Una lächelte. »Und viel stärker, als sie aussieht.«

Ihre Worte verstärkten nur Finns Sorge. Was enthielt Una ihm vor?

»Du hast allen Grund, dich auf ein gesundes Baby zu freuen.«

Margaret erwartete ein Kind? Plötzlich wurde Finn schwindlig, und er musste sich an der Wand abstützen. Es war ihm immer möglich erschienen, doch das war nicht dasselbe wie die Gewissheit, die er nun hatte. Der Gedanke, dass sie womöglich eine weitere Fehlgeburt erlebte – durch seine Schuld –, traf ihn wie ein Fausthieb in die Magengrube.

Er hatte sie nicht nur bei einer Mörderin zurückgelassen, sondern ihr womöglich auch noch das angetan.

Als er die Kammer betrat, saß Margaret im Bett. Sie legte ihre Nadelarbeit beiseite und schenkte ihm ein warmherziges Lächeln.

»Wie fühlst du dich?« Vorsichtig wegen der Hautabschürfungen nahm er ihre Hände in seine. Der Anblick schmerzte ihn.

»Bemerkenswert gut, nachdem Una mir etwas zu essen gebracht hat«, antwortete sie. »Du hättest sehen sollen, welche Mengen ich vertilgt habe.«

»Warum hast du mir nicht gesagt, dass du ein Kind erwartest?« Er musterte sie fragend.

»Weil ich mir erst sicher war, als Una mich darauf ansprach.«

»Es tut mir so leid.« Seine Stimme klang erstickt. »Ich weiß, dass du die Erfahrung nicht noch einmal machen wolltest.«

»Diesmal wird es anders sein, da bin ich mir sicher.« Sie drückte ihm die Hände. »Wenn ich das Kind gestern Nacht nicht verloren habe, werde ich es auch weiterhin nicht verlieren.«

Trotz all der Wunden und Prellungen umgab sie ein beinahe überirdisches Strahlen. Dennoch konnte Finn nicht vergessen, wie verzweifelt sie gewesen war, als sie ihm von ihrer Fehlgeburt erzählt hatte.

»Siehst du es denn nicht?« Sie schaute ihn zärtlich an. »Ich bin glücklich, weil ich dein Kind erwarte.«

»Du *willst* ein Kind von mir?«, fragte er erstaunt.

»Aber ja.« Sie blinzelte die Tränen fort.

Er zog sie in seine Arme und hielt sie ganz fest. Grundgütiger, er war nicht gut geeignet als Vater. Aber wenn Margaret das Kind tatsächlich zur Welt brachte, würde er sein Bestes versuchen. Und wenn sie das Kind verlor, würde er da sein, um sie zu trösten. Er wollte bei ihr sein, egal, was geschah.

»Du bist gekommen und hast mich gerettet.« Margaret lehnte sich in die Kissen zurück und sah Finn in die Augen. »Obwohl ich angekündigt hatte, dass ich dich verlassen würde.«

»Ich musste mich vergewissern, dass dir nichts passiert war«, erwiderte er schlicht.

Finn ahnte nicht, was es ihr bedeutete, dass er nach ihr gesucht hatte, zumal nach den Erfahrungen mit den Männern ihrer Familie und ihrem früheren Ehemann.

»Ich wollte nie wirklich zu meiner Schwester«, gestand sie leise. »Aber es gab so vieles, wovor ich Angst hatte. Angst, dich zu lieben. Angst, dass du mich verlassen würdest, wenn ich dich wirklich brauche.«

Es gab nur eins, wovor sie immer noch Angst hatte.

»Una erzählte mir, dass du Alex befreit hast«, wechselte sie das Thema. Sie wusste, dass Finn, ungeachtet seiner eigenen Ziele, seinen Cousin niemals im Stich lassen würde. Aber bedeutete das auch, dass er bereit war, zu Alex' Gunsten auf den Titel des Earl zu verzichten?

Finn nickte. Dann berichtete er, wie sie Alex gerettet hatten, und ließ dabei, wie sie vermutete, die gefährlichen Teile aus.

»Inzwischen dürfte Alex schon auf dem Weg nach Huntly sein«, schloss er sichtlich zufrieden.

»Es zeugt von Größe, dass du ihm das Leben gerettet hast.«

»Ich habe seinem Vater mein Wort gegeben, dass ich mich um ihn kümmere.«

Auch ohne das Versprechen hätte Finn den Jungen befreit, genau wie er sie befreit hatte.

»Es gibt da etwas, das ich dir beichten muss«, begann sie nach einem Moment zögernd. »Ich habe zufällig mit angehört, wie Gilbert dir erzählte, dass Robin Sutherland dein Vater war.«

Unvermittelt trat ein Ausdruck von Misstrauen in Finns Augen.

»Was wirst du tun?« Sie musterte ihn fragend. »Wirst du Anspruch auf deinen rechtmäßigen Titel erheben?«

Gespannt hielt sie den Atem an. Wie würde er sich entscheiden?

»Es tut mir leid, *mo rùin*, aber ich kann die Earlswürde nicht beanspruchen«, erwiderte Finn ruhig. »Wenn ich es täte, würde es Krieg zwischen den Sutherlands und den Gordons geben, und um die Sinclairs von unserem Land zu vertreiben, müssen wir zusammenstehen.«

Erleichtert atmete sie auf. Dann bemerkte sie, wie elend Finn aussah.

»Abgesehen davon kann ich Alex den Titel nicht wegnehmen«, fügte er leise hinzu. »Ich kann es nicht, nicht einmal für dich.«

»Ich hätte wissen müssen, dass du Alex nicht opfern würdest, selbst wenn du jedes Recht dazu hast.« Tränen liefen ihr über die Wangen. »Allein dafür könnte ich mich hoffnungslos in dich verlieben, wenn ich dich nicht längst von ganzem Herzen lieben würde.«

»Was?« Finns Augen weiteten sich. »Du willst nicht, dass ich Anspruch auf den Titel erhebe?«

»Wenn ich einen Earl hätte heiraten wollen«, sagte sie unter Tränen, »hätte ich bei meinen Brüdern bleiben können.«

Finn wirkte nicht überzeugt.

»Wenn du Earl of Sutherland wärst, würdest du unweigerlich in die gefährlichen Machenschaften der mächtigsten schottischen Edelleute und ihre wechselnden Bündnisse hineingezogen«, fuhr sie fort, ohne ihn aus den Augen zu lassen. »Du müsstest bei Hofe erscheinen und an den Sitzungen des Kronrates teilnehmen und wichtige Besucher empfangen. Aber ich will nicht, dass meine Brüder mich finden und versuchen, uns beide für ihre Zwecke zu benutzen – was sie ganz sicher tun würden.«

»Ich würde es nicht zulassen.«

Finn hatte nicht in den höfischen Kreisen gelebt – sie hingegen schon. Gleichgültig, was er versuchen würde, er wäre gezwungen, sich für eine Seite zu entscheiden. Es gab keinen neutralen Standpunkt inmitten der Mächtigen, nur Treibsand.

»Garty ist ein kleiner Besitz mit einem bescheidenen Wohnturm.« Er strich ihr eine Haarsträhne hinters Ohr. »Du aber solltest eine Countess sein und in einer großen Wohnburg mit vielen Dienern, wertvollem Geschmeide und feinen Gewändern leben.«

»Ich brauche nichts von alldem.« Sie schüttelte langsam den Kopf. »Mein Zuhause ist da, wo ich die Liebe gefunden habe. Mehr wollte ich nie.«

Finn verfügte über großen Charme, doch darunter verbarg sich eine tiefe Verletzung – niemand hatte ihm je das Gefühl gegeben, wirklich dazuzugehören. Obwohl er es all die Jahre vor sich selbst verheimlicht hatte, sehnte er sich genauso sehr nach einer Familie und einem Zuhause wie sie. Er glaubte immer noch, dass er es nicht wert war, geliebt zu werden, aber sie würde ihm das Gegenteil beweisen.

Sie würden sich ein gemeinsames Leben aufbauen, Kinder haben und ein Heim, das eine Zufluchtsstätte für sie alle war.

»Heirate mich.« Sie küsste ihn. »Heirate mich, Finn.«

Finn konnte sein Glück kaum fassen. Er lächelte Margaret zu, während sie ein spätes Frühstück verzehrten. Als er Ella dabei ertappte, dass sie den Hund fütterte – den sie und Una *Cù-sìthe*, Feenhund, genannt hatten –, drohte er ihr augenzwinkernd mit dem Finger. Sein Herz war übervoll. Niemals hätte er erwartet, einmal so glücklich zu sein.

Als ein Mann im Priestergewand in die Halle stürmte, sah er auf.

»Die Sinclairs haben Feuer in Dornoch gelegt. Die ganze Ortschaft brennt.« Der Priester hielt inne, um Atem zu schöpfen. »Sogar die Kathedrale haben diese gottlosen Heiden angezündet.«

Der Mann zitterte am ganzen Leib, im Gesicht hatte er Rußspuren.

»Setzt Euch, Pater.« Margaret nahm ihn beim Arm und führte ihn zu einem Stuhl. Dann schenkte sie ihm einen Becher Whisky ein.

»Gott segne Euch, Mädchen«, murmelte der Priester und trank den Whisky in einem Zug aus.

»Weshalb Dornoch?« Finn runzelte die Stirn. »Alex ist doch sicher längst nicht mehr dort.«

»Die Sinclairs nehmen Rache dafür, dass die Murrays dem Jungen bei der Flucht geholfen haben«, klärte der Priester ihn auf. »Als sie sie in Dornoch einkesselten, suchten die Murrays Zuflucht in der Kathedrale und in der Burg des Bischofs, weil sie dachten, dort wären sie sicher.«

Mit dem Angriff auf die Kathedrale und den Bischofssitz riskierten die Sinclairs, exkommuniziert zu werden.

»Ich fürchte, ihre Situation ist hoffnungslos«, fuhr der Priester niedergeschlagen fort. »Ein paar von den Murrays haben sich im Kirchturm verschanzt, und in der Burg, die nicht für eine Belagerung ausgerüstet ist, sitzen Lachlan und die anderen in der Falle.«

Die Sinclairs bestraften die Murrays, weil sie Alex befreit hatten.

»Wer hat den Angriff angeführt?«, fragte Finn knapp.

»Der älteste Sohn ihres Stammesfürsten, John, Master of Caithness.« Der Priester senkte den Blick. »Er ist ein erbarmungsloser Hundesohn.«

»Und dabei noch nicht einmal der schlimmste von ihnen«, erwiderte Finn sarkastisch. »Vielleicht lässt er mit sich handeln.«

»Darum bin ich hier.« Der Priester schaute ihn an. »Er sagt, er redet nur mit Euch. Wenn Ihr morgen Mittag nicht da seid, stürmt er den Bischofssitz und verschont keinen.«

»Warum ich?«, fragte Finn, obwohl er ahnte, weshalb.

»Weil Ihr der Hausierer wart, der Alex Òg die Flucht ermöglicht hat, sagt er.«

Finn nickte. John Sinclair wollte mehr als nur mit ihm reden. Das Verhandlungsangebot, das die Chance zu bieten schien, ein Massaker an den Murrays zu verhindern, war nur ein Köder, von dem John wusste, dass Finn anbeißen würde.

»Er sagt, wenn Ihr nicht kommt, greift er als Nächstes Helmsdale an.«

Damit zog John die Schraube an. Finn hatte keine Wahl.

Vor einer Stunde noch hatte er sich die Zukunft, das Leben mit seiner geliebten Margaret an seiner Seite, in den rosigsten Farben ausgemalt. Er hatte zu träumen gewagt, wie es sein würde, mit ihr alt zu werden und zu erleben, wie Ella und vielleicht weitere Kinder aufwuchsen.

Morgen würde er nach Dornoch reiten, auch wenn es ungewiss war, ob er zurückkehrte. Aber er konnte nicht sein eigenes Glück und nicht einmal das von Margaret über das Leben so vieler rechtschaffener Männer stellen. Das Einzige, was er für Margaret und Ella zu tun vermochte, war, sicherzustellen, dass sie ein Zuhause auf einem Stück Land hatten, das ihnen gehörte, einen Zufluchtsort, an dem sie sicher waren.

»Ich begleite Euch morgen früh nach Dornoch.« Finn beugte sich näher zu dem Geistlichen und murmelte: »Aber heute Abend müsst Ihr etwas für mich tun.«

»Was wolltest du von dem Priester?«, fragte Margaret, als er sie in ihre Kammer brachte, um mit ihr zu sprechen.

»Ich möchte, dass er uns noch heute Abend vermählt.« Er ergriff Margarets Hände. »Wir sprechen unser Gelübde vor dem gesamten Haushalt, dann soll der Priester unseren Ehebund segnen, und anschließend feiern wir ein Fest.«

Wenn der Priester sie traute, waren sie in den Augen der Kirche ein Paar, und bei so vielen Zeugen würden weder seine Verwandten noch ihre die Eheschließung anfechten können.

»Ein Hochzeitsfest, wenn wir nur ein paar Stunden Vorbereitungszeit haben?« Sie lächelte strahlend. »Sicher können wir damit doch warten, bis du zurück bist.«

»Nach allem, was geschehen ist, wissen wir beide, dass wir besser nichts aufschieben«, sagte er ernst. »Ich will keinen Tag länger warten, bis du meine Frau bist.«

Margaret zog die Brauen zusammen. »Wie gefährlich ist es für dich, dich mit dem Anführer der Sinclairs zu treffen? Ich dachte, ihr wolltet miteinander verhandeln.«

Finn hätte sich auf die Zunge beißen mögen. Warum hatte er die Sache mit dem Aufschieben erwähnt? Er wollte sie nicht belügen, aber er wollte auch, dass sie an ihrem Hochzeitstag glücklich war.

»Ach, wir reden nur. Mach dir um mich keine Sorgen.« Lächelnd zwinkerte er ihr zu. »Aber es würde mich freuen, wenn ich wüsste, dass meine Ehefrau und meine Tochter auf mich warten. Ich möchte, dass wir drei eine Familie werden.«

33. Kapitel

Die Diener würden wenig begeistert sein, dass sie nur ein paar Stunden Zeit hatten, um das Fest vorzubereiten. Erst recht, so vermutete Margaret, für eine Hochzeitsfeier, von der sie glaubten, dass sie längst stattgefunden hatte. Doch wie sich herausstellte, begrüßten alle die Aussicht auf ein Fest als willkommene Abwechslung zu den Tragödien der letzten Tage.

Der gesamte Haushalt warf sich mit ungeheurer Tatkraft auf die Vorbereitungen. Die Männer stellten Tische auf und holten Wein und Ale aus dem Gewölbe, die Frauen tummelten sich in der Küche, und die Kinder rannten nach draußen und pflückten Blumen.

Lachend schoben die Frauen Margaret aus der Küche.

»Aber es gibt doch so viel zu tun«, protestierte sie hilflos.

»Und unsere ganze harte Arbeit wird umsonst sein, wenn die Braut nicht fertig ist«, hielt Una ihr vor Augen. »Ich habe ein warmes Bad für Euch vorbereiten lassen. Und Ella könnte auch eines gebrauchen.«

Nach einem Blick auf ihre Tochter, die beide Hände in eine der Teigschüsseln auf dem Arbeitstisch getaucht und sich sogar Teig ins Gesicht geschmiert hatte, gab Margaret nach. Sie seufzte. Wenigstens war Teig leicht abzuwaschen.

Nachdem sie und Ella gebadet hatten, zog sie der Kleinen ein Kleid an, das sie selbst genäht hatte, und flocht ihr ein Band ins Haar. Sie selbst wählte eines der Gewänder, die die Countess ihr geschenkt hatte. Es war für festliche Gelegenheiten gedacht, daher hatte sie es nie getragen. Sie strich über den kostbaren

Stoff und war Helen dankbar für ihre Freundlichkeit. Das Kleid eignete sich hervorragend für die Hochzeit.

»Man könnte fast denken, die Countess hätte es gewusst«, sagte Una, als sie Margaret das Mieder im Rücken schloss. »Blau ist eine Glücksfarbe für eine Braut, und das Gewand passt Euch perfekt. Auch das ist ein gutes Zeichen.«

Eins der Kinder brachte ihr einen Strauß Maiglöckchenheide als Haarschmuck, auch das war ein Glückssymbol. Hoffnung stieg in Margaret auf, als sie die zarten Reiser mit den weißen Blüten in ihrem Haar befestigte. Im Gegensatz zu ihrer ersten Ehe würde diese glücklich werden.

Aber wenn sie in der Ehe mit William nicht so schrecklich gelitten und er sie nicht verstoßen hätte, dann wäre sie jetzt nicht hier, um den Mann zu heiraten, den sie liebte. Den Mann, für den sie bestimmt war.

Una hielt den Spiegel hoch, damit Margaret sich darin betrachten konnte. Ihre Augen funkelten vor Glück. Als sie sich lächelnd zu Ella umdrehte, musterte das Kind sie staunend. Gewänder wie dieses waren für Margaret eine Selbstverständlichkeit gewesen, doch ihre Tochter hatte sie in einem solchen Kleid noch nie gesehen.

»Ich möchte auch schön sein«, sagte das kleine Mädchen schüchtern.

»Du bist schön.« Margaret beugte sich zu dem Kind herunter und steckte ihm ein Reis Maiglöckchenheide ins Haar. »Und außerdem bist du klug und lieb und tapfer. Du bist die Tochter, die ich immer haben wollte.«

Lautes Klopfen an der Tür ertönte, gefolgt von Gekicher und einem Ruf: »Alles wartet auf die Braut!«

Margaret berührte die Onyxbrosche, die sie sich ans Mieder gesteckt hatte, und schloss für einen kurzen Moment die Augen. Schade, dass ihre Schwestern und ihre Cousine Lizzie nicht sehen konnten, wie glücklich sie war. Dann nahm sie

Ella bei der Hand und musste sich zurückhalten, um nicht vor Freude zu hüpfen.

Als sie Finns ansichtig wurde, tat ihr Herz einen Satz. Er war auf eine fast geheimnisvolle Weise attraktiv in seinem Plaid, und sein Blick wurde weich, als sie vor ihn hintrat. Da alle Welt glaubte, dass sie den Ritus des *Handfasting* schon hinter sich hatten, hätten sie ihre Gelübde auch unter vier Augen sprechen können, sodass der Priester ihnen lediglich noch seinen Segen vor den versammelten Zeugen erteilen müsste. Doch als Finn den symbolischen Leinenstreifen um ihre aneinandergelegten Handgelenke wickelte und sein Versprechen ablegte, wusste sie, dass es richtig von ihm gewesen war, darauf zu bestehen, dass sie es so machten, wie sie es gerade taten.

Am liebsten hätte sie ihr Glück, dass sie einander, allen Widrigkeiten zum Trotz, gefunden hatten, laut herausgeschrien. Sie hatten eine Lüge in ihre ganz eigene Wahrheit verwandelt, Entführung und Flucht in Rettung und Erlösung, Angst und Misstrauen in Hoffnung und Liebe.

Als Margaret ihr Versprechen ablegte, sagte sie ihren vollen Namen, Margaret Elisabeth Douglas, so leise, dass nur sie selbst und Finn ihn verstehen konnten.

Ella und Una standen in der ersten Reihe der Menschen, die sie umgaben.

»Komm.« Finn streckte die Arme nach Ella aus.

Das Mädchen rannte zu ihm, und er fing sie auf, küsste sie auf die Wange, dann hob er sie hoch, damit alle in der Halle sie sehen konnten.

»Ich nehme dieses Kind als mein eigenes an und gebe ihm meinen Namen«, verkündete er laut und vernehmlich.

Tränen schossen Margaret in die Augen. Finn hatte sie noch glücklicher gemacht, als sie es schon war. Dass er Ella liebte, wusste sie, aber es wäre ihr nie in den Sinn gekommen, dass er sie in aller Form als seine Tochter annehmen würde. Wenn ein Highlander so etwas tat, dann besaß das betreffende Kind denselben Status und dieselben Rechte wie die ehelichen Söhne und Töchter. Ella würde nicht als Stiefkind aus einem unbekannten Clan aufwachsen, das nie wirklich dazugehörte.

»Und als mein einziges Kind«, fuhr Finn fort, »ist meine kleine Tochter meine Erbin, sofern meine Gemahlin mir keinen Sohn schenkt.«

Margaret erstarrte vor Angst. Nun wusste sie, weshalb Finn darauf bestanden hatte, dass ihre Heirat noch heute stattfand, weshalb er wollte, dass der Priester ihnen seinen Segen gab, weshalb er Ella in aller Öffentlichkeit als seine Tochter annahm und sie als seine Erbin bestimmte. Es war diese letzte, scheinbar unnötige Erklärung, die ihn verriet. Als seine Gemahlin konnte Margaret Garty nicht erben.

Nur sein Kind konnte das.

Mit diesem Schritt hatte Finn sichergestellt, dass sie und Ella ein Zuhause hatten, falls er nicht zurückkehrte. Margaret verbarg ihre Sorge, wie sie es so oft getan hatte, und stimmte in den allgemeinen Jubel ein.

Finn trug seine Braut über die Schwelle ihrer gemeinsamen Kammer und gab der Tür einen Tritt, sodass sie hinter ihnen zufiel. Der Lärm der Feiernden in der Halle war nur noch gedämpft zu hören. Als er Margaret sanft absetzte, sah sie zu ihm auf, und er umfasste ihr Gesicht.

»Ich liebe dich, mein Gemahl«, sagte sie ernst. »Und ich werde dich immer lieben.«

Finn schluckte schwer. Die Kehle war ihm eng geworden bei Margarets Worten. So viele Frauen hatten seine Gesellschaft genossen, aber mehr als eine lustvolle Nacht hatte er sich nie zugetraut. Vielleicht, weil er nie damit gerechnet hatte, dass er geliebt würde. Und von dieser zauberhaften Frau, die sein Herz besaß, geliebt zu werden, war eine unvorstellbare Gnade.

Er verdiente Margarets Liebe nicht, doch sie schenkte sie ihm trotzdem.

»Ich kann immer noch nicht glauben, dass du wirklich meine Frau bist«, murmelte er rau. »Du machst mich zu einem glücklichen Mann.«

Wie an dem Abend, als sie das erste Mal das Bett geteilt hatten, kämmte er ihr das Haar, ließ die langen hellen Strähnen durch seine Finger gleiten. Er hatte Tränen in den Augen, als er sie entkleidete und all die Prellungen und Hautabschürfungen sah, die sie sich bei dem Sturz in den Abgrund zugezogen hatte.

Sie würde auch noch schön sein, wenn ihr Haar weiß und ihr Gesicht voller Falten war, denn ihre Schönheit kam von innen. Finn betete, dass er die Chance haben würde, mit ihr zusammen alt zu werden. Und wenn nicht, würde er sich dennoch als einen glücklichen Mann bezeichnen, weil er von ihr geliebt worden war.

Er liebte sie vorsichtig, besorgt wegen ihrer Verletzungen. Immer wieder sagte er ihr, wie sehr er sie liebte, und versuchte ihr mit jeder Berührung zu zeigen, wie kostbar sie für ihn war.

Als sie in seinen Armen einschlief, umspielte ein Lächeln ihre Lippen. Er ließ die Kerze brennen, damit er sie betrachten konnte. Diese letzten kurzen Stunden mit seiner Frau im Arm wollte er wach genießen. Vorsichtig, um sie nicht zu wecken, ließ er seine Finger durch ihr Haar gleiten und atmete ihren Duft ein. Es erschien ihm kaum möglich, sich noch mehr in sie zu verlieben, doch mit jedem Schlag seines Herzens liebte er sie mehr.

Seine große Liebe, seine Frau.

Als der Morgen anbrach, liebte er sie ein letztes Mal, versuchte die Verzweiflung, die er bei dem Gedanken an den Abschied verspürte, nicht zu zeigen. Aber er musste gehen. Das Leben der Eingeschlossenen in Dornoch, rechtschaffener Männer, die ihm geholfen hatten, Alex zu retten, hing von ihm ab.

Sie frühstückten mit Ella zusammen, doch dann konnte er den Aufbruch nicht länger hinauszögern. Der Priester saß schon auf seinem Pferd und wartete beim Tor.

Finn hob Ella hoch und warf sie in die Luft, um ihr Lachen noch einmal zu hören. Er küsste sie auf die Wange und stellte sie auf die Füße. Dann nahm er Margaret in die Arme und hielt sie fest. Er küsste sie und sog den Anblick ihres schönen Gesichts in sich auf.

»Ich muss aufbrechen, meine Liebste. Mit etwas Glück bin ich bei Anbruch der Dunkelheit wieder da.« Er gab sie frei und schwang sich ebenfalls in den Sattel. »Lachlan wird bald zurückkommen«, versicherte er Una, die zusammen mit Margaret und Ella in den Burghof gekommen war, um ihn zu verabschieden.

»Ich brauche dich«, sagte Margaret mit zittriger Stimme. »Darum tu alles, dass du wiederkommst.«

Er wusste, er war verloren ohne sie, aber wenn er nicht zurückkam, würde Margaret den Verlust und die Trauer durchstehen, dessen war er sicher. Ihr sanftes Wesen und ihre zarte Gestalt verbargen eine Stärke, auf die sie sich verlassen konnte.

Anders als für ihn war Garty für sie mit keinerlei schlechten Erinnerungen verbunden. Sie würde unabhängig sein und wieder glücklich werden. Vielleicht erfuhren ihre Brüder irgendwann, wo sie war, aber die Gordons würden sie beschützen. Dafür würde Alex sorgen.

34. Kapitel

Rauch hing über der Ortschaft und brannte Finn in der Kehle, als er Seite an Seite mit dem Priester durch die schwelenden Überreste der niedergebrannten Häuser ritt. Krieger der Sinclairs belagerten die Burg und die ausgebrannte Kathedrale, die sich in der Mitte der Stadt erhob.

»Ein paar von den Murrays sitzen dort in der Falle«, rief ihm der Priester in Erinnerung und deutete auf den Glockenturm, der alles war, was von dem Gotteshaus noch stand.

Vor den Reihen der bewaffneten Krieger, die die Burg belagerten, zügelte Finn sein Pferd. Als er hochblickte, entdeckte er Lachlan unter den Männern der Murrays, die von den Zinnen herunterspähten.

»Wenn die Sache schiefgeht, bringt mein Pferd zu meiner Frau«, bat Finn den Priester. Dann saß er ab. Er tätschelte *Ceò* den Hals und ging auf die Krieger zu.

Ihr Anführer erwartete ihn, daher ließen ihn die Sinclairs wortlos zu ihm durch.

Das Gesicht und die Rüstung rußgeschwärzt, stand John, Master of Caithness, inmitten einer Gruppe seiner Männer. Hinter ihm waren zwei Kirchenbänke, die offensichtlich aus der Kathedrale stammten, im Freien aufgestellt.

John bedeutete ihm, Platz zu nehmen, und Finn setzte sich und streckte die Beine aus. Aus dem Augenwinkel entdeckte er den Stammesfürsten der MacKays, der Barbaras Liebhaber und ein enger Verbündeter der Sinclairs war, inmitten seiner Krieger. Dass MacKay sich an dem Angriff beteiligt hatte, wunderte Finn nicht besonders, aber er war erleichtert, dass John ihn nicht in die Verhandlung einbezog.

John machte eine Handbewegung, und die Männer vergrößerten den Kreis um die Bänke, sodass die Unterredung vertraulich vonstattengehen konnte. Erst als sich keiner der Krieger mehr in Hörweite befand, ergriff Finn das Wort.

»Es ist eine Sache, ein paar Rinder zu stehlen und hier und da ein Feld in Brand zu setzen, aber die Kathedrale niederzubrennen und den Bischofssitz zu belagern?« Finn verschränkte die Arme vor der Brust und schüttelte den Kopf. »Dafür werdet ihr in der Hölle schmoren, und das bedeutet, dass du deinem Vater nicht einmal im Tode entkommen wirst, denn wie wir alle wissen, wird er genau dort landen.«

John schnaubte verächtlich. »Du bist ja nur wütend, weil es mir gelungen ist, deine Freunde einzukesseln, die Murrays.«

»Deine Großmutter wird enttäuscht sein, wenn sie hört, was du angerichtet hast«, fuhr Finn unbeirrt fort. »Die verwitwete Lady Sinclair glaubt noch immer an das Gute in dir.«

»Sie starb vor zwei Wochen«, versetzte John ausdruckslos.

Finn wartete, bis die Traurigkeit in ihm abgeebbt war. Er hatte Mary immer gern gemocht, und umso mehr, seit er wusste, welche Rolle sie bei seiner Rettung als Neugeborener gespielt hatte. Mit ihrem Tod hatte er die letzte Verbündete verloren, die an Johns Menschlichkeit zu appellieren vermochte.

»Hör zu, John, willst du wirklich, dass das Blut dieser tapferen Männer an deinen Händen klebt?« Finn schüttelte den Kopf. »Du bist nicht wie dein Vater.«

»Ich bin sein Sohn«, erwiderte John ungerührt. »Lass uns zur Sache kommen.«

»In Ordnung.« Finn nickte. »Was willst du haben, um diese Männer gehen zu lassen?«

John log und drohte, wie nicht anders zu erwarten, aber sie kamen zu einer Einigung, die den Murrays die Haut retten würde. Im Austausch für das freie Geleit, das er ihnen zusagte, sollten sie einwilligen, George Sinclairs Herrschaft während Alex' Minderjährigkeit nicht anzufechten. Wie üblich forderte John drei Geiseln, um die Abmachung abzusichern.

»Garantierst du ihre Unversehrtheit?«, fragte Finn, obwohl sich dies eigentlich von selbst verstand.

»Natürlich.« John klang beleidigt. »Du hast mein Wort darauf.«

Finn rief die Vereinbarungen zu Lachlan und seinen Clansleuten hinauf. Sie brauchten nicht lange, um zu einem Ergebnis zu kommen.

»Wir akzeptieren«, rief Lachlan herunter. »Wir ziehen Lose für die Geiseln und schicken sie als Erste hinaus.«

»Da die Sache geregelt ist, kann ich wohl gehen.« Finn stand auf.

»Es gibt eine Bedingung, die du noch erfüllen musst«, hielt John ihn auf. »Sonst metzele ich sie allesamt nieder.«

Verdammt. Finn wusste, wie sie lautete, ohne dass John sie aussprechen musste.

»Ist das wirklich notwendig, John?«, fragte er ohne viel Hoffnung.

»Du hättest jemand anderen schicken sollen, der Alex benachrichtigt.« John zuckte mit den Schultern. »Aber du musstest ja selbst als Bettler verkleidet nach Dunrobin kommen und meinen Vater demütigen.«

»Was hat mich verraten?«

»Der Hund.« John lachte trocken. »Barbara beobachtete, wie du den einäugigen Mischling mitgenommen hast. Nachdem Alex geflohen war, zählte sie zwei und zwei zusammen.«

Barbara, natürlich. Wenigstens befand sich Alex auf Huntly Castle in Sicherheit und war sie und den Rest der Sinclairs los.

»Glaubst du, dass du dir damit doch noch die Anerkennung deines Vaters verschaffen kannst?«, fragte Finn, wohl wissend, dass er Salz in eine offene Wunde streute. »Dass du William als seinen Lieblingssohn vom Thron stoßen kannst?«

»Mein Vater wird mir dankbar sein, dass ich die Murrays gefasst und sie gezwungen habe, sich zu meinen Bedingungen zu ergeben.«

»Du bist der bessere Sohn, wohlgeratener als seine anderen Kinder, aber du wirst die Meinung deines Vaters nicht ändern können«, prophezeite Finn nüchtern. »Ich als ebenfalls benachteiligter Sohn weiß, wovon ich rede.«

»Jedenfalls bin ich der Sohn, der meinem Vater das liefert, was er will.« John deutete mit einem Zeigefinger auf ihn. »Und er will dich.«

Als sie auf Girnigoe ankamen, durften die drei Geiseln ohne Fesseln in den Burghof reiten. Finn dagegen wurde gezwungen, zu Fuß zu gehen – mit einer Schlinge um den Hals. Sämtliche Zweifel, dass er keine Geisel war, sondern ein Gefangener, waren damit beseitigt.

Er ahnte, dass etwas nicht stimmte, sobald sie das erste Tor der Festung passiert hatten und die Zugbrücke auffallend schnell hinter ihnen hochgezogen wurde. MacKay schien ebenfalls Ungemach zu ahnen, denn er wendete sein Pferd und galoppierte über die schräg in der Luft hängende Brücke, setzte über die Felsspalte und schaffte es, auf der anderen Seite zu landen.

»Lauft!«, schrie Finn den Geiseln zu.

Er entwendete dem Sinclair-Krieger, der ihn festhielt, den Dolch und durchtrennte das Seil, das sie aneinanderband. Es war ein zum Scheitern verurteilter Versuch, da er zu Fuß war und noch viel zu weit entfernt von der Zugbrücke, die sich mit einem dumpfen Knall schloss, als ihn mehrere der Sinclair-Krieger überwältigten.

Diesmal wurden Finns Hände gefesselt, und John griff persönlich nach dem Seilende. Ohne Aufenthalt ritt er durch das nächste Tor und in den inneren Burghof, wo sein Vater bereits wartete.

»Kettet diese Gefangenen an Händen und Füßen aneinander, und stellt sie in einer Reihe auf«, befahl George herrisch.

Finn wehrte sich vergeblich, als die eisernen Fesseln sich um seine Hand- und Fußgelenke schlossen.

»Die Murrays sind Geiseln, keine Gefangenen, Vater«, wandte John ein.

George wirbelte zu seinem Sohn herum. In seinen Augen stand eine solche Wut, dass Finn nicht umhinkonnte, John dafür zu bewundern, dass er nicht zurückwich, als sein Vater auf ihn zustürmte und so dicht vor ihm stehen blieb, dass sich ihre Nasen praktisch berührten.

»Ich habe nicht zugestimmt, Geiseln zu akzeptieren«, knurrte er zwischen zusammengebissenen Zähnen hindurch.

»Du hast mich beauftragt, die Sache mit den Murrays zu erledigen«, erwiderte John fest. »Ich habe ausgehandelt …«

»Du hast die Murrays gehen lassen!« George brüllte fast. »Ich hatte dir nicht aufgetragen, sie zu schonen.«

»Du hast mir die Aufgabe übertragen, und ich habe sie erledigt«, hielt John dagegen. »Ich habe sie gut erledigt.«

George streckte den Arm seitlich aus und schnippte mit den Fingern. »Mein Schwert!«

Einer seiner Krieger reichte ihm sein Zweihandschwert. Georges mächtiger Oberkörper drehte sich, als er ausholte, dann schlug er der ersten Geisel den Kopf von den Schultern.

Grundgütiger! Selbst Georges Krieger wirkten entsetzt, dass ihr Stammesfürst die ungeschriebenen Gesetze der Highlands missachtete, indem er eine Geisel brutal exekutierte.

»Das kannst du nicht tun, Vater!«, rief John schockiert, als George vor die nächste Geisel hintrat. »Ich habe mein Wort gegeben, dass diesen Männern nichts geschieht.«

»Ich bin der Stammesfürst der Sinclairs, nicht du«, brüllte George unbeherrscht.

»Aber ich …«

Der Einwand hatte Johns Lippen kaum verlassen, als der zweite blutige Kopf über den Boden rollte.

»Ich weiß, dass du dich gegen mich verschworen hast.« George wandte sich jäh zu ihm um. »Du willst meinen Platz einnehmen. Was lässt dich glauben, du wärst Manns genug, mich vom Thron zu stoßen und ihn selbst zu besteigen?«

»Du irrst!«, protestierte John. »Ich war immer loyal.«

»Die alte Hexe prophezeite mir, dass mein Sohn sich gegen mich erheben würde, und jetzt sehe ich, dass es wahr ist.« George hielt inne. »Du hast dich hinter meinem Rücken mit MacKay verbündet, und dann habt ihr meine Feinde gehen lassen.«

George trat vor Finn und die letzte Geisel. Blut tropfte von seinem Schwert. Finn schloss die Augen. Das war das Ende. Wenigstens würde es schnell gehen. Er sagte ein Gebet und beschwor das Bild von Margaret, die Ella hielt, vor seinem inneren Auge. Sein letzter Gedanke würde den beiden gelten.

Das Schwert sauste durch die Luft, dann rollte der dritte Kopf.

In dem Verlies war es pechschwarz, doch langsam gewöhnten sich Finns Augen an die Dunkelheit, und er konnte den Umriss seines Mitgefangenen ausmachen, der an der gegenüberliegenden Wand angekettet war.

»Ich hätte daheim bleiben sollen bei meiner Braut«, sagte Finn trocken. »Du bist wirklich der letzte Mensch, mit dem ich den kläglichen Rest meines Lebens verbringen will.«

»Mach dir keine Sorgen. Mein Vater wird mich nicht so lange hierlassen«, erwiderte John verächtlich. »Du stirbst allein.«

Finn lachte auf. »Da wäre ich nicht so sicher.«

»Wenn mein Vater mich töten wollte, hätte er es gleich getan. Genau wie die Geiseln.«

Vielleicht schaffte es nicht einmal George Sinclair, seinen eigenen Sohn umzubringen. Doch das erklärte nicht, wieso Finn noch am Leben war. Entweder hatte George eine Verwendung für ihn, oder aber er plante, ihn zu foltern. Finn zerrte an seinen Ketten, doch sie waren fest in der Wand verschraubt.

Nach ein paar Stunden brachten zwei Wachmänner Essen und Ale und stellten es vor John ab.

»Und was ist mit mir?«, fragte Finn, als er nichts bekam.

»Du hungerst, du Teufel von einem Gordon«, gab ihm einer der Männer Auskunft.

»Ich habe Seite an Seite mit eurem früheren Stammesfürsten gekämpft!«, rief Finn den beiden hinterher, als sie die Treppen hinaufstapften.

Ab da wartete Finn jedes Mal, wenn das Essen gebracht wurde, darauf, dass John ihm etwas anbot. Nach zwei Tagen war Finns Zunge geschwollen und sein Durst größer als sein Stolz.

»Würdest du mir einen Schluck von dem Ale übrig lassen?«, fragte er krächzend. »Wenn du den Becher mit deinem Fuß zu mir herüberschiebst, kann ich ihn, glaube ich, erreichen.«

»Das Ale würde nur verschüttet«, erwiderte John ungerührt. »Und das Unvermeidliche nur aufgeschoben.«

»Deine Aussichten sind genauso schlecht.«

Langsam, aber sicher gewann er den Eindruck, dass George ihn nur deshalb am Leben gelassen hatte, um ihn in seinem Kerker eines langsamen, qualvollen Todes sterben zu sehen. Den Hunger konnte er aushalten, aber der Durst trieb ihn in den Wahnsinn.

Das Bild von Margaret erschien ihm so wirklich, und sie sich vorzustellen war besser, als sie nicht zu sehen. Er hatte ihr so viel zu sagen. Seine Zunge war angeschwollen, und er konnte nicht sprechen, aber sie verstand ihn auch ohne Worte. Sie war in seinen Gedanken und in seinem Herzen.

In der Schwärze des Kerkers konnte er nicht entscheiden, ob es Nacht war oder Tag. Anfangs hatte er versucht, die verronnene Zeit zu schätzen, indem er zählte, wie oft die Wachen kamen, um John Essen zu bringen, aber er hatte das Zeitgefühl völlig verloren und keine Ahnung, wie lange er schon hier war.

Es gab keine Hoffnung, Girnigoe Castle zu entrinnen, aber er war fest entschlossen, so lange zu überleben, wie er konnte. Schon allein, um die langen Unterhaltungen, die er in Gedanken mit Margaret führte, nicht aufgeben zu müssen. Er lag auf dem kalten Fußboden und stellte sich vor, es sei ihr Schoß, und sie striche ihm mit den Fingern durchs Haar.

Das nächste Mal, als die Wachen kamen, machte Finn sich nicht die Mühe, den Kopf zu heben.

»Der Stammesfürst will dich sehen«, hörte er einen von ihnen sagen.

»Ich wusste doch, dass mein Vater nachgeben würde.« John streckte die Hände aus, damit die Männer ihm die Handschellen abnehmen konnten.

»Es ist der Gordon, den er sehen will«, sagte der Wachmann und wandte sich zu Finn um. »Er will, dass du munter bist.«

Er stellte einen Napf mit Brei und einen großen Krug Ale vor Finn hin.

Anscheinend wollte George doch etwas von ihm. Gierig trank Finn das Ale, darauf bedacht, keinen einzigen kostbaren Tropfen zu verschütten. Obwohl er heißhungrig war, nahm er sich Zeit und aß nur ein paar Löffel voll von dem Brei. Er wusste, dass sein geschrumpfter Magen mehr nicht vertragen würde. Die Wachmänner warteten geduldig, bis er den Napf beiseitestellte und den letzten Schluck Ale austrank.

Seine Ketten rasselten gegen die Steinstufen, als die Wachleute ihn die Treppen hinauf und durch einen niedrigen Durchgang hinaus in den Burghof führten, in dem die drei Geiseln getötet worden waren.

Die Peitsche in der Hand, stand George Sinclair da und wartete auf ihn.

»Bindet ihn an«, befahl er den Wachen. »Und dann lasst uns allein.«

Als man ihr mitteilte, dass Finn als Geisel genommen worden war, wusste Margaret, dass sein Leben in Gefahr war. Die Krieger der Gordons versicherten ihr, dass die Geiseln verschont würden, solange die Murrays Frieden wahrten. Selbst der Stammesfürst der Sinclairs, so sagten sie, würde nicht so tief sinken, die Gesetze der Highlands zu missachten.

Margaret glaubte ihnen nicht. Die Wachen wollten ihr nicht helfen, doch Una kannte ein paar Fischer aus dem Sutherland-Clan, die bereit waren, Finns Frau nach Girnigoe zu bringen.

Im dichten Nebel war der Umriss der Festung kaum auszumachen. Sie erhob sich hoch über der See auf einer schmalen Landzunge, die steil ins Meer herabstürzte. Obwohl Margaret auf dem offenen Boot nass geworden war und fror, war sie dankbar, dass Nebel und Sprühregen den Mond verbargen. So würden die Wachen auf der Burg das kleine Fischerboot nicht sehen, wenn es in den Meeresarm neben der Landzunge einbog.

»Ihr müsst vor der Dämmerung aufbrechen«, schärfte sie den Fischern eindringlich ein. »Wenn ich dann noch nicht zurück bin, fahrt ohne mich los.«

Es hatte keinen Sinn, die Männer in noch größere Gefahr zu bringen als ohnehin schon. Wenn ihr Plan scheiterte und man sie schnappte, würden die Sinclairs nach den Männern suchen, die sie hergebracht hatten, und selbst wenn es Soldaten gewesen wären und nicht Fischer, hätten sie der Übermacht der Sinclair-Krieger nicht standhalten können.

Sie blieb auf dem nassen Sandstrand der Bucht stehen und ließ sich Finns Worte aus der Nacht, als sie nach Norden gesegelt waren und er ihr erzählt hatte, wie er Girnigoe mit der Hilfe von Mary Sutherland Sinclair durch einen geheimen Gang verlassen hatte, noch einmal durch den Kopf gehen. Er hatte gesagt, der Gang münde in einer Höhle auf halber Höhe der Klippe ... Da, sie konnte sie sehen!

Der Wind peitschte ihr das nasse Haar ins Gesicht, als sie die schlüpfrigen schwarzen Felsen hinaufkletterte. Einmal glitt sie aus und stieß sich das Knie an, doch dann stand sie in der Höhle vor dem Eingang des Tunnels. Sie griff in ihren Umhang und berührte die Onyxbrosche, die sie an der Innenseite ihres Mieders befestigt hatte. Dann holte sie tief Luft und betrat den Gang.

Mit den Fingerspitzen tastete sie sich an der grob behauenen Steinwand entlang. Sie hatte geglaubt, die Nacht wäre dunkel, doch im Innern des Tunnels war es so schwarz, dass man die Hand vor Augen nicht sah. Je mehr Zeit verging, desto mehr fürchtete sie um Finns Leben und wäre am liebsten gerannt, doch der Untergrund des Tunnels war von Geröll bedeckt, sodass sie langsam gehen musste. Als etwas über ihren Fuß glitt, hätte sie um ein Haar laut aufgeschrien, ebenso, als sie das Schlagen von Flügeln hörte. *Fledermäuse!* Sie spürte einen Luftzug, als eines der Tiere nahe an ihr vorbeiflog.

Hatte Finn erwähnt, dass der Tunnel so lang war? Sie fragte sich, ob es wirklich ein Tunnel war oder nur eine besonders lange Höhle. Als die Wände immer näher zu rücken schienen, hatte sie Angst, sich verirrt zu haben. Trotzdem ging sie weiter.

Plötzlich trat ihr Fuß auf etwas Festes. Sie ging in die Hocke und ertastete drei Stufen, darüber eine senkrechte hölzerne Platte.

Sie hatte die Tür gefunden, die in die Burg führte.

Finn trieb in einem Meer von Schmerz. Als er an die Oberfläche kam, schnappte er nach Luft. Er hatte geglaubt, längst tot zu sein. Dann wünschte er sich, er wäre es.

Die qualvollen Schmerzen, die der herniederprasselnde Regen auf der zerfetzten Haut seines Rückens verursachte, hatten ihn zu sich kommen lassen. Er wusste nicht mehr, wie viele Peitschenhiebe George ihm verpasst hatte, ehe er ohnmächtig geworden war. Er legte den Kopf in den Nacken, damit der Regen auf seine ausgetrocknete Zunge fiel. Als er merkte, dass er das Bewusstsein verlor, schreckte er auf und fing sich gerade noch rechtzeitig ab, ehe er stürzte.

Dann machte er eine Bestandsaufnahme seiner Situation. Es war dunkel, er war durchgefroren bis auf die Knochen, sein Verstand gehorchte ihm nur schwerfällig. Irgendwann fiel ihm auf, dass seine Arme und seine Schultern wehtaten, weil er an einer langen Kette, die an seinen Handgelenken befestigt war, an einem Schandpfahl hing. Er biss die Zähne zusammen und zog sich auf die Füße, dann lehnte er sich schwer atmend an den Pfosten.

Er dachte an Margaret und wartete auf den Tod. Wie überraschend seine hochwohlgeborene Schönheit sich entpuppt hatte! Trotz seiner Schmerzen lächelte er in sich hinein, als ihm einfiel, wie sie ihn in dem Glauben gewiegt hatte, dass er sie entführte, während sie ihn benutzt hatte, um zu fliehen. Sie war fürwahr ein erfinderisches Mädchen.

Er sah sie vor seinem inneren Auge und bedauerte, dass er so lange gebraucht hatte, um ihr zu vertrauen. Er war dankbar für jeden einzelnen Moment, den sie zusammen erlebt hatten, doch er wollte mehr. Und obwohl es absolut aussichtslos war, begann er an Flucht zu denken.

Gegen den Regen blinzelnd, lehnte er sich vor und begutachtete den Haken auf der Rückseite des Pfostens, an dem das andere Ende seiner Kette befestigt war. Er versuchte es wieder und wieder, verbiss sich den Schmerz und schwang die Kette mit den Armen hoch, bis sie sich schließlich aus dem Haken löste und rasselnd zu Boden fiel. Leider fehlte ihm die Kraft, an dem Pfahl hochzuklettern und sie über die Spitze zu werfen, damit er frei war.

Er lehnte die Stirn gegen den Pfosten und dachte nach. Wenn es ihm gelänge, den Pfahl aus der Erde zu ziehen …

Jedes Mal, wenn er an dem Pfosten rüttelte und zog, brachte ihn der Schmerz fast um. Dennoch versuchte er es wieder und wieder, bis ihm schwarz vor Augen wurde und er zusammenbrach. Er kam zu sich, zog sich hoch und versuchte es erneut.

Irgendwann konnte er nicht mehr aufstehen. Er lag auf der Seite, die Wange auf dem kalten, nassen Erdboden, und trank wie ein Hund aus der Pfütze neben seinem Gesicht. Er war am Ende. Sein einziger Trost bestand darin, dass er Margaret und Ella ein eigenes Heim verschafft hatte, so, wie Margaret es sich immer gewünscht hatte.

Sie und Ella waren in Sicherheit.

Margaret legte das Ohr an die Tür, doch es war nichts zu hören, und sie hatte keine Möglichkeit herauszufinden, ob dahinter niemand war oder ob das Türblatt so massiv war, dass es Geräusche schluckte. Sie biss sich auf die Unterlippe und drückte gegen die Tür, vorsichtig zunächst, doch als sie nicht nachgab, fester. Ohne Erfolg.

Es musste eine Verriegelung geben. Nach dem, was Finn erzählt hatte, verbarg sich die Tür hinter einer Vertäfelung, und das bedeutete, dass man die Verriegelung nicht sah. Sicher handelte es sich um einen Knopf oder etwas Ähnliches, auf das man drücken musste. Aber was, wenn die Verriegelung nur von der anderen Seite betätigt werden konnte? Tunnel wie dieser waren als Fluchtwege gedacht.

Sie tastete an der Kante der Tür entlang, suchte nach einer

Vertiefung im Holz oder dem umgebenden Stein. Als sie nichts fand, zitterten ihr vor Angst und Aufregung die Hände. Sie war Finn so nah und kam doch nicht an ihn heran!

Aber sie würde nicht aufgeben. Sie würde nicht ohne ihn gehen. Noch einmal tastete sie am oberen Rand der Tür entlang und arbeitete sich methodisch nach unten. Plötzlich bemerkte sie eine schmale Ritze im Holz. Sie folgte ihr mit der Fingerspitze, gelangte zu einer viereckigen Stelle. Unter Einsatz beider Daumenkuppen drückte sie darauf, und siehe da, die Tür bewegte sich!

Sie hatte es geschafft. Die Tür öffnete sich gerade so weit, dass ein schmaler Lichtstrahl zu ihr durchdrang. Rasch kratzte sie den Matsch von ihren Stiefeln, zog ihren Umhang aus und glättete ihr Haar unter ihrer Kopfbedeckung, so gut es in der Dunkelheit möglich war. Sie trug das unauffällige Gewand der Dienerin, das sie in Holyrood Palace entwendet hatte, in einer Zeit, die ihr vorkam wie ein anderes Leben.

Bis auf ein paar Wachen würden alle auf der Burg um diese Zeit schlafen. Wenn sie jemandem begegnete, hoffte sie, unbemerkt ihrer Wege gehen zu können, genau wie im Palast. Die meisten Menschen sahen, was sie zu sehen erwarteten, und damit, dass sie sich auf Girnigoe Castle befand, rechnete niemand.

Mit klopfendem Herzen schob sie die Tür so weit auf, dass sie durch den Spalt spähen konnte. Sie blickte in eine kleine, leere Kammer, die von einer einzelnen Wandfackel spärlich erhellt wurde. Wenn man sie erwischte, wie sie aus dem geheimen Gang kam, würde zweifelsfrei feststehen, dass sie ein Eindringling war, daher war Eile geboten. Ohne weiter über die möglichen Gefahren nachzudenken, zwängte sie sich durch die Tür und schloss sie hinter sich.

In ihrer Hast musste sie die Tür mit mehr Nachdruck zugeschoben haben als beabsichtigt, denn sie fiel mit einem lauten

Geräusch ins Schloss. Erschrocken hielt Margaret den Atem an, doch niemand erschien. Nun musste sie nur noch zu Finn – ohne entdeckt zu werden.

Da sie ihr halbes Leben auf Burgen verbracht hatte und auf vielen zu Besuch gewesen war, traute sie sich zu, ihn zu finden. Die Kammer, in der sie sich befand, war im Grunde ein Treppenabsatz. Gegenüber der in der Vertäfelung eingelassenen Geheimtür befand sich eine weitere Tür, davor eine schmale Stiege, deren eine Flucht nach oben und die andere nach unten führte.

Es war keine Treppe, die der Earl of Caithness, seine Familie oder seine Gäste benutzen würden, sondern eher die Diener und Wachen. Ganz unten, in den Gedärmen der Festung, befand sich der Kerker. Mit ziemlicher Sicherheit würde sie Finn dort finden.

Wenn er noch am Leben war. Erschrocken verbot sie sich den Gedanken.

Mit einem raschen Blick über die Schulter nahm sie eine Kerze aus der Tasche, entzündete sie an der Fackel und machte sich auf den Weg nach unten. Sie gelangte auf einen weiteren Treppenabsatz mit einer Rundbogentür zur Rechten. Dem Luftzug nach zu urteilen, der durch die Türritzen blies, führte sie nach draußen. Margaret ging weiter nach unten, bis sie im Verlies angelangt war.

»Wer da?«

Bei der tiefen männlichen Stimme, die durch die Dunkelheit dröhnte, zuckte sie zusammen.

»Dann gibt mein Vater also endlich nach«, fuhr der Sprecher ungeduldig fort. »Los, beeilt euch, befreit mich von diesen Ketten!«

Sie hatte nicht bedacht, dass es noch andere Gefangene geben würde. Bei dem, der gerade gesprochen hatte, musste es sich um einen der Söhne des Stammesfürsten handeln. Sie hielt die Kerze hoch und sah sich suchend nach Finn um, doch er war nicht da.

»Ihr seid der Geist, den Finn in seinen Fieberträumen zu sehen pflegt«, sagte der Gefangene erschrocken. »Weicht von mir! Verschwindet!«

Angst schoss in Margaret hoch. Sein Geschrei würde die Wachen alarmieren. Sie blies die Kerze aus und eilte die Stufen hinauf, doch auf halbem Wege blieb sie stehen. Der Gefangene hatte Finn erwähnt. Er war hier!

Aber wenn er sich nicht im Kerker befand, wo dann?

Sie ging die Stufen hinauf bis zu dem Treppenabsatz, von dem sie gekommen war. Dort angelangt, öffnete sie die andere Tür einen Spalt. Die Rücken zweier Männer nahmen ihr die Sicht, aber das wenige, was sie sehen konnte, deutete darauf hin, dass es sich um die Große Halle handelte. Zu dieser Stunde lagen die Krieger und die Dienerschaft schlafend auf Bänken und auf dem Boden. Die beiden Männer, die mit dem Rücken zu ihr bei der Tür standen, unterhielten sich – worüber auch sonst? – über Frauen. Als Margaret sich schon abwenden wollte, ließ eine Bemerkung sie aufhorchen.

»Er hat die Peitschenhiebe gut weggesteckt, das muss man ihm lassen«, sagte der eine der Männer.

»Verdient hatte er sie«, erwiderte der andere nickend. »Aber es hat mir nicht gefallen, dass er bewusstlos geschlagen wurde, nicht nachdem er Seite an Seite mit unserem verstorbenen Anführer auf Orkney kämpfte.«

Bewusstlos geschlagen. Der Magen sackte Margaret in die Knie, sie legte eine Hand vor ihren Mund.

»Aye«, stimmte der andere zu. »Ich hätte ihm die Ketten abgenommen, aber ich fürchte, dann hätte der Stammesfürst mich auch ausgepeitscht.«

»Wenigstens ist er bald von seinem Elend erlöst. Die Nacht wird er kaum überstehen.«

Finn war am Leben. Sie musste ihn finden, und zwar schnell. Wo konnte er sein?

»Nicht, wenn er bei der Kälte und bei dem Regen da draußen liegt wie ein Hund.« Der andere Wachmann zuckte mit den Schultern. »Eigentlich ein Tod, den ein Krieger wie er nicht verdient hat.«

Margaret wandte sich um. Sie flog förmlich die Treppen hinunter bis zu der Tür, die wahrscheinlich ins Freie führte. Als sie sie aufstieß, stand sie im strömenden Regen. Die Augen mit der Hand abschirmend, blickte sie sich suchend im Burghof um. Die einzelne Fackel unter dem Vordach spendete kaum Licht.

Als sie Finn nicht entdecken konnte, hätte sie am liebsten geschrien. Dann sah sie den Holzpfahl an der gegenüberliegenden Mauer. Das Herz klopfte ihr bis zum Hals. Eine schlaffe Gestalt hing an dem Pfosten wie ein erlegter Hirsch nach der Jagd.

Mehrfach glitt sie aus und wäre um ein Haar gestürzt, als sie den Burghof im Laufschritt durchquerte.

»Finn! Ich bin es.« Sie fiel neben ihm auf die Knie. »Ich hole dich hier heraus.«

Finn hob nicht einmal den Kopf.

Was hatten sie ihm angetan? Am liebsten hätte sie die Arme um ihn geschlungen und geweint. Stattdessen presste sie das Ohr an seinen Brustkorb. Sein Herz schlug! *Gottlob*. Aber wie sollte sie ihn in die Burg und die Treppen hinaufbekommen?

»Ich bringe dich nach Hause, mein Geliebter.« Sie hob seinen Kopf mit beiden Händen. »Aber du musst mir helfen.«

Ihre Tränen mischten sich mit dem prasselnden Regen, als sie ihn küsste.

Finns Lider flatterten. Einen Moment wirkte er verwirrt, dann lächelte er. »Maggie? Ach, ich muss tot sein oder träumen.«

»Nein, ich bin wirklich hier«, versicherte sie ihm erstickt. »Aber wir müssen gehen. Wir sind in Gefahr.«

»Gefahr?« Er kämpfte sich auf die Füße. »*O shluagh*, du solltest nicht hier sein.«

»Ganz in der Nähe wartet ein Boot auf uns. Wir müssen den Geheimgang nehmen«, sagte sie atemlos. »Kannst du laufen?«

»Ich bin an den verdammten Pfahl angekettet«, erwiderte er heiser. »Allein schaffe ich es nicht, mich zu befreien.«

»Wir brauchen etwas, auf das du hinaufsteigen kannst.« Verzweifelt spähte sie um sich, auf der Suche nach etwas Brauchbarem. Es war zu dunkel, und sie hatten keine Zeit. Kurzentschlossen ließ sie sich auf alle viere nieder. »Steig auf meinen Rücken.«

Er schüttelte den Kopf. »Ich bin zu schwer.«

»Um Himmels willen, ich breche nicht entzwei. Dein Leben ist in Gefahr!« Als er immer noch zögerte, setzte sie hinzu: »Und meines auch.«

Endlich stellte er den Fuß auf ihren Rücken, und sie bereitete sich darauf vor, sein volles Gewicht zu tragen.

»Ei, ei, was haben wir denn da?« Die Stimme, die aus der Dunkelheit zu ihnen herüberdrang, sandte ihr einen eisigen Schauder über die Haut.

Sie rappelte sich auf. In ein paar Armlängen Entfernung erkannte sie den Umriss eines Mannes. Nein, die Umrisse zweier Männer, die auf sie zukamen.

»Ich habe dem Gefangenen etwas zu trinken gebracht«, improvisierte sie geistesgegenwärtig. »Wenn ihr mich bitte durchlassen würdet.«

»Dem Gordon soll keiner nahekommen«, sagte einer der beiden lauernd. »Der Stammesfürst wäre sehr böse, wenn er davon hörte.«

»Du würdest doch sicher nicht wollen, dass wir es ihm erzählen, nicht wahr, Mädchen?«, schloss sich der andere an.

Die Männer kamen näher. Es juckte Margaret in den Fingern, nach der Klinge zu greifen, die sie in ihrem Stiefelschaft versteckt hatte, aber sie musste warten. Ihre einzige Chance lag darin, das Überraschungsmoment zu nutzen und demjenigen, den sie am besten erreichen konnte, den Dolch im letzten Moment zwischen die Rippen zu rammen. Gegen den zweiten Kerl würde das nichts ausrichten, aber daran durfte sie jetzt nicht denken.

Wenn Finn und sie diese Sache überlebten, was immer unwahrscheinlicher war, würde sie darauf bestehen, dass er ihr beibrachte, mit einem Dolch umzugehen.

Dann griffen die Männer an – so schnell, dass sie über ihr waren, ehe sie auch nur eine Bewegung machen konnte. Sie trat und biss und kratzte, doch ehe sie es sich versah, hielt einer der Kerle ihr die Handgelenke hinter dem Rücken fest.

»Du zuerst«, sagte er zu dem anderen.

Die Wut in seinem Innern explodierte und gab ihm Kraft. Finn zog und zerrte und wankte rückwärts, als der Pfosten mit einem lauten Krachen nachgab. Bei dem lauten Geräusch drehte einer der Kerle sich um, und Finn schwang den schweren Balken und traf den Mann an der Schläfe.

Er wandte sich dem anderen zu, der Margaret festhielt. »Lass sie los!«

»Wenn du damit nach mir schlägst, triffst du sie auch.«

Die Aufmerksamkeit ihres Angreifers war auf Finn gerichtet, und Margaret hob das Knie, zog den Dolch aus dem Schaft ihres Stiefels und stach wild auf den Mann hinter ihr ein. Sie musste ihn getroffen haben, weil er vor Schmerz aufheulte. Ohne zu zögern, zog Finn die Kette über den Pfosten und stürzte sich auf den Angreifer. Ehe der Mann auch nur wusste, wie ihm geschah, hatte Finn ihm die Kette um die Kehle geschlungen und würgte ihn erbarmungslos.

Seine Kräfte verließen ihn rasch, doch er biss die Zähne zusammen und schaffte es, durchzuhalten, bis der Mann aufhörte zu zappeln und sein Körper erschlaffte. Finn ließ ihn zu Boden gleiten, dann schloss sich gnädige Schwärze um ihn.

Er kam zu sich, als die Liebe seines Lebens ihm eine schallende Ohrfeige verpasste.

»Leg mir deinen Arm um die Schultern«, befahl sie ihm knapp.

Irgendwie schaffte sie es, ihn durch die Tür zu bugsieren, dann brach er erneut zusammen. Er war schweißbedeckt und zitterte am ganzen Körper.

»Ich schaffe es nicht. Bring dich in Sicherheit, Liebste.« Er war außer Atem und sprach abgehackt. »Du musst für unsere kleine Ella da sein. Es nützt nichts, wenn wir beide tot sind.«

Er hatte längst akzeptiert, dass er sterben würde – vielleicht schon, ehe er Helmsdale verlassen hatte. Er war so erschöpft. Für einen winzigen Moment gelang es ihm, die Augen zu öffnen, damit er ihr hinterherblicken konnte, wenn sie ging, doch die Lider fielen ihm zu.

Margaret rüttelte ihn wach.

»Geh«, wiederholte er schwach. »Bring dich in Sicherheit. Tu es für mich.«

»Finlay Sinclair Gordon«, sagte sie streng. »Ich bin nicht den ganzen Weg nach Girnigoe gekommen, um dich hier sterben zu lassen. Du wirst jetzt aufstehen und diese Treppe hinaufgehen.«

»Siehst du denn nicht, dass du ohne mich gehen musst?« Er seufzte. »Warum lässt du mich nicht einfach hier liegen?«

»Weil ich meinen Ehemann brauche und Ella ihren Vater«, erwiderte sie erstickt. »Wir brauchen dich, Finn. Und jetzt steh auf, ehe ich wirklich böse werde.«

»In Ordnung, Prinzessin.« Er lenkte ein, weil sie so schnell wie möglich fortmusste. Sie war in höchster Gefahr. Da sie nicht ohne ihn gehen wollte, musste er die Kraft finden, aufzustehen und sich die Stufen hinaufzuquälen. Sein Rücken schmerzte unerträglich, als er sich bemühte, auf die Füße zu kommen, doch er schaffte es. Er lehnte sich gegen die Mauer, um zu Atem zu kommen. Dann wandte er sich zur Treppe.

»Schade, dass ich keinen Whisky habe.« Er biss die Zähne zusammen. »Sonst würde ich diese Stufen im Laufschritt nehmen.«

Margaret hob die Hand an ihre Haube und beförderte eine kleine Flasche daraus hervor. Ein weiterer Beweis, dass sie die Frau seiner Träume war.

Gestärkt von dem feurigen Lebenselixier, erklomm er die Stufen. Einen Arm hatte er um Margarets Schultern gelegt, mit dem anderen stützte er sich an der Wand ab. Sein Rücken brannte wie Feuer, und gleichzeitig war ihm so kalt, dass er zitterte wie Espenlaub. Fast hatten sie den Eingang zu dem geheimen Tunnel erreicht.

Sie würden es schaffen.

»Nur noch ein paar Schritte«, flüsterte Margaret an Finns Ohr.

Er war so schwer, und die Eisenkette, die von seinen Handgelenken herunterhing, schlug bei jedem Schritt gegen ihren Schenkel. Doch sie waren der rettenden Tür schon so nahe, dass das Licht der Fackel die Treppe erhellte. Noch eine Stufe, und Margaret konnte das Podest sehen. Gottlob war es menschenleer.

Über ihnen ging knarrend eine Tür auf, und sie pressten sich flach an die Wand des Treppenaufganges.

»Gib mir deinen Dolch«, flüsterte Finn fast lautlos und streckte auffordernd die Hand aus.

Margaret machte keine Einwände. Selbst in seinem jetzigen Zustand konnte Finn besser mit der Klinge umgehen als sie. Es war ihr nicht gelungen, dem Angreifer im Burghof viel mehr als ein paar Kratzer beizubringen, aber wenigstens hatte sie die Geistesgegenwart besessen, die Waffe festzuhalten.

Sie betete, dass, wer auch immer durch die Tür getreten war, nach oben gehen würde. Wenn er nach unten kam, würde er sie unweigerlich entdecken. Sie hatten keine Zeit, davonzulaufen, selbst wenn Finn dazu imstande gewesen wäre. Mit angehaltenem Atem verfolgte Margaret, wie erst ein Stiefel, dann der zweite auf den Stufen erschien, doch Finn stach so schnell zu, dass ihr kaum Zeit zum Begreifen blieb. Im nächsten Moment warf er sich über den zusammengebrochenen Mann und hielt ihm den Mund zu, um seinen Todesschrei zu ersticken.

»Die zwei im Burghof werden wahrscheinlich nicht vor Tagesanbruch gefunden«, brachte er keuchend hervor, als sie ihm auf die Füße half. »Aber diesen Toten können wir nicht hierlassen.«

Margaret wusste nicht, woher Finn die Kraft nahm, doch gemeinsam gelang es ihnen, den Leichnam die letzten Stufen hinauf und durch die Geheimtür zu ziehen. Als sie es geschafft hatten, ging sie auf die Knie und wischte die Blutspur, die zu der Geheimtür führte, mit ihren Röcken fort. Dann schloss sie die Tür und lehnte sich einen Moment dagegen.

Sie waren entkommen.

Finn konnte kaum noch stehen. Sich gegenseitig stützend, machten sie sich auf den Weg durch den tintenschwarzen Tunnel, der Margaret schon auf dem Hinweg unendlich lang vorgekommen war. Jetzt erschien er ihr noch zehnmal länger.

Und ob es schon dämmerte? Sie hatte Angst, dass sie zu spät kamen und das Boot davongesegelt war. Sie fühlte sich, als sei sie tausend Tode gestorben, seit sie die Festung betreten und jedes Zeitgefühl verloren hatte.

Als sie das Ende des Geheimgangs endlich erreichten, stellte sie niedergeschlagen fest, dass es bereits hell wurde am Horizont. Nach all den Anstrengungen kamen sie zu spät. Sie hatte Mühe, sich aufrecht zu halten, und wankte mühsam ins Freie.

Das Boot war noch da. Die Fischer hatten auf sie gewartet.

35. Kapitel

»Du wirst wieder gesund.« Una besah sich Finns geschundenen Rücken. »Aber die Narben, die George Sinclairs Peitsche dir beigebracht hat, werden bleiben. *Tuiteam gun èirgh dhut*«, setzte sie grimmig hinzu.

Jawohl, pflichtete Finn ihr im Stillen bei, mochte George Sinclair ein tiefer Fall bevorstehen! Tapfer biss er die Zähne zusammen, als sie begann, die Wunden zu säubern und frisch zu verbinden.

»Schau mal, Finn.« Ella wies auf ihren Hund.

Finn verbiss sich ein Lachen, als er sah, dass sie dem Hund eine Mütze aufgesetzt hatte. *Cù-sìthe* warf ihm aus seinem einen Auge einen gequälten Blick zu. Genau wie Finn hätte das treue Tier alles für Ella getan, aber als Puppe war es denkbar hässlich.

Das kleine Mädchen musterte ihn anteilnehmend. »Hast du noch Schmerzen, Papa?«

Wann immer sie ihn so nannte, schmolz Finn förmlich dahin. Ach, was sollte es, wenn sie darauf bestanden hätte, hätte er sich ebenfalls ein Mützchen aufsetzen lassen.

»Nein, alles in Ordnung«, log er augenzwinkernd.

»Weißt du schon, dass Curstag fort ist?«, fragte Una beiläufig. »Sie habe jemanden gefunden, der sie nach Edinburgh mitnimmt, sagte sie. Und dass sie vorhabe, eine berühmte Kurtisane zu werden und wohlhabende Edelmänner und Kaufleute zu unterhalten.«

»Das passt zu ihr.« Finn lachte. »Ich wünsche ihr alles Gute und viel Erfolg und hoffe, sie bleibt in der Stadt.«

Er wartete, bis Ella den Hund nahm und das Zimmer verließ, dann fragte er nach Margaret.

»Ich mache mir Sorgen um sie.« Er runzelte die Stirn. »Wir sind seit einer Woche aus Girnigoe zurück, und sie ist immer noch erschöpft. Ich glaube, es war alles zu viel für sie.«

Er hatte Schuldgefühle, dass sie ihre eigene Gesundheit und die ihres gemeinsamen Kindes seinetwegen aufs Spiel gesetzt hatte.

»In den ersten Wochen ist Müdigkeit nichts Ungewöhnliches«, beruhigte Una ihn. »Wie ich schon sagte, Maggie ist viel kräftiger als zu der Zeit, da sie mit diesem schändlichen Mann verheiratet war.«

Finn hegte keinerlei Zweifel, dass seine Frau stark war. Immerhin war sie allein nach Girnigoe gekommen und hatte ihn mit schierer Willenskraft gerettet. Aber die Schwangerschaft war etwas anderes.

Una schnaubte wütend. »Verzeih mir meine Ausdrucksweise, aber für das, was er ihr nach der letzten Fehlgeburt antat, hätte man den Kerl an seinen Eiern aufhängen sollen.«

»Der letzten Fehlgeburt?« Finn wurde hellhörig. »Du meinst während der Straßenunruhen in Edinburgh?«

»Die war schon schlimm genug, aber ich rede von der, als er sie vor die Tür setzte.« Una schüttelte den Kopf. »Sie ist dem Tod gerade noch so von der Schippe gesprungen.«

Finn wirbelte herum und warf dabei eine Rolle Verbandmaterial zu Boden.

»Dem Tod von der Schippe gesprungen?« Er fasste die alte Frau am Arm. »Willst du damit sagen, dass Maggie um ein Haar an einer Fehlgeburt gestorben wäre?«

»In der Tat, sie war kurz davor.« Una nickte. »Wenn man sich ordentlich um sie gekümmert hätte, glaube ich nicht, dass ...«

Doch Finn war schon aus dem Zimmer gelaufen und stürzte

in die gegenüberliegende Kammer. Margaret saß im Sessel und hatte die Füße hochgelegt.

»Du hättest mir sagen sollen, dass du bei deiner letzten Fehlgeburt fast gestorben bist«, sagte er ohne lange Vorrede. »Ich wäre nie mit dir ins Bett gegangen, wenn ich es gewusst hätte.«

»Wirklich nicht?« Sie hob eine Braue. »Dann bin ich froh, dass ich es dir nicht erzählt habe.«

»Ich hätte dein Leben nicht aufs Spiel gesetzt.« Finn ging neben ihr in die Hocke und nahm ihre Hände in seine. »Was, wenn ich dich umbringe, weil ich dir ein Kind gemacht habe?«

»Ich hatte drei Jahre Zeit, mich zu erholen.« Sie lächelte. »Ich bin wieder kräftig.«

Sie erzählte ihm die erschütternde Geschichte einer Schwangerschaft, die viel zu rasch auf eine Fehlgeburt gefolgt war, weil ihr Schwein von einem Ehemann nicht lange genug gewartet hatte.

»Die Medizin hätte die Blutung zum Stillstand gebracht, doch er zwang mich, die Burg zu verlassen, bevor sie wirken konnte.«

Am liebsten hätte Finn einen Stuhl gegen die Wand geworfen, als sie beschrieb, wie sie mitten im Unwetter blutend auf der Ladefläche eines Pferdekarrens gelegen hatte. Hätte er sie dafür nicht allein zurücklassen müssen, er wäre umgehend aufgebrochen und hätte ihrem früheren Ehemann seine Schwertklinge ins Herz gerammt.

»Ich habe die Meereshöhle und Girnigoe Castle überlebt«, schloss Margaret gelassen. »Und Una ist eine hervorragende Hebamme, das hast du selbst gesagt. Das Kind und ich sind in guten Händen.«

»Ja, das stimmt«, pflichtete Finn ihr bei, weil er nicht wollte, dass sie sich Sorgen machte, und er etwas brauchte, woran er glauben konnte.

Aber er hatte schreckliche Angst.

Ein paar Monate später …

Mit ihrem Ehemann und ihrer Tochter stand Margaret auf dem Strand unterhalb von Dunrobin Castle und beobachtete die beiden Boote am Horizont.

Finn beugte sich zu Ella herunter. »Eines von ihnen bringt Alex nach Hause.«

»Alex! Alex!« Ella hüpfte von einem Fuß auf den andern.

Finn nahm Margaret in den Arm und legte ihr eine Hand auf den gerundeten Bauch. »Es erinnert mich daran, wie wir über den Firth gesegelt sind und an diesem Strand ankamen.«

»Und du wolltest, dass ich wie eine Tavernenschlampe aussehe.« Margaret lachte.

»Ich konnte ja nicht ahnen, dass du mein Leben verändern und mich so glücklich machen würdest.« Finn strich ihr zärtlich mit der Nasenspitze am Nacken entlang.

Glücklich lehnte Margaret sich an ihn.

»Ich wüsste zu gern, weshalb der Earl of Moray Alex persönlich herbringt«, fuhr Finn gedankenvoll fort. »Obwohl ich ihm versicherte, dass Alex keine Gefahr droht, wenn er nach Dunrobin zurückkommt, und ihm zwanzig Krieger als Eskorte geschickt habe.«

Da sein Onkel tot war, hatten die Männer des Clans Sutherland ihn gebeten, sie im Kampf gegen die Sinclairs anzuführen. Als Erstes hatte Finn Dunrobin zurückerobert, genau wie sein Vater vor Jahren. Dann hatten die Sutherlands, Gordons und Murrays die Sinclairs unter seiner Führung ganz aus Sutherland vertrieben.

Finn hatte es getan, um das einfache Volk zu schützen, nicht um sich zu bereichern. Und er hatte es für Alex getan, den er wie einen Bruder liebte.

Margaret machte sich Sorgen. Finn hatte seine Aufgabe so gut erledigt, dass Moray ihn womöglich anderweitig einsetzen wollte. Sie legte eine Hand schützend auf ihren Bauch, der das Wunder ihres gemeinsamen Kindes beherbergte, und betete, dass Moray ihre Pläne nicht über den Haufen warf. Sobald Alex seine Pflichten als Laird selbstständig wahrnehmen konnte, wollten sie einen eigenen Haushalt gründen und so viel Abstand wie möglich zu Politik und Machtkämpfen halten. Immer noch fürchtete sie, dass Garty zu viele schlimme Erinnerungen für ihren Ehemann barg, und sie hätte es begrüßt, wenn es noch weiter entfernt von Edinburgh gelegen hätte, aber es musste reichen.

»Ich gehe wohl besser ins Haus, ehe die Boote anlegen«, sagte sie zu Finn.

Sie hatte dafür gesorgt, dass alles für einen Gast königlichen Geblüts bereit war, doch sie konnte nicht neben ihrem Ehemann in der Großen Halle sitzen und als Gastgeberin fungieren. Moray hatte sie zu oft bei Hofe gesehen, als dass Margaret das Risiko hätte eingehen wollen, dass er sie erkannte, selbst in ihrem derzeitigen Zustand. Sie hoffte, dass er nicht lange blieb.

»Ich begleite dich«, erwiderte Finn eilig.

»Ich bin schwanger, nicht verwundet.« Margaret küsste ihn auf die Wange. »Ich glaube, ich schaffe es auch allein, ins Haus zu watscheln.«

Auch wenn sie ihn wegen seiner übertriebenen Fürsorglichkeit neckte, war sie nach ihren Erfahrungen mit den Männern ihrer Familie und ihrem ersten Ehemann unendlich dankbar, einen so aufmerksamen und rücksichtsvollen Gemahl zu haben.

»Ruh dich aus, meine Liebste.« Finn küsste sie auf die Stirn. »Ich komme, sobald das Fest vorbei ist und ich mit Moray gesprochen habe.«

Ein paar Stunden später marschierte Margaret, die Faust gegen den schmerzenden Rücken gepresst, in ihrem Schlafgemach auf und ab. Sie konnte es kaum erwarten zu hören, was bei Finns Treffen mit Moray herausgekommen war. Das Festmahl, das sie so sorgfältig vorbereitet hatte, würde bald vorbei sein, und dann würden Finn und Moray sich in das private Gemach des Laird zurückziehen.

Plötzlich wurde die Tür geöffnet. Sie wirbelte herum. Doch statt ihres Ehemannes, den sie erwartet hatte, stand eine atemberaubende Frau von ungefähr vierzig Jahren auf der Schwelle. Sie trug ein kostbares Silberbrokatkleid, das ihre sinnliche Figur vorteilhaft betonte. Juwelen funkelten an ihren Fingern und an ihrer Kehle, und das Smaragdgrün des Kleides passte zur Farbe ihrer Augen und betonte ihr berühmtes rotes Haar, das trotz der einen oder anderen weißen Strähne noch immer bewundernde Blicke auf sich zu ziehen vermochte.

»Allmächtiger!« Sie legte erschrocken eine Hand an ihre Kehle. »Ihr seid Margaret Drummonds Nichte, die verschwundene Margaret Douglas.«

Margaret verbarg die Panik, die in ihr aufstieg, hinter äußerlicher Gelassenheit. Nachdem es ihr gelungen war, ihre Identität so lange geheim zu halten, hatte man sie nun doch entdeckt. Auch sie wusste, wer ihre Besucherin war. Niemand anderes als die berüchtigte Lady Janet Kennedy, die Mätresse des verstorbenen Königs. Margaret hatte nicht damit gerechnet, dass der Earl of Moray von seiner Mutter begleitet wurde.

»Ihr gleicht Eurer Tante so sehr, dass ich im ersten Moment dachte, ich hätte einen Geist erblickt.« Janet schüttelte den Kopf. »Die Ähnlichkeit ist verblüffend.«

»Am besten reden wir unter vier Augen miteinander.« Margaret schloss die Tür hinter Janet, ehe ein vorbeigehender Diener sie hörte. »Wollt Ihr Euch nicht setzen?«

Janets Eindringen in ihr und Finns privates Gemach war nicht nur unentschuldbar dreist, es bedrohte auch ihre Zukunft. Margaret ließ sich in einem Sessel nieder, kreuzte die

Arme über ihrem Bauch und wartete, was die Besucherin als Nächstes tun würde.

»Vergebt mir meine Unhöflichkeit, aber ich wollte die Frau, die mein Freund Finn geheiratet hat, unbedingt kennenlernen.« Janet lächelte.

Der Art, wie Janet das Wort *Freund* aussprach, entnahm Margaret, dass Finn einmal mehr gewesen war. Die Reihe seiner Verflossenen schien tatsächlich endlos. Sie rief sich in Erinnerung, dass die Vergangenheit hinter ihnen lag und dass er ihr Ehemann war.

»Um ehrlich zu sein«, Janet glättete ihre Röcke, »ich hatte Finn schon verdächtigt, dass er Euch erfunden hat, damit ich ihn nicht mehr belästige.«

Belästigen. Was für eine interessante Wortwahl.

»Dass ausgerechnet Ihr Finns Gemahlin seid!« Janet warf den Kopf in den Nacken und lachte kehlig. »Aber es freut mich, dass er meinem Rat gefolgt ist, eine reiche Frau zu wählen. Nur hätte ich nicht erwartet, dass er so weit geht, eine Douglas zu heiraten.«

»Bitte, niemand darf wissen, wer ich bin«, sagte Margaret eindringlich. »Meine Brüder glauben, dass mich ein Fieber auf Blackadder Castle dahingerafft hat, und ich will nicht, dass sie die Wahrheit erfahren.«

Es war schwierig, mit ihren Schwestern und Lizzie zu korrespondieren, doch irgendwann hatte sie einen Brief von Alison erhalten, der sie über die Lüge informierte, mit der ihre Cousine und Alison ihr Verschwinden erklärt hatten.

»Jetzt, da Ihr es erwähnt … Mir kamen Gerüchte zu Ohren, dass Ihr tot wärt.« Janet beugte sich zu ihr vor. »Am besten, wir behalten das Geheimnis für uns und erzählen meinem Sohn nichts davon.«

Zum ersten Mal seit Janets unvermutetem Auftauchen entspannte sich Margaret. Janet kannte den Klatsch um die Annullierung ihrer ersten Ehe, und Margaret erzählte ihr von den Plänen ihrer Brüder, die sie zur Flucht veranlasst hatten. Janet lauschte ihr aufmerksam und klopfte sich mit dem rechten Zeigefinger nachdenklich gegen die Wange.

»Ich will nicht, dass meine Brüder mich finden und sich in unser Leben einmischen.« Margaret atmete tief durch.

Janet nickte. »Ich weiß sehr gut, wie gefährlich es für eine Frau sein kann, Verbindungen zu mächtigen Männern zu haben. Das tragische Beispiel Eurer Tante war mir eine Warnung.«

Sie erzählte Margaret Episoden aus ihrer Jugend. Es war ein faszinierendes Leben, doch Margaret hätte es um nichts in der Welt gegen ihr eigenes getauscht.

»Wisst Ihr, weshalb Euer Sohn hier ist?«, fragte sie schließlich. »Was will er von Finn?«

Als Janet es ihr sagte, spannte Margaret sich so sehr an, dass das Kind in ihrem Bauch anfing zu treten. Um sich zu beruhigen, zwang sie sich, langsam und tief zu atmen, während sie überlegte, was sie tun sollte.

»Finn wird den Vorschlägen Eures Sohnes niemals zustimmen«, sagte sie schließlich. »Aber ich habe eine Idee.«

Janet und sie steckten die Köpfe zusammen und arbeiteten einen Plan aus.

»Passt gut auf Euren attraktiven Ehemann auf.« Janet zwinkerte ihr zu und stand auf, um zu gehen. »Und nun muss ich meinen Pflichten nachkommen.«

Whisky, Wein und Ale waren in Strömen geflossen, und so brauchte es eine Weile, bis die Feiernden in der Halle sich beruhigt hatten, nachdem Finn aufgestanden war, um seinen Trinkspruch auszubringen.

»Willkommen daheim, Alexander Gordon, Laird und Earl of Sutherland!« Finn hob seinen Becher. »Mögest du immer gesund und glücklich sein – oder auf Gälisch: *Gun cuireadh do chupa thairis le slàinte agus sonas.*«

»*Slàinte! Slàinte!*«, dröhnte es durch den Saal, und der Boden vibrierte von den stampfenden Füßen. Finn grinste Alex zu, der neben ihm am Tisch saß und ein erwachsener Mann geworden war.

Alex hatte an Größe und Gewicht zugelegt in den Monaten seiner Abwesenheit, doch die Veränderungen waren nicht nur körperlicher Natur. Die Ermordung seiner Eltern und seine kurze Gefangenschaft bei den Sinclairs hatten ihn seine jugendliche Unschuld gekostet. Hin und wieder zeigte sich seine alte Leichtigkeit, doch er war ein ernster junger Mann geworden, der entschlossen war, seinen Leuten ein guter Laird zu werden.

Nach zahlreichen weiteren Trinksprüchen auf Alex und die Vertreibung der Sinclairs stand Moray auf, um als Ehrengast den letzten Toast auszubringen.

»Es wäre ein unverzeihliches Versäumnis, den Mann, der die Rückkehr des jungen Earl ermöglicht hat, nicht zu ehren.« Moray wandte sich zu Finn um und hob seinen Becher. »Wir trinken auf den Helden, der Dunrobin zurückerobert und die Sinclairs vertrieben hat!«

Die Jubelrufe erreichten ohrenbetäubende Lautstärke. Es war Finn nicht recht, dass Moray die Aufmerksamkeit von Alex weggelenkt hatte. Der junge Mann brauchte die Anerkennung als neuer Laird.

»Ich muss mit Euch unter vier Augen sprechen«, flüsterte Moray ihm zu, als er sich setzte.

Kurz darauf zogen Moray und er sich in das private Gemach zurück. Finn bedauerte, dass Margaret nicht dabei war, um ihn zu unterstützen. Sie kannte sich aus in der Politik, die Männer wie Moray antrieb. Eins jedoch wusste Finn ganz sicher: Moray war nicht diesen ganzen Weg zu ihm gereist, um ihm zu danken, dass er die Streitkräfte angeführt hatte, denen die Vertreibung der Sinclairs aus Sutherland gelungen war.

Moray wollte etwas von ihm.

»Sobald Alex volljährig ist und seine Vormundschaft endet«, begann Moray ohne Umschweife, »kann er die Kirche um eine Scheidung von Barbara Sinclair bitten und das Gesuch mit ihrer Untreue begründen. Ich habe schon mit dem Bischof gesprochen.«

»Das wird nicht nötig sein«, bemerkte Finn ruhig.

Moray hob eine Braue. »Weshalb nicht?«

»Barbara verlor das Kind, das sie von MacKay erwartete, und wollte sich den Kriegern ihres Clans im Kampf um Dunrobin anschließen«, erwiderte Finn. »Als sie auf Sutherland-Gebiet ritt, wurde sie von einem Rudel wilder Hunde angegriffen. Ihr Pferd scheint sie abgeworfen zu haben, denn wir fanden das Tier unversehrt.«

»Und Barbara?« Moray musterte ihn gespannt.

»Sie konnte Hunde nie leiden und Hunde sie nicht.« Finn zuckte mit den Schultern. »Es hieß, dass nicht viel von ihr übrig war, das man hätte bestatten können.«

Moray erschauderte und trank einen Schluck Whisky. »Was ist mit dem Stammesfürsten der Sinclairs und dem Rest der Familie? Seine Söhne, so hörte ich, sollen noch gefährlicher sein als er.«

»Die Sinclairs werden immer eine Gefahr sein, derer wir uns erwehren müssen«, sagte Finn bedächtig. »Aber es gibt so viel Böses in der Familie, dass sie sich gegeneinander gewendet haben.«

»Mit welchem Ergebnis?«, fragte Moray gespannt.

Finn atmete tief durch. »Zwei der drei Söhne Georges sind tot.«

Nachdem sein Vater ihn monatelang gefangen gehalten hatte, war es John gelungen, zwei Wachen dazu zu überreden, ihn zu befreien. Doch ehe es dazu kam, hatte Johns Bruder William das Komplott aufgedeckt. Nicht damit zufrieden, den Plan zu vereiteln, war er persönlich in den Kerker gegangen, um John zu verhöhnen. Im Glauben, einen geschwächten Gefangenen vor sich zu haben, war er ihm zu nahe gekommen, woraufhin John sich auf ihn gestürzt und ihn mit seinen Ketten erdrosselt hatte.

Nachdem John den Lieblingssohn seines Vaters getötet hatte, wollte George auch John tot sehen. Er gab ihm nur noch gepökeltes Fleisch zu essen und nichts zu trinken. John wurde wahnsinnig vor Durst und starb.

»Bleibt immer noch George Sinclair selbst«, gab Moray zu bedenken.

»George wurde hinterrücks ermordet und über die Festungsmauer ins Meer geworfen. Jedenfalls nahmen seine Männer das an, als die Flut seinen Leichnam anschwemmte.« Finn schwieg einen Moment. »Da George niemanden, der nicht zu seiner Familie gehörte, ohne Leibwache empfing, muss der Mörder sein jüngster Sohn gewesen sein, der inzwischen Stammesfürst geworden ist.«

George hatte die Prophezeiungen der alten Hexe falsch gedeutet, genau wie sein Vater, der den unschuldigen Hütejungen auf Orkney umbringen ließ. Es war nicht sein ältester Sohn, der sich gegen ihn verschworen hatte, sondern der jüngste.

»Das sind an sich gute Neuigkeiten, aber wie Ihr schon sagtet, die Sinclairs sind eine andauernde Bedrohung.« Moray räusperte sich. »Ich möchte, dass Ihr auf Dunrobin bleibt. Die Menschen müssen ihren jungen Laird hin und wieder zu Gesicht bekommen, aber ich behalte Alex auf Huntly, damit er Euch aus dem Weg ist.«

»Mir aus dem Weg?« Finn schlug mit der Faust auf den Tisch. »Alex muss hierbleiben. Wie soll er lernen, Sutherland zu regieren, wenn er auf Huntly lebt?«

»Ihr seid der Mann, dem die Krieger Sutherlands in die Schlacht folgen«, wandte Moray leidenschaftslos ein. »Wenn Alex volljährig ist, kann er selbst regieren, aber ich will, dass Ihr hierbleibt und das Heft in der Hand behaltet.«

»Ihr unterschätzt Alex«, wandte Finn ein. »Er hat das Zeug dazu, der Anführer zu werden, der er sein muss.«

Finn hatte den Satz noch nicht beendet, da trat Janet ein, ohne anzuklopfen, und setzte sich zu ihnen.

»Ihr habt Euch die Position verdient, als Ihr die Sinclairs aus Sutherland vertrieben habt«, hielt Moray dagegen. »Ich will, dass Ihr sie einnehmt.«

»Ich will sie nicht.« Finn biss die Zähne zusammen. »Und ich werde sie nicht einnehmen.«

»Ziert Euch nicht.« Moray musterte ihn prüfend. »Wollt Ihr Gold, um die Sache zu versüßen?«

»Einen Mann, dem Machthunger fehlt, kann mein Sohn nicht verstehen«, mischte Janet sich ein. »Wir haben nicht viel Zeit, daher möchte ich einen Vorschlag machen.«

Es dauerte nicht lange, dann stimmte Finn zu, auf Dunrobin zu bleiben und Alex anzuleiten, bis er volljährig war. Finn wusste, dass Margaret sich nach einem eigenen Heim sehnte, aber sie würde verstehen, dass jeder andere Mann, den Moray wählte, versuchen würde, Alex' Platz einzunehmen. Was Moray betraf, so schien er zufrieden mit der Versicherung, dass Sutherland für die nächsten beiden Jahre gesichert sein würde.

Janet wandte sich an ihren Sohn. »Dann lass uns über den Besitz an der Nordküste reden, auf dem du dich nie aufhältst.«

Finn verschluckte sich fast an seinem Whisky. Woher wusste Janet von dem Anwesen, das Moray ihm im Tausch für die Entführung Margarets zugesagt hatte?

»Garty ist sicher mehr wert, aber ich wette, Finn würde sein Erbe gern dagegen eintauschen«, fuhr Janet, immer noch an ihren Sohn gewandt, fort. »Du profitierst also davon, dass Finn es vorziehen würde, an einem Ort zu leben, der ihn nicht ständig an seine mörderische Mutter und den Rest seiner unangenehmen und Gott sei Dank ausgerotteten Familie erinnert.«

»Garty gehört jetzt mir.« Finn setzte eine ausdruckslose Miene auf.

Gilbert hatte sich von dem Schrecken über Bearachs Ermordung nicht mehr erholt und war ein paar Wochen später gestorben. Isabel ebenfalls. Sie hatte sich am Abend vor ihrer Hinrichtung in ihrer Zelle in Edinburgh umgebracht. Ohne Beweise für ihre Behauptungen war es nicht möglich gewesen, George Sinclair zur Rechenschaft zu ziehen – jedenfalls nicht durch die Krone.

»Was sagt Ihr zu dem Tausch?«, fragte Moray schließlich. »Ihr könntet den Frieden im Norden von Sutherland gewährleisten und Alex unterstützen, wenn er Euch braucht.«

Am liebsten hätte Finn auf den Tisch gehauen und gejubelt, doch wenn er sich so glücklich zeigte, würde Moray glauben, keinen guten Handel abgeschlossen zu haben. Also nickte er nur und sagte: »Das geht in Ordnung.«

»Dann wäre die Sache also erledigt.« Janet stand auf. »Wir sollten Finn Lebewohl sagen und uns auf den Weg machen.«

Moray wirkte genauso überrascht wie Finn, dass sie nach der langen Reise nicht über Nacht blieben.

»So bald?«, fragte Finn höflich.

»Eure Gattin steht kurz vor der Niederkunft«, rief Janet ihm in Erinnerung.

Finn nickte. »In der Tat, Ihr habt recht.«

»Um genau zu sein, die Geburt ist in vollem Gange«, setzte Janet hinzu. »Als ich sie verließ, um mich zu Euch zu gesellen, war gerade die Fruchtblase geplatzt, und sie bat mich, die Hebamme rufen zu lassen.«

Finns Hände begannen zu zittern. Seine Befürchtung, dass Margaret bei einer Fehlgeburt sterben könnte, hatte sich in den vergangenen Monaten langsam gelegt. Doch jetzt schlug die Angst über ihm zusammen. So viele Frauen starben bei der Geburt eines Kindes.

»Heiliger Himmel.« Er sprang auf die Füße. »Warum habt Ihr mir das nicht früher gesagt?«

»Das erste Kind kommt für gewöhnlich nicht so rasch, und Eure Gattin wollte diese Angelegenheit geregelt wissen.« Janet lächelte ihn an. »Sie ist eine bessere Wahl als eine reiche Witwe. Wie sagt man doch? Eine kluge Ehefrau ist wichtiger als ein Pflug und ein Stück Land.«

Ein Pflug? Wovon in aller Welt redete Janet? Ohne ein weiteres Wort eilte er aus dem Raum und lief nach oben in Margarets Schlafgemach.

»Da bin ich.« Er setzte sich neben Margaret und nahm ihre Hand. Una klärte ihn umgehend darüber auf, dass seine Anwesenheit weder üblich noch zweckdienlich war, doch er weigerte sich, von der Seite seiner Frau zu weichen. Ihr ganzes Leben war sie von den Männern ihrer Familie im Stich gelassen worden, wenn sie sie brauchte, und er würde ihr das nicht antun. Weder jetzt noch in Zukunft.

Für eine Frau, die bemerkenswert gut darin war, ihre Gefühle zu verbergen, schrie und fluchte Margaret in den nächsten Stunden laut und reichlich – eine Tatsache, die Finn Mut machte, genau wie der feste Griff um seine Hand.

Una warf einen Blick unter das Bettlaken. »Jetzt ist es bald da.«

»Ich bin froh, dass du bei mir bist«, flüsterte Margaret, als Finn ihr zwischen zwei Wehen den Schweiß abwischte.

Unas Ruhe, die aus der Erfahrung Hunderter Geburten resultierte, war ihnen eine Hilfe, als sie Margaret durch die Presswehen geleitete, bis das Kind schließlich auf der Welt war und sich die Lunge aus dem Leibe schrie.

»Jetzt kannst du dich doch noch nützlich machen.« Una

hielt Finn das Kind hin. »Halte deinen Sohn, damit ich ihn säubern kann, aber gib acht, er ist schlüpfrig.«

Finn quoll das Herz über, als er seinen Sohn in den Armen hielt. Er war sprachlos vor Staunen. Wie konnte ein so perfektes kleines Wesen seinen Lenden entsprungen sein? Wahrscheinlich verdankte er alles seiner bewunderungswürdigen Frau. Una wickelte das Baby in eine Windel und reichte es Margaret, damit sie es stillen konnte.

»Ein hübsches, gesundes Kind und eine strahlende Mutter«, stellte Una wohlwollend fest und wischte Margaret eine Träne von der Wange. »Euer Sohn sieht genauso aus wie du, Finn, als du geboren wurdest.«

Da seine Mutter seine Geburt nicht überlebt hatte, war Finn froh, bislang keinen Gedanken daran verschwendet zu haben, dass Una damals die Hebamme gewesen war.

»Ich gehe jetzt und erzähle Ella, dass sie ein kleines Brüderchen hat.« Una verließ den Raum.

»Das hast du gut gemacht, meine Liebste.« Finn küsste Margaret auf die Stirn.

»Ich bin unendlich glücklich, und ich liebe dich so sehr.« Margaret lächelte. »Leg dich zu uns.«

Vorsichtig streckte Finn sich auf dem Bett aus und schlang den Arm um sie und ihren gemeinsamen Sohn. Kurz darauf war Margaret eingeschlafen. Ein wenig später kam Ella auf Zehenspitzen herein. Sie krabbelte von der anderen Seite auf das Bett, kuschelte sich an ihre Mutter und legte die Hand auf die Decke, in die das Baby eingewickelt war.

Zum ersten Mal im Leben fühlte Finn sich vollkommen im Reinen mit sich und der Welt. Hier gehörte er hin, zu Margaret und den Kindern.

Er war angekommen.

Epilog

Zwei Jahre darauf – 1528 – an der Nordküste Sutherlands

Ella und der kleine Robbie waren mit Una am Strand und spielten mit dem Hund. Margaret jätete Unkraut in ihrem Küchengarten und genoss den Anblick der grünen Schösslinge, die durch die Krume stießen und ihre Wurzeln im Boden ausbreiteten, genau wie sie.

Sie setzte sich auf ihre Fersen und schaute sich in der herrlichen Landschaft um – unterhalb des Hauses lag der Meeresarm mit dem sandigen Strand, auf einer Seite erstreckten sich die grasbewachsenen, windgepeitschten Hänge der Landzunge, auf denen Schafe weideten, auf der anderen verlief der Weg zum Dorf durch grüne Felder.

Ihr Haus war keine großartige Burg, aber es war solide gebaut und stets von Liebe und Lachen erfüllt. Im Augenblick hielt sich Finn mit zwei Dorfbewohnern dort auf, die ihre Pächter waren, und versuchte, den Streit der beiden um eine Kuh zu schlichten.

In ein paar Wochen würden sie nach Dunrobin reisen, um Alex' Braut, die ältere Schwester des Earl of Huntly, kennenzulernen. Auf dem Weg wollten sie ihre Schwester Sybil besuchen. Obwohl Margaret sich darauf freute, war sie zu Hause glücklicher.

Vom Strand her kam Ella zu ihr gelaufen, *Cù-Sìthe* begleitete sie bellend. »*Mamaidh! Mamaidh!* Da kommt jemand zu Besuch.«

Margaret beschirmte die Augen mit einer Hand und versuchte zu erkennen, wer der junge Mann mit der Tasche über der Schulter war. Dass er nicht zu den Dorfbewohnern gehörte, sah sie sofort. Er war gut gekleidet und trug teure Lederstiefel.

Sie konnte nicht den Finger darauflegen, aber irgendetwas an ihm kam ihr vertraut vor. Vielleicht war er jemand, den sie von Dunrobin her kannte, ein Bote von Alex vielleicht.

Überrascht bemerkte sie, dass Ella den Daumen in den Mund gesteckt hatte und hektisch daran lutschte. Das hatte sie lange nicht mehr getan. Ihr Blick war fest auf den Neuankömmling gerichtet.

Auf halbem Wege ließ der junge Mann seine Tasche fallen und fing an zu laufen. »Ella!«, rief er aufgeregt. »Ella!«

»Heiliger Himmel«, entfuhr es Margaret leise. »Es ist Brian. Dein Bruder, Ella.«

Tränen brannten ihr in den Augen. Als Brian sie erreichte, versteckte Ella sich hinter Margarets Röcken, doch Margaret warf die Arme um ihn.

»Lady Marg…«

»Ich nenne mich jetzt Maggie.« Sie lächelte unter Tränen und wischte sich über die Wangen. »Komm, Ella, begrüß deinen Bruder. Er musste einen langen Weg hinter sich bringen, ehe er dich endlich gefunden hat.«

Brian wartete geduldig, bis Ella sich langsam nach vorne wagte. Schließlich streckte sie die Arme aus, und Brian hob sie schwungvoll hoch.

»Du bist ja groß geworden«, sagte er bewundernd.

Er selbst hatte sich von einem blassen, knochigen Zwölfjährigen in einen bärenstarken jungen Mann von fünfzehn Jahren verwandelt.

»Ich hatte schon Angst, dass sie mich nicht wiedererkennen würde«, sagte er zu Margaret gewandt.

»Wir haben oft von dir gesprochen«, erwiderte Margaret lächelnd, »damit sie dich nicht vergisst.«

»Das da ist mein anderer Bruder. Robbie«, Ella deutete auf Robin, der an Unas Hand vom Strand zurückkam. »Und die Frau ist meine Großmama.«

»Ich verspreche, ich falle Euch nicht lange zur Last, aber ich wäre dankbar, wenn ich heute Nacht in Eurer Scheune schlafen dürfte.«

»In der Scheune schlafen?« Margaret schüttelte den Kopf »Kommt gar nicht infrage.« Bevor sie noch etwas sagen konnte, trat Finn vor die Tür und verabschiedete die beiden Dorfbewohner.

Bei seinem Anblick lächelte Ella strahlend. »Und da ist mein Daddy!«

Brian musterte Finn misstrauisch, als Margaret die beiden einander vorstellte.

»Willkommen!« Finn griff Brian an die Schulter, ließ ihn jedoch augenblicklich wieder los, als der Junge zurückzuckte.

»Du bist sicher hungrig und durstig von der langen Reise«, schaltete Margaret sich ein. »Das Mittagessen ist gleich fertig. Komm herein, dann zeige ich dir dein Zimmer, damit du deine Tasche abstellen kannst.«

Als sie das Haus betrat, rief sie dem Küchenmädchen zu, das Essen aufzutragen, und erinnerte Ella daran, den Tisch zu decken. Dann führte sie Brian in die kleine Kammer im Dachstuhl.

»Danke, dass Ihr Euch so gut um Ella gekümmert habt«, sagte Brian, als sie alleine waren. »Ich sehe, dass sie bei Euch glücklich ist.«

»Sie ist ein Sonnenschein«, erwiderte Margaret lächelnd. »Aber du scheinst auch etwas erreicht zu haben.«

»Ich bin weit herumgekommen.« Seine Augen begannen zu leuchten. »Irland, Frankreich, sogar Spanien. Ihr würdet nicht glauben, was ich alles gesehen habe.«

»Wie hast du uns gefunden?«, erkundigte sie sich neugierig.

»Ich war auf Blackadder Castle und habe mit Eurer Schwester gesprochen. Als ich ihr meinen Ring mit dem Stein von Euch zeigte«, er streckte ihr die Hand entgegen, an der er einen Ring mit dem Onyxsplitter trug, »sagte sie mir, wo Ihr wohnt.«

»Ich bin froh, dass du gekommen bist.« Es war die Wahrheit. »Ich habe gebetet, dass du deinen Weg zu uns findest.«

Brians Wangen röteten sich, und er sah verwirrt beiseite.

»Ehe ich es vergesse.« Er bückte sich und zog ein zusammengefaltetes Stück Pergament mit zahlreichen Wasserflecken aus seiner Tasche. »Ein Brief Eurer Schwester.«

Beim Essen war Brian schweigsam. Während alle sich unterhielten, zuckte sein Blick unbehaglich von einem zum andern.

»Robbie, du sollst den Hund doch nicht heimlich füttern«, schalt Margaret ihren Sohn liebevoll und fragte sich im Stillen, was sie tun konnte, damit Brian sich bei ihnen wohlfühlte.

»Brian«, sprach Finn ihn an, als sie mit dem Essen fertig waren. »Ich könnte deine Hilfe bei einer Arbeit draußen gebrauchen.«

Brian sah nicht aus, als habe er Lust, mit Finn irgendwohin zu gehen, doch er folgte ihm aus dem Haus. Während Una mit den Kindern spielte, ging Margaret nach oben, um die Betten zu machen. Als sie draußen Stimmen hörte, schaute sie aus dem Fenster. Unten standen Brian und Finn und sprachen miteinander.

»Macht Euch keine Sorgen«, sagte Brian gerade, »morgen früh verschwinde ich wieder. In Durness wartet ein Boot auf mich.«

»Du bist Ellas Bruder«, erwiderte Finn freundlich. »Du bist Teil der Familie.«

Brian murmelte etwas, das sie nicht hören konnte, daher lehnte sie sich weiter heraus.

»Du bist ein abenteuerlustiger junger Mann«, fuhr Finn fort. »Fahr ruhig weiter zur See, aber denk daran, dass du hier ein Zuhause und eine Familie hast, zu der du zurückkommen kannst.«

Brian schniefte und wischte sich mit dem Handrücken über die Augen. Als Finn ihm diesmal auf den Rücken klopfte, zuckte er nicht zurück.

»Komm, wann immer du willst.« Finn sah ihm fest in die Augen. »Wir sind für dich da.«

Er wandte sich ab, um Brian Zeit zu geben, sich zu sammeln, dann gingen sie zusammen zur Haustür. Bis Margaret die Stufen hinuntergeeilt war, um sich zu den beiden zu gesellen, hatten Ella und Robbie Brian schon bei der Hand genommen und zogen ihn in Richtung Strand, damit er ihre Sandburg bewunderte.

»Du bist ein guter Mann, Finn.« Margaret nahm ihren Gemahl in die Arme und küsste ihn.

»Ich hätte wissen sollen, dass du lauschst.« Finn lächelte sie an.

»Lass uns einen Spaziergang über die Landzunge machen.« Margaret nahm seinen Arm. »Brian und Una kümmern sich um die Kinder, und ich würde Alisons Brief gern dort draußen lesen.«

»Du hast gehört, dass Brian fortmuss?«

Margaret nickte. »Nun, da er weiß, dass wir hier wohnen, kann er jederzeit herkommen und sich hier zu Hause fühlen.«

Sie wanderten über grüne Hügel und eine gelegentliche sandige Düne zur äußersten Spitze der Landzunge, wo sie auf drei Seiten vom Meer umgeben waren. Nachdem sie den herrlichen Blick genossen hatten, setzten sie sich ins Gras, und Margaret zog den Brief hervor.

»Alison und David haben noch ein Kind bekommen. Diesmal ist es ein Mädchen.« Margaret schüttelte den Kopf. »Unsere jüngste Schwester, die, die mit Lord Glamis verheiratet war, ist inzwischen Witwe und hat eine Affäre.«

Finn musterte sie nachdenklich »Es kommt selten vor, dass du diese Schwester erwähnst.«

»Sie war noch ein Kind, als ich aus dem Haus ging, daher standen wir uns nie sonderlich nahe.« Margaret zuckte mit den Schultern. »Und ihr Gemahl wollte nicht, dass wir sie besuchten, nachdem Archibald verbannt worden war.«

Sie beugte sich über den Brief und las laut:

»William der Widerliche ist an einer qualvollen und entstellenden Krankheit gestorben. Er hat seinen Erben bekommen, und bevor er starb, sogar noch einen, doch es wird allgemein gemunkelt, die beiden Jungen seien dem Burgvogt wie aus dem Gesicht geschnitten.«

»Er hätte Schlimmeres verdient«, sagte Finn mitleidlos.

»Ach du lieber Himmel, der König ist nach Stirling Castle geflohen!« Margaret überflog die Zeilen, dann las sie wieder laut:

»Der König hatte Kanonen aus Edinburgh heranschaffen lassen und legte Tantallon, wo unsere Brüder und unser Onkel sich aufhielten, unter Beschuss. Die Mauern hielten jedoch. Um die lächerliche und zum Scheitern verurteilte Belagerung zu beenden und die Douglas-Männer loszuwerden, blieb dem König keine andere Wahl, als sie nach Frankreich entkommen zu lassen, worüber er schrecklich wütend war.«

Wenn Archibald den König so angeleitet hätte, wie Finn es mit Alex tat, anstatt ihn nur für seine Zwecke zu benutzen, dann hätte er sich die Gunst des Königs erworben und seine Machtposition und seine Ländereien behalten. Aber das Einzige, wovon ihr Bruder sich leiten ließ, war Gier.

»Lizzie ist verschwunden!« Vor Überraschung schnappte Margaret nach Luft. *»Der König hat einen Suchtrupp zu uns geschickt, aber dadurch können wir wenigstens sicher sein, dass sie nicht bei ihm ist.«*

»Es tut mir leid, meine Liebste«, sagte Finn mitfühlend. »Ich weiß, dass du dir Sorgen um sie machst.«

»Ich mache mir immer Sorgen um Lizzie.« Margaret schüttelte den Kopf. »Aber sie schafft es jedes Mal, den Schwierigkeiten zu entrinnen. Meine Cousine ist eine sehr erfinderische junge Dame.«

So wie sie Lizzie kannte, hatte das Mädchen ein Versteck gefunden. Margaret hoffte es jedenfalls. Nachdem sie den Brief eingesteckt hatte, half Finn ihr beim Aufstehen, dann standen sie nebeneinander und blickten hinaus aufs Meer.

»Ich habe auch eine Neuigkeit.« Margaret nahm Finns Hand und legte sie sich auf den Bauch.

Er grinste breit. »Wir bekommen noch ein Kind?«

»Una hat ein Huhn geschlachtet und mir gesagt, dass es diesmal ein Mädchen wird.«

»Hurra, ein Mädchen!« Finn schwenkte sie einmal im Kreis. »Ich kann mein Glück kaum fassen.«

»Die Glückliche bin ich.« Margaret lächelte zu ihm hoch.

Sie hatte sich bereits darauf eingestellt, ihre Träume verlorenzugeben und ein zurückgezogenes, einsames Leben zu führen. Doch dann war ein charmanter, attraktiver Schurke erschienen, hatte sie entführt, und alles war anders geworden. Durch Finn, ihren geliebten Gemahl, hatte sie nicht nur das Heim bekommen, nach dem sie sich immer gesehnt hatte, sondern auch ihre Familie und vor allem – Liebe.

»Lass uns nach Hause gehen.« Mit der Nase stupste Finn gegen ihren Hals. »Wir könnten uns in unser Schlafgemach schleichen, solange Una und Brian mit den Kindern draußen sind.«

»Sagtest du nicht, ich wäre nicht dein Typ Frau?« Margaret neigte den Kopf zur Seite.

»Du hast mich für meinen Typ Frau ruiniert, meine Liebste.« Finn küsste sie tief und verlangend. »Du bist die Frau, die zu erobern ich niemals zu hoffen wagte.«

Margaret breitete die Arme aus und legte den Kopf in den Nacken. Der Wind blies ihr Haar zurück, und sie lachte vor Freude. Sie fühlte sich furchtlos und stark und frei. Gleichgültig, welche Schwierigkeiten in Zukunft auf sie warteten, Finn und sie würden sie gemeinsam bewältigen.

Sie würde die Liebe, die er ihr schenkte, immer in Ehren halten und die Freude, die ihr Leben erfüllte, aus tiefstem Herzen umarmen. Das schwor sie sich bei allem, was ihr heilig war. Sie nahm den Mann, den sie liebte, bei der Hand, und dann liefen sie gemeinsam nach Hause.

Historische Anmerkung

Die meisten Mitglieder der Familie Douglas, die in dieser Serie eine Rolle spielen, gründen auf historischen Vorbildern. Im Zuge meiner Nachforschungen über die Familie fand ich heraus, dass Margaret von ihrem Ehemann vor die Tür gesetzt wurde und dass er ihre Ehe annullieren ließ, nachdem ihre Brüder und ihr Onkel des Hochverrats angeklagt worden waren und das Land verlassen hatten.

Ich habe Finn, meinen fiktiven Helden, mitten hineingestellt in die tatsächlichen Ereignisse um die Sutherlands, Sinclairs und Gordons, dabei aber verschiedene Generationen miteinander kombiniert, den Zeitverlauf gekürzt, ein paar Rufnamen verändert und Einzelheiten hinzuerfunden, um meine Geschichte abzurunden.

Ich hatte das Glück, die Küste von Sutherland und Caithness bereisen und Dunrobin Castle besuchen zu können, ebenso die Ruinen von Girnigoe und Wick. Ich verbrachte ein paar Nächte in der Burg des Bischofs in Dornoch, die heute ein Hotel beherbergt. Helmsdale Castle gibt es nicht mehr, doch das *Timespan Museum* in der Ortschaft ist einen Besuch wert. Bei den Mitarbeitern, die so freundlich waren, meine Fragen zu den Morden in Helmsdale zu beantworten, möchte ich mich ausdrücklich bedanken.

Vieles aus der Geschichte dieser Epoche, besonders der Geschichte der Highlands, wurde mündlich überliefert – mit dem Ergebnis, dass Geschichte und Legende sich häufig vermischen, dass es Lücken und unterschiedliche Versionen gibt. Nehmen Sie, liebe Leserin, die historischen Fakten nicht in jeder Hinsicht wörtlich.

Sofern Sie das Buch noch nicht gelesen haben, halten Sie an dieser Stelle inne – im Folgenden finden sich ein paar unerbetene Vorwegnahmen.

Isabel Sinclair, die Gemahlin Gilbert Gordons of Garty, gestand die Morde von Helmsdale und wurde dafür verurteilt. Ihr Cousin, der Stammesfürst der Sinclairs und Earl of Caithness, bestritt ihre Behauptung, in das Komplott verwickelt gewesen zu sein. Er kaufte die Vormundschaft für Alex Sutherland und zwang ihn, Barbara zu heiraten, die mehr als doppelt so alt war wie er.

Alex entkam mit der Hilfe der Murrays, doch die Rolle des Hausierers, den in Wirklichkeit Gordon of Gight spielte, gab ich meinem fiktiven Helden. Anders als in meinem Roman behielt George Sinclair die Herrschaft über das Territorium von Sutherland, bis Alex volljährig war. Zur Vergeltung für die Beihilfe zu Alex' Flucht brannte John, Master of Caithness, Dornoch nieder und kesselte die Murrays ein.

George Sinclair hielt seinen Sohn John nicht nur ein paar Monate, sondern sieben Jahre lang gefangen. Nachdem John seinen Bruder erdrosselt hatte, ließ George ihm nur noch Pökelfleisch vorsetzen, bis er vor Durst wahnsinnig wurde und starb. Bedauerlicherweise war George ein langes Leben und eine lange Stammesführerschaft beschert, und als er schließlich starb, wurde Johns Sohn sein Nachfolger als Stammesfürst und ermordete die beiden Männer, die sein Großvater zu Kerkermeistern seines Vaters gemacht hatte.

Was weiter zurückliegende Ereignisse anbelangt, so waren es Alex' Urgroßeltern und nicht seine Großeltern, die die Sutherlands um die Earlswürde betrogen. Die Gestalt Robin Sutherlands basiert sowohl auf geschichtlichen Fakten wie auf Legenden über ihn. Die Liebesgeschichte und das heimliche Kind habe ich erfunden.

Janet Kennedy und der Earl of Moray, ihr gemeinsamer

Sohn mit James IV., waren ebenso wie der ältere und der jüngere Earl of Huntly bedeutende Akteure auf der politischen Bühne ihrer Zeit. James IV. wird nachgesagt, er sei als junger Mann so in Margaret Drummond verliebt gewesen, dass er sie heiraten wollte, anstatt das erwartete Ehebündnis mit England oder Frankreich einzugehen. Möglich, dass sie und zwei ihrer Schwestern zum Frühstück etwas Verdorbenes verspeisten, doch meiner Überzeugung nach wurden die Frauen vergiftet.

Den qualvollen Tod, den Margarets Gatte, Drumlanrig, verdiente, habe ich erfunden.

Drei Jahre nach Archibald Douglas' Weigerung, das Sorgerecht für seinen Stiefsohn abzutreten, floh der König. Von da an hegte James V. einen glühenden Hass gegen die Douglas. Archibald, seinem Bruder George und seinem Onkel gelang die Flucht ein zweites Mal, und sie verließen Schottland für viele Jahre. Lizzies Geschichte, mein nächster Roman aus der Douglas-Legacy-Reihe, beginnt mit der Flucht des Königs.

Stephanie Laurens
Im Feuer der Nacht
€ 10,00, Taschenbuch
ISBN 978-3-7457-0031-2

Barnaby Adair verschwendet keinen Gedanken an die Ehe, zu sehr genießt er sein Leben als Kämpfer für die Gerechtigkeit. Bis er eines Abends Penelope Ashford begegnet, die ganz anders ist als die Damen der vornehmen Gesellschaft. Sie kümmert sich um die vergessenen Waisenkinder Londons und wendet sich an ihn, weil plötzlich einige ihrer Schützlinge wie vom Erdboden verschluckt sind. Barnaby zögert nicht und übernimmt den Fall. Denn seine Auftraggeberin weckt nicht nur seinen kriminalistischen Spürsinn, sondern auch leidenschaftliche Gefühle in ihm. Aber die temperamentvolle Penelope hat zu seiner großen Überraschung eigene Pläne …